Eva Rossmann

IM NETZ

Ein Mira-Valensky-Krimi

lübbe

FSC
www.fsc.org
MIX
Papier aus verantwortungsvollen Quellen
FSC® C014496

Vollständige Taschenbuchausgabe

Lizenzausgabe mit Genehmigung des FOLIO Verlags, Wien Bozen

Für diese Lizenzausgabe:

Umschlaggestaltung: ZERO Werbeagentur, München
unter Verwendung von Illustrationen von
© shutterstock.com: arcangel | Grisha Bruev
Satz: hanseatenSatz-bremen, Bremen
Gesetzt aus der Adobe Garamond Pro
Druck und Verarbeitung: GGP Media GmbH, Pößneck
Printed in Germany
ISBN 978-3-404-18022-6

2 4 5 3 1

Sie finden uns im Internet unter
www.luebbe.de
Bitte beachten Sie auch: www.lesejury.de

[1.]

Wie kostbar das Leben ist.

Ich schalte den Voice-Rekorder ab. Die Frau, die mir gegenübersitzt, hat dunkle Ringe unter den Augen und starrt auf ihr Telefon. Zwei junge Männer unterhalten sich halblaut über was weiß ich was. Der Grundton der U-Bahn schluckt die individuellen Geräusche und macht daraus einen Soundteppich. Wien, Nachmittag um halb drei. Frauen, die von der Frühschicht heimfahren, Studenten auf dem Weg zur Uni, Mütter mit Kinderwagen zwischen Babyschwimmkurs und Park und Hausarzt, Muslimin mit Kopftuch und Glitzerhandy, italienische Touristen, die eine U-Bahnstation bewundern, Jugendliche zwischen Schule und Hoffnung. Journalistin über fünfzig, nicht dick, aber auch nicht schlank, kurze dunkle Haare, mit drahtlosem Kopfhörer, Smartphone und einem Lächeln im Gesicht. „Wenn man so jung ist wie Sie“, hat Rosa Prager gesagt. Alles relativ. Sie ist fünfundneunzig. Wer wohl mehr genieße, hat sie gefragt: jemand, der eine Flasche besonders guten Wein habe, oder jemand, dessen Keller voll mit solchen Flaschen sei. „Alt werden, glücklich leben“. Das ist der Titel der Reportage, an der ich arbeite. Ich finde ihn schmalzig. Aber im „Magazin“, für das ich jetzt schon seit zwanzig Jahren schreibe, hat sich einiges geändert. Nicht zum Besseren. Jetzt gibt der Chefredakteur die Titel vor. Und passend zu den Storys werden Anzeigenprofile erstellt. In diesem Fall wird es wohl eines zwischen Viagra, Seniorenresidenzen im Süden und Gesichtsstraffung werden. Zusätzlich könnte man winzige Hightech-Hörgeräte und das neueste krebshemmende Superfood bewerben. Das Gespräch mit der Schauspielerin war trotzdem nett. Mit neunzig habe sie beschlossen, nicht mehr auf der Bühne zu stehen. Jetzt genieße sie das Leben mehr als zuvor. Schließlich habe sie sich nichts mehr zu beweisen, was auf gewisse alte Männer in ihrem Beruf interessanterweise nicht zuzutreffen scheine. Hie und da, wenn es passe, eine Gastrolle im Fernsehen oder in einem Kinofilm, ansonsten einfach den Tag schön sein lassen. Und anderen helfen, weil einem das selbst guttue. Ob sie noch reise, habe ich sie gefragt.

– Ich war viel unterwegs, aber alles auf der Welt kann man ohnehin nicht sehen. Jetzt bin ich hier, fast wie auf Urlaub. Sie kichert. – Na gut, manches muss man sich schönreden. Ich würde gerne öfter fortfahren, aber das strengt mich an. Und ich hätte auch nichts dagegen, wenn rund um mich mehr jüngere Menschen wären.

Ein Bierbauch drängt sich auf den Platz neben mir, ich rutsche, so weit es geht, zur Seite. Die U-Bahn ist voll, wir nähern uns dem Zentrum.

Ich tippe auf das Lesezeichen für die neuesten Nachrichten. *Klimawandel unbestreitbar! – So heiß war der September noch nie.* Braucht man Rekorde, um ihn zu belegen? Und bei gewissen Typen, vom amerikanischen Präsidenten abwärts, nützen auch die nichts. Was sind Fakten gegen Gaukler? Ich kneife die Augen zusammen. Noch weigere ich mich, eine Schriftgröße einzustellen, die laut Telefonverkäufer meinem Alter entsprechen würde.

Carlo Neuhaus, 50, tot in seiner Villa aufgefunden. Der bekannte Unternehmer sah sich mit schweren Anschuldigungen konfrontiert. Sein Lebensmittelimport Loco soll vor dem Konkurs gestanden sein. Seine Frau Carina Neuhaus, 35, hatte sich nach den jüngsten Enthüllungen von ihm getrennt, die Scheidung soll laut Bekannten der Familie kurz bevorgestanden sein. Ersten Ermittlungsergebnissen zufolge wird von einem Selbstmord ausgegangen. Neuhaus hatte alle Vorwürfe bestritten, doch vor zwei Wochen hat die Wiener Staatsanwaltschaft einen seiner Fahrer wegen gewerbsmäßiger Schlepperei angeklagt. Hakan B. gibt an, Neuhaus habe ihn dazu gezwungen. Neuhaus war Eigentümer eines der bekanntesten und umsatzstärksten Importbetriebe italienischer Lebensmittel im deutschsprachigen Raum. Insider berichten allerdings, dass sein Unternehmen durch die immer stärker werdende Konkurrenz des Online-Handels in Turbulenzen geraten ist.

Die Frau mit den dunklen Augenringen hat die U-Bahn verlassen, die italienischen Touristen lachen, der Dicke neben mir blättert in der Gratiszeitung und drückt mir seinen Ellbogen in die Seite. Das Leben geht immer weiter. Ich sollte es längst wissen. Neuhaus. Ich habe ihn letzte Woche interviewt. Er hat vor einiger Zeit das Feinkostgeschäft übernommen, in dem Oskar so gerne einkauft. Buono. Der Besitzer wollte nicht mehr. Zu viele Auflagen, zu wenig Einnahmen, um davon leben zu können. Neuhaus hat ihn angestellt und gesagt, das sei einer der ersten Läden gewesen, die seine Produkte gekauft hätten. Jetzt könne er etwas zurückgeben. Der alte Kaufmann hat mich dazu gedrängt, mit ihm zu reden. Und ihn, mit mir zu reden. Damit endlich alles richtiggestellt werde in der Öffentlichkeit. Für ihn ist Neuhaus unschuldig, Opfer einer Kampagne. Vielleicht bin ich allzu leicht manipulierbar, wenn es um gutes Essen geht, aber ich habe ihm geglaubt. Warum sollte er, wie in gewissen Medien zu lesen stand, ein „Schlepper-Imperium" aufgebaut haben? Es passt nicht. Er hat sich sozial engagiert. Auch für die Integration von Flüchtlingen. Er war bei der Plattform OneEarth. Ist so viel Heuchelei möglich? Er hat über Zukunftsprojekte geredet, über ein neues Lieferservice. Selbstmord? Wie passt der dazu? Wie passt Selbstmord überhaupt ins Leben? Wäre sein Selbstmord zu verhindern gewesen, wenn ich unser Gespräch früher veröffentlicht hätte? Ich wollte dem Chefredakteur vorschlagen, es als Interview der Woche zu bringen. Ich habe es bis jetzt nicht getan. Vielleicht, weil ich mich davor gefürchtet habe, wieder eine Abfuhr zu bekommen. Und einmal mehr überlegen zu müssen, ob es nicht höchste Zeit ist, das „Magazin" zu verlassen.

Nie, nicht einmal aus Gefälligkeit oder Mitleid hätte er in seinen Lkw Flüchtlinge mitgenommen, hat er gesagt. Man müsse politisch daran arbeiten, dass Menschen, die verfolgt werden, legal in sichere Staaten kommen dürfen, das sei der einzige Weg. Das Gerücht, dass er vor dem Konkurs stehe, hat er als Aktion von Konkurrenten abgetan. Der Online-Handels-Mafia sei eben nichts zu billig. Am besten, man kümmere sich nicht darum.

Gut möglich, dass ich das letzte Interview mit ihm habe. Das könnte meinem neuen Chefredakteur gefallen. Zillinger. Den meine Freundin Vesna immer nur „das Männchen" nennt. Dabei ist er gar nicht klein. Aber seine Anzüge sind so verdammt eng, dass er irgendwie schmalspurig wirkt. Wunderbar. Da stirbt Neuhaus, und ich hoffe, dass mich das Männchen lobt. Im Netz gab es vor kurzem einen Aufruf, die Produkte von Loco zu boykottieren. Die Zeile „Wir kaufen nicht bei Schleppern!" hat zwar auch für Empörung gesorgt, aber die Initiatoren haben umgehend bestritten, dass sie nur im Entferntesten an die Nazi-Parole „Wir kaufen nicht bei Juden!" gedacht hätten. Es sei eine ausgemachte Sauerei, sie in dieses Eck zu rücken, und zeige einmal mehr, wie die selbsternannten Gutmenschen tickten. Neuhaus' Mutter war Jüdin. Er sei froh, dass sie das nicht mehr erleben musste, hat er gesagt. Und dass es ihm wehtäte, dass weltoffene Menschen zwar das kritisiert, aber sonst kaum etwas zu seiner Ehrenrettung getan hätten. Selbstmord. Ich muss trotzdem heim, bevor ich in die Redaktion fahre. Oskar ist verreist und ich war heute so spät dran, dass ich vergessen habe, Vui zu füttern. Unser Kater Vui ohne Futter: eine Katastrophe. Er kann brüllen, dass das ganze Haus rebellisch wird. Nicht nur unsere spießbürgerlichen jungen Nachbarn, denen selbst sein Schnurren zu laut ist. Ohnehin besser, ich denke über die Sache mit Neuhaus noch etwas nach. Sicher gibt es bald mehr Details. Neue Erkenntnisse. – Welche zum Beispiel? Dass er doch nicht tot, sondern nur nach dem Genuss einer Alba-Trüffel in verzückten Tiefschlaf gefallen ist?

Vui hat mich an der Tür erwartet. Kreischend. Maunzen war gestern. Dieses Vieh ist in jeder Beziehung überdimensional. Maine-Coon-Kater, wiegt neun Kilo. Ich glaube allerdings, er hat seit der letzten Messung schon wieder zugelegt. An Größe und an Gewicht. Die wachsen angeblich, bis sie drei Jahre alt sind. Ich habe Vui von Vesnas Liebstem geschenkt bekommen. Als Trost, bald nachdem meine langjährige Gefährtin Gismo einen Heldinnentod gestorben war. Ich öffne den Kühlschrank und plötzlich ist es still. Vui schaut mich mit seinem blauen und seinem braunen Auge konzentriert an, der buschige weiße Schwanz peitscht hin und her. Hühnerfaschiertes. Sein Lieblingsfutter. Oskar hat große Mengen davon eingekauft, damit das arme Tier nicht so sehr unter seiner Abwesenheit leidet. Er hat mich angewiesen, jeden Tag am Abend ein Päckchen aus dem Tiefkühler in den Kühlschrank zu legen. Für mich hat er zwei neue Sugos von Loco heimgebracht, eines mit jungen Artischocken und eines mit Bottarga, diesem köstlichen getrockneten Fischrogen aus Sardinien. Bevor das Gekreisch wieder losgeht, werfe ich einen großen Batzen Faschiertes auf den Fußboden. Natürlich sollte eine Katze nicht kühlschrankkalt fressen, aber mir ist wichtiger, der Terrorist hat etwas im Magen. Um Reste auf dem Küchenboden brauche ich mir keine Gedanken zu machen, der Platz, auf dem das Faschierte gelandet ist, wird in Kürze klinisch sauber sein.

Ich gehe zu meinem Laptop. Wieder einmal habe ich vergessen, ihn zu schließen. Kann es sein, dass ich in letzter Zeit häufiger etwas vergesse? Lässt das Gehirn schon nach? Unsinn. Wenn, dann kommt es davon, dass ich zu viel im Kopf habe. Vui ist auf dem Laptop gelegen. Man muss keine Spurenexpertin sein, um das zu erkennen. Auf dem Bildschirm steht etwas.

ffffffffffffffffffffffffffffffffffffffffffffffffaaaaoooookkke

Ich kneife die Augen zusammen. Fake? Facebook? Beides in einem? Mein weißes Orakel wummert mir den Kopf in die Kniekehle. Ich kann mich gerade noch auf den Beinen halten. Nachschlag, sagt sein Blick. Ich schüttle den Kopf. Ich sollte in die

Redaktion. Auch wenn ich wieder einmal keine Lust darauf habe. Miese Stimmung unter den paar verbliebenen Redakteuren, eilfertiges Getue bei den neu eingestellten Leuten. Sie sondern sich ab. Wir sondern uns ab. „Blasen" im Kleinen. Keine Ahnung, wie die Neuen ticken. Niemand von ihnen habe ich gekannt. Man hat sie von Online-Diensten, privaten Regionalsendern und Presseabteilungen zusammengekauft. Facebook. Eine gute Idee. Ich sollte nachsehen, was über den Tod von Neuhaus gepostet wird. Gibt es noch so etwas wie Pietät? Auf der offiziellen Seite von Loco finde ich nichts über seinen Tod. Er wird sie kaum selbst betreut haben. Lange brauche ich trotzdem nicht zu suchen. „Plattform für ein sauberes Österreich":

Ein Verräter ist tot. Ausländische Lebensmittelverhökkerer und Umvolker, chascht ab, damit der Islam sigt.

Es geht weiter in dieser Art. Manche freuen sich offen, andere stellen fest, dass er jetzt ja nicht mehr am Leben ist und damit ein Problem gelöst sei. Ich lese von reichen naiven Narren, von Willkommensklatschern, von einem angeblichen Gutmenschen, der in Wirklichkeit Schlepperkaiser war, von einem Ausländermafiaboss. Jeder kann ablassen, was er möchte. Ich muss es ja nicht lesen. Ich muss es ja nicht glauben. – Aber ist es damit getan? Was ist mit denen, die weniger Information haben? Ich gehe zur Seite von OneEarth. International sind sie durch ihre Seerettungs-Aktivitäten aufgefallen. Sie sammeln die Verzweifelten auf, die übers Wasser nach Europa wollen. In Österreich kümmern sie sich um Projekte zur Integration von Geflüchteten. Neuhaus hat ihre Initiativen öffentlich unterstützt. Ihm sei es wichtig, dass jeder Mensch eine Chance bekomme, und wenn er es brauche, auch zwei, hat er gesagt. Das Deutsch der Einträge auf der Seite von OneEarth ist besser. Der Ton gemäßigter.

Fürchterlich! Offenbar konnte er nicht mehr damit leben, was er getan hat.

Das Posting darauf:

Fürchterlich ist, was er getan hat. Er hat alle an der Nase herumgeführt. Man hätte es ahnen können. Er hat große Geschäfte gemacht und sich als sozialer Vorzeigeunternehmer aufgespielt. Dabei hat er zu Lasten von uns allen verdient. Macht die Augen auf! Er transportiert Nahrungsmittel mit Lkw und verpestet die Umwelt. Haben wir hier nicht genug zu essen? Aber für die kleinen Leute sind seine italienischen Nobel-Sachen ohnehin nicht, sondern für die Elite, die von nichts genug bekommt.

Einige posten R.I.P. – rest in peace, aber das posten sie auch, wenn ihr Hamster stirbt. Likes und Dislikes und andere Emojis, Hinweise darauf, dass man niemanden verurteilen sollte, aber auch Rechtfertigungen für den Kaufboykott gegen Loco. Die Aktion hatte es sogar in die Hauptnachrichten des Fernsehens geschafft. War sein Selbstmord die logische Folge? Wer hält so etwas aus? Neuhaus hat die Angriffe als Momentaufnahmen und Hysterie im Netz abgetan. Er nehme das nicht ernst. Wie würde ich reagieren? Ich käme nicht in so eine Situation. Wirklich nicht? Irgendjemand mag eine meiner Reportagen nicht und beginnt zu hetzen. Und mit Pech wird es geteilt und dann noch etwas dazuerfunden, weil man Journalisten generell nicht mag und Journalistinnen vielleicht noch weniger, und irgendwann schwappt das Ganze über den virtuellen Rand und kommt in die herkömmlichen Medien und ich muss mich rechtfertigen und … Okay. Ich bin kein Unternehmer mit eindrucksvoller Villa, mehreren hundert Beschäftigten und einem gewissen öffentlichen Selbstdarstellungsdrang. – Darf man über solche Menschen eher herziehen als über Durchschnittstypen? Und wer bestimmt das?

Jedenfalls scheinen sich unterschiedlichste Communitys darüber einig zu sein, dass man über Neuhaus' Tod nicht traurig sein muss. Über Tote sagt man nichts Schlechtes, heißt es. Außer im Wirtshaus, wenn es spät geworden ist. So habe ich früher gedacht. Außer auf Facebook, weiß ich jetzt. Und wohl auch auf Twitter. Ich habe keinen Account. Nur weil ein US-Präsident nicht mehr als ein paar hundert Zeichen schafft, muss ich dort auch nicht hin. Ich sehe auf die Uhr. ToPost. Ich kann von daheim einsteigen. Eine Medienagentur. Unser Blatt hat sie abonniert. Versorgt Journalisten, Redakteurinnen und alle, die sich dafür halten, mit Informationen. Oder besser: mit ihrer Wahrheit. So etwas Ähnliches wie Reuters und AFP, nur auf anderem Niveau. Und so multimedial, wie es jetzt angesagt ist. Es gibt Videos, Beiträge speziell für Online-Medien, Ton-Files. Hauptsächlich auf Deutsch, aber auch auf Englisch, Spanisch und bisweilen in anderen Sprachen. Selbstverständlich alles gegen Bezahlung. Mein neuer Chefredakteur ist stolz darauf, früher mit Thomas Lukic zusammengearbeitet zu haben. Der Typ hat eine faktisch bankrotte Zeitung gekauft, von welchem Geld weiß niemand, und zur Agentur umgebaut. Mit Erfolg. Wenn man Erfolg in Zahlen misst.

Da. Sie haben es als Top-Meldung. *Pizza-Kaiser hat sich selbst gestürzt.* Neuhaus hat, soviel ich weiß, nie Pizza importiert.

Der Gründer der Italo-Importfirma Loco setzte sich stilgerecht ein Ende. Er zelebrierte allein in seiner Luxusvilla ein Festessen. Wie ToPost aus Ermittlerkreisen erfuhr, war eine tödliche Portion Opiate in seinen Hauptgang gemischt. Dessert hatte er keines mehr vorbereitet. (Update und nähere Infos in den nächsten Stunden.) Fakt ist, dass Neuhaus beschuldigt wurde, sein Unternehmen zu einem Schlepper-Ring umgebaut zu haben. Die Flüchtlinge soll er als billige Arbeitskräfte und als Illegale für mafiöse Zwecke eingesetzt haben. Noch immer drängen Afrikaner, vor allem junge Männer, nach Europa. Viele kommen trotz Grenzschutzmaßnahmen über das Mittelmeer nach Italien, doch ihr angestrebtes Ziel liegt weiter nördlich: Österreich, Deutschland, Frankreich, Schweden. Der Name seines Unternehmens ist italienisch. Auf Deutsch heißt Loco verrückt. Im Slang bedeutet Loco aber auch so viel wie Miete oder Pacht. Locazione. Wer war Neuhaus wirklich? Und womit hat er in Zeiten, in denen auch Luxus-Lebensmittel online gekauft werden, sein Geld verdient?

Neuhaus hinterlässt keine Kinder. Ein Interview mit seiner zweiten Frau, die sich von ihm getrennt hatte, ist in Vorbereitung (Print + Video).

Ich schaue zu Vui. Er hat sich in unserem Zeitungskorb zusammengerollt und geht seiner zweitliebsten Beschäftigung nach.

Schlafen. Ich wünschte, Oskar wäre hier. Ich brauche ihn, ich will mit ihm über den Selbstmord reden. Ist das eine Überreaktion, weil ich Neuhaus kannte? Ich finde den Text widerlich. Woher haben die ihre Informationen? Oder saugen sie sich das einfach aus den Fingern? Viele Medien übernehmen es. Und zahlen dafür. Es gibt Zeitschriften, die bestehen nur mehr aus dem Chefredakteur, der Anzeigenabteilung und ein paar freien Mitarbeitern. Im Hauptberuf sind sie Lehrerinnen, Studenten, Landschaftsgärtnerinnen. Sie schreiben für ganz wenig Geld, weil sie es gerne tun. Oder weil sie hoffen, so Fuß zu fassen und irgendwann einmal fix bei einem Medium zu landen. Online-Medien. Nicht nur Waren, auch Meinungen und Informationen werden immer häufiger online verkauft. Manche dieser Medien entstehen einzig in der Hoffnung, dass jemand auf ihrer Seite wirbt. Hat ToPost wirklich ein Interview mit der Witwe von Neuhaus? Dass ihm jetzt sogar aus seinen Kontakten zu Italien ein Strick gedreht wird. Es lässt sich eben alles drehen, wie man will. Feine Küche. Mafia. Gibt's ja tatsächlich beides. Oskar ist mit seiner Mutter nach Jesolo gefahren. Ich war froh, dass ich nicht mitmusste. Sie vergöttert ihren Sohn. Was für ein erfolgreicher Anwalt. Was für ein liebenswerter Mensch. Ich bin gerade einmal akzeptiert. Ohnehin eine hohe Auszeichnung, behauptet Oskar. Frühere Begleiterinnen hätte sie nicht über ihre Schwelle gelassen. Als er ein Kind war, sind sie jedes Jahr an der Adria gewesen. So wie Hunderttausende Österreicher in den Sechziger- und Siebzigerjahren des vergangenen Jahrhunderts. Lange vor Facebook, auch vor Playstation und Flat-TV. Computer waren damals so groß wie Kleiderschränke und hatten eine Rechenleistung wie heute ein billiges Mobiltelefon. Besser? Schlechter? Oskars Mutter war sicher noch nie auf Facebook. Das eine oder andere Vorurteil hat die Hofratswitwe dennoch. Und auch ihr könnte man vorwerfen, sie lebe in ihrer Blase. Konservativ ausgerichtete Zeitung, Freundinnen mit guter Pension und Konzertabonnement. Ich bin böse. Sie ist eine reizende alte Dame und für ihre sechsundachtzig ganz schön agil. Noch eine Dame im reiferen Alter. Wenngleich neun Jahre jünger als Rosa Prager. Und anders. Aber warum sollten die Menschen über achtzig alle gleich sein?

Ich trödle. Der Weg von unserer Wohnung zur Redaktion ist kurz, ein paar Gassen durch den Ersten Bezirk, dann über die Brücke in den Zweiten, dreihundert Meter danach kommt der Glaspalast mit der Aufschrift LESEN SIE DAS! Es steht seit vielen Jahren auf der Fassade. Klotzig. Es hat den neuen Eigentümern gefallen, deswegen durfte es bleiben. Der frühere Chefredakteur ist zurück zum Fernsehen und moderiert jetzt eine Talkshow. Den Älteren der Belegschaft wurde nahegelegt, in Pension zu gehen. Umstrukturierung heißt das Zauberwort. Zwei Japanerinnen sehen mich erschrocken an. Noch nie eine grantige Österreicherin gesehen? Nicht ärgerlich, nicht verärgert, grantig. Es gibt sie noch, die feinen Unterschiede, auch in der Sprache, ihr japanischen Gänse. Grantig. Das klingt schon nach Knurren und Zähnefletschen. Zu Recht. Die beiden drehen sich um und tuscheln. Unser neuer Chefredakteur heißt Stefan Zillinger. Davor hat er die Autozeitschrift „Turbo!" geleitet. Eines der sogenannten Special-Interest-Magazine des Summa-Verlags. Damals gemanagt von Thomas Lukic. Was heißt: Zillinger hat dafür gesorgt, dass der Platz zwischen den bezahlten Anzeigenseiten gefüllt wird. Als ich mich bei meinem alten Freund Droch darüber beklagt habe, dass ein Autozeitschriften-Fuzzi über den Inhalt des „Magazin" bestimmt, hat er gemeint, an mir nage eben auch der Zahn der Zeit. Er hat das lustig gefunden. Vielleicht vertrottelt man doch im Alter. Zumindest die Männer. Vor seiner Pensionierung war er einer der angesehensten Politikjournalisten in Österreich. Österreich ist klein. Wie auch immer. Ich bin beim „Magazin" geblieben. Wahrscheinlich bin ich zu träge. Zu unflexibel. Ich war nie angestellt, ich liebe es, frei zu sein, und ich wurde gut bezahlt. Jetzt habe ich sogar akzeptiert, dass sie mir das Fixum gestrichen haben. Büroarbeiten könnten andere billiger und besser erledigen, hat Zillinger gesagt. Und dass ich mich freispielen könne. Für Reportagen, die nachweislich die Auflage steigern, gäbe es Prämien, die diesen Verdienstausfall mehr als wettmachen würden. Nur: Was die Auflage steigert, analysiert eine Beratungsfirma, die eigentlich dazu da ist, Kosten zu sparen. Neuhaus. Ich habe ein aktuelles Interview. Dass das viele interessiert, ist klar. Ich fange schon an zu denken wie die. Das Sein bestimmt das Bewusstsein. Ein Zitat von Marx. Vielleicht sollte ich es der neuen Führungsgarnitur um die Ohren hauen, so wie einem Vampir das Kreuz. Oder Knoblauch. Oder war es das Sonnenlicht, das diese Blutsauger zu Staub werden lässt? Recherchieren. Ich habe es gelernt. Auch wenn es nicht mehr sehr gefragt zu sein scheint. Zumindest nicht bei uns. Klar gibt es sie noch, die guten Medien. Auch online. Für interessierte Randgruppen. Und ob ich davon leben könnte, wenn ich für sie schreibe, bezweifle ich. Noch einmal: Das Sein bestimmt das Bewusstsein. Dass das Zitat verkürzt ist, weiß ich. Aber was wird heutzutage nicht gekürzt?

Eine Frau in geblümtem Sommerkleid schiebt mit der einen Hand ein Rad, in der anderen hält sie ein Smartphone. Sie lacht laut. Beinahe hätte sie mich angefahren. Blöde Kuh! Im letzten Moment unterdrücke ich es. Steckt die Schimpferei im Internet an? Und warum Tiernamen? Was kann sie für meine miese Laune? Sie entschuldigt sich, noch immer ein Lächeln im Gesicht. Es gibt Menschen, denen geht es gut. Oder hat sie vor zehn Minuten ein Bild online gestellt, das eine Kollegin zeigt, die gerade aus ihrem viel zu engen Kleid platzt? Ende. Luft holen. Und rein ins „Magazin“.

– Die Community hat ihn gerichtet. Schreiben Sie so etwas. Natürlich nicht mit diesen Worten. Erfinden Sie eine knackige Headline, die passt. Sie wissen schon, was ich meine.

Ich sehe Zillinger so neutral wie möglich an. Pokerface. Ich hoffe, es funktioniert. Ich hoffe, er merkt nicht, dass ich koche. – Weiß ich nicht.

– Der Punkt der Geschichte ist doch klar: Wir brauchen keine Todesstrafe, der Täter richtet sich selbst. Es ist quasi der Sieg der neuen Gemeinschaft. Er hat gegen ihre Gesetze verstoßen.

– Ich wusste gar nicht, dass er verurteilt wurde.

– Darum geht es eben. Man muss nicht warten. Er bestätigt die Anschuldigungen, indem er sich selbst richtet.

– Und was, wenn er die falschen Beschuldigungen nicht ertragen konnte?

– Da bringt man sich doch nicht gleich um.

– Ach. Die Frau lässt sich scheiden, die Firma geht den Bach runter, man steht als Boss einer mafiösen Schlepperbande da, von links und rechts wird auf einen eingeprügelt.

– Ja. Das ist es. So können Sie es schreiben. Drama. Das Ende eines ehemals erfolgreichen Unternehmers. War er nicht sogar Unternehmer des Jahres?

– Es ist nichts bewiesen.

– Die Gemeinschaft sieht das anders. Und Fakt ist, er ist tot.

Am liebsten würde ich diesen Typ aus seinem viel zu engen Anzug prügeln. – Und Hetze ist jetzt die neue Form der Demokratie?

– Werden Sie nicht melodramatisch. Demokratie ... Viele alte Formen haben sich überlebt. Die Herrschaft des Volkes. Wir kommen ihr näher. Finden Sie mir einen Philosophen, der das allgemeingültig erklären kann. Oder einen von diesen Paradeintellektuellen. Die sollen etwas darüber schreiben. Nehmen Sie meinen Freund ... Sie wissen schon, der mit den jungen Mädchen, sein Name fällt mir gerade nicht ein. Dann können wir diesen #MeToo-Nervensägen auch gleich eins auswischen. Links und rechts, Parteien, Eliten, das ist alles von gestern.

– Sie haben den respektvollen Umgang miteinander vergessen. Ist auch von gestern. Genauso wie die unabhängige Justiz.

– Wusste ich doch, dass Sie darauf anspringen. Und unabhängige Justiz? Dass ich nicht lache. Haben nicht gerade Sie immer wieder etwas auszusetzen an der Rechtsprechung?

– Ich versuche die Wahrheit herauszufinden.

– Die Wahrheit. Weil Sie die gepachtet haben.

– Ich suche danach. Meine Stimme überschlägt sich. Dieser Typ treibt mich in eine Ecke und ich kann mich nicht wehren. Wie wehrt man sich gegen so einen?

– Das Volk hat recht. Müsste Ihnen doch gefallen, mit Ihren linken Attitüden.

– Ich dachte, links und rechts gibt es nicht mehr.

Wir konnten einander von Anfang an nicht leiden. Es war ausgerechnet der frühere Haupt- und jetzige Minderheitseigentümer, der mich halten wollte. Auflagenträchtige Storys. Mira Valensky ist eine Marke, hat er gesagt. Sie sollen sie sich irgendwohin kleben.

Zillinger sieht mich spöttisch an. – Ich habe bloß gesagt, das ist veraltet. Volkswille statt Ideologie.

– So wie im „Magazin": Wer zahlt, schafft an.

– Sie begreifen es ja doch. Nicht Sie bestimmen die Inhalte, es wird geschrieben, was die Leute gerne lesen. Die zahlen für das Heft. Und das sollen sie weiterhin tun. Sonst gibt's das „Magazin" nicht mehr, Sie nicht, mich nicht und auch nicht das Christkind.

Er hat meinen Sarkasmus einfach nicht bemerkt. Er ist völlig ironiefrei. Und ohne jede Empathie. Ich lege trotzdem noch eins drauf. – Und natürlich wird geschrieben, was die Inserenten wollen.

– So ist es. Es ist dumm und unhöflich, die Hand zu beißen, die einen füttert.

– Haben Sie schon einmal etwas von journalistischen Grundsätzen gehört? Ich brülle. Vui wäre stolz auf mich.

Der Chefredakteur ist für einen Moment irritiert. Er macht den Mund auf. Unter seinem affigen dunkelblauen Sakko sehe ich, wie er langsam ein- und wieder ausatmet. – Machen Sie sich doch nicht lächerlich.

– Ich habe übrigens ein Interview mit ihm.

– Mit wem?

– Mit Neuhaus.

– Der ist tot.
– Ich kann es einem anderen Magazin anbieten.
– Sie haben die Konkurrenzklausel unterschrieben.
– Die neoliberale Freiheit gilt nicht für alle, was?
– Sie sind Juristin. Sie wussten, was Sie taten.
– Also weiß ich auch, was ich jetzt tue.
– Was hat er gesagt? Von wann ist das Interview?
– Von voriger Woche.
– Und warum haben Sie das bisher verschwiegen?
– Sie hatten Ihre eigenen Vorstellungen von der Story.

Zillinger sieht mich an und seufzt. Sicher hat er auch diesen Blick in einem Seminar gelernt. Aber bei mir verfängt er nicht. Ich kann ihn nicht einmal decodieren. Mit jemand von einem anderen Stern könnte ich besser kommunizieren. Der da stammt aus einer anderen Galaxie. Wie haben die aus „Per Anhalter durch die Galaxis" geheißen? Vogons. Aber sie haben keine Slim-Fit-Maßanzüge getragen, sondern waren grobe Kumpels mit einem Sinn für grausige Poesie. Zillinger ist eher wie die Geschäftsmänner, die eine Weltraum-Umfahrungsstraße bauen und dafür die Erde wegräumen würden, weil sie Größerem im Weg steht.

– Wann kann ich es lesen?

– Ich muss erst überlegen, ob ich das Interview nach seinem Tod veröffentlichen kann.

– Dafür haben wir unseren Juristen.

– Es ist eine Juristin.

– Hören Sie auf mit den Haarspaltereien. Hat das die Frauen jemals weitergebracht? Sehen Sie. Im Gegenteil. Das Interview wird auf der Titelseite angekündigt, wenn es etwas taugt. Ich brauche es spätestens morgen Vormittag.

– Es wird so gedruckt, wie ich es schreibe.

– Selbstverständlich.

Er lügt. Ich weiß, dass er es umschreibt, kürzt, so gewichtet, wie es ihm in den Kram passt. Aber ich kann es nicht beweisen. Es hat ja noch nicht stattgefunden. – Anderenfalls bin ich weg.

– Reisende soll man nicht aufhalten.

Er dreht sich um und geht. Oberschenkelmuskeln, die sich durch das edle Beinkleid abzeichnen. Fitnessstudiogestählt.

Ich arbeite seit mehr als zwanzig Jahren fürs „Magazin". Ich habe dem Blatt einige seiner besten Geschichten geliefert. Es gibt Leute, die kaufen es nur, weil ich da schreibe. Sagen sie zumindest. Trotzdem. Zillinger würde sich freuen, wenn ich gehe. Eben. Er würde sich freuen. Ich sollte ihm die Freude nicht machen. Aber deswegen bleiben? Ich könnte das Interview nehmen und als Türöffner verwenden. Habe ich nicht notwendig. Man kennt mich. Trotzdem sind gute Jobs in meinem Beruf Mangelware. Und wenn, holt man sich jemand Jungen. Leute, die top ausgebildet sind, motiviert, die für eine gute Chance fast alles tun. Ich könnte aussteigen. Ich könnte ein Buch schreiben. – Und mich von Oskar aushalten lassen? Wir sind verheiratet. Er verdient Geld genug. Trotzdem. Ich mag das nicht. Ich bin Juristin. Was wäre, wenn ich als Juristin arbeitete? Sechsundfünfzigjährige Juristin ohne Praxis sucht abwechslungsreiche, gut bezahlte Tätigkeit mit flexibler Freizeit. Ich könnte in Oskars Kanzlei anfangen. Als Anhängsel? Unter dem genervten Blick seiner Sekretärin, die seit Jahrzehnten in ihn verliebt ist? Sofern Drachen dieser Sorte lieben können.

Vesnas Unternehmen floriert. „Sauber – Reinigungsarbeiten aller Art". Dreck gibt es immer, pflegt meine Freundin zu sagen. Ich müsste ja nicht putzen gehen, obwohl das auch keine Schande ist. Nur eben nicht besonders gut bezahlt. Vesna hat, nachdem sie im Jugoslawienkrieg mit ihren damals dreijährigen Zwillingen geflohen ist, als Putzfrau gejobbt. So habe ich sie kennengelernt. Immer offen für Neues, mit einem Motorrad, das so illegal war wie sie. Und trotzdem eine verdammt gute Mutter, wie man an Jana und Fran sieht. Sie hat sich hinaufgearbeitet. Ich könnte ihre Trupps einteilen. – Weil ich eine ausgezeichnete Organisatorin bin. Ich bin schon froh, wenn ich es schaffe, das eigene Chaos im Griff zu haben. Oder ich heure in ihrem inoffiziellen

Unternehmenszweig an. Nachforschungen, Personenschutz. Reinigungspersonal hat bald wo Zugang. Vesnas Putzfrauenconnections haben mir mehr als einmal geholfen. Wäre die Detektivordnung nicht so verzopft, hätte sie längst eine Lizenz. Und was soll ich dort tun? Untreue Ehefrauen beschatten? Buntmetalldiebstähle aufdecken, ohne dass die Polizei davon Wind bekommt, weil die Täter nahe Verwandte sein könnten? Vesna liebt das Abenteuer. Ich bin eigentlich mehr für das ruhige Leben. – Und deswegen lasse ich mir von einem Schmalspur-Männchen auf der Nase herumtanzen?

[2.]

Vesna, hast du einen Job für mich?

– Du wirst dich nicht von Männchen kleinkriegen lassen.

– Er … Ich kann mit ihm nicht einmal reden, er ist wie aus einer anderen Galaxie.

– Vielleicht es dreht ihm jemand den dürren Hals um. Weißt du, was dann übrig bleibt? Was, das die Kühe ausgespuckt haben. Die können ihn dann wiederkauen.

Ich gehe über die Brücke, schaue in den Donaukanal unter mir und lache ins Telefon.

– Ehrlich. Ich habe ihn gesehen bei einem großen Buffet. Alles vom Besten, die Feinen haben aufgeladen, als wären sie vor dem Hungertod. Und er hat eine Riesenportion grünen Salat am Teller. Mit nichts. Auch kein Öl oder so. Ich habe nachgesehen. Der isst wie eine Kuh, was willst du von dem?

– Er ist mein Chefredakteur.

– Ignoriere ihn. Dann welkt er.

– Du bist unmöglich.

– Ich bin in halber Stunde im LeMar. Passt das?

– Ja. Perfekt. Was soll ich tun? Soll ich dem „Magazin“ das Interview geben?

– Wem sonst?

– Ja. Eben.

– Wir reden. Lass dir von Lemar Drink mixen.

Ich schlendere durch den Ersten Bezirk. Herrschaftsbauten und Touristen, Luxusläden und in den Seitengässchen einige Geschäfte, in denen die Zeit stehengeblieben zu sein scheint. Bänder und Knöpfe. Lampen, die seit Jahrzehnten keiner kauft. Antiquarische Bücher und Postkarten. Ich brauche eine Jacke. So ein Teil für alle Fälle. Bequem, nicht zu eng, gut zu Jeans, dezent. Mein Lieblingssakko hat zwei Brandlöcher. Das kommt vom Nachtleben. Und davon, dass in Österreich in gewissen Bereichen noch geraucht werden darf. Ich sollte besser kein Geld ausgeben. Bis ich weiß, wie es weitergeht. Seit ich über die Machenschaften der internationalen Textilindustrie recherchiert habe, versuche ich nur mehr fair erzeugte Kleidung zu kaufen. Aber finde die erst einmal mitten in Wien. Und dann finde noch dazu ein Sakko. T-Shirts mit lustigen Sprüchen drauf gibt es, Freizeithosen, Baumwollkleider, die an allen aussehen, als wäre man eine seltsam verpackte Öko-Wurst. Am besten wird sein, ich probiere durch, was ich ohnehin im Schrank habe. Neuhaus hat gesagt, dass er privat nicht viel brauche. Der Konsumterror nehme dem Leben bloß Zeit weg. Ob man ihm glauben kann? Er hat Delikatessen verkauft. Und in einer beachtlichen Villa nördlich von Wien gelebt. Sie ist erst einige Jahre alt, er hat sie mir stolz gezeigt. Vorzeigeprojekt mit Photovoltaik und Energiespeicher, nachhaltige Materialien. All so etwas. Hat ihm trotzdem nicht geholfen, im Netz galt er bei vielen Ökos als Heuchler. Schickt Lkw quer durch Europa, verpestet die Luft, bereichert sich und wohnt schick. Was hat ihn in den Tod getrieben? Wer hat ihn in den Tod getrieben? Niemand. Oder alle. Keiner kann zur Rechenschaft gezogen werden. Volkswille. In gewissem Sinn hat das Männchen recht. Es fragt sich nur, ob es gut ist. Wie entsteht der Wille des Volkes? Wie werden Meinungen gemacht?

Diese Schlepper-Geschichte. Einer seiner Fahrer wurde gefasst. Er hatte drei Somalis in seiner Ladung versteckt. Hakan Bilgin, türkischstämmig, österreichischer Staatsbürger, schon hier geboren. Er sitzt in Untersuchungshaft. Über die drei Somalis weiß man nichts. Sind sie bereits abgeschoben worden?

Ich spaziere Richtung Ring. Auf der anderen Seite erheben sich das Naturhistorische und das Kunsthistorische Museum. Unübersehbar. Wuchtig. Ich mag diese Art Architektur nicht besonders, aber Touristen lieben solche Gebäude als Fotohintergrund. Francesca und Carlo vor dem steinernen Pferd. Li und ihre Kinder auf der Eingangstreppe. Früher wurde man viel häufiger gebeten, bei Urlaubsfotos zu assistieren. Jetzt macht sie jeder selbst. Selfie und Selfiestick. Drei Klicks und alles ist online. Tante Jiang kann es in Peking sehen. Vorausgesetzt, es fällt nicht der Zensur zum Opfer.

Warum will ich nicht glauben, dass Neuhaus mit dem Somali-Transport zu tun hat? Dass er den Auftrag dazu gegeben hat? Vielleicht hat er es zu Beginn nicht wegen des Geldes, sondern aus Mitleid getan. Dann ging es der Firma nicht mehr so gut und er konnte sich immerhin sagen, dass bei ihm keine Menschen zusammengepfercht und unter Lebensgefahr transportiert werden. Bei ihm sind sie komfortabel und sicher gefahren. Drei Afrikaner zwischen Nudeln und eingelegtem Gemüse. Der Fahrer hat angeblich mitgemacht, weil er Angst hatte, seinen Job zu verlieren. Sein Anwalt hat das einigen Zeitungen erzählt. Er sei froh, dass es zu Ende sei. Bilgin könnte die Somalis auf eigene Rechnung mitgenommen haben. Dagegen spricht freilich, dass auch ein anderer ehemaliger Mitarbeiter von solchen Aktionen berichtet hat. Auf Facebook. Als er dahintergekommen ist, dass er deswegen Probleme mit der Polizei bekommen könnte, hat er alles widerrufen und gemeint, die Postings seien gar nicht von ihm gewesen. Jedenfalls: Neuhaus hat nicht so gewirkt, als würde er Geflüchtete ausbeuten. Ich hätte ihm zugetraut, am Höhepunkt der Flüchtlingswelle eine schwangere Frau zu ihrer Familie zu fahren. Oder alte Menschen, Kranke. Gleich mache ich einen Heiligen aus ihm. Lächerlich. Wie wirkt jemand, der viel Geld damit verdient, andere über Grenzen zu bringen? Mein alter Kollege Droch würde mich wieder einmal als naiv verspotten. Aber der ist in Pension. Und wie immer um diese Zeit im September mit seinem alten Freund Zuckerbrot segeln. In Kroatien.

Ab und zu schalten die beiden ihr Mobiltelefon ein, die meiste Zeit aber sind sie offline. Abgetaucht. Der ehemals gefürchtete politische Kommentator und der Leiter der Gruppe Leib und Leben im Ruhestand. Ich bin Zuckerbrot immer wieder ins Gehege gekommen, er mag mich trotzdem. Er hat mir eine Ansichtskarte geschrieben. Ansichtskarte. So etwas ist selten geworden. *Leib und Leben, das hat nichts mehr mit Mord zu tun, sondern mit gutem Essen und Trinken und aufs Meer sehen und genießen. – Sonnigste Grüße.* Droch hat dazugekritzelt, dass ich brav sein solle, dann bringe er mir etwas Schönes mit. Brav. Was das ist. Ich bin viel zu brav. Sonst hätte ich mit Karacho das „Magazin" verlassen, als die neuen Macher aufgetaucht sind. Und privat? Ich habe Oskar noch nie betrogen. Stimmt nicht. Einmal doch. Aber das ist so lange her, dass man es schon vergessen kann. Eine verzauberte Nacht am Strand. Was wäre gekommen, wenn ich dort geblieben wäre? Mit dem schönen Mann, der einst einer der schnellsten Läufer der Welt war? Jetzt wird er auch schon graue Haare haben. Und vielleicht einen Bauchansatz. Wie wichtig ist das? Neuhaus' zweite Frau war deutlich jünger als er. Warum hat sie ihn wirklich verlassen? Ich sollte mit ihr reden. Stattdessen werde ich es bald auf ToPost lesen. Wer war eigentlich die Erstfrau? Kinder scheint es keine zu geben.

Das Lokal, in dem ich mit Vesna verabredet bin, liegt in einer kleinen Gasse unweit unserer Prunkmuseen. Lemar strahlt mich an. Wie immer trägt er einen Al-Capone-Hut, ein weißes Hemd und Hosenträger. Die Bar soll etwas vom verruchten Charme der amerikanischen Prohibitionszeit ausstrahlen, Schwarz-Weiß-Fotos von Filmstars, als Hollywood noch Stil hatte. Lemar stammt aus Afghanistan. Er ist als Kind nach Österreich gekommen und hat eine umfassende Gastronomieausbildung genossen. Unter den Fittichen eines liebenswürdigen und kompetenten Hoteldirektors. Jugendstilhotel, fünf Minuten vom Stephansdom. Ich habe ihn bei einer Reportage über versteckte Perlen in Wien kennengelernt. Das dazu passende Anzeigenpaket des „Magazin“ war klar. Fremdenverkehrswerbung, Hoteleinschaltungen, aktuelle Musicalproduktionen. Die Passage über sein feines Kleinod wäre fast aus dem Blatt gekippt, weil er nicht inserieren wollte. Ich konnte es verhindern, aber es ist mir bis heute peinlich. Ich hoffe, er denkt nicht, ich hätte mit der Belagerung durch den Anzeigenkeiler zu tun gehabt.

Lemar weiß, was ich brauche. Pink Mira, den Drink, den einst ein Barkeeper in Zypern für mich kreiert hat: frisch gepresster roter Grapefruitsaft, viel Eis, Soda und ein guter Schuss Campari. Perfekt. Ich sitze vor dem Lokal und entspanne mich langsam. Es liegt an der Stimmung, nicht am Alkohol. Hier bin ich willkommen. Und die kleine Gasse so nah am Ring ist überraschend ruhig. Nichts ist zu spüren vom Großstadt-Getue. Weil eine richtig große Stadt wird Wien ohnehin nie. Wenn auch in den letzten Jahren eine zunehmend bunte. Der frühere Wiener Bürgermeister hat vielleicht ausgesehen wie ein Fiaker-Kutscher. Und er war sicher ein Machtpolitiker. Aber er war klug und weltoffen. Und erstaunlich mutig, als es darum ging, den nationalistischen Moden gemeinsam mit den Grünen etwas Zukunftsträchtigeres entgegenzusetzen. Ich kann nur hoffen, die Neuen machen nicht zu viel kaputt. Ich mag meine Stadt und manchmal kann ich sogar stolz auf sie sein. Wenn Leute wie Lemar eine Zukunftsperspektive bekommen. Seine ganze Familie hat ihn unterstützt, damit er die Bar aufmachen konnte. Ich halte ihm die Daumen, dass er Erfolg hat. Und wenn er scheitert, dann soll er nicht anders behandelt werden als einheimische Gastronomen, die sich geirrt haben. Lemars Mutter ist Altenpflegerin. Sie sieht zwanzig Jahre jünger aus, als sie eigentlich ist. Was weiß ich schon über afghanische Frauen? SMS. Vesna verspätet sich *um 4tel Stunde.*

Ich öffne den Browser meines Smartphones und suche nach Carina Neuhaus. Facebook-Profile und Werbung für das Netzwerk XING. Es geht, es funktioniert, heißt XING auf Chinesisch. Das Netz soll vor allem deutsche, österreichische und

Schweizer Business-Leute verbinden. Angeblich haben die Chinesen gar nichts damit zu tun. Vielleicht ist XING genau das Ding im Netz, mit dem die Chinesen wirklich nichts zu tun haben. Vor kurzem habe ich gelesen, dass sie an einem Personenerkennungsprogramm arbeiten. Kameras speichern Gesichtszüge und Bewegungsabläufe. Dem werden dann Personen zugeordnet. Und danach ist jede und jeder immer und überall erkennbar. Gespenstisch. Ich werde Fran fragen, ob das stimmt. Vesnas Sohn und Computergenie seit Jugendtagen. Jetzt hat er eine Firma, die sich mit Software-Entwicklungen und maßgeschneiderten Lösungen für Unternehmen beschäftigt. Die Suchergebnisse zu Carina Neuhaus liefern Berichte von Galerieeröffnungen und Charity-Veranstaltungen. Fotos einer lächelnden Blondine. Ich logge mich bei ToPost ein. Vielleicht haben sie das angekündigte Interview schon online gestellt. Wieder tippe ich *Carina Neuhaus*. Wieder Berichte über sogenannte Society-Events. Und da. Das Interview. Ich öffne die Seite. Nicht mehr vorhanden. Seltsam. Kaum veröffentlicht und schon wieder weg? Was steckt dahinter? Was hat sie gesagt? Hat es schon jemand übernommen? Immerhin ist ToPost eine Agentur. Mich packt das Jagdfieber. Zurück zum Browser. Im letzten Moment sehe ich das Datum. Das Interview stammt aus dem vergangenen Monat. Deswegen haben sie es offenbar gelöscht. Weil es Neueres gibt. Oder weil es bald Neueres gibt. Trotzdem. Ich suche und finde gleich mehrere Medien, die damals von ToPost zugekauft haben.

– Es ist mir nicht leichtgefallen, aber ich musste mich von ihm trennen. Man darf sich nicht zerstören lassen.

– Wie meinen Sie das?

– Er wurde immer mehr zum Eigenbrötler. Er hat alles hinterfragt, auch unsere Beziehung. Dabei habe ich ihn so geliebt. Ich war blutjung und gerade am Karrieresprung als PR-Managerin, mir hat es nichts ausgemacht, dass er älter war. Er hatte Charisma. Aber dann hat er begonnen, an allem zu zweifeln. Er hat abendelang gegrübelt und nur mehr die Wand angestarrt. So als ob ich gar nicht da wäre.

– Im Allgemeinen gilt Carlo Neuhaus als umgänglicher Mensch. Ist das nur Fassade?

– Ich will nichts Schlechtes über ihn sagen, ich will nur Frauen Mut machen, sich nicht alles gefallen zu lassen. Er hat mich auch bei öffentlichen Veranstaltungen einige Male in sehr peinliche Situationen gebracht. Als wir unser Projekt Sport statt Drogen präsentiert haben, hat er in die Kamera gesagt, dass er die Heuchelei satthat, und dann ist er davongelaufen.

– Warum, glauben Sie, hat er von Heuchelei gesprochen?

– Woher soll ich das wissen? Mit unserem Projekt hatte es jedenfalls nichts zu tun. Jetzt im Nachhinein denke ich, er hat vielleicht von seiner eigenen Heuchelei geredet.

– Sie glauben, dass er tatsächlich den Transport von Flüchtlingen organisiert hat?

– Nein, das habe ich nicht gesagt. Nur dass vielleicht sein wirkliches Leben anders war, als viele glauben. Ich wollte auch nicht mehr akzeptieren, dass er mit seinen Lkw unsere Luft verpestet und damit sogar Bio-Produkte verkauft. Ich denke an unsere Umwelt und an die Zukunft. Vieles hat bei ihm nicht mehr zusammengepasst. Leider. Ich habe ihm den Rücken freigehalten und dafür meine Karriere aufgegeben. Jetzt stehe ich vor dem Nichts.

– Darf man fragen, wovon Sie momentan leben?

– Ich habe zum Glück etwas gespart. Und ich werde bei der Scheidung darauf bestehen, dass ich meinen fairen Anteil bekomme. Immerhin habe ich mich in einer entscheidenden beruflichen Phase für ihn entschieden. Da ist das nur recht und billig. Wir Frauen müssen uns auf die Hinterbeine stellen.

Jetzt ist er tot. Ob sie erbt? Ob ToPost das Interview aus Pietät aus dem Archiv genommen hat? Bisher haben sie sich um so etwas nicht gekümmert. Was hat Neuhaus bei unserem Gespräch über seine Frau gesagt? Ihm sei klar geworden, dass er für sie einfach eine gute Partie zum richtigen Zeitpunkt gewesen sei. Klang auch nicht eben freundlich. Zehn Jahre davor: Sie hat in seiner PR-Abteilung gearbeitet. Er war begeistert von der jungen schönen Frau, die ihn anhimmelte. Sie war begeistert davon, dass er von ihr begeistert war. Ein altes Lied. Dann war es vorbei mit der Begeisterung. Er hatte Probleme und bei ihr wenig Rückhalt. Sie hat sich das Leben an seiner Seite anders vorgestellt. Ich glaube nicht, dass er sich aus Gram über das Ende dieser Beziehung umgebracht hat.

– Du starrst böse ins Telefon, als möchtest du jemand töten. Geht Voodoo über Handy? Vesna küsst mich auf beide Wangen und setzt sich.

– Sollte man googeln. Es gibt sicher eine App. Wäre vielleicht eine Möglichkeit. Ansonsten muss ich wohl weg vom „Magazin". Ich kann mit diesem Typ nicht arbeiten. Man sollte den Eigentümern klarmachen, dass er das Blatt ruiniert.

– Die haben ihn geholt, meine liebe Mira. Du verschwendest besser keine Zeit und Energie an das Männchen. Du machst deine Geschichten und basta.

– Er schreibt sie um, wenn einem Anzeigekunden etwas nicht passt. Und er hat politische Seilschaften, die ich zum Kotzen finde.

– Sprichst du womöglich von Teil unserer Regierung? Die Menschen haben sie gewählt. Du wolltest eine Story über Kriminalität im Internet machen. Fran hilft dir. Das ist besser als sich in der Sache mit Neuhaus verrennen.

– Verrennen? Ich weiß nicht, ob er sich umgebracht hat. Und wenn: Dann gibt es Leute, die daran schuld sind.

– Ja. Zum Beispiel er selbst. Schreibe das Interview und dann mache etwas anderes. Die Firma von Fran lauft übrigens immer besser. Gerade wegen Kriminalität im Internet. Weil die Menschen Angst haben vor Attacken. Er kann sie schützen. Wenn auch nicht perfekt. Das geht nicht.

– Vielleicht machen die IT-Unternehmer solche Attacken selbst? Und verkaufen dann die Schutzmaßnahmen dagegen.

– Mira Valensky, du spinnst. Du kannst nicht Fran …

– War ein Witz.

– Aber kein guter. Hast du mitbekommen, was die Russen getan haben? Das EU-Parlament hat die Freilassung von russischen Regimegegnern verlangt und zwei Tage danach sind ihre Server durch eine DDoS-Attacke lahmgelegt worden.

– Eine was?

– Das du solltest recherchieren. Da wird ein Server von ganz vielen Geräten aus angesteuert, es ist so, als wollen alle in Wien auf einmal in den Stephansdom. Eine Million Menschen. Da ist das totale Chaos. Und alle Wege dorthin sind verstopft.

– Ich hab gelesen, dass das EU-Parlament attackiert worden ist. Eine Zeit lang ist auch der Strom ausgefallen.

– Alles wird über Server gesteuert, das sage ich dir. Da geht es nicht nur um Homepage.

– Haben sie die Seite zerstört?

– Sie haben alles lahmgelegt, das ist Schaden genug. Schon allein für Renommee. Wobei Fran sagt, das ist nicht sicher, ob sie nicht doch eine Schadsoftware hinterlassen haben. Irgendwo.

– Na super. Die haben uns also in der Tasche.

– War jetzt wieder ein Witz?

– Könntest du mir sagen, warum niemand meine Witze versteht?

– Ist eher Sarkasmus und so etwas kenne ich nicht an dir, Mira Valensky.

– Die Stimmung im „Magazin" färbt eben ab.

– Du entscheidest, ob du das zulasst. Übrigens ist es nicht sicher, ob der Angriff wirklich aus Russland gekommen ist. Fran sagt, es gibt Hinweise auf Österreich. Ausgerechnet.

– Hätte er wohl gerne. Muss sich eben um sein Geschäft kümmern.

– Rede nicht so. Was ist mit dir, Mira? Du hast keinen Grund, auf die ganze Welt sauer zu sein.

– Ich weiß auch nicht. Es ist … Bei allen läuft es gut, nur bei mir nicht.

Vesna lächelt und greift nach meiner Hand. Ich will schon spotten, dass sie es üblicherweise nicht so mit Sentimentalitäten hat, aber ich unterdrücke es. Ich kann mich selbst nicht leiden.

– Mira, Süße: Du hast die größte Katze von allen, du hast einen supernetten Mann. Du lebst in einer wunderschönen Wohnung in der Mitte von Wien. Und zur Not kann Oskar dich erhalten.

– Das hab ich mir immer gewünscht.

– Musst ja nicht. Ich rufe Fran an. Er wird dich auf andere Gedanken bringen. Und dir eine gute Story liefern.

Fran sitzt neben uns, rührt in seinem Caffè Latte und schüttelt den Kopf. – Ich glaube nicht, dass das ein Zufall ist. Simon war einer der engsten Mitarbeiter von Neuhaus. Er hat zu ihm gehalten, er war ihm dankbar.

– So wie der alte Kaufmann.

– Wie wer? Fran sieht mich irritiert an.

– Buono. Oskars Lieblingsladen. Er wurde von Neuhaus übernommen.

– Was heißt verschwunden?, fragt Vesna nach. – Dieser Mitarbeiter kann auf Urlaub sein. Oder einfach nicht online. Das ist früher häufig so gewesen, auch wenn du dir das nicht mehr vorstellen kannst.

Fran lächelt seine Mutter an. – Kann ich doch. Ich schalte manchmal alles aus.

– Wenn du schlafen willst.

– Wenn ich lesen will. Ein Buch. Faszinierendes Ding. Kann nicht abstürzen und keiner kann mitlesen. Sie haben Simon nicht nur im Netz gesucht, sondern auch überall, wo er regelmäßig war.

– Wer sind „sie"?, will ich wissen.

– Freunde von ihm. Gute Leute. Aus der Hackerszene. Simon ist ein Ass. Und ein wirklich netter Typ. Er war Neuhaus' Experte für alles, was online funktionieren musste.

– Hackerszene? Was du tust in der Hackerszene? Vesna sieht ihren Sohn beunruhigt an.

Fran lacht. – Wenn du nervös wirst, kommt dir noch immer die Satzstellung durcheinander, Mam. Hacker sind okay. Nur weil dummerweise immer wieder Kriminelle als Hacker bezeichnet werden, ändert das nichts daran. Hacker suchen kreative Umwege, sie zerstören nichts und sie erpressen kein Geld.

– Sie brechen in fremde Computer ein, beharrt Vesna.

– Sie kümmern sich um die Sicherheit im Netz, sie finden Lücken und arbeiten inzwischen eng mit den Cybercrime-Leuten zusammen. Cyber Crime Competence Center, kurz C4.

– Habe ich davon gehört. Du hast auch zu tun mit denen?

– Natürlich. Ich sehe viel, wenn ich an Sicherheitslösungen für meine Auftraggeber arbeite. Wir helfen.

– Und die haben nichts dagegen, dass du gemeinsam bist mit Hackern? Du solltest nicht mit ihnen sein, das ist besser für den Ruf. Vielleicht hast du recht, aber die meisten Leute wissen das nicht. Für die sind Hacker die neuen Verbrecher. Vielleicht ist Simon wegen so etwas verschwunden.

– Ach, und um der lieben Vorurteile willen soll ich Freunde hängenlassen?

– Er ist ein Freund? Wenn er dein Freund ist, warum ich kenne ihn nicht?

– Mam, ich bin kein Kind mehr.

Ich mische mich in den Familienstreit. – Dieser Simon war also ein enger Mitarbeiter von Neuhaus, er hat sich um alle Computerdinge gekümmert. Und er ist genau zu der Zeit verschwunden, als sich Neuhaus umgebracht hat.

– Oder als er umgebracht wurde, sagt Fran.

– Vielleicht von ihm. Diesem Simon, wirft Vesna ein.

Fran sieht sie genervt an. – Sicher nicht. Für Simon war Neuhaus ein Held. Er hat ihm eine neue Chance gegeben. Er hat sich eben nicht von Vorurteilen leiten lassen.

– Neue Chance? Warum? Was hat er vorher getan?

– Na gut. Als er jung war, war Simon ein wenig wild.

– Wie alt ist er?

– So alt wie ich. Circa.

– Als er jung war, wiederhole ich amüsiert.

– Ich werde dreißig.

– Entzückend.

– Was war mit Simon?, will Vesna wissen.

– Er war in Berlin im Schwarzen Block. Gegen Imperialismus und all so was, Straßenschlachten gegen Neonazis und gegen das Establishment. Sachbeschädigungen, Widerstand gegen die Staatsgewalt. Er hatte eine echt miese Kindheit. Der Vater war ein rechter Politiker. Er hat sich scheiden lassen, um die Tochter des Parteichefs zu heiraten. Inzwischen hat er sich offenbar total versoffen. Seine Mutter ist nach der Scheidung um die Häuser gezogen. Irgendwie ist Simon in Wien gelandet und Neuhaus hat ihn aufgegabelt, als er in einen Container eingebrochen ist, um nach Essen zu suchen.

– Du kennst Leute, sagt Vesna und schüttelt den Kopf.

– Neuhaus hat ihm zu essen gegeben, statt ihn anzuzeigen. Und er hat ihn im Lager arbeiten lassen. Dann ist er dahintergekommen, dass Simon ein Computerfreak ist und sich schon damals ausgesprochen gut im Netz bewegen konnte.

– Hacker eben.

– Ja, genau. Er ist gut und schlau. Oder ist dir lieber, er wirft mit Steinen? Neuhaus hat ihm Kurse gezahlt. Dafür hat er jetzt einen der besten Computerspezialisten im Land.

– Hast du keine Idee, warum er verschwunden ist?, frage ich.

– Es muss mit dem Tod von Neuhaus zu tun haben.

– Ihr habt schon Krankenhäuser, Notschlafstellen, Polizei durchtelefoniert? Vesna nimmt noch einen Schluck Soda-Zitrone. Tagsüber will sie keinen Alkohol. Ich wünschte, ich wäre so konsequent.

– Durchtelefoniert nicht, aber …

Ich sehe Vesnas Sohn an und lächle. – Du meinst, deine Freunde haben andere Methoden.

– Es geht schneller. Und man weiß, dass die Auskünfte stimmen. Es ist peinlich, wie schlecht gewisse Einrichtungen gesichert sind. Ganz abgesehen davon, dass es fast überall Menschen gibt, die ihre Zugangsdaten mehr oder weniger offen herumliegen lassen. Simon ist nirgendwo aufgetaucht.

– Er kann in der Donau schwimmen, murmelt Vesna.

– Wer macht da schlechte Witze? Ich tippe in mein Smartphone und suche nach Simon Wiedner. Unterdessen debattiert Vesna mit ihrem Sohn weiter über Hacker und ihren Ruf und die Auswirkungen auf seinen Ruf. Besser, ich gieße nicht Öl ins Feuer, indem ich Vesna damit aufziehe, wie stockkonservativ sie ist, wenn es um ihre Kinder geht. Ihr sind halblegale Umwege, wenn sie dem richtigen Ziel dienen, kein Problem. Aber Fran und Jana haben den ganz geraden bürgerlichen Weg zu nehmen. Damit ihnen ja nichts passiert.

Die Nachricht ist bereits im Netz angekommen. Neuhaus' IT-Experte Simon W. ist verschwunden. Was seine Vergangenheit angeht, scheint Fran untertrieben zu haben. Drogenkriminalität, Körperverletzung, Beteiligung an einer kriminellen Organisation. Vom Verdacht auf fahrlässige Tötung aus Mangel an Beweisen freigesprochen. Alles rund zehn Jahre her. Die Berichte sind einander sehr ähnlich. Ich logge mich bei ToPost ein und finde das Ausgangsmaterial: *Hat ihn seine Vergangenheit eingeholt? – Simon W., Computerexperte und enger Mitarbeiter von Carlo Neuhaus, spurlos verschwunden.*

Nach der Aufzählung seiner Vergehen und Verbrechen wird der Verdacht geäußert, *dass der vorbestrafte Mann, der auch in der Hackerszene aktiv gewesen sein soll, mit dem Tod seines Chefs in Verbindung steht. Polizeiliche Ermittlungen laufen.*

Ich halte Fran mein Smartphone vor die Nase. Die beiden streiten gerade darüber, ob sich Jana nicht endlich einen fixen Job suchen sollte, statt im Libanon Flüchtlinge zu betreuen.

– Sie schreibt an ihrer Dissertation, knurrt Fran.

– Niemand muss schreiben, wenn es so gefährlich ist.

– Für sie ist es nicht gefährlich. Sie weiß, was sie tut. Sie kann jederzeit weg.

– Und wenn Unruhen ausbrechen?

Fran liest und sieht mich an. – Irre. Diese Agentur. ToPost. Dreckschleuder.

– Darüber könnte Jana ihre Dissertation machen, wirft Vesna ein.

– Und bei dir wohnen, damit du immer auf sie aufpassen kannst, fügt Fran hinzu. – Ich habe eine Idee, sagt er dann in meine Richtung. – Ich hätte gleich draufkommen sollen. Simon hat eine zweite Wohnung. Nennen wir es lieber Bleibe.

– Du meinst, er könnte dort sein?

– Nein, sie haben sicher nachgesehen. Aber er kann andere Spuren hinterlassen haben.

– Du meinst im Netz.

– Sozusagen. Ich habe einen Zugang zu einem Teil seines Netzwerks. Hoffentlich hat er nichts verändert. Ich hab ihm erst vergangene Woche etwas installiert. Was die Hardware angeht, habe ich bessere Zugänge. Es ist unglaublich, was Firmen wegwerfen, nur weil es etwas gibt, das neuer ist.

– Er hat Verfahren wegen Totschlag gehabt. Vesna sieht empört von meinem Smartphone auf. – Du weißt das?

– Er hat damit nichts zu tun gehabt, sie wollten ihn drankriegen. Um abzulenken.

– Ich sage nur, dass man nicht nach Sympathie gehen sollte.

– Er ist freigesprochen worden.

– Aus Mangel an Beweisen.

– Mam! Du glaubst diesen Schmierern?

– Sei vorsichtig, Sohn, meine beste Freundin ist auch eine.

– Oh, danke, werfe ich ein.

– So ich habe nicht gemeint.

– ToPost ist das Letzte vom Letzten, kläre ich Vesna auf. – Du kannst dich an die „Ganze Post“ erinnern?

– War eine Tageszeitung, sie ist eingegangen.

– Sie wurde „Die Ganze“. Eine Wochenzeitung.

– Lange nicht so groß wie das „Magazin“.

– Thomas Lukic hat sie gekauft. Mit welchem Geld, weiß keiner. Er hat die meisten Leute hinausgeworfen und durch eigene ersetzt. Und er hat diese Agentur daraus gemacht. ToPost. Man kann den Dienst abonnieren und dann alles übernehmen oder man kann für einzelne Beiträge zahlen. Sehr bequem für Medien, die sich keine Journalistinnen mehr leisten wollen.

– Nicht nur. Vor kurzem haben sie im Fernsehen ToPost zitiert.

– Leider. Das „Magazin" übernimmt auch immer wieder etwas von ihnen. Was freilich kein Wunder ist. Dieser Lukic und unser Chefredakteur haben früher zusammengearbeitet. Lukic war Verlagsleiter und Zillinger Chefredakteur seiner Autozeitung.

– Deswegen du kannst ToPost nicht leiden.

– Ich kann ToPost nicht leiden, weil so etwas den Journalismus ruiniert. Und Zillinger kannst du auch nicht leiden.

– Das ist wahr. Lukic auch nicht. Habe ihn bei einem Fest gesehen. Angeber. Hat denselben Schneider wie dein Zillinger.

– Die rennen jetzt alle so herum, schau dir unsere Politiker an. Und die Fernsehmoderatoren, sagt Fran. – Zum Glück will ich keine großen Business-Kunden.

– Hast du inzwischen schon mehr als zwei oder drei Jeans?

– Nein, warum? Eine ist immer in Reserve und sauber, was brauche ich sonst? Außerdem ist das Marketing. Ich gehöre zu den angepassten Alternativen im Computer-Business. Die halten mich für gut vernetzt, weil ich keinen Anzug anhabe, und für seriös, weil ich keine Kapuzenjacke trage. Und kein Metall im Gesicht hab.

– Hat gerade noch gefehlt, knurrt Vesna.

Ich lache. Ich lache, bis mir die Tränen herunterrinnen. Ich bin so froh, dass es Vesna und ihre Familie gibt. – Danke, sage ich. – Ich liebe euch.

– Du mich auch, sagt Vesna. – So, und damit es dir besser geht, und meinem Sohn auch, suchen wir nach verschwundenem heiligen Hacker.

[3.]

Nasses Kopfsteinpflaster in der Nacht. Der Regen hat die Hitze fortgewaschen, jetzt merkt man, dass es September ist. Das Gässchen ist menschenleer. Hinter den großen Glasscheiben einer Galerie quadratische Bilder, alle in Weiß. Ein diffuses Leuchten geht von ihnen aus. Oder spiegeln sie das Licht der Straßenlaternen? Wer malt weiße Bilder? Man möchte in sie hineinsteigen und nachsehen, was hinter dem Weiß ist. Oder war. Anfang? Ende? Fran deutet mir, weiterzukommen. Es ist schon nach zwölf. Wir wollen in Simons zweite Wohnung. Warum ist er verschwunden? Hat er zu viel gewusst? Oder musste er fliehen, weil er mit Neuhaus' Tod zu tun hat? Drogen. Offenbar hat Neuhaus eine tödliche Dosis an Opiaten im Körper gehabt. In einem dürren Polizeikommunique hat es geheißen, dass er sie oral eingenommen hat. Offenbar mit seinem letzten einsamen Festmahl. Die Türen waren verschlossen.

Ich reiße mich von den weißen Bildern los und gehe zu Fran. – Simon hat mit Drogen zu tun gehabt. Was, wenn er Neuhaus Drogen besorgt hat und der hat sich dann damit umgebracht. Das könnte erklären, warum er abgetaucht ist.

– Daran hab ich auch schon gedacht. Aber Simon war weg von diesem Milieu. Er hat nicht einmal gekifft. Er hat gesagt, bei seinem Job braucht man einen klaren Kopf. Er nimmt bloß eine Droge, und die in großer Menge. Eine typische Hackerdroge übrigens.

– Kokain?

– Kaffee.

– Wie gut kennst du ihn?

– Ziemlich gut. Er ist ein Freund, wie ich nicht viele habe. Wir verstehen einander. Nicht nur, was unsere Arbeit angeht. Er ist ein Einzelgänger, etwas Besonderes. Er denkt viel und tut sich schwer mit Emotionen, kein Wunder, bei seiner Geschichte. Er ist einer von denen, auf die man sich zu hundert Prozent verlassen kann, wenn man befreundet ist.

– Warum hast du ihn nie mitgebracht?

– Ich hab ihn erst in den letzten Monaten besser kennengelernt. Er hat mir einige Male geholfen, dafür hab ich ihm für seine privaten Spielereien die Ausrüstung gecheckt. Mam ist eine schreckliche Glucke, das weißt du doch, jeder ist für sie ein Feind, der ihre lieben Kinder auf Abwege führen könnte. Das wird sich nie ändern, auch nicht, wenn ich fünfzig bin.

– Das hat was. Supersauber war dieser Simon früher allerdings nicht.

– Nein. Ich hab mit gewaltbereiten Anarchos nichts am Hut, aber er ist damals in Berlin so reingeschlittert. Er war immer allein, seinen Vater hat er nur aus den Medien gekannt, der wollte mit ihm nichts zu tun haben. Keiner wollte ihn. Zumindest war das sein Gefühl. Wenn man so einem Siebzehnjährigen mit rechtem Arschlochvater sagt, dass Revolution von links die einzige Lösung ist, dann ist es kein Wunder, wenn er darauf abfährt. Er hat es geschafft, da wieder rauszukommen. Er hat ausgesagt in dem Totschlag-Prozess. Die haben in ihrem Block einen dabeigehabt, der in Wirklichkeit für die Polizei gearbeitet hat. Der Undercover wollte zeigen, wie sehr er dazugehört. Er hat einen Neonazi verprügelt und der ist so unglücklich auf die Bordsteinkante gekracht, dass er tot war. Der Undercover-Typ hat behauptet, Simon hat den Nazi umgebracht. Beim Prozess wurde so viel getrickst, dass einem schlecht werden kann. Als Simon dann wenigstens aus Mangel an Beweisen freigesprochen wurde, musste er weg. Seine Clique hat geglaubt, er war der

Undercover. Und bei der Polizei war er extrem unbeliebt, weil er zu viel wusste. So ist er nach Wien.

– Ich nehme an, das ist seine Version.

– Ich hab einiges überprüft. Vergiss nicht, ich bin Vesnas Sohn. Den Prozess hat es gegeben. Und die Ungereimtheiten auch.

Schritte. Ich drehe mich vorsichtig um. Ein alter Mann mit einem walzenförmigen Hund.

– Weißt du, dass hier ganz in der Nähe Szenen aus dem „Dritten Mann" gedreht worden sind? Beim Palais Pallavicini, flüstert Fran.

– Man könnte glauben, es hat sich nichts geändert seit damals.

– Dann wäre der Alte wohl ein Schieber, der in der Nacht seine Waren verhökert.

– Und um die Ecke wartet Harry Lime, ergänze ich. – Du kennst die Geschichte. Sein Freund aus Amerika kann sich nicht vorstellen, dass Harry einer der miesesten Schieber geworden ist. Er handelt mit gefälschtem Penicillin. Manchmal weiß man über seine Freunde nicht alles.

– Ich bin nicht so blauäugig. Und vielleicht wissen wir schon bald mehr. Da ist das Haus. Für den Eingang hab ich einen Schlüssel. Bei der Wohnungstür wird es komplizierter.

– Wir müssen aufpassen, dass uns keiner verfolgt.

– Mira, das ist zu viel „Dritter Mann".

– Neuhaus ist tot. Dein Simon ist verschwunden.

– Okay. Wir gehen am Haus vorbei bis zu dem Tor dort vorne. Wir sehen in die Auslage des Juweliers. Und in den Spiegeln checken wir, was auf der Gasse abgeht.

– Mach dich nicht lustig.

Aber Fran ist schon vorausgegangen. Der alte Mann steht bei einem Laternenmast. Ich höre ihn keuchen. Oder ist es der Hund? Vesna sollte hier sein. Sie ist die Expertin für solche Aktionen. Aber Fran wollte sie nicht dabeihaben. Bei ihrer Einstellung Hackern gegenüber. Wenn uns jemand folgt ... Unsinn.

Orson Welles ist ebenso Vergangenheit wie die Wiener Schieber und die Besatzungszeit. Nur das Straßenpflaster war damals schon da. Und die Lichter der Straßenlaternen, die sich in den Pfützen spiegeln. Die Häuser. Und …

Eine Stimme. Laut. – Nein echt, wir haben das schon hundertmal durch. Du kannst nicht einfach mitten in der Nacht anrufen und ich soll dann antanzen. Wie stellst du dir das vor? Ich bin nicht deine Frau. Und mit der Kuh in deinem Büro hab ich auch nichts zu tun. Du machst schnipp und alle apportieren. Vergiss es. Und dann … Die Frau hält ihr Telefon wie ein Buch vor sich, es ist ihr offenbar nicht bewusst, wie still es hier war. Der alte Mann schreckt auf und verkürzt die Leine. Der Hund reagiert nicht. Vielleicht ist er taub. Das Gespräch geht weiter, sie müllt die Gasse mit ihrem Beziehungskram zu. Warum ist sie auf der Straße, wenn sie nicht zu ihm will? Die Bilder aus dem Film sind mit einem Mal aus meinem Kopf. Eine ganz andere Zeit. Wir werden in Simons Bleibe nach Spuren suchen. Und danach werde ich gut schlafen.

Das Stiegenhaus ist schmal, es riecht nach Staub und fauligem Obst. Im Wiener Stadtzentrum gibt es nicht bloß Luxusimmobilien. Fran geht wortlos voran, ich versuche kein Geräusch zu machen, ich atme mit geöffnetem Mund. Durch die hohen schmalen Fenster in den Innenhof dringt genug Licht, um zu sehen, dass die dunklen Bodenfliesen an vielen Stellen abgeschlagen sind. Dem Muster nach könnten sie aus der Jugendstilzeit stammen. Wie viele Menschen sind hier schon gegangen? Was haben sie erlebt? Zwei Weltkriege und privates Glück und Leid. Die meisten Türen haben keine Schilder. Der Geruch nach fauligem Obst wird stärker. Ein Karton mit verschrumpelten Äpfeln und braunen Bananen. Eigenartig. Fran dreht sich zu mir um. Ich deute auf die Kiste. Fran zuckt mit den Schultern. Ich nehme die nächste Treppe in Angriff. Da war ein Geräusch. Fran scheint es nicht gehört zu haben. Da ist noch jemand im Stiegenhaus. Ich bleibe stehen und lausche. Nichts. Ich habe mich geirrt. Und wenn nicht, dann wird es wohl jemand sein, der sehr spät heimkommt oder sehr früh rausmuss. Wer wohnt hier? Ich eile Fran nach. Jetzt atme ich hörbar. Der letzte Treppenabsatz. Nur eine Tür und die ist niedrig. Dachwohnung, aber keine, wie Oskar und ich sie haben.

– Da war ein Geräusch, flüstere ich Fran zu.

– Ich habe nichts gehört. Die Kiste ist für ein Pferd. Da hat eine ein Pferd und die vom Laden stellen ihr altes Obst her. Vielleicht ist sie auf Urlaub.

Manchmal sind Erklärungen seltsam, aber einfach.

– Wer wohnt hier noch?

– Keine Ahnung, die meisten Wohnungen stehen leer. Ich kenne nur die Geschichte mit dem Pferd. Fran holt sein Smartphone aus der Tasche. – Ich hoffe, er hat seinen Code nicht geändert. Fran tippt. Er hebt den Kopf. Lauscht.

– Geht es nicht?

– Ich warte auf ein Antwortsignal, dann kann ich weitertun.

– Wer braucht so ein Türschloss, wenn er nichts zu verbergen hat?

– Jemand, der vorsichtig ist.

– Hat ihm vielleicht nicht viel genützt.

Ich höre leise Geräusche, auf- und absteigende Töne, Computerkommunikation. Ob Fran das versteht, so wie man auch Chinesisch verstehen kann? Was sagt das elektronische Türschloss zu ihm? Jetzt tippt Fran wieder. Ein einzelner dunklerer Ton, er kommt von der Tür.

– Okay. Ich geh rein. Du wartest hier noch einen Moment.

Fran hat die Taschenlampenfunktion des Telefons aktiviert. Zum Glück lässt er die Tür weit offen. Was muss er klären, bevor ich in die Wohnung kann?

Schritte, schnelle Schritte. Jemand rennt die Treppe herauf, oder sind es mehrere? Ich will Fran warnen, aber da ist eine feste Hand auf meiner Schulter, sie reißt mich herum, ich taumle, werde in eine Ecke gestoßen. Auf, ich muss auf, zu Fran, ich muss rein und wir machen die Tür zu, wir rufen die … Licht.

Fran. Er hat etwas gehört. Ein Mann, Kapuze über das Gesicht gezogen, er wirft sich auf ihn. Ich muss ihm … Jemand presst mir einen stinkenden Lappen ins Gesicht. Wollen die mich ersticken? Ich versuche nicht zu atmen. Chloroform, oder so etwas. Ich muss zu Fran, wenn Vesna … Ich sehe nichts mehr. Der Lappen. Ich darf nicht ohnmächtig werden. Ich … Fauchen. Wie von einem Tiger. Was ist das? Ich trete um mich, trete ins Leere. Und plötzlich ist die Hand weg. Jemand stürzt die Treppe hinunter. Ein schwarzer schlanker Schatten. Jetzt ist er bei Fran. Der kämpft, aber zwei Männern ist er nicht gewachsen. Er hat mehr im Hirn als in den Muskeln. Nur dass das manchmal nichts nützt. Der Schatten reißt den anderen Angreifer weg von Fran. Gibt es da gleich mehrere Gruppen, die hinter uns her sind? Gerangel und Gefauche. Ich rapple mich auf, höre, wie unten die Tür ins Schloss fällt. Fran und der Schatten, sie versuchen den anderen festzuhalten, der kämpft, keucht. Ich sollte schreien. Aber ich bringe keinen Ton heraus. Die Gestalt mit der Kapuze reißt sich los.

– Halte auf, Mira!

Ich sehe den schlanken schwarzen Schatten irritiert an. Vesna. Und schon ist der Kapuzenträger an mir vorbei, rennt die Treppe hinunter.

Vesna flucht auf Bosnisch. Sie war es, die gefaucht hat. Sie hat zwei Angreifer vertrieben.

– Warum du lasst gehen? Jetzt faucht sie mich an.

– Was machst du hier?, antworte ich matt.

– Du siehst, was. Wie könnt ihr so etwas tun und nichts sagen? Das kommt dabei heraus.

– Wer waren die?, fragt Fran und reibt sich den Kopf.

– Wir gehen hinein und machen zu, sagt Vesna. Es ist ein Befehl.

Fran legt ganz altmodisch einen Riegel vor. Vesna steht vor uns, die Arme vor der Brust verschränkt.

– Ich will mit Fran sprechen, niemand ist daheim. Ich will mit Mira sprechen, sie ist nicht daheim. Ich rufe Oskar in Italien an, er sagt, du hast schon eine gute Nacht gewünscht. Du willst viel schlafen. Er ist so gutglaubend, dein Oskar. Vesna funkelt mich an. – Zum Glück ich weiß, wo die Wohnung von diesem Simon ist. Ich wollte Umfeld klären. Das macht man, bevor man nachsieht. Was ihr habt dabei gedacht?

– Du warst mit Hans zum Essen eingeladen, murmle ich.

– Wie gut, dass das bald aus war. Und dass ich habe Instinkt. Sonst ihr wärt jetzt …

Schüttelfrost. Ich kann es nicht verhindern, ich zittere am ganzen Körper. Wer weiß, was auf diesem Lappen war.

Vesna sieht mich alarmiert an. – Was ist? Es geht dir nicht gut?

– Ich weiß nicht. Meine Zähne klappern.

– Das du hast davon, faucht Vesna ihren Sohn an.

Mir wird schwarz vor den Augen. Ich merke gerade noch, wie mich Vesna und Fran packen. Sie setzen mich auf den Boden. Ich versuche tief durchzuatmen. Einmal. Zweimal. Dreimal. Ich sehe wieder halbwegs normal. Auch das Zittern lässt nach. – Geht schon, murmle ich.

Jetzt erst nehme ich die seltsame Wohnungsausstattung wahr. Da ist ein langer Tisch, da sind offene Regale und alles ist voll mit Computerzeug. Monitore und Rechner und etwas, das ich für einen Videorekorder halte. Mikrofon und Mischpult und jede Menge Kabel, allerdings sorgfältig gebündelt. Fran fährt gerade den PC hoch, der in der Mitte des Tisches steht. Offenbar so etwas wie die Kommandozentrale in der Kommandozentrale. Was hat dieser Simon hier getan? Was hatten die Typen mit uns vor? Ich merke, wie das Zittern wieder anfängt. Sei nicht so zimperlich, Mira. Vesna hat uns gerettet.

– Danke, sage ich zu meiner Freundin und versuche, nicht in Tränen auszubrechen.

– Wer waren die? Habt ihr Ahnung?, fragt sie zurück.

– Gar keine, antwortet Fran, ohne den Monitor aus den Augen zu lassen. Viele Zeilen mit kleinen Buchstaben und Ziffern.

– Dos-Ebene, murmle ich. Ein wenig kenne ich mich auch aus.

Fran dreht den Kopf. – Dos? Du glaubst wirklich, er arbeitet noch mit einem alten Windows-Betriebssystem? Aber echt nicht. Schon einmal was von Linux gehört?

– Besonders kräftig waren sie nicht, redet Vesna weiter. – Und sicher keine Profis. Können welche von deinen Hackerfreunden gewesen sein, was meinst du?

– Unsinn. Warum sollten die uns auflauern?

– Weil sie in Wohnung wollten. Vielleicht sie wollten dich zwingen, sie in sein Netz zu bringen. Zu dem, was er gemacht hat im Netz. – Warum kannst du es? Wie gut kennst du den?

– Mam, das passt alles nicht. Ich kann mir das nicht vorstellen.

– Mein Sohn, es sieht so aus, als du kannst dir zu viel nicht vorstellen.

– Ich komm da ohnehin nicht rein. Leider. Er hat Zugangscodes, die sich permanent ändern, ich dachte, ich hätte den Schlüssel. Ich könnte höchstens …

– Zu lange wir sollten nicht bleiben, drängt Vesna. – Wir wissen nicht, ob sie sind weg.

– Man sollte vielleicht die Polizei verständigen, sage ich. Es klingt eher nach Piepsen.

– So ein Unsinn, kommt es von beiden Krajners gleichzeitig zurück.

– Wir sind in fremde Wohnung eingebrochen, dir ist das klar?, ergänzt meine Freundin.

– Ich hatte den Schlüssel. Sozusagen, widerspricht ihr Sohn. – Was könnten wir der Polizei erzählen? Außerdem will Simon mit Sicherheit nicht, dass sie seine Wohnung kennen.

– Weil er da hackt, setzt Vesna nach.

– Ja. Aber nicht, um andere zu schädigen. Ganz im Gegenteil. Er ist ein Tüftler, der sich für ein freies sicheres Netz einsetzt.

– Vielleicht waren es Russen?, frage ich.

– Wie du kommst auf Russen? Vesna schüttelt den Kopf.

– Hat Fran nicht gesagt, es gibt Hinweise darauf, dass der Angriff auf den Server des Europaparlaments von Russland ausgegangen ist?

Fran dreht sich zu mir um. – Das ist gar kein dummer Gedanke. Das ist nahezu ein Hack.

– Ein was?

– Eine kreative gute Verknüpfung. Simon hat mir erzählt, dass dieser Angriff vielleicht gar nicht von den Russen gekommen ist. Er hat Spuren gefunden, die darauf hindeuten, dass er über einen österreichischen Server gelaufen ist.

– Aber warum sollten die Russen sauer sein, wenn er behauptet, dass sie es nicht waren? Wem hat er das gesagt außer dir?

– Vielleicht waren sie es doch, vielleicht haben sie ihre Leute auch in Österreich sitzen. Mit vielen hat er über solche Verdachtsmomente sicher nicht geredet.

– Wenn er herausgefunden hat, wer das war …

Fran nickt. – Cyberspionage. Die kommen dahinter, dass er viel weiß und …

– Aber warum sie müssen dann euch nach und in seine Wohnung?, fragt Vesna.

– Weil sie zu gut gesichert war. Weil sie angenommen haben, ich komme hinein.

Mir brummt der Kopf, als hätten sie mir eine Riesendrohne eingepflanzt. – Was hat das dann mit dem Tod von Neuhaus zu tun?

– Vielleicht gar nichts, murmelt Fran.

– Sie sagen, es gibt in Österreich viel mehr Agenten, als man glaubt. Auch neue. Im Netz. Vesna reibt sich den Unterarm. Offenbar hat sie bei dem Kampf einiges abbekommen. Mein rechtes Knie schmerzt. Die Unterlippe fühlt sich an, als hätte man sie mit Schmirgelpapier behandelt.

Fran zwinkert mir zu. – Womit wir fast wieder beim „Dritten Mann" wären. Ich steh auf diesen Film. Eines meiner Lieblingszitate ist: *„Na so ein Pech – sagt man das hier immer, wenn jemand stirbt?"* Mit einem Mal sieht er erschrocken drein. – Idiotisch. Tut mir leid. So habe ich das nicht gemeint. Man kann nur hoffen, dass Simon nicht …

– Ich kenne anderes Zitat, antwortet seine Mutter. – *„Es ist besser, man mischt sich nicht ein in solche Sachen."*

Ich sehe Vesna verblüfft an. Ich weiß, dass Fran ein Faible für alte Filme hat, aber meine Freundin?

Vesna lächelt. – Wir haben Film sehr oft gesehen in der ersten Zeit in Wien. Es hat einen alten Videorekorder gegeben in der Wohnung. Und nur drei Filme. „Der Dritte Mann", „Kevin allein zu Hause" und „Turtles". Wir haben gefunden, mit dem „Dritten Mann" wir lernen am meisten über Wien.

– Das erklärt vieles, antworte ich und lächle zurück. Und wundere mich wieder einmal darüber, wie viel ich nicht über meine Freundin weiß.

– Wer sagt eigentlich, dass einer von den beiden nicht dein Simon war?, fragt Vesna ihren Sohn.

– Das ist Quatsch.

– Aber du kannst es nicht ausschließen.

– Er hat einen Strumpf über dem Gesicht gehabt. Und eine Kapuze. Ich hab sein Gesicht nicht gesehen. Die Gestalt hätte auf ihn passen können. Wie auf zehntausend andere schlanke mittelgroße Männer auch.

[4.]

Tödliche Community“, sind Sie verrückt? Der Chefredakteur hat die großen Blätter meines Philodendrons zur Seite gefetzt. Er wirkt lächerlicher denn je.

– Sie wollten doch eine knackige Schlagzeile. Wir brauchen keine Gerichte mehr, das Volk richtet und der Täter begeht Selbstmord. Passt übrigens wunderbar zu unserer neuen Do-it-yourself-Gesellschaft. Wir scannen die Waren an den Kassen selbst, wir checken selbst unser Gepäck ein und das Essen holen wir uns auch aus irgendwelchen Automaten. Soll ich das Thema ausweiten?

– Sie wissen ganz genau, was ich gemeint habe! Er brüllt immer noch.

– Lauter verstehe ich es auch nicht besser.

– Den Titel mache ich selbst. Wo ist das Drumherum? Ich dachte, Sie hätten so gute Kontakte. Er hat seinen Tod zelebriert. Mit einem Festmahl. Im Drogenrausch.

– Ich war nicht dabei, tut mir leid. Und soviel ich weiß, gibt's keinen Drogenrausch, wenn man zu viel Opiate isst. Da gibt's nur einen schnellen Tod.

– Die anderen waren genauso wenig dabei, und trotzdem haben sie Details. Sie haben nichts. Das angebliche Gespräch mit Neuhaus habe ich auch noch nicht gesehen. ToPost hat ein packendes Interview mit seiner Witwe. Die Arme. Zuerst sein gesellschaftlicher Absturz und jetzt sein Tod.

– Sie wollte sich schon vor einem Monat von ihm trennen. Und sie wollte ihn ausnehmen.

– Woher haben Sie den Unsinn?

– Woher wohl? Von Ihren Freunden von ToPost.

– Sich zu trennen, war ihre Chance zu überleben. Er muss in einem fürchterlichen Zustand gewesen sein. Und Sie sagen, dass sie ihren Mann ausnehmen wollte? Wie kommen Sie darauf? Soviel ich weiß, kennen Sie sie nicht. Sie fallen über eine Frau her. Ausgerechnet Sie, die Sie sonst überall als Emanze verschrien sind.

– Verschrien? Interessant, wie Sie Emanzipation verstehen.

– Oh, sorry, aber mich kriegen Sie nicht mit Ihrem korrekten Getue.

– Da geht es nicht um … Ich hole tief Luft. Völlig sinnlos, mit dem Männchen über so etwas zu diskutieren. – Es kann übrigens sein, dass das Verschwinden seines IT-Mitarbeiters gar nichts mit dem Selbstmord zu tun hat.

– Wie bitte?

Eigentlich wollte ich da zuerst weiter recherchieren. Aber es tut einfach gut, mit meinem Wissen aufzutrumpfen. Wobei Wissen übertrieben ist, es ist eine vage Hypothese. Und das neue Interview mit der Witwe muss ich lesen. Ich hab darauf vergessen, so viel ist passiert. – Simon Wiedner war in der Hackerszene aktiv. Es kann sein, dass er etwas über den Cyberangriff auf das EU-Parlament herausgefunden hat.

– Die Russen?

– Vielleicht.

– Gibt es Beweise?

– Nein.

– Dann vergessen Sie es. – Wobei: Russen wäre gut, das zieht immer noch. Die Cyber-Russen haben ihn auf dem Gewissen …

– Oder auch jemand anderes und es waren gar nicht die Russen.

– Also was jetzt? Wir bleiben bei den Russen … Oder Sie schreiben: die Russen oder die Nordkoreaner. Der Typ mit dem Fußballgesicht geht immer als Schurke.

– Ich brauche noch Informationen.

– Damit die anderen wieder schneller sind?

– Niemand hat ein aktuelles Interview mit Neuhaus.

– Das ist ja auch schwer möglich, es sei denn, es gab schon Séancen. Wäre allerdings auch eine Idee. Er meldet sich aus dem Jenseits. Wenn ich Ihr Interview bringen soll, dann brauche ich es in den nächsten Stunden, sonst ist jede Vorabmeldung sinnlos.

– Sie wollen es ankündigen, bevor das „Magazin" erscheint?

– Nur wenn es gut ist. Sie müssen sich daran gewöhnen, dass man heute nicht mehr auf das Erscheinen einer Zeitung wartet. Die Zeit rast. Sie regen sich auf, dass Sie Artikel von ToPost übernehmen sollen. Seien Sie schneller, dann müssen die uns übernehmen.

– Ich dachte, Lukic ist Ihr Freund?

– Liebe Frau Valensky, Sie haben keine Ahnung von der heutigen Medienbranche. Das muss ich Ihnen leider sagen.

– Freunde gibt's da nicht.

– Es gibt Interessen. Und Interessengemeinschaften, bevor Sie mir mit der Ich-AG oder etwas ähnlich Dämlichem kommen.

– Ich stelle es mir fein vor, mit einer IG Essen zu gehen. Oder Geburtstag zu feiern.

– Liefern Sie!

Er verfängt sich in meiner Riesengrünpflanze, sein Anzug schimmert heute dezent blaulila. Eine übergroße giftige Blüte. – Die müssen weg! Das habe ich Ihnen schon oft genug gesagt! Wir sind in einem Raum und wir sehen einander!

– Aber wir schauen einander nicht an, erwidere ich. Ob er es noch gehört hat, weiß ich nicht. Egal. Momentan sitze ich am längeren Ast. Er will das Interview. Wahrscheinlich hat er schon herumerzählt, dass da ein Knüller kommt. Der Knüller ist, dass es dieses Interview gibt. Der Inhalt ... Ich muss es mir noch einmal durchhören. Wollte ich längst. Aber dann ... der Hacker Simon und die Russen. Bei Licht betrachtet, glaube ich nicht daran. Es ist zu unwahrscheinlich, dass sein Verschwinden und Neuhaus' Tod nichts miteinander zu tun haben.

– Sagen Sie ihm, ich arbeite von daheim aus. Ich lächle der Redaktionssekretärin zu. Ich weiß, sie kann Zillinger auch nicht leiden. Aber wer kann das schon? Die neuen Schleimer? Vielleicht kann er sich selbst nicht leiden. Früher waren wenigstens die Manieren besser. Man hat es sich nicht erlaubt, herumzuschreien. Jetzt scheint es immer mehr Menschen zu geben, die sich nicht genieren, anderen ohne jeden Respekt zu begegnen. Sieht man ja auch im Netz.

Ich gehe durch die Stadt. Ich könnte beim Feinkostgeschäft Buono vorbeischauen. Gerade wenn Oskar weg ist, sollte ich mir etwas gönnen. Für mein seelisches Gleichgewicht. Beinahe nichts macht mich so gelassen wie gutes Essen.

Auf der Verkaufstheke steht ein Bild von Neuhaus mit schwarzer Schleife. Der Ladenbetreiber nickt mir ernst zu, bedient den Kunden vor mir mit ausgesuchter Höflichkeit, kassiert. Hier hat das Do-it-yourself-Prinzip noch nicht Einzug gehalten.

– Fürchterlich ist das, sagt er zu mir. – Sie haben ihn in den Tod getrieben. Und stellen Sie sich vor, ich hatte heute eine Kundin, die hat mich gefragt, warum ich um den trauere. Ich hab ihr erzählt, wie er mir geholfen hat. Und dass sie nur deswegen so bequem bei ihr ums Eck einkaufen kann, weil er den Laden übernommen hat. Und, Sie werden es nicht glauben, sie hat gesagt, sie gibt keinen Cent an einen, der noch mehr Ausländer ins Land holt. Ich weiß, dass sie eine riesige Altbauwohnung hat, ganz für sich allein, und Geld genug. Und sie liebt italienische Delikatessen. Es ist fürchterlich. Aber das habe ich schon gesagt.

– Glauben Sie, dass er sich umgebracht hat?

– Was sonst? Man liest es überall. Die Türen waren versperrt. Er hat gekocht und dann ein Ende gemacht. Ich werde nie darüber hinwegkommen. Ich hätte es spüren müssen, er war am Vortag bei mir, er hat sich nichts anmerken lassen, gar nichts. Ich frage mich die ganze Zeit, ob es Lebensmittel von mir waren, die er gegessen hat. Sie haben das Interview mit ihm noch nicht veröffentlicht, oder?

– Nein. Es … Ich verstumme. Bin ich etwa doch mit schuld daran, dass er sich umgebracht hat? Hätte er eine öffentliche Ehrenrettung gebraucht?

– Sie wissen, dass er nie mit Schlepperei und so was zu tun hatte. Die haben versucht, ihn hinzurichten. Das war eine gelenkte Aktion.

– Wer sollte so etwas machen?

– Er hat Feinde. Und Neider. Wenn man wie ich seit beinahe fünfzig Jahren im Geschäft steht, weiß man, wie böse Menschen sein können. Gerüchte haben schon früher viel anrichten können und heute verbreiten sie sich durch das Internet wie Lauffeuer. Manches geschieht nur aus Tratschsucht, anderes ganz gezielt. Ich kann mich noch erinnern, was einem Kunden von mir passiert ist. Einer dieser Immobilienhaie hat das Gerücht aufgebracht, mein Kunde würde es mit kleinen Buben tun. Völlig hirnrissig. Der Immobilienhai wollte erreichen, dass er gekündigt wird. Er wollte die Wohnung, so war das. Er hat versucht, alle Mieter aus dem Haus zu kriegen. Es muss in den Siebzigerjahren gewesen sein.

– Kennen Sie seine Frau?

– Nein, ich denke, eine Frau hatte er nicht, aber er hat nie im Leben mit kleinen Buben …

– Ich meine die Frau von Neuhaus.

– Na ja.

– Also ja?

– Sie wissen, dass ich auch kalte Platten und Ähnliches zusammenstelle. Jetzt nennt man das Catering. Ich habe an eine Freundin von ihr geliefert, Freu Neuhaus hatte bestellt. Gezahlt hat er. Da waren einige junge Damen und sie, seine Frau, hat mich herumkommandiert, als wäre ich ein Lehrbub. Sie musste allen zeigen, dass sie die Chefin ist. Hübsch ist sie, das muss man sagen. Und viel jünger. Das hat ihm wohl geschmeichelt. Früher.

– Sie wollten sich scheiden lassen.

– Er hatte Schwierigkeiten und was macht sie? Sie läuft davon. Fürchterlich. Wie es jetzt mit uns weitergeht, weiß ich natürlich auch nicht.

Ich räuspere mich. – Könnte ich bitte zwanzig Deka von den Alici mit Peperoncino haben?

Der Kaufmann starrt mich an.

– Ich … bin allein, mein Mann ist mit seiner Mutter am Meer. Ich muss etwas essen …

– Oh. Entschuldigung. Natürlich. Dafür bin ich da. Ich bin am Boden zerstört, das haben Sie sicher schon gemerkt, aber das ändert nichts daran, dass wir essen müssen. Und dass wir nichts Schlechtes essen sollten. Die Italiener haben auch da viel mehr Kultur als wir. Sie haben überhaupt viel mehr Kultur. Abgesehen von diesem Berlusconi und dem schreienden Clown der Sternefraktion, wenn der im Fernsehen ist, drehe ich ab, das halte ich nicht aus, wie der alle für dumm verkauft. Aber auch die überlebt so ein Land.

– Sie sprechen Italienisch?

Der alte Kaufmann lächelt. – Ich habe Italienische Kunstgeschichte studiert. In Rom und in Pisa. Bald nach dem Krieg. Darf ich Ihnen sonst noch etwas geben?

Ich sehe ihn irritiert an. – Warum …

– Weil wir in der fünften Generation Kaufleute sind. Mein Vater hat mir ermöglicht zu studieren. Dafür werde ich ihm ewig dankbar sein. Es war trotzdem klar, dass ich das Geschäft übernehme. Handwerk, Handel, Wissenschaft: Warum sollte eines wichtiger sein als das andere? Es zählt, was man daraus macht.

Ob Oskar seine Lebensgeschichte kennt? Ich schüttle den Kopf.

– Sie wundern sich, dass ich dann aufgeben wollte? Es ging nicht mehr. Und ich habe keine Nachkommen. Ich werde Neuhaus ewig dankbar sein. Ich weiß, dass er ein guter Mensch ist. War. – Vielleicht ein paar Datteri-Tomaten? Sie sind wunderbar.

– Ja, bitte. Ein halbes Kilo.

– Und Sie sollten Fregola probieren. Er hat sie geliebt. Sie kommt aus Sardinien, kleine Pasta-Kügelchen, die im Ofen geröstet werden. Man kann sie kochen oder wie Risotto zubereiten, so sind sie am besten. Sardinien hat er ganz besonders gemocht, er hat gesagt, da ist noch so viel Luft und Platz, dort gäbe es die schönsten Ausblicke der Welt, Berge und glasklares Meer.

– Ich werde sie ausprobieren.

– Erscheint das Interview noch?

Das Interview. Schon allein dem Ladenbesitzer zuliebe muss es in die nächste Ausgabe vom „Magazin". Ich sehe auf die Uhr. Ich sollte schreiben. Und erst danach essen. – Ja. Ich muss heim und daran arbeiten.

– Dann halte ich Sie nicht länger auf.

– Ich muss noch zahlen.

– Das geht auf mich.

– Das möchte ich nicht.

– Dann machen wir es anders. Sie zahlen und ich schenke Ihnen Mirto. Auch aus Sardinien. Ein Likör, aber nicht süß, wunderbarer Digestiv, aus den Beeren des wilden Myrtenstrauchs.

Mein Mobiltelefon liegt neben dem Laptop. Vui habe ich zum zweiten Mal vom Schreibtisch gepflückt und auf den Boden gesetzt. Jetzt scheint er aufgegeben zu haben. Er gähnt mich an. So richtig ausdauernd ist er nur beim Fressen. Vielleicht sollte ich ihn auf die Terrasse verbannen und mit einer Kleinigkeit trösten. Habe ich Hühnerfaschiertes aufgetaut? Ich weiß nicht, warum ich es nicht schaffe, mein Gespräch mit Neuhaus abzuhören. Habe ich Angst vor der Stimme eines Toten? Hat es einen Hilferuf gegeben, den ich überhört habe? Oder fürchte ich bloß, das Ganze ist ziemlich belanglos? Zumindest im Nachhinein. ToPost hat das Interview mit seiner Witwe offenbar online gestellt. Wie hat der Chefredakteur gesagt? Packend. Wie immer es ist. Ich sollte es mir ansehen. Am besten sofort. Und dann meines schreiben. Warum nicht umgekehrt? Neuhaus kann auf das, was seine Frau erzählt, nicht mehr reagieren. Trotzdem. Bevor ich hier noch länger sitze und den Laptop anstarre, will ich wissen, was Carina Neuhaus gesagt hat.

– Man fühlt sich so ausgeliefert, man macht sich Vorwürfe, dass man nichts dagegen tun konnte. Es ist fürchterlich, allein zu sein und zu grübeln.

– Hat es keine Anzeichen gegeben?

– Im Nachhinein denke ich, dass es die gegeben hat. Es war ein langer Prozess. Der Firma ist es nicht mehr so gut gegangen und dann die Anschuldigungen. Er hat sich ziemlich zurückgezogen, ich habe versucht, ihn so gut es geht zu unterstützen.

– Die Anschuldigungen: Sie sprechen von den Hinweisen, dass er mit seinen Lkw illegale Flüchtlinge ins Land gebracht haben soll. Wussten Sie davon?

– Natürlich nicht. Ich kann dazu gar nichts sagen, aber er hat wohl viel Anerkennung und Zuneigung verloren.

– Es heißt, dass Sie in Scheidung gelebt haben.

– Er ist durch die Vorfälle nicht einfacher geworden, ich habe mir eine gewisse Auszeit genommen, aber ich war immer in seiner Nähe, natürlich habe ich ihn unterstützt, in guten wie in schlechten Zeiten, wie es heißt.

– Können Sie bereits an die Zukunft denken?

– Momentan fühle ich einfach nur Trauer. Ich weiß nicht, wie es weitergehen soll. Ich hoffe, ich werde die Kraft finden, alles zu ordnen. Immerhin muss geklärt werden, was mit der Firma geschieht.

– Werden Sie Loco übernehmen?

– Ich kann sein Lebenswerk nicht zerstören. Es ist meine Pflicht, ich bin es ihm schuldig.

– Einer seiner engsten Mitarbeiter ist verschwunden, Simon W. Kennen Sie ihn?

– Ich kenne ihn flüchtig. Ich mache mir Sorgen, er war … nicht sehr angepasst.

– Sorgen, dass ihm etwas passiert ist?

– Ich will niemand verdächtigen. Aber: Ich mache mir Sorgen, dass es etwas gegeben hat, das meinen Mann zum letzten Schritt getrieben hat. Zwischen den beiden. Immerhin ist bekannt, dass dieser Mitarbeiter früher in der Drogenszene war.

– Er gilt als Computerspezialist.

– Man weiß nicht, ob er nicht zu viel in der Computerwelt unterwegs war. Man kann den Bezug zur Realität verlieren, so können Hemmschwellen sinken.

– Sie wollen andeuten, dass Ihr Mann vielleicht gar nicht Selbstmord begangen hat?

– Ich weiß nicht, ich weiß nichts mehr. Nur, dass ich trauere. Und dass ich ihn vermisse.

Ich schüttle den Kopf. Das ist dieselbe Frau, die es vor ein paar Wochen gar nicht erwarten konnte, bei der Scheidung möglichst viel herauszuschlagen. Vielleicht trauert sie jetzt trotzdem. Vielleicht hat ihre neue Haltung aber auch mit dem Umstand zu tun, dass sie wohl erben wird. Es gibt keinen Grund mehr, sich gegen ihn in Stellung zu bringen. Wer erbt, ist verdächtig. Aber: Wie viel gibt es überhaupt noch zu erben? Auch etwas, das wir klären sollten. ToPost hat das frühere Interview aus dem Archiv gelöscht. War es ihre Bedingung für ein neues als trauernde Witwe? Das alte hat auf mich jedenfalls um einiges ehrlicher gewirkt. Und es hat auch besser zu dem gepasst, was mir Carlo Neuhaus erzählt hat. Die Beziehung war vorbei. Wenn man genau liest, dann verteidigt sie ihn auch nach seinem Tod nicht. Sie habe nichts gewusst, es sei immer schwieriger geworden mit ihm. Ich könnte ihre beiden Interviews einander gegenüberstellen. – Was soll das bringen? Nur um zu zeigen, dass sie heuchelt? Nicht einmal das weiß ich. Der Tod verändert viel. Gerade für die Überlebenden.

Ich gehe zur Küchenzeile. Ich werde mich an einer Fregola versuchen. Danach. Als Belohnung. Mit den frischen knackigen Datteri-Paradeisern. Und vielleicht auch gleich mit ein paar eingelegten Alici. Oder sollte ich schon jetzt … Nein. Wenn ich nicht sofort schreibe, ist es zu spät. Ich bin es Neuhaus schuldig. Oder zumindest dem Kaufmann vom Buono. Ich könnte den Mirto, den er mir geschenkt hat, kosten. Noch einmal nein, Mira. Alkohol beim Schreiben geht gar nicht. Außerdem ist er besser, wenn er kühlschrankkalt ist. Das dauert noch. Wenn Oskar jetzt hier wäre … Ist er aber nicht. Los. Zum Laptop. Wahrscheinlich sitzt Vui schon darauf. Ob ich ihn runterkriege? Vielleicht bekommt er ein Trauma von den vielen gewaltsamen Ortswechseln. Ich schaue zum Schreibtisch. Vui schläft zusammengerollt in unserem Zeitungskorb.

Ich atme tief durch, setze mich, starte den Voice-Rekorder.

– Ich hoffe, ich hab Sie nicht gelangweilt mit meiner Hausführung. Ich bin kindisch stolz darauf, alles nachhaltige Materialien, und dann der Energiespeicher mit intelligentem Verbrauchs-Controlling, die Photovoltaikanlage … Ich weiß, dass man sich das leisten können muss, aber ich könnte mit meinem Geld auch etwas viel Dümmeres machen.

– Dicke Autos kaufen.

– Zum Beispiel, aber das hat mich nie interessiert. Ich fahre ein Elektroauto.

– Tesla, nehme ich an.

– Nein. Kia Soul.

– Nicht wirklich, ich auch.

Man hört ihn lachen. *– So was. Ich mag das Auto. Auch wenn ich kein besonderer Freund der südkoreanischen Wirtschaftspolitik bin. Aber wenn man nur nach ethischen Prinzipien geht, dürfte man sich wohl gar kein Auto kaufen.*

– Apropos. Sie sind in letzter Zeit auch von der Öko-Szene kritisiert worden. Wegen Ihrer dicken Brummer.

– Ist das jetzt schon Teil des Interviews?

– Ich schreibe nichts, was Sie nicht autorisieren, darauf können Sie sich verlassen.

– Es gibt ihn noch, den echten Journalismus. Danke. Allein das macht meinen Tag.

– Apropos echter Journalismus: Sie haben abgelenkt. Von den dicken Brummern. Für die Sie heftig kritisiert worden sind im Netz.

– Dabei habe ich die eigene Flotte gerade deswegen aufgebaut, um meine Waren mit möglichst umweltfreundlichen Lkw zu transportieren. Ich habe nachweislich die mit dem geringsten

Schadstoffausstoß und es wird genau berechnet, welche Route und welche Lkw-Größe für eine Fahrt am ökologischsten ist. Ich habe einen hervorragenden Computerlogistiker, er hat eigene Programme geschrieben, damit wir den Transport ökologisch optimieren.

– Auch ökonomisch, nehme ich an.

– Das ist ja nicht schlecht, oder? Außerdem ist das oberste Ziel die Umweltschonung.

– Belasten Sie die Angriffe im Internet?

– Kein normaler Mensch kann sagen, dass ihm so etwas egal ist. Mir tut weh, dass mich gerade frühere Verbündete so unfair kritisieren. Ich habe mich immer in der Zivilgesellschaft engagiert, das entspricht meinem Weltbild. Dass sich die jetzt gegen mich wenden … Ich sage mir, es hat mit unserer Zeit zu tun. Es gibt nur mehr Schwarz oder Weiß. Es wird geurteilt, bevor man die Fakten kennt. Und manchen sind die Fakten auch schlicht egal. Man will sich aufregen. Und selbst ist man der Gute. Als ob man ohne Lkw-Transporte auskommen könnte. Und als ob sie nie irgendwohin auf Urlaub fliegen würden.

– Es gibt allerdings noch schwerwiegendere Vorwürfe. Einer Ihrer Lkw-Fahrer wurde wegen Schlepperei verhaftet. Laut seinem Anwalt wird er aussagen, dass Sie ihn dazu gezwungen haben. Und dass er Angst gehabt hat, zu widersprechen. Er wollte seinen Job nicht verlieren.

Eine längere Pause. Ich erinnere mich. Neuhaus hat bloß eine Geste gemacht, ist aufgestanden und mit zwei großen und zwei kleinen Gläsern, einer Karaffe Wasser und einer Flasche Limoncello zurückgekommen. Er hat sie auf den Tisch gestellt und ohne zu fragen beides eingeschenkt. Man hört, wie die Flüssigkeit in die Gläser gluckert. Seltsamerweise macht mir gerade das zu schaffen. Nie mehr wird er einschenken. Warum ist er aufgestanden? Weil er die Frage nicht ertragen hat und sich erst sammeln musste? Weil er Zeit für eine natürlich klingende Lüge gebraucht hat?

– Entschuldigung. Ich höre ein kurzes Lachen, das gar nicht fröhlich klingt. Daran kann ich mich gar nicht mehr erinnern.

Dass er zu lachen versucht hat. Verlegenheitslachen. – *Der Limoncello ist aus Sizilien. Von einem Familienbetrieb. Ohne irgendwelche zusätzliche Aromen. Einfach echte Zitronen und nicht zu viel Zucker und Alkohol.*

– Er schmeckt großartig.

Ich starre auf mein Mobiltelefon und seufze. Ich spüre den Geschmack noch auf der Zunge. Südliche Zitronen, sauer, süß, feurig.

– Gleich werden Sie wieder sagen, ich will ablenken. Aber da muss ich durch. Das ist es. Ich muss da durch, was kann ich tun gegen derartige Anschuldigungen? Ich habe keine Ahnung, was den Mann dazu bringt, so etwas zu behaupten. Tatsache ist, dass drei Afrikaner in dem Lkw waren. Er kann sie bloß ohne mein Wissen mitgenommen haben und jetzt will er sich herausreden.

– Es gibt einen ehemaligen Mitarbeiter, der hat gepostet, dass es diese angeordneten Schlepperfahrten schon lange gäbe.

– Er sagt, dass er so etwas nie behauptet hat. Ich habe ihn immer sehr geschätzt. Mein Mitarbeiter meint, jemand hat sein Facebook-Profil gekapert.

– Es könnte ihm auch klar geworden sein, dass das Posting für ihn strafrechtliche Konsequenzen haben kann. Deswegen streitet er es jetzt ab.

– Ich tue alles, um herauszufinden, was passiert ist. Und ich verlasse mich darauf, dass auch die Polizei penibel ermittelt. Ich kann es mir nur so erklären, dass mir jemand eins auswischen will. Vielleicht gerade, weil ich mich in der heiklen Flüchtlingsfrage engagiere. Ich bin bei der Plattform OneEarth. Es gibt gar keine Alternative, als Geflüchteten bestmögliche Chancen bei der Integration zu bieten. Nicht nur in ihrem Interesse, auch in unserem. Ich bin Unternehmer. Ich habe immer offene Stellen, und so geht es inzwischen vielen. Nie, nicht einmal aus Mitleid, hätte ich in meinen Lkw Flüchtlinge mitgenommen. Die Politik muss daran arbeiten, dass es für Verfolgte legale Wege in sichere Staaten gibt. Das ist die einzige Lösung.

– Sie meinen, dass Sie gezielt von ausländerfeindlichen Kreisen denunziert wurden? Der Fahrer hat selbst türkische Wurzeln.

– So könnte es sein. Es kann aber auch sein, dass ich nur ein kleines Rädchen in einem viel größeren Spiel bin. Aber das zu beweisen ist schwer. Ich werde es trotzdem versuchen. Seit Monaten werden NGOs und alle, die sie unterstützen, angegriffen. Ich bin eben bekannt. Lesen Sie die Postings, höhnisch, böse, beleidigend. Endlich hat es den sogenannten Gutmenschen erwischt. „Heuchler" ist noch das freundlichste Wort, das sie verwenden.

– Es kommt auch aus den eigenen Reihen.

– Sozusagen. Ja. Das ist bitter. Ich bin kein Heiliger, aber ich versuche, Verantwortung zu übernehmen. Den einen ist alles zu wenig, den anderen ist alles zu viel.

– Ihre Frau scheint sich den Kritikerinnen angeschlossen zu haben.

– Wir leben in Scheidung, vielleicht ist das die Erklärung.

– Deswegen?

– Nein, sondern weil wir uns nichts mehr zu sagen haben. Zu viele unterschiedliche Interessen. Ich habe es nicht so mit Partys und Society. Wissen Sie, wie ich angefangen habe mit Loco? Während des Studiums bin ich nach Italien getrampt, zu einem großartigen Festival in Pesaro. Ja, und damit das auch gleich geklärt ist: Ich habe damals mit den Kommunisten sympathisiert. Nicht mit dem Staatskommunismus russischer Prägung, sondern mit dem italienischen. Da ging es um Umverteilung, um Hegemonie, um mehr Rechte für die Unterprivilegierten. Ich war jung. Wann sollte man ein Revolutionär sein, wenn nicht dann? Damals gab es viele der ganz normalen italienischen Lebensmittel bei uns noch nicht. Ich habe einen Rucksack voll davon mitgebracht. Für meine Freunde. Nächstes Mal solle ich mehr bringen, sie würden liebend gern dafür zahlen, haben sie gesagt. Die ersten Touren habe ich tatsächlich noch mit dem Zug gemacht. Mit Rucksack und Koffer, und dann schon mit mehreren Koffern. Dann habe ich mir ein altes Auto gekauft, einen Renault-Kastenwagen, der schon fünfzehn Jahre auf dem Buckel hatte. Zurück zu meiner Frau: Sie hat in mir immer den erfolgreichen Unternehmer gesehen, um das wertfrei auszudrücken. Nie den Menschen, der die Welt zum Besseren verändern will. Ihr

geht es um ihre eigene gute Welt, sozusagen. Ich war die gute Partie zum richtigen Zeitpunkt.

– Weniger verklausuliert: Sie hat Sie wegen des Geldes geheiratet.

– So könnte man sagen. Aber ich will sicher kein Scheidungs-Scharmützel, ich hoffe, auch sie nicht. Bitte streichen Sie die Frage … zumindest die Nachfrage. Lassen wir es so, dass sich jeder ein Bild machen kann, ohne dass alles ausgesprochen wird. Bitte.

– Ich schreibe nur, was Sie autorisieren, das habe ich schon gesagt. Sie bekommen das Interview zur Durchsicht.

– Danke, das ist alles sehr heikel, wissen Sie.

– Man sagt, Ihre Firma stehe vor dem Konkurs.

– Das nächste böse Gerücht. Der Online-Handels-Mafia ist eben nichts zu billig. Am besten, man kümmert sich nicht darum. Sondern setzt dem etwas entgegen. Wahr ist, dass wir straffen und umstellen mussten. Die Lebensmittelbranche ist im Umbruch. Außerdem haben inzwischen alle Supermarktketten mehr oder weniger originalitalienische Produkte. Sie importieren selbst. Wir punkten mit Qualität. Und mit dem Ausbau eines schnellen Lieferservices, samt Online-Bestellung, Apps und individualisierten Einkaufslisten. Und wir vertreiben nur mehr Bio-Produkte oder in Familienbetrieben erzeugte Lebensmittel.

– Das heißt noch mehr Verkehr, jetzt auch durch die Zustelldienste.

– Wir greifen im städtischen Bereich, wo wir besonders stark sind, auf Fahrräder, Elektromopeds und Elektroautos zurück.

– Sie sind also der Gute.

Schweigen. Räuspern. Mir fällt sein Gesichtsausdruck ein. Er hat verletzt ausgesehen, gekränkt, getroffen.

– *Entschuldigung.* Das kam von mir. Der Satz war unprofessionell und auch unfair. So, als ob ich ihm nicht zugehört hätte. Oder hatte ich Grund, ihm nicht zu glauben? Ich weiß nur, dass es mir peinlich war.

– Ist schon gut. Gut. Was ist gut? Manchmal weiß ich das nicht. Das ist jetzt aber natürlich nicht zum Schreiben. Ich halte es noch immer für besser, zu versuchen, gut zu sein, als es nicht zu tun.

Vielleicht bin ich selbstgerecht. Und es ist mir missglückt. Mein Image ist momentan jedenfalls kein gutes, das weiß ich. Wissen Sie, was mich aufrecht hält? Es sind Menschen wie der Kaufmann vom Buono, der Sie zu mir geschickt hat und der mir zugeredet hat, das Interview zu geben, weil Sie eine gute und faire Journalistin sind. Er hat geschwärmt von Ihnen. Und von Ihrem Mann. Er ist Anwalt, nicht wahr?

– Und mir hat er von Ihnen vorgeschwärmt.

– Dass es so etwas noch gibt.

Ich schalte den Voice-Rekorder ab. Es folgten Verabschiedungsfloskeln und noch einmal die Versicherung, dass nur gedruckt werde, was autorisiert sei. Ein Versprechen, das ich nicht mehr halten kann.

Ich stehe am Herd und röste Zwiebeln in Olivenöl. Das Interview ist geschrieben und gesendet. Ist es ein Fehler, das Gespräch nach dem Tod von Neuhaus zu veröffentlichen? Aus Eitelkeit, weil ich etwas habe, das meine Kollegen nicht haben? Ich bin mir nicht sicher. Ich rede mir ein, dass es nur fair ist, ihn zu Wort kommen zu lassen. Selbst wenn es zu spät ist. Zu spät? Für ihn zu spät. Vielleicht nicht für Simon Wiedner. Wenn sein Verschwinden mit dem Tod von Neuhaus zusammenhängt. Wer hat uns vor seiner Wohnung aufgelauert? Er selbst? Was hat das für einen Sinn? So viele Fragen. Jetzt hätte ich beinahe vergessen, den Knoblauch dazuzugeben. Die fein geschnittenen Zwiebeln bekommen schon Farbe, Knoblauch darf man nur ganz kurz mitrösten, damit er nicht bitter wird. Hätte Neuhaus das Interview so, wie ich es geschrieben habe, autorisiert? Ich leere eine Dose geschälte Tomaten in den Topf, einen Schuss Wein dazu, Salz, einen großen Zweig Rosmarin. Jetzt soll das Ganze langsam einkochen. Ich hab die Passagen weggelassen, die er nicht drin haben wollte. So gehört sich das. Er hat mir vertraut, mich als gute Journalistin gelobt. Zumindest zu Beginn unseres Gesprächs. Gilt man nur dann als gut, wenn man nichts Unangenehmes fragt? Bin ich ihm auf den Leim gegangen? Ich habe das

Gefühl, er hat die Wahrheit gesagt. Wahrheit. Ein großes Wort. Besonders in Zeiten wie diesen. Immer mehr Fake. Ein amerikanischer Präsident, dessen Mitarbeiter ohne Scham Falschmeldungen verbreiten und der seinerseits alles zu Fake erklärt, was ihm schadet. Trotzdem. Es lohnt sich, nach der Wahrheit zu suchen, ihr zumindest nahe zu kommen. Es ist der Kern des guten Journalismus. Was hat Neuhaus gesagt? Es sei eine gelenkte Hetzkampagne gegen ihn, er sei vielleicht nur ein kleines Rädchen in einem viel größeren Spiel, er werde versuchen, das aufzuklären. Klingt nach Weltverschwörung als Ausrede. Vielleicht hat er es geglaubt, aber kann da etwas dran sein? Wer noch ist betroffen? Hat er die NGOs gemeint? Das politische Spiel, alle in Misskredit zu bringen, die sich für eine offene Gesellschaft starkmachen? Oder hat er etwas Konkreteres vermutet? Von ihm werde ich es nicht mehr erfahren.

Ich gehe zurück zum Laptop und gebe *Fregola* in die Suchmaschine ein. Unüberschaubar viele Ergebnisse. Dass ich diese Pastasorte bisher nicht gekannt habe. Ich überlege. Ich war in Gavoi, bei diesem wunderbaren sardischen Literaturfestival. Überall gab es Stände mit einheimischen Köstlichkeiten. An Fregola kann ich mich nicht erinnern. Aber ich war abgelenkt. In der Masse der Besucher habe ich Nicole entdeckt, Nicole, die spurlos verschwunden war … Jetzt ist wieder jemand verschwunden. Damals haben wir Purpuzza gegessen, eine Spezialität der Barbagia. So heißt die Gegend. Benannt nach den Barbaren, den Anderen. Am Abend haben die Hirten Spanferkel gegrillt, gleich mehrere, auf langen Spießen, neben dem offenen Feuer. Archaisch. Ich klicke auf *Fregola selbst machen.* YouTube. Heute gibt es nichts, was man nicht umgehend im Netz findet. Große Keramikschüssel. Wasser und Weizengrieß werden mit der Hand verrührt, bis Kügelchen entstehen. Eine neue Mail. Chefredakteur.

Länge passt, herzlichen Dank. Darunter die offizielle Signatur der Chefredaktion. Heißt das, die Länge passt jetzt, nachdem er am Text herumgefummelt hat? Ich hatte exakt drei Zeichen weniger, als wir ausgemacht haben. Vielleicht heißt es tatsächlich bloß, dass meine Länge gepasst hat. *Herzlichen Dank.* Immerhin. Wenn er bekommt, was er möchte, kann er sogar höflich sein.

Lärm. Ich fahre erschrocken auf. Er kommt aus dem Laptop. Das nächste YouTube-Video hat sich gestartet. Und wieder sieht man, wie Fregola gemacht wird, diesmal sind es zwei ältere Frauen in sardischer Tracht, die in die Kamera lächeln und etwas von alten Traditionen sagen. So viel verstehe ich. Vor dem nächsten Beitrag steige ich aus. Wahrscheinlich könnte ich Stunden damit verbringen, alles über Fregola und ihre Zubereitungsmöglichkeiten zu lernen. Online. Trotzdem. Es bloß zu sehen macht nicht satt.

Vui folgt mir hoffnungsvoll zur Küchenzeile. Ich fahre kurz mit dem Stabmixer durch die Tomatensauce, koste. Zwei Handvoll Fregola dazu, umrühren. Keine Ahnung, wie lange die kleinen Teigkugeln brauchen, bis sie al dente sind. Ich werde ab und zu nachsehen. Aber etwas Experiment ist mir lieber als zu viel Instruktion via Internet.

Simon Wiedner, Neuhaus' Computerexperte. Er hat für ihn Programme entwickelt und Fahrtrouten optimiert. Klingt harmlos. Fran versucht weiter, mit seinem Freund in Verbindung zu kommen. Über irgendwelche Kanäle, von denen er bloß sagt, dass es zu kompliziert sei, Näheres zu erklären. Schätzt er diesen Simon Wiedner richtig ein? Warum hat er vorher nie von ihm erzählt? In seiner Freizeit scheint sein Hackerfreund in die virtuelle Welt abzutauchen. Diese Unmenge an Computern in seiner Zweitwohnung. Was macht das mit einem Menschen? Verliert man den Sinn für die Realität? Kann jemand so leichter zum Mörder werden? Neuhaus hat nicht so gewirkt, als würde er sich umbringen. Er hatte viel vor. Er wollte sich gegen die Anschuldigungen wehren. Oder rede ich mir das ein? Wäre das Interview rechtzeitig erschienen, hätte er endlich eine öffentliche Plattform gehabt, um seine Sicht der Dinge darzulegen. Ich rufe Fran an. Noch kein Lebenszeichen von Simon. Aber er müsse da irgendwo sein, sagt er. Da? Irgendwo? In Wien?, frage ich. Fran seufzt. – Im Netz.

Ich koste eines der Teigkügelchen. Lange dauert es nicht mehr, bis sie gar sind. Ich viertle einige Datteri-Paradeiser und gebe fünf der wunderbaren Alici auf einen Teller, damit auch nichts vom scharfen Öl, in dem sie eingelegt sind, verloren geht. Ich zerzupfe sie mit den Fingern und mische dann Alici, Öl und Datteri-Stücke unter die Masse. Eine Minute mitköcheln, geriebenen Pecorino habe ich sowieso im Kühlschank. Ich drehe die Herdplatte ab und rühre einen guten Esslöffel davon ein. Mir läuft das Wasser im Mund zusammen. Trotzdem ein eigenartiges Gefühl, bloß ein Glas mit Wein zu füllen, bloß einen Teller zum Tisch zu tragen, und niemand da, mit dem ich reden kann. Niemand da, der mein Essen lobt. Wenn man allein isst, wird die Stille besonders laut.

– Das ist nichts für dich, du kriegst später noch was, sage ich zu Vui. Es scheint von den Wänden zu hallen. Dabei rede ich sonst auch mit ihm, hin und wieder.

Er sieht mich aufmerksam an.

– Glaubst du, dass Fran seinen Freund im Netz findet?

Vui beginnt zu schnurren. Vielleicht denkt er an ein Netz voller Fische. Versteht er mich? Bei Gismo hatte ich oft diesen Eindruck, aber wir haben auch fast zwei Jahrzehnte gemeinsam verbracht. Längere Zeit als mit Oskar. Sie fehlt. Oskar fehlt. Er kommt wieder. Hoffentlich. Was, wenn ihm etwas zustößt und ich bin ab jetzt immer allein? So etwas solltest du gar nicht denken, Mira. Es ist Unsinn. Ich nehme eine Gabel von der cremigen Fregola. Gelungen. Ich werde sie für Oskar kochen, gleich wenn er zurück ist. Und alles mit ihm durchreden. Netz. Fische, die zappeln. Oder Kanalnetz? Ich sehe Fran im Wiener Kanalsystem lauern und lauschen. Brausendes Wasser und blitzende Taschenlampe. Ein Labyrinth. Für die meisten nur dazu da, sich zu verirren.

[5.]

Ich döse vor dem Fernseher und Vui döst mit mir. Eine Existenzform ähnlich dem Winterschlaf. Gut und so viel gegessen, dass es eine Zeit lang anhält. Der Körper ist mit Verdauen beschäftigt. Am Rande der Wahrnehmung bunte Bilder. Punkte, die sich über ein grünes Feld bewegen. Snooker. Oder Fußball. Oder sonst was. Egal. Kontemplative Ruhe, die Nähe zum Nirwana, nichts tun, nichts denken, einfach sein. Das Nirwana, habe ich gelesen, ist für die Männer reserviert, die Frauen erreichen es nicht, sagen die Buddhisten. Oder irgendwelche Gurus. Weil Männer das Denken ganz ausschalten können, während wir selbst im Dreiviertelschlaf noch … offenbar … Ich schrecke hoch. Mein Mobiltelefon. Wo? In der Tasche meiner Jogginghose. Ein Stück, das ich einst gekauft habe, um Sport zu betreiben und das inzwischen vom Lümmeln auf der Couch in einem nicht mehr herzeigbaren Zustand ist. Fran.

– Hast du deinen Simon …

– Das ist nicht meiner. Nein, Mira. Ich hab ihn noch nicht gefunden.

– Im Netz. Weißt du, dass ich an ein Kanalnetz gedacht habe? So wie im „Dritten Mann".

– Hast du schon geschlafen?

– Nein.

– Neuhaus hat eine Halbschwester. Barbara Sima.

– Und die hast du im Netz gefunden?

– Mira, hast du …

– Nein, ich hab auch nicht getrunken, jedenfalls nicht mehr als zwei Gläser. Ich finde, der Weinviertler Chardonnay passt hervorragend zur sardischen Fregola.

– Du bist irgendwie nicht bei der Sache.

Ich sehe auf die Uhr. – Es ist kurz vor Mitternacht.

Es ist mir gelungen, abzuschalten und wegzudriften. Wahrscheinlich weil ich zwei große Portionen Fregola gegessen hab. Eine für Oskar und eine für mich. Vielleicht auch eine für Neuhaus. Und für den Kaufmann, der Kunstgeschichte studiert hat.

– Fregola. Was ist das? Ein Pilz?

– Von gewissen Dingen hast du keine Ahnung. Ich seufze. Ich will mich nicht aus meiner zufriedenen Ruhe lösen.

– Es war einfach, die Halbschwester zu finden. Klassische Recherche. In den sogenannten sozialen Medien. Neuhaus war nur mit seiner Firma auf Facebook, er selbst hatte offenbar keinen Account. Aber Loco hat immer wieder Likes von einer Barbara Sima bekommen. Und sie hat Beiträge geteilt, auf denen Carlo Neuhaus zu sehen war. Sie hat ihm auch über die Seite zum Geburtstag gratuliert. Alles Liebe und Gute, Brüderchen! Danach findest du über ihren Account und den ihrer Freunde heraus, was sie macht, wie sie lebt.

– Was macht sie? Ich gähne. Langsam werde ich wach, ich kann mich nicht länger dagegen wehren. Detektivbüros waren gestern. Heute funktionieren auch Nachforschungen anders.

– Sie ist Kontrabassistin, spezialisiert auf neue Musik. Sie hat einen Lehrauftrag in der Schweiz, ist Ensemblemitglied beim Wiener Klangforum. Sie hat morgen Vormittag Probe. Du solltest mit ihr reden.

– Worüber?

– Na, über ihren Bruder. Und über Simon.

– Kannte sie ihn?

– Du redest von ihm, als ob er tot wäre. Ich weiß nicht, ob sie einander kennen.

– Siehst du das nicht? Im Netz?

– Simon war nicht auf Facebook, der weiß, dass man dann gleich im Glashaus leben könnte. Oder wenn, hat er einen Account, der ihn nicht identifiziert. Du kannst dich nennen, wie du willst, wenn du ihnen ein paar Daten schickst.

– Also Fake.

– Kann man so nennen.

Ich habe keine Lust, aber um des lieben Friedens willen verspreche ich, morgen mit Barbara Sima zu reden.

Vui streckt sich auf diese unnachahmliche Art, die nur Katzen beherrschen, jeder Muskel wird gedehnt. Dann dreht er sich einmal langsam im Kreis, ringelt sich wieder ein und schläft weiter. Ich schalte den Fernseher ab. Ich sollte auch schlafen. Allein. Ich schenke mir einen Schluck Jameson-Whiskey ein, setze mich vor den Laptop und tippe *Fake*.

Nach Begriffsklärungen und Übersetzungsvorschlägen wird mir *Top Fakes* angeboten.

Auf sozialen Netzwerken wie Twitter und Facebook wird gewissermaßen jeder Nutzer zum Nachrichtensprecher: Artikel können nach Belieben mit anderen geteilt werden, ohne dass eine dritte Instanz deren Wahrheitsgehalt überprüft. So kam es immer wieder dazu, dass offensichtliche Falschmeldungen – die aber blendend in das Weltbild der jeweiligen Nutzer passten – sich in Windeseile verbreiteten. Besonders gefährlich wird es bei Falschmeldungen, deren Zielsetzung politischer Natur ist: etwa, um bestimmte Menschengruppen oder einzelne Personen wie zum Beispiel Politiker zu verunglimpfen.

Obama unterzeichnet Dekret, um das Verlesen des amerikanischen Treueschwurs in Schulen zu verbieten. Das wurde 2016 am öftesten geteilt, geliked und kommentiert. Nummer zwei: *Frau gewinnt in der Lotterie, kotet auf den Schreibtisch ihres Chefs und wird festgenommen.* Was Amerika so alles bewegt. *Stark geschminkte Frau wird für Horror-Clown gehalten – und verprügelt.* Könnte da und dort vorkommen. 2017 waren die US-Wahlen vorbei, in fünf der beliebtesten Fake-Meldungen kommt das Wort Penis oder Vagina vor. Die erste sozusagen politische Meldung liegt auf Platz acht und ist im Vergleich zu dem anderen Müll nahezu harmlos: *Präsident Trump befiehlt die Hinrichtung von fünf Truthähnen, die von Obama begnadigt wurden.*

Ich gehe in dem Bewusstsein schlafen, dass unsere Welt irre ist und trotzdem noch steht.

Ich bin froh, dass ich mich beeilen muss. Da bleibt keine Zeit, nachzudenken. Und auch nicht, um Oskar zu vermissen. Wenn er da ist, habe ich gar nicht das Gefühl, er könnte mir so schnell fehlen, überlege ich, als ich mir vor dem Spiegel noch schnell die Augenbrauen nachziehe. Böser Gedanke. Ich mag ihn. Er ist der Mensch, mit dem ich leben will und kann. Liebe ich ihn? Wann hab ich das letzte Mal darüber nachgedacht? Vieles wird über die Jahre Routine. Doch, ich liebe ihn. Ich werde es ihm sagen, wenn er wiederkommt. Nicht sofort, das wäre zu melodramatisch. Aber bald.

Wenig später stehe ich beim Seiteneingang des Konzerthauses. Fran hat mir ein Foto von Barbara Sima gemailt. Schlanke Frau um die dreißig mit braunen Locken und großen braunen Augen. Sie wirkt zu filigran, um Kontrabass zu spielen. Wie spricht man einen Menschen an, den man nicht kennt? Zwei Männer in meinem Alter kommen die Gasse entlang, verschwinden in der Tür. Der eine hat mir einen Blick zugeworfen. Amüsiert, zumindest kommt es mir so vor. Wahrscheinlich überlegt er, ob ich ein Fan bin und auf wen ich wohl warte. Da. Barbara Sima. Sie ist deutlich größer, als ich gedacht habe. Sehr schlank, drahtig.

– Frau Sima?

Sie sieht mich überrascht, aber nicht unfreundlich an.

– Darf ich ein paar Minuten mit Ihnen reden? Sie sind die Halbschwester von Carlo Neuhaus, nicht wahr?

Der Blick wird verschlossen. Ich bin nicht klein, aber sie sieht auf mich herunter. – Er ist tot. Ich kenne Sie nicht. Sind Sie von einer Zeitung?

– Ich bin vom „Magazin“.

– Kein Kommentar. Ich trauere um meinen Bruder, ich habe ihn geliebt. Bitte lassen Sie mich in Ruhe.

– Ich habe ihn auch sehr geschätzt. Ich habe mit ihm noch letzte Woche ein langes Gespräch gehabt …

Barbara Sima schüttelt den Kopf. – Es hat keinen Sinn, ich sage nichts dazu. Wie haben Sie mich überhaupt gefunden?

– Über einen Freund. Einen Freund von Simon Wiedner. Ich bin auch deswegen da. Simon Wiedner ist verschwunden. Ich dachte mir, Sie könnten helfen, etwas Klarheit in die Sache zu bringen. Haben Sie ihn gekannt?

– Ja.

– Es heißt, er könnte mit dem Tod Ihres Bruders zu tun haben.

– Er soll sich doch selbst umgebracht haben.

– Sie glauben es nicht?

– Nein. Nie im Leben. Und Simon war es auch nicht. Das können Sie übrigens gerne schreiben. Aber ich will nicht vorkommen.

– Sie wissen, wo Simon Wiedner ist?

– Nein. Wenn Sie über mich schreiben, klage ich Sie.

– Wo steckt er?

– Ich habe keine Ahnung.

Mit einem Mal merke ich, dass Barbara Simas Augen feucht sind, Tränen rinnen über ihre Wangen. Was bin ich Besseres als das Chefredakteurs-Männchen oder die Leute von ToPost? – Ich hab Ihren Bruder getroffen. Vor kurzem. Ich glaube auch nicht, dass er sich umgebracht hat.

– Die haben ihn auf dem Gewissen, die Hetzer, die selbstgerechten Besserwisser, alle!

– Also … doch Selbstmord?

– Nein! Lassen Sie mich einfach in Ruhe!

– Entschuldigung. Entschuldigen Sie, ich …

Sie geht mit großen Schritten an mir vorbei, stößt die Tür auf, ist verschwunden. Ich stehe mit hängenden Armen da. Eine ganze Zeit lang.

Mein Interview mit Neuhaus schafft es sogar in die Fernsehnachrichten. Erstaunlicherweise hat der Chefredakteur nichts verändert, gar nichts. Oder habe ich es schon so geschrieben, dass er nichts zu verändern brauchte? Vorauseilender Gehorsam? Anpassung? Gibt es immer häufiger. Noch gar nicht so lange her, dass ich mich über ein schmeichelweiches Radio-Interview mit unserem Rechtsaußen in der Regierung aufgeregt habe. Keinerlei Nachfrage, ob er im Vorhinein gewusst hat, dass eine Sondereinheit der Polizei das Amt für Verfassungsschutz stürmt und Daten über rechtsextreme Netzwerke beschlagnahmt. Und wer diese Daten jetzt hat. Der politische Druck auf Medien steigt. Nicht nur in Polen, Ungarn oder gar der Türkei. Aber so politisch ist mein Interview nicht. Ich sollte mich freuen, dass es Aufsehen erregt. Vielleicht gibt es doch einen gemeinsamen Weg mit dem „Magazin". Nach meinem missglückten Gespräch mit Neuhaus' Halbschwester habe ich mich gefragt, ob ich noch Journalistin sein möchte. Selbst den Titel hat der Chefredakteur gleich gelassen: „Gelenkte Hetzkampagne?"

Ich sitze in der Redaktion und warte auf eine Rückmeldung von Fran. Ich habe ihm geschrieben, dass Barbara Sima seinen Freund Simon kennt. Sollten Leute wie Fran nicht immer online und erreichbar sein?

„Alt werden, glücklich leben". Die Serie startet nächste Woche. Wenn nichts dazwischenkommt. Sie ist in gewisser Weise zeitlos. Wenngleich: Zu lange sollten wir sie nicht verschieben, meine Gesprächspartnerin wird nicht eben jünger. Rosa Prager. So viel Lebensmut. „Wie kostbar das Leben ist", hat sie gesagt. Für Neuhaus scheint das nicht gegolten zu haben. Oder doch? Seine Halbschwester glaubt nicht, dass es Selbstmord war. Und kurz darauf hat sie gesagt, dass ihn die Hetzer und Besserwisser umgebracht hätten. Heute Abend kommt Oskar zurück. Wenn ich mit ihm rede, werden sich die Dinge ordnen. Hoffentlich. Vielleicht gibt es ja auch keine Ordnung mehr. Seit wann sehne ich mich überhaupt danach?

Ich will nicht länger warten, bis sich Fran zurückmeldet. Ich kann ihn anrufen. Simple Kommunikationsmethode. Ich sehe mich um. Meine beiden Riesenphilodendren schirmen mich noch immer optisch und akustisch vom Rest der Belegschaft im Großraumbüro ab. Ich drücke die Kurzwahltaste und warte. Nach dem neunten Signalton geht er endlich dran.

– Oje, sagt er nach meinem Bericht.

– Wir müssen jemanden finden, dem Barbara Sima vertraut, überlege ich.

– Ich versuche es selbst. Mit meinem Charme. Sie kennt Simon. Das ist wichtig genug. Es ist nur so, dass ich irre viel zu tun habe. Deswegen hab ich mich auch nicht gleich gemeldet. Ich habe einen Kunden, der war vollkommen hysterisch und hat geglaubt, sein System wurde gehackt. Dabei hat die Putzfrau bloß eine Steckverbindung gelöst. Momentan wollen sie alle von mir, dass ich ihre Laptops und Smartphones sicher mache. Man traut den herkömmlichen Antivirenprogrammen nicht mehr. Und man liest so viel über Internetkriminalität. Gleichzeitig kaufen sie ununterbrochen Geräte, die vernetzt sind. Absurd.

– Warum absurd? Wir haben auch so einen Fernseher. Jetzt kann ich übers Internet faktisch jeden Film jederzeit sehen. Und wir haben ein paar Steckdosen, die kann ich von unterwegs ein- und ausschalten.

– Sehr nett. Dir ist klar, dass die meisten TV-Hersteller deine Daten sammeln? Dass sie dann wissen, wann du dir welche Serien reinziehst? Und dass sie mit dem Verkauf solcher Daten gute Geschäfte machen? Es geht um zielgerichtete Werbung, aber auch um die Ergänzung deines Profils. Für alle möglichen Zwecke. Es ist übrigens auch nicht schwierig, sich in solche Kommunikationen einzuloggen. Wer daran interessiert ist, weiß, wann du zu Hause bist. Und wann wahrscheinlich nicht. Hast du schon einmal vom Internet der Dinge gehört? Internet of Things – kurz IoT?

– Es gibt viele Dinge, die mit dem Netz verbunden sind. Klar.

– Sie müssen nicht einmal WLAN haben. Es reicht, wenn sie Signale empfangen können. Beinahe jedes Ding hat heute Sensoren. Die wenigsten sind durch Passwörter oder andere Zugangssperren geschützt. Man kann sie ansteuern, übernehmen und in ein Botnetz einbauen.

– Botnetz?

– Bot steht kurz für *robot*. Also ein Softwareprogramm, Roboter ohne Hülle. Maschinen kommunizieren in diesem Fall mit Maschinen und tun, worauf man den Bot programmiert hat.

– Es gab da die Geschichte, wie jemand dahintergekommen ist, dass er vom eigenen Fernseher gefilmt worden ist. Ich hab das für Fake gehalten.

– Kann sein, Gerüchte und Fake gibt's auch da jede Menge. Nur: Inzwischen werden immer mehr Fernseher mit einer Kamera ausgestattet. Damit man sie zum Skypen benutzen kann, zum Beispiel. Soviel ich weiß, muss man den Fernseher allerdings noch direkt manipulieren, bevor er anfängt zu filmen. Bei Laptops ist das schon anders. Jemand dringt mit einer Schadsoftware ein und programmiert ihn aus der Ferne zur Überwachungskamera um. Es ist nur eine Frage der Zeit, bis auch Fernseher per Schadsoftware zu Wanzen werden. Hat dein schöner neuer Fernseher einen Speicher, wo man ein Programm ablegen und es wieder aktivieren kann, wenn es gebraucht wird? Du solltest einmal nachsehen. Ganz abgesehen davon, dass er als Teil eines Botnetzes für Attacken verwendet werden kann.

– Und ich bin dann verdächtig?

– Nicht wirklich. Aber darum geht es nicht. Man kann Hunderte oder sogar Tausende dieser Dinge zusammenschließen. Dann steuert man mit ihnen gezielt einen Server an. Diese Dinge bombardieren ihn mit Anfragen. Das System bricht zusammen. Im allgemeinen Chaos ist es natürlich auch einfacher, Sicherheitslücken auszunutzen und Schadsoftware zu installieren. Oder aber man belässt es beim Schaden durch den Zusammenbruch. Heute wird alles über Server gesteuert. Heizungen und

Sicherungssysteme, Terminkalender und Internet-Shops. Im Europaparlament war das totale Chaos, nachdem ihre Server lahmgelegt wurden.

– Du hast schon einmal davon erzählt, Dos-Attacke.

– DDoS. Dein Fernseher kann einer der vielen kleinen Angreifer im Heer sein. Genauso wie deine Waschmaschine, dein Staubsaugroboter und die Heizungssteuerung. Wir haben vor Jahrzehnten damit begonnen, ungesicherte Kommunikationstools einzubauen und obwohl wir es inzwischen besser wissen sollten, wiederholen wir die Fehler. Weil schnelles Geld mehr zählt, als darüber nachzudenken, wie wir unsere Maschinen besser machen können. Und sicherer. Das ist die andere Seite der schönen neuen Technikwelt.

[6.]

Ich liebe Katzen. Aber Katzenfotos? Warum muss jemand jede Lebenslage seiner Katze mit dem Rest der Welt teilen? Immerhin besser als andere Postings. Einer, den ich nicht kenne, hat sich den Fuß gebrochen. Gipsbeinfoto. Ich wollte nachsehen, was ich auf Facebook über Barbara Sima finde. Aber da ist nicht viel. Sie hält Privates privat. Kluge Frau. Wenn auch in diesem Fall schade. Allerdings gibt es andere Wege, um der Wahrheit über Neuhaus ein wenig näher zu kommen. Oskar hat für heute Abend einen Kollegen eingeladen. Doktor Pauli. Er verteidigt den Fahrer von Loco, der die drei Somalis nach Österreich gebracht hat. Bereitet man ein Festmahl zu und bringt sich damit um? Vielleicht kein schlechter Tod für einen Genießer. Wer könnte einen zu so etwas zwingen? Auf allen Küchenutensilien waren nur seine Fingerabdrücke, das ist inzwischen durchgesickert.

Als Vorspeise gibt es Bruschette. Ich habe nicht viel Zeit. Die Gläser mit Artischockensugo und mit Bottargacreme sind immer noch da. Ich mische ins Artischockensugo ganz viel frisch gehackte Petersilie. Die Bottargacreme ist so gut und würzig, dass ich nichts dazugeben möchte. Als dritten Belag entkerne ich Fleischparadeiser, schneide sie in kleine Würfel und mische sie mit etwas Zitronensaft, Olivenöl, Basilikum und geriebenem Pecorino. Danach gibt's Mezze Maniche mit Kaninchensauce. Ich habe das frisch faschierte Kaninchenfleisch mit aller Kraft gegen Vui verteidigen müssen. Jetzt sitzt er hinter der Scheibe auf der Terrasse und starrt mich beleidigt an. Eine Zeit lang hat er sich aufgerichtet, die Vorderpfoten an der Tür, er hat ausgesehen wie ein erzürnter Eisbär. Beachtlich. Ich habe es trotzdem nicht gepostet.

Die Sauce köchelt vor sich hin. Oskar hat mir nicht viel über seinen Kollegen erzählt. Doktor Pauli kümmere sich vor allem um Fälle von Wirtschaftskriminalität. Bisweilen gebe er ihm Klienten weiter. Außerdem sei seine Frau vor kurzem ausgezogen. Zwei Gründe, ihn spontan zum Essen einzuladen. Ich sehe auf die Uhr. Oskar wird gemeinsam mit seinem Kollegen direkt vom Gericht kommen. Was Neuhaus angeht, so versuche ich mich an die Fakten zu halten. Fakt ist, dass Neuhaus tot ist. Fakt ist, dass es Anschuldigungen gegen ihn gibt, aber keine Beweise. Fakt ist, dass er in Scheidung gelebt hat, obwohl seine Witwe jetzt so tut, als wäre sie in tiefer Trauer. Fakt ist, Simon Wiedner ist verschwunden und Fran hat noch immer keine Spur von ihm. Ich wollte, dass Vesna beim heutigen Abendessen dabei ist, aber Oskar hat gemeint, das wäre zu auffällig. Wenn ich mehr über den Klienten von Bruno Pauli erfahren möchte, sei ein möglichst kleiner Rahmen am klügsten. Ich mariniere ein Kilostück feinsten Thunfisch mit meiner Lieblingsmischung aus geröstetem frisch gemörsertem Pfeffer, Zitrone und geräuchertem Meersalz. Thunfisch steht auf der Liste der Fische, die man nicht kaufen sollte. Der Fischhändler hat mir versichert, dass er ein Nachhaltigkeitssiegel hat. Aber solche Siegel gibt es viele. Manchmal will ich die unschöne Wahrheit doch nicht wissen.

Bruno Pauli erweist sich als leicht übergewichtiger Typ um die vierzig. Dass er den klassischen Gerichtssaal-Anzug trägt, kann man ihm nicht verdenken. Oskar hat seinen vor Jahren durch Sakko plus Poloshirt ersetzt. Es hat freilich auch damit zu tun, dass wir beide gleich ungerne bügeln. Sein Gastgeschenk habe er in der Kanzlei vergessen, wirklich peinlich, sagt Doktor Pauli.

– Ich wollte noch bei einer Blumenhandlung vorbei, aber Oskar hat gemeint, Sie machen sich ohnehin nichts aus Grünzeug, das man nicht essen kann.

Ich werfe meinem Mann einen strafenden Blick zu. Aber er hat von Vui gelernt, solche Blicke zu ignorieren. Oder hat Vui es von ihm gelernt?

Während Oskar unserem Gast die Wohnung zeigt, toaste ich Weißbrotscheiben, lege sie auf ein großes Tablett und löffle abwechselnd Bottargacreme, Artischockensugo, Paradeiser darauf. Bruno Pauli sieht wie ein guter Esser aus. Ein Pluspunkt.

– Hakan Bilgin ist leider beratungsresistent. Das gibt es öfter, als man denkt, sagt Bruno Pauli, nachdem er die Bruschette überschwänglich gelobt hat. Er scheint ein wenig zur Übertreibung zu neigen. Aber welche Köchin ist schon immun gegen Lob?

– Ich habe gelesen, er sei froh, dass alles vorbei ist. Er will sich schuldig bekennen, erwidert Oskar.

– Ja. Neuhaus war der Auftraggeber, aber das bringt ihm nicht viel. Gegen Schlepper wird streng vorgegangen. Niemand soll sagen, dass Justiz und Politik nichts miteinander zu tun haben. Es ist opportun, hart zu sein.

– Und was haben Sie Ihrem Klienten geraten?, will ich wissen.

Oskar wirft mir einen warnenden Blick zu. Wir haben vereinbart, dass er mit seinem Kollegen über das Thema redet. Wirkt unverfänglicher. Aber: Ich bin es nicht gewohnt zu schweigen. Außerdem weiß Pauli ohnehin, was ich beruflich mache.

– Er hätte sagen können, er hat nicht bemerkt, dass die drei zugestiegen sind. Das haben sogar welche behauptet, deren Lastwagen brechend voll mit Flüchtlingen waren.

– Man wird es ihnen wohl kaum glauben.

– Nein, aber drei Personen könnten sich schon unbemerkt in der Ladung verstecken.

– Sie sind sicher, dass Neuhaus davon gewusst hat? Ich lächle so harmlos wie möglich.

– Was gibt es als Nächstes? Pasta mit Kaninchenragù?, versucht Oskar abzulenken.

Ich stehe auf. – Mezze Maniche. Die mag ich besonders.

Ich gehe zur Küchenzeile und werfe die Nudeln ins kochende Wasser. Ich spitze die Ohren. Ich will hören, wie das Gespräch zwischen den beiden weitergeht. Aber Oskar hat das Thema gewechselt. Sie plaudern über eine Staatsanwältin und ihre Vorliebe für schnelle Autos. Gerichtstratsch.

Das Ragù brauche ich nur mehr zu wärmen, kein Grund, am Herd zu warten, bis die Pasta fertig ist. Ich trödle trotzdem im Küchenbereich herum, stelle eine kleine Pfanne mit etwas heißem Wasser auf eine Platte meines Induktionsherds, programmiere niedrige Leistung, staple drei Teller auf die Pfanne. So werden sie am einfachsten warm. Gehört mein Herd auch zum Netz der Dinge? Weiß ich es gar nicht und spielt er mit, wenn die Russen das Europaparlament oder eine andere Institution lahmlegen wollen? Eine beängstigende Vorstellung. Allerdings. Soweit ich weiß, WLAN hat mein Wunderherd noch nicht. Anders als mein Elektroauto. Und der Fernseher. Und die Station für die Funksteckdosen. Und … Ich muss Fran fragen, ob man dem Zeug nachträglich ordentliche Passwörter geben kann.

– Es gibt niemanden, der nicht seinen Preis hat, höre ich Doktor Pauli sagen.

– Ich weiß nicht, erwidert Oskar. – Zumindest wäre meiner sehr hoch.

– Ja, mit einem Auto wäre es nicht getan.

Beide lachen. Hat sich die Staatsanwältin bestechen lassen? Oder reden sie bereits von etwas ganz anderem?

Wenig später bringe ich die Pasta zum Tisch.

– Verführerisch!, schwärmt unser Gast. – Wahrscheinlich ist es sinnlos zu fragen, wie das gemacht wird, viel zu kompliziert für mich. Dabei ist es an der Zeit, kochen zu lernen. Er seufzt. – Na ja. Manchmal sind Trennungen notwendig. Ich werde heute sicher nicht über Beziehungskram jammern.

– Das Ragù gelingt jedem, versichere ich ihm. – Zwiebel, Knoblauch, in kleine Würfel geschnittene scharfe Wurst anbraten, zwei Thymianzweige dazu, dann das Kaninchenfaschierte mitrösten, bis die ganze Flüssigkeit verdampft ist und es Farbe bekommt.

– Ich sollte mitschreiben. Oskar, was du für ein Glück hast.

– Hab ich, erwidert Oskar zufrieden.

Wir könnten in einem Konversationsstück der Fünfzigerjahre auftreten. Trotzdem treibt es mich, weiter zu erklären. – Dann mit einem Schuss Wein aufgießen, etwas Obers dazu, etwas eindicken lassen, fertig. Pfeffer, Salz und beim Anrichten frische Thymianblätter darüber, das macht den feinen Duft.

Doktor Pauli steht auf und hebt das Glas. – Auf ein wundervolles Essen. Und: Darf ich Ihnen als der Ältere das Du-Wort anbieten?

Er kann nicht annehmen, dass ich wirklich jünger bin als er. Oder doch? Es gibt immer wieder Menschen, die meinen, man sieht mir meine fünfzig plus gar nicht an. Es hat allerdings auch schon jemanden gegeben, der mich gefragt hat, seit wann ich in Pension sei. Wir stoßen an und reden über italienische Küche und Restaurants und … da ist es nur logisch, wieder zum Thema zurückzukehren. Ich weiß noch, warum wir Pauli eingeladen haben, auch wenn er abseits meiner Recherchen ein netter Tischgenosse ist.

– Ich habe vor kurzem ein Interview mit Neuhaus gemacht. Es ist gestern erschienen. Hast du es gelesen?

– Natürlich, es interessiert mich immer, was du schreibst und in diesem Fall gehört es auch zu meiner Arbeit. Logisch, dass Neuhaus die Vorwürfe geleugnet hat. Leider dürfte es anders gewesen sein: Seiner Firma ist es nicht besonders gut gegangen. Er hat einen Ausweg gesucht. Und offenbar gefunden. Wahrscheinlich hat er sich eingeredet, dass es nicht nur in seinem Interesse ist, sondern auch im Interesse seiner Mitarbeiter. Und im Interesse der Flüchtlinge.

– Weiß man, wer die drei Somalis sind?, frage ich weiter.

– Mira, vielleicht will Bruno einfach in Ruhe essen. Oskar runzelt die Stirn.

Bruno Pauli sieht uns beide an und lacht. – Kein Stress, Oskar. Mir war klar, dass ich nicht nur zum Essen eingeladen werde, weil ich ein bemitleidenswerter Mann bin, den seine Frau verlassen hat. Mira ist eine Top-Journalistin, warum sollte sie nicht versuchen, an zusätzliche Informationen zu kommen?

– Na dann, sage ich zufrieden in Oskars Richtung.

– Die Somalis wurden nach Italien abgeschoben. Keine Ahnung, wo sie sind. Ihre Einvernahmen haben das Übliche ergeben. Ein Kontaktmann, von dem man weder Namen noch sonst etwas weiß, hat die Schlepperei angeblich eingefädelt. Man hat an diesen Mann, zum Glück nicht an meinen Klienten, fünftausend Euro bezahlt und der Lkw ist wie ausgemacht zur richtigen Zeit am richtigen Platz gestanden.

– Und dass sie alle zusammen Neuhaus etwas anhängen wollten?, frage ich.

Bruno Pauli schüttelt den Kopf. – Dafür braucht man doch viel Fantasie. Wer geht ins Gefängnis, nur weil er einen anderen anschwärzen möchte? Warum sollte mein Klient das getan haben? Hakan Bilgin war seit zwei Monaten bei Neuhaus beschäftigt. Es hat so ausgesehen, als hätte er endlich einen verlässlichen Arbeitgeber gefunden. Deswegen hat er ja auch mitgemacht. Um seine Arbeit nicht zu verlieren.

– Außerdem gibt es noch den andern Mitarbeiter, der etwas über Schlepperei gepostet hat, ergänzt Oskar. – Das sind leider Fakten. Obwohl ich ein großer Fan seines Lebensmittelimports bin.

Bruno Pauli nickt. – Allerdings bleibt der bei seinem Rückzieher. Er hat sich auf Facebook mit seinem Wissen wichtiggemacht. Dann ist ihm klar geworden, dass er selbst ins Visier der Behörden kommen könnte. Ich habe übrigens versucht, eine Quasikronzeugenregelung zu erreichen.

– Quasikronzeuge, was soll das sein?, frage ich.

– Die klassische Kronzeugenregelung mit Strafverschonung gibt es bei uns nur in Wirtschafts- und Korruptionsprozessen, und auch da ist sie sehr schwierig anzuwenden. Aber man kann ab und zu mit vernünftigen Staatsanwälten und Richtern informell reden. Nur: Beim Thema Schlepperei sind alle momentan sehr vorsichtig.

Ich brate das marinierte Thunfischstück bei größtmöglicher Hitze auf allen Seiten an und gebe es bei sechzig Grad in den Ofen. Der freundliche Bruno Pauli ist davon überzeugt, dass Neuhaus ein Schlepper war. Oder dass er schleppen ließ. *Boss einer Schlepperbande*, wie eine der Gratiszeitungen geschrieben hat. Der glaube ich allerdings nicht einmal das Datum. Den Fenchel habe ich, gleich nachdem ich heimgekommen bin, hauchdünn geschnitten und mit Salz, Olivenöl, frischen Chilischoten, Kapern und Orangenfilets mariniert. Jetzt kommt er auf drei Teller, dann schneide ich das Thunfischstück in zentimeterdicke Tranchen und lege sie darauf. Limettenscheiben zur Deko und fertig. Der Fisch ist innen noch roh und außen knusprig angebraten. Zufrieden nehme ich die ersten beiden Teller. Und halte inne. Neuhaus hat offenbar tatsächlich Selbstmord begangen, seine Halbschwester trauert, der Computerfreak Simon Wiedner ist verschwunden. Und ich bin zufrieden? Man kann sich nicht das ganze Leid der Welt aufladen. Es ändert nichts. Trotzdem kehre ich etwas weniger euphorisch zum Tisch zurück.

Als Bruno Pauli geht, ist es deutlich nach Mitternacht. Oskar schenkt den restlichen Wein ein.

– Der war doch ausgesprochen nett, sage ich.

– Findest du?, fragt Oskar.

Ich sehe ihn erstaunt an.

– Er ist charmant. Er hat dich eingewickelt, meine Süße.

– Bist du etwa eifersüchtig?

– Quatsch. Aber ist dir nicht in den Sinn gekommen, dass seine Komplimente etwas anderes bezwecken?

– Nur weil ihm mein Essen geschmeckt hat? Und weil er mich für eine gute Journalistin hält?

– Mira, du bist eine gute Journalistin und das Essen war wieder einmal köstlich.

– Also, wo ist das Problem?

– Erinnerst du dich, als er von einer Quasikronzeugenregelung gesprochen hat?

– Ja, er hätte dem ehemaligen Mitarbeiter von Neuhaus gerne einen Deal angeboten.

– Das nennt man Prozessabsprache. Es ist verboten.

– Er hat den üblichen Graubereich gemeint. Man redet eben miteinander und macht sich etwas aus, seit wann bist du so penibel?

– Wenn es um unser Rechtssystem geht, ist es besser, penibel zu sein.

– Du bist ja doch eifersüchtig! Ich finde das richtig nett!

Oskar schüttelt den Kopf und lächelt dann. – Vielleicht hast du recht. Es ist außerdem spät, wir sollten schlafen gehen. Komm, du Wunderfrau.

waxaaaanwaxfikkkkradahwaxxxxxxxxxxxxakudhacayyyyyyyyyyyyyyy

Ich starre auf die Zeichen. Vui war wieder auf meinem Laptop. Vielleicht habe ich ihn in der Hoffnung offen gelassen, dass mir die Orakel unseres Katers weiterhelfen. Aber das da bringt mich auf keine Idee. Sieht aus, als hätte ein Außerirdischer ein Kreuzstich-Stickmuster mit unserer Sprache verwechselt und jetzt versucht er, darüber zu kommunizieren. Wer sagt, dass Irren bloß menschlich ist? Ich bin noch nicht richtig wach. Vielleicht ist es doch somalischer Dialekt? Die drei Somalis. Man sollte herausfinden, wo sie stecken. Aber wie geht man das an? Fremdenpolizei? Ist wenig kooperativ und ich habe mir mit einem Artikel über die Abschiebung von Jugendlichen dort sicher keine zusätzlichen Freunde gemacht. Der Fahrer sitzt in Untersuchungshaft. Hakan Bilgin. Österreicher. Schon hier geboren. Man sollte wissen, was er vor seiner Anstellung bei Loco gemacht hat. Ein Auftrag für Vesna. Oder auch für Fran. Keine Ahnung, ob der Fahrer auf Facebook aktiv war. Ich gebe den Namen in meine Suchmaschine. Na bitte. Hakan Bilgin. Türkischer Schauspieler. Fotos mit und ohne Bart. Die Werbung für die Videokassetten lässt darauf schließen, dass er auf Komödien spezialisiert ist. Das ist wohl nicht mein Hakan Bilgin.

Ich gehe auf meine Facebook-Seite.

Zwei Katzenfotos. Urlaubsbilder aus Montalcino. Eine Frau, die ich nicht kenne, postet: *Jetzt ist es heraußen! Der tolle Neuhaus war Drogenhändler!* Offenbar will sie sich über die vielen verqueren Anschuldigungen lustig machen. Schlechter Versuch. Womöglich glaubt den Müll jemand. Schon geschehen. Ein Hargord – wer oder was immer das sein soll – hat darauf geantwortet. *Noch Fragen, warum der Hacker von Neuhaus untergetaucht ist. Drogenring! Mit illegalen Flüchtlingen. Und die Schickimickis haben geglaubt, er ist der Supergutmensch! Reingefallen!*

Ich schüttle den Kopf. Denkt niemand mehr, bevor er postet? Fragt sich niemand, was hinter einer Meldung steckt, bevor er sie aufgreift? Ich scrolle ein Stück nach unten, da erzählt man mir von einer Vernissage und einem neuen Lokal mit italienischer Küche. Am Rand der Seite Werbung für Sakkos. Ich habe vor kurzem nach einem gesucht.

Wer ist die Frau, die diesen Schwachsinn gepostet hat? Ich gehe auf ihre Seite. Fran wäre stolz auf mich. Ermittlungen im Netz. Oder zumindest Ansätze dazu. Sie hat ein Video geteilt, auf dem zwei Baby-Eisbären miteinander spielen. Und da. Ein Artikel von „Klarschrift". Online-Magazin aus dem ganz rechten Eck. Es gab vor gar nicht langer Zeit einen Prozess wegen Wiederbetätigung. Keine Ahnung, ob „Klarschrift" ihn gewonnen oder verloren hat. Ultrarechte aus Österreich und Deutschland schreiben dort. Ihr ehemaliger Chefredakteur sitzt jetzt im Büro eines Ministers und ist für Kommunikation zuständig.

DROGENBOSS und SCHLEPPER – Die neue Mafia in Wien!

Bussi-Bussi-Gutmensch enttarnt. Der Tod von Karl Neuhaus, genannt Carlo, zieht immer weitere Kreise. Inzwischen ist klar, dass er sein Unternehmen zu einem kriminellen Netzwerk umfunktioniert hatte. Statt mit italienischen Nudeln hat er mit Negern und anderen Invasoren und mit Drogen gehandelt. Ein ehemaliger Anarcho und Schwarzer-Block-Krimineller war sein engster

Mitarbeiter. Er ist wegen schwerer Drogendelikte in Deutschland vorbestraft. Auch ein Mord wurde ihm zur Last gelegt. Der Mann, Simon W., wer seinen vollen Namen wissen möchte, muss nur in die sozialen Medien sehen, ist untergetaucht. Wer ihn findet, kann damit der Wahrheit näher kommen.

Auch ein Jugendfreund von Karl Neuhaus hat sich gemeldet und gibt Drogenexzesse zu: „Damals haben wir alle was genommen und er war dauernd mit dem Bus unterwegs und hat auf einmal Geld gehabt." Der sogenannte Lebensmittelimport war offenbar immer schon bloß das Tarngeschäft.

Quelle: Eigenrecherche, Facebook, ToPost

Er hat sich nicht umgebracht. Wer bringt sich nach solchen Anschuldigungen um? Man kämpft dagegen. Das lässt doch keiner auf sich sitzen. Dann erst wird mir klar, dass Neuhaus vor dieser Meldung gestorben ist. Warum hetzen sie nach seinem Tod weiter? Um generell allen Menschen, die nicht für sie sind, eins auszuwischen? Sinnlos, darüber nachzudenken. Ich werde es nicht verstehen. ToPost. Was von dieser Nachricht haben sie von To-Post übernommen? Oder ist auch das einfach Fake? Damit es klingt, als hätte es einen realen Hintergrund?

Ich gebe mein Passwort ein und bin auf der Seite der Nachrichtenagentur. Neuhaus. Suchen.

56 Meldungen gefunden.

Die jüngste Meldung ist kurz:

Carina Neuhaus will wegen Bezeichnung als „Drogen-Braut" klagen.

Die Witwe von Carlo Neuhaus hat einen Anwalt eingeschaltet, um gegen die Bezeichnung „Drogen-Braut" in der Gratiszeitung T. und nachfolgend in Facebook-Postings zu klagen. Sie habe weder jemals illegale Drogen konsumiert noch mit dem Verkauf von Drogen zu tun gehabt. Carina Neuhaus in einer Stellungnahme gegenüber ToPost: „Ich lebe im Einklang mit der Natur, ich habe so etwas nicht nötig. Ich weiß auch nichts von solchen Geschäften meines verstorbenen Mannes."

Entzückend. Im Einklang mit der Natur. Hauptsache, sie ist raus. Ihren Mann entlastet sie nicht. Oder weiß sie es bloß nicht besser? Hat sie ungeschickt formuliert und ToPost hat es geschrieben?

Auch die nächsten beiden Meldungen sind nur Nachfolgeberichte der Drogen-Story. In einer kündigt die Staatsanwaltschaft Vorerhebungen an. In der anderen werden die Zusammenhänge zwischen Migration und Drogenhandel beschrieben. Samt den offenbar dazugehörigen Vorurteilen. Jetzt bin ich bei der Ursprungsmeldung. Nach den üblichen reißerischen Schlagzeilen lese ich:

Schon in den letzten Tagen waren in den sozialen Medien verstärkt Hinweise auf eine Drogenkarriere von Carlo Neuhaus aufgetaucht. Sie standen auch im Zusammenhang mit seiner Todesursache: einer Überdosis von Opiaten, die er mit einem letzten Festessen zu sich genommen hatte. Heimo K., ein Freund aus gemeinsamen Studententagen, auf Twitter: „Damals haben wir alle was genommen und er war dauernd mit dem Bus unterwegs und hat auf einmal Geld gehabt." ToPost ist dem nachgegangen. Carlo Neuhaus hat während seines Studiums tatsächlich vermehrt Kurierfahrten ins Ausland unternommen. Anders als seine Kollegen verließ er das Studentenheim und zog in eine Dachterrassenwohnung. Kreise, in denen er verkehrte, wurden wiederholt in Verbindung mit Drogendelikten gebracht. So wurde Robert U., ehemals Abfahrts-Olympiasieger, nach einem Catering von Carlo Neuhaus' Unternehmen Loco wegen Kokainkonsum festgenommen. Über dieses Netzwerk könnte auch sein Mitarbeiter Simon W. an Bord gekommen sein. Der angebliche Computerspezialist ist nicht nur wegen Gewaltverbrechen, sondern auch wegen schweren Drogendelikten vorbestraft. Dass er seit dem Tod von Neuhaus untergetaucht ist, erscheint in diesem Zusammenhang in einem anderen Licht. Es gibt Indizien, dass es sich doch nicht um Selbstmord, sondern um eine Fehde im Drogenmilieu gehandelt haben könnte, das sickerte auch aus Polizeikreisen durch.

Neuhaus hat mir erzählt, dass er schon als Student begonnen hat, italienische Lebensmittel zu importieren. Dass dieser ehemalige Schifahrer kokst, ging schon vor Jahren durch alle Medien. Was kann Neuhaus dafür, wenn er sich auf einer Party zugedröhnt hat? Fehde im Drogenmilieu. Wie dumm kann man … Stopp. Ich habe ein einziges Mal mit Neuhaus geredet. Ich kenne Simon Wiedner nicht. Jemand hat versucht, uns zu überfallen, als wir in seine Computer-Absteige wollten. Fakten. Ich sollte mich wirklich auf Fakten beschränken. Aber es gibt so wenige. Dafür umso mehr Gerüchte. Dieser Studienkollege. Heimo K. Ich sollte mit ihm reden. Und ich sollte denen von ToPost ein wenig näher rücken. Welches Ziel verfolgen sie? Oder geht es der Nachrichtenagentur doch nur darum, dass möglichst viele ihren Dienst abonnieren?

– Ich kann Heimo K. nicht finden. Fran nimmt einen großen Schluck von seinem Caffè Latte.

Wir sitzen in einer Nische im LeMar. Da kann man ungestört reden, habe ich zu Fran am Telefon gesagt. So als ob sich jemand für unser Treffen interessieren würde. Das ist natürlich Unsinn.

– Die haben ihn bei ToPost einfach erfunden?

– Nein, so ist es nicht. Es gibt Heimo K. in den sozialen Medien. Aber es scheint die Person nicht zu geben. Oder er ist sehr vorsichtig.

– Wäre ich auch, wenn ich so etwas über einen ehemaligen Studienkollegen erzähle.

– Richtig arg wurde es erst durch die Interpretation von ToPost. Er hat geschrieben, dass er den Tod und die Vorwürfe gegen Carlo Neuhaus schlimm findet. Und dann eben die Sache, dass sie damals alle etwas genommen hätten. Und dass Neuhaus plötzlich Geld gehabt hat.

– Nicht nett. Hat irgendjemand von diesen Typen schon einmal gehört, dass man über Tote nichts Böses sagt? Ich habe es früher nicht begriffen, hab mir gedacht, das ist Heuchelei und die typisch österreichische Vertuschung. Aber jetzt wird mir klar, dass das Sinn hat. Tote können sich nicht mehr wehren.

– Es sind bloß Gerüchte.

– Umso schlimmer.

– Deine Branche lebt von so etwas.

– Aber wirklich nicht. Das hat mit Recherche nichts zu tun.

– Passt das zu dem, was du über euren Chefredakteur erzählst?

Ich funkle Vesnas Sohn an. Ganz schön überheblich, dieser Computer-Fuzzi. Treibt sich im Netz herum und wirft mir vor …

– Du versuchst es trotzdem, sagt Fran und sieht mich treuherzig mit seinen großen dunklen Augen an.

Ich atme geräuschvoll aus. – Ich weiß ohnehin nicht, ob ich noch will.

– Die brauchen solche wie dich.

– Sag das meinem Chefredakteur.

Fran zwinkert mir zu. – Dem Männchen, wie ihn Mam nennt.

– Also. Was ist mit diesem Heimo?

– Ich hab dir seinen Twitter- und Facebook-Zugang geschickt. Aber da ist sonst so gut wie nichts. Vor ein paar Jahren ein Urlaubsbild und irgendwann einmal Postings auf eine Seite, die sich mit gewaltlosem Hundetraining beschäftigt hat. Error 404. Page not found. Sie existiert nicht mehr.

– Es gibt Leute, die sind in den sozialen Medien nicht besonders aktiv.

– Ja.

– Ja und was?

– Es gibt keine Spuren zur realen Person.

– Spricht für seine Intelligenz. Wenn er nicht so viel postet, dass andere sein Leben nachverfolgen können.

– Vielleicht. Oder er ist ein Fake.

– Ein Fake-Account? So wie du meinst, dass Simon Wiedner bestenfalls einen Fake-Account hat?

– Anders. Simon hat seinen, wenn er denn einen hat, weil er nicht will, dass alle alles Mögliche über ihn erfahren. Und dass irgendwann Daten verknüpft werden, wie man es gerade braucht.

Alles bleibt gespeichert. Diese Fake-Accounts wurden möglicherweise geschaffen, damit genau das gepostet wird, was wir jetzt lesen können.

– Hast du nicht gesagt, sie existieren seit längerem?

– Ja, aber er hat weder auf Facebook noch auf Twitter interagiert. Oder zumindest nur mit einem Account, den es nicht mehr gibt. Es gibt übrigens inzwischen sehr viele Accounts, die nichts mit realen Menschen zu tun haben.

– Irgendeiner muss sie gemacht haben.

– Fragt sich nur, wer, wo, wann und warum. Schon einmal was von Social Bots gehört?

– Sind wir jetzt wieder bei diesem Internet der Dinge und irgendwelchen Netzen, die gekaperte Geräte verwenden?

– Bot kann Verschiedenes bedeuten. Maschinen können sich mit Maschinen zusammenschließen, das ist dann das Botnetz, von dem wir geredet haben. Bei Social Bots kommunizieren Maschinen, also Computer, mit Menschen. Callcenter setzen sie ein, du hast sicher schon erlebt, dass du seltsam stereotype Antworten bekommst. Das ist dann kein Mensch, sondern ein Social Bot. Suchmaschinen arbeiten auch damit. Sie filtern und reihen Suchergebnisse nach Keywords, ohne dass da ein Mensch eingreifen muss. Und jetzt treten sie vermehrt in den Social Media auf. Sie müssen nicht böse sein, sondern können auch nützlich sein oder Spaß machen. Ein Freund von mir hat einen Bot geschrieben, der Headlines einliest und zu neuen Headlines zusammensetzt. Sein Bot lernt formulieren. Inzwischen kommen da manchmal echt schönere Titel raus als bei den Journalisten.

– Na super. Irgendwann macht ein Computer meine Arbeit. Der Traum des Männchens.

– Weniger harmlos ist, wenn solche Social Bots zur Beeinflussung der öffentlichen Meinung verwendet werden.

– Wenn sie meine Arbeit machen, sind sie harmlos?

– Sie werden sie so schnell nicht besser machen als du. Aber es ist grundsätzlich nicht schlecht, wenn einfache oder stereotype

Arbeiten von Maschinen übernommen werden. Wir hätten den Kopf frei für Wichtigeres, Kreativeres.

– Und wir haben keinen Job mehr. In die Richtung geht es ja jetzt schon.

– Ist doch bloß die Frage, wohin das Geld geht, das mithilfe von neuer Technologie verdient wird. Wenn es auf alle verteilt würde, müssten wir weniger arbeiten. Das Problem ist, dass sich die Gewinne auf immer weniger Menschen konzentrieren. Dagegen müssen wir arbeiten. War übrigens auch Thema bei einer der letzten europäischen Konferenzen über Ethik und Robotic.

– Ich hatte bisher nicht den Eindruck, dass sich deine Community besonders mit Politik beschäftigt.

– Alle tun das nicht, klar. Aber es gibt viele bei uns, die über die Zusammenhänge nachdenken. Trotz all der Probleme und Manipulationsmöglichkeiten: Schuld ist nicht die Technik, es ist immer die Frage, was wir daraus machen. Das Netz hat viele gute Seiten. Es ist eine Chance, tatsächlich zu verbinden. Grenzen zu überwinden. Einander zu verstehen. Gemeinsam an besseren Lösungen zu arbeiten.

– Und an Roboter-Programmen zu basteln, die meinen Job übernehmen.

Fran lacht. – Das hab ich nicht gemeint. Aber einfach irgendwelche Meldungen zusammenzuschreiben, das schafft ein Bot schon. Oder nach gewissen Vorgaben Beiträge zu liken. Oder als Follower aufzutreten. Oder Re-Tweets abzusondern. Womit wir wieder bei den Manipulationsmöglichkeiten wären. Leider werden die Beiträge in den Social Media viel zu selten auf die Anzahl der Menschen und die Anzahl der Bots überprüft. Twitter tut es hin und wieder und sperrt dann Accounts, die in Wirklichkeit Bots sind. Man hat nachgewiesen, dass im letzten Wahlkampf in den USA gut ein Drittel der Unterstützer von Trump Bots waren. Facebook hätte Möglichkeiten, sie auszuweisen. Aber die wollen das nicht. Sie lieben Chat Bots. Die sollen Leute länger auf ihren Seiten halten, und damit können sie wieder mehr Werbung verkaufen. Und dafür gibt es auch schon wieder Bots. Weißt du, wie das jetzt bei den gängigen Suchmaschinen läuft? Die machen Auktionen in Echtzeit. Du gibst eine Suchanfrage ein und ein Bot auf der Suchmaschine fragt die Bots von Werbeanbietern: Wem von euch ist eine Werbeeinschaltung wie viel wert? Und je nach Resultat werden die Suchergebnisse angezeigt.

Ich schüttle den Kopf. – Schon irre, was in deiner Welt abgeht.

– Das ist nicht meine, das ist unsere Welt. Nur wollen es viele nicht wahrhaben.

– Dieser Heimo K. ist also ein Bot?

– Glaube ich eigentlich nicht. Da sitzt ganz altmodisch einer irgendwo und hat ein Fake-Profil gebastelt.

– Wer könnte das wollen?

– Jemand, der es Carlo Neuhaus heimzahlen möchte.

– Er ist tot. Geht noch mehr?

– Vielleicht.

– Simon Wiedner.

– Wie meinst du das?

– Er ist Computerexperte. Er könnte das, oder?

– Das kann bald einer. Warum sollte er es tun?

– Um seine Spuren zu verwischen. Um abzulenken.

– Sie ziehen ihn doch mit hinein. Eine Fehde im Drogenmilieu. Sie haben über ihn geschrieben.

– Vielleicht hat er das nicht vorhergesehen.

– Man setzt niemand auf die eigene Spur.

– Oder man hat ihn gekidnappt und zwingt ihn dazu.

– Ich weiß schon, was du tun solltest, falls du doch vom „Magazin" weggehst: Drehbuch schreiben.

– Und wenn dieser Heimo K. so vorsichtig ist, weil er Angst hat?

– Wer Angst hat, macht Fehler. Aber da scheint keine Person dahinterzustecken. Ich versuche es weiter, das kann ich dir versprechen. Die haben meinen Ehrgeiz geweckt.

– Die?

– Keine Ahnung, wer.
– Doch Simon Wiedner?
– Dann hat es einen Grund.
– Er ist einer von den Guten.
– Ja.
– Gibt es die heute noch?

Ich nehme einen kleinen Umweg, um nicht am Delikatessengeschäft Buono vorbeizukommen. Ich wüsste nicht, was ich dem alten Kaufmann sagen sollte. Er hat mein Interview sicher gelesen. Aber was seither alles behauptet wurde … Ich habe weder Lust noch Kraft, mit ihm darüber zu reden. Er mag Neuhaus, weil er ihm geholfen hat.

In der Redaktion hat sich vieles geändert und einiges nicht. Die Empfangsdamen müssen jetzt nicht mehr nur aussehen, als verspräche unsere Wochenzeitung auch sexuelle Abenteuer, sie kümmern sich zusätzlich um die Telefonvermittlung und Botendienste. In der Halle geht ein Mann nervös auf und ab. Slim-Fit-Business-Anzug, weißes T-Shirt, weiße Sportschuhe. Wie sagt Vesnas Liebster zu ausgefallenen Erscheinungen? „Nicht schön, aber selten." Mir allemal lieber als das perfekt modisch gestylte Männchen.

– Kann ich Ihnen helfen?

Er mustert mich und lächelt dann. – Könnte gut sein.

– Dabei bin ich gar keine der abwesenden Sexbomben.

Das ist mir so rausgerutscht.

Er lacht. – Ich glaube nicht, dass es sich auszahlt zu warten.

– Zu wem möchten Sie denn?

– Zum Chefredakteur. Stefan Zillinger.

Mein Lächeln wird etwas weniger breit. Aber vielleicht ist er kein Freund. Vielleicht hat er eine Beschwerde. – Ich kann Sie hinbringen.

Wir gehen zum Lift und ich merke, wie mich der Mann von der Seite mustert. – Sind Sie nicht die Journalistin mit den großen Reportagen? Ich lese sie regelmäßig. Sie haben einen ganz besonderen Stil. Es tut mir leid, mein Namensgedächtnis ist eine Katastrophe.

– Mira Valensky.

– Natürlich! Sie hatten das letzte Interview mit Carlo Neuhaus. Wie machen Sie das bloß immer?

– Glück?

– Sie sollten nicht so bescheiden sein, das kapiert unser Freund nicht. Er deutet auf das Türschild des Chefredakteurs. – Ich sollte mich wohl vorstellen. Thomas Lukic.

Ich hoffe, er merkt mir meine Verblüffung nicht an. Ich habe ihn hie und da in der Zeitung gesehen, aus der Ferne auch bei ein paar Veranstaltungen. Aber erstens bräuchte ich eine Brille, und das seit vielen Jahren, und zweitens ist bei mir nicht bloß das Namensgedächtnis eine Katastrophe. – Sie haben mit ihm zusammengearbeitet. Früher, sage ich. Etwas Besseres fällt mir nicht ein.

Lukic lacht. Er hat ein markantes Gesicht, nicht diese späten Bubenzüge wie der Chefredakteur. Falten um die Mundwinkel, noch nicht tief. Ich schätze ihn auf Mitte vierzig. Mira. Dem Mann gehört eine wirklich schlimme Nachrichtenagentur.

– Danke, sagt er und streckt mir die Hand hin. – Ich weiß schon, für eine Vollblut-Journalistin wie Sie ist unsere Agentur ein Haufen Schrott, aber ich bemühe mich, es besser zu machen. Es ist eine Gratwanderung. Ich wollte … ich will … Er sieht mich an, lächelt mit halbem Mund. – Immerhin habe ich eine Zeitung gerettet, das ist ein Anfang.

Dann drückt er die Türklinke. – Bis hoffentlich bald wieder einmal. Und danke für die Begleitung.

Ich sitze an meinem Schreibtisch und surfe durchs Internet. In zehn Minuten soll ich beim Chefredakteur sein. Ist es so weit und er wirft mich raus? Trotz des Interviews? Die letzte Kündigung hat er allerdings nicht im persönlichen Gespräch, sondern via E-Mail erledigt. Unser langjähriger Chronik-Chef hat Lungenkrebs. Wir haben uns nie gut verstanden, aber darum geht es nicht. Ihm wurde via Mail mitgeteilt, dass man in Hinkunft auf seine Mitarbeit verzichte. *Sie werden verstehen, dass das „Magazin", um bestehen zu können, ein junges, schlagkräftiges Team braucht.* Und mit der Abfertigung könne er die Zeit bis zum Ruhestand ohnehin gut überbrücken. Ich habe versucht, Protest zu organisieren. Ein Teil der Belegschaft ist wie ich empört, traut sich aber nicht, aufzumucken. Die neuen haben mich verständnislos angesehen. Warum die Aufregung, der Chronik-Chef sei seit Monaten krank und habe ohnehin einen Supervertrag, ganz anders als sie jetzt. Ich sollte dem Männchen zuvorkommen und selbst gehen. Abfertigung bekomme ich ohnehin keine. Der Nachteil, wenn man sich einbildet, lieber frei arbeiten zu wollen. Oder hat meine Vorladung mit Lukic zu tun? Sind die beiden nach wie vor befreundet und läuft da irgendwas, das ich nicht durchschaue? Ich sollte nicht überall Verschwörungen wittern. Wir hatten ein nettes und ansonsten ziemlich belangloses Gespräch. Turnschuhe und T-Shirt zum Business-Anzug. Ich mag Unkonventionelles. ToPost mag ich freilich nicht, dabei bleibt es. Was hat Lukic gesagt? Es sei eine Gratwanderung, aber er bemühe sich. Und fürs Erste habe er eine ehemalige Tageszeitung gerettet. So kann man es freilich auch sehen.

Ich gehe auf die Seite von ORF.at. Keine neuen Anschläge, keine Regierungskrise. Dass ich diese Regierung für eine Krise an sich halte, zählt nicht. Ein Fußballer hat sich den Knöchel gebrochen.

Hallstatt: Älteste Speckproduktion gefunden

Es gibt sie noch, die wirklich wichtigen Themen.

Eine der ältesten überregional organisierten Speckproduktionen Europas dürfte im Hallstätter Salzbergtal angesiedelt gewesen sein. Darauf weisen Funde von 6.000 Schweineknochen hin. Bisher war es ein Rätsel, woher die 3.000 Jahre alten Knochen stammen.

Denn in der näheren Umgebung habe es im Winter für große Schweineherden nicht ausreichend Futter gegeben, so der Experte. Deshalb habe man angenommen, dass bereits vor 3.000 Jahren ein logistisches System bestanden haben müsse, über das die Schweine angeliefert wurden. DNA-Untersuchungen des NHM und der Veterinärmedizinischen Universität (Vetmed) Wien hätten nun einen ersten Beleg dafür erbracht, so Hans Reschreiter, der die Ausgrabung und Forschung im prähistorischen Salzbergwerk Hallstatt leitet.

Hunderte kastrierte Schweine im besten Schlachtalter von zwei bis zweieinhalb Jahren seien jedes Jahr nach Hallstatt getrieben und tranchiert worden, um anschließend in riesigen Holzbecken gepökelt und im Bergwerk getrocknet zu werden.

Zudem seien die Tiere in einer ganz speziellen Tranchiertechnik zerlegt worden, so Reschreiter: „Dabei werden die Schweine nicht wie üblich vom Bauch her geöffnet, sondern es wird am Rücken begonnen und der Brustkorb ausgelöst." Diese Technik finde sich bis heute in Teilen Kärntens, die als Zulieferregionen des bronzezeitlichen Hallstatt infrage kämen, und habe sich möglicherweise 3.000 Jahre gehalten, sagte der Wissenschaftler.

Ich gehe zurück zur Startseite. Suchmaschine. Was hat Fran gesagt? Social Bots reihen die Ergebnisse. Und die machen mit anderen Bots Auktionen. Wer mehr zahlt, scheint auf. Ich tippe einige Schlagworte ein. Den Bericht über die älteste Speckproduktion gibt es in den meisten Zeitungen. Wer bestimmt die Relevanz? Sind es noch Menschen? Oder hat irgendjemand längst einen Algorithmus gebastelt, der irgendwelche Computer anleitet, sie zu berechnen? Die gute alte Redaktionskonferenz ist bei uns inzwischen abgeschafft. Mich haben diese Meetings oft genug genervt. Der Selbstdarstellungsdrang gewisser Ressortleiter. Die Machtspielchen. Wer ist der Wichtigste im ganzen Land. Jetzt sehne ich mich danach zurück. Inzwischen gibt's Mails der Chefredaktion und sogenannte Synchronisations-Infos. Damit alle wissen, was Sache ist. Wenigstens bekomme ich von den politischen Interventionen wenig mit. Nicht nur die Medienlandschaft verändert sich, auch die politische tut es. Strategische Kommunikation und ihre Kontrolle. Eine der Grundsäulen unserer Regierung. Eine freie Mitarbeiterin beim Fernsehen bekam ernsthafte Probleme, weil sie den Verkehrsminister nicht interviewt hat. Dass der die Konferenz früher verlassen hatte, war egal. Eine Radiojournalistin hat vor kurzem ein großartiges Feature über das „Kommunikationsdesign" von Spitzenpolitikern gemacht. Sie konnte nachweisen, dass es kein Zufall ist, wenn gewisse Regierungspolitiker ähnlich klingen. Sie besuchen nicht nur dieselben Rhetorikkurse, sondern haben auch dieselben Sprachtrainer. Wer früher gequäkt hat, redet jetzt mit angenehmer Stimme Unsinn. Und unser Rechtsaußen klingt wie Peter Alexander. Sie bekam einen Anruf der Stabsstelle für Kommunikation. Samt Hinweis, dass man gegen Fake News scharfe Maßnahmen ergreifen müsse.

– Sie können nicht ewig an derselben Geschichte dranbleiben.

– Man nennt das Recherche, erwidere ich. Soll mich das Männchen doch rauswerfen.

– Freispruch für Sexmörder. Ich dachte, diese Headline würde Ihnen gefallen. Bei Ihrem Frauenengagement. Haben Sie die Infos gelesen, die ich Ihnen geschickt habe?

– Wenn ich es richtig verstanden habe, ist er verurteilt und sitzt im Gefängnis.

– Und jetzt gibt es ein Personenkomitee, das das Verfahren wieder aufrollen möchte, es macht Druck für einen Freispruch.

– Aber er ist nicht freigesprochen.

– Noch nicht. Wir können ja um des lieben Friedens willen ein Fragezeichen hinter „Freispruch für Sexmörder" setzen.

– Hat ToPost schon etwas darüber?

– Wie kommen Sie darauf?

– Thomas Lukic. Ich habe ihn herbegleitet. Es war niemand am Empfang.

– O ja. Er hat mir davon erzählt.

– Sie waren Kollegen.

– Ja.

Ich kann den Chefredakteur schlecht fragen, warum Lukic bei ihm war. Oder doch? Warum sollte ich in Zeiten wie diesen nicht auch etwas Fake einsetzen? – Ich habe gehört, dass eine engere Kooperation zwischen ToPost und dem „Magazin" geplant ist.

Der Chefredakteur sieht mich aufmerksam an. – Wir haben ihren Nachrichtendienst abonniert, das wissen Sie ja. Und wir netzwerken im Medienbusiness, that's all. Zurück zur Story. Die Geschichte mit dem Sexmörder. Das Opfer soll zum Täter gemacht werden. Wir haben natürlich die Verpflichtung, uns auf die Seite des Opfers zu stellen. Die meisten Menschen finden Vergewaltigung mit Todesfolge besonders abstoßend. Jetzt soll das Opfer quasi post mortem ausgezogen werden. Es gibt sogar erotische Fotos, die das Komitee in Umlauf bringt. Um zu beweisen, dass die Frau alles selbst heraufbeschworen hat. Dass sie nicht die zurückgezogene trauernde Witwe war, sondern gelinde gesagt lebenslustig. Sie sollten zusehen, dass Sie diese Fotos möglichst rasch bekommen. Um zu zeigen, was das für eine Sauerei ist. Bei so etwas sind sich die Menschen einig.

– Und wer ist der Mörder?

– Durchschnittstyp. Österreicher ohne Migrationshintergrund, wie es so schön heißt. Fast schade, sonst wäre mehr drin gewesen in der Geschichte. Aber da hätten Sie sicher wieder gebockt. – Schauen Sie nicht so, ist doch wahr. Oder überhaupt: Wenn eine Frau einen Mann vergewaltigt und umbringt und dann gibt es ein Komitee von Feministinnen, das sie raushauen möchte, das wären Storys …

Ich könnte ihm einfach eine ins Bubi-Gesicht hauen. Stattdessen versuche ich durchzuatmen und lächle. – Klingt wirklich toll. Da sollten Sie einen Ihrer neuen Stars drauf ansetzen.

[7.]

Du musst mit ihm reden. Fran hört auf dich. Wenn er überhaupt hört auf jemanden.

– Vesna, du machst dir zu viele Sorgen. Er ist erwachsen. Er weiß, was er tut.

– Er war immer schon naiv. Denke an die Frauen, die sich an ihn herangemacht haben.

– Fran als Opfer seiner Freundinnen! Vielleicht bist du gar nicht so unschuldig daran, dass bisher keine Beziehung auf Dauer geklappt hat.

– Ich? Vesna schreit so ins Telefon, dass mir meines vor Schreck beinahe auf den Gehsteig gefallen wäre.

– Du bist natürlich die beste Mutter der Welt, nur manchmal womöglich ein bisschen zu …

– Ich bin gar nichts „zu". Er ist mein Sohn und ich wünsche ihm eine gute Beziehung, du glaube ja nicht, ich bin eifersüchtig oder so psychologischen Quatsch. Aber eben eine gute. Und ich habe mitbekommen, dass er sich mit der Halbschwester von diesem Neuhaus trifft. Er kann sich ja nicht zurückhalten, er muss immer etwas erzählen. Seit er ein Kind war, steht er bei mir in der Küche und erzählt, was er eigentlich gar nicht will.

– „Dieser" Neuhaus ist tot. Wir wissen nicht, ob er in den Selbstmord getrieben wurde oder ob man ihn umgebracht hat.

– Sage ich ja. Und mit so einer geht Fran aus.

– Sie hat ihren Bruder wohl nicht auf dem Gewissen.

– Sie manipuliert Fran. Wahrscheinlich steckt sie mit dem Hacker unter einer Decke.

– Fran sagt, das ist einer von den Guten.

– Da haben wir es wieder. Er ist naiv. Hochintelligent und so naiv. Ich möchte nur, dass du mit ihm redest. Er ist bei Hans im Autohaus. Macht etwas an Computeranlage.

– Und warum redet dein Hans nicht mit ihm?

– Er ist mit so was nicht so gut. Und du bist meine Freundin.

– Er ist dein Mann.

– Eben.

Ich seufze. Eigentlich wollte ich endlich wieder einmal gemütlich durch die Stadt bummeln, bevor ich in die Redaktion gehe.

– Mira?

– In Ordnung.

– Danke. Mir fallt Stein vom Herz. Vielleicht bin ich zu vorsichtig, aber man kann nicht vorsichtig genug sein, wenn es um die Kinder geht.

– Vorsicht ist sonst nicht gerade dein Markenzeichen.

– Ich kann sehen, wie du lachst!

– Wer war jahrelang mit einem illegalen Motorrad unterwegs? Wer hat mich dazu gebracht, in eine Halle zu laufen, die gerade explodiert? Wer …

– Eben auch. Weil da Fran drinnen war. Und wir haben noch nicht gewusst, sie explodiert gleich.

– Ich bin ja schon unterwegs.

– Wir können danach etwas trinken.

– Ist es nicht ein bisschen auffällig, wenn du auch dort bist?

– Mira, ich bin besorgt, aber nicht dumm. Natürlich nicht bei Speed.

– Ich muss in die Redaktion. Die haben mir eine seltsame Geschichte umgehängt.

Hans Toblers Autohaus hat zwei Bereiche, die unterschiedlicher nicht sein könnten. Seine Stammfirma heißt US-Speed, sie importiert Oldtimer und Luxuswagen. Das Styling der Halle, der Mitarbeiter, alles spiegelt das Lebensgefühl der amerikanischen Sechzigerjahre. So wie wir es aus alten Filmen kennen. Chrom und Coke und Jukebox. Hans hat sich vom Automechaniker nach oben gearbeitet. Aber er ist nicht stehengeblieben. Im Neubau daneben ist E-Speed untergebracht. Dort verkauft er Elektroautos. Der Renner sind amerikanische Oldtimer, die seine Leute umbauen. Das Design dieser Halle könnte aus einem Science-Fiction-Film stammen. Fran spottet gerne darüber, dass es eigentlich genauso retro sei wie der andere Teil, dass Türen, die sich beim Klatschen öffnen, und Mini-Roboter, die Getränke anbieten, nicht eben der neueste Stand der Technik wären, aber er spottet freundlich. Er und seine Schwester Jana lieben Hans. Gerade weil Vesnas neuer Mann nie versucht hat, den Ersatzvater zu spielen. Sondern bloß Hans zu sein, auf den man sich verlassen kann und der ihre Mutter liebt. Und der sich hin und wieder ans Schlagzeug setzt und ein Solo hinlegt, das fetzt.

Ich finde Fran dort, wo kein Chrom blitzt. Im Büro. Ich sei zufällig vorbeigekommen, murmle ich und Hans habe gemeint, dass ich mir dieses geniale Selbst-Check-System ansehen solle, ob das etwa auch etwas mit diesen Bots zu tun habe, und was, wenn die plötzlich nur mehr miteinander reden wollen, aber wenn ich schon da bin, dann kann ich ja auch gleich fragen, ob es schon Neues von Ba… von Simon … Fast hätte ich mich verhaspelt. Manchmal fällt mir das Lügen gar nicht schwer. Aber je enger ich mit jemandem verbunden bin, desto schlechter bin ich darin. Fran, Jana, Vesna gehören für mich zur Familie. Als mir Vesna einmal an den Kopf geworfen hat, dass sie mit einer so besserwisserischen Person nichts zu tun haben wolle, und ich daraufhin gebrüllt habe, warum sie dann noch da sei, hat sie geantwortet: Familie kann man sich nicht aussuchen! Da ist was dran.

Fran sieht auf. – Ich hätte dich gleich nachher angerufen. Ich kann es nicht beweisen, er hat es auch nicht bestätigt, aber ich bin mir ziemlich sicher, ich habe eine Nachricht, die von Simon stammt.

– Warum bist du dir nicht ganz sicher?

– Sie kam verschlüsselt. Und ich konnte seiner Spur nicht folgen. Aber da waren Zeichen, die ihn da und dort identifizieren. Ich glaube, ihm war klar, dass ich sie lesen kann. Es kommt noch besser: Der Inhalt der Message war, dass die drei Somalis, die Neuhaus illegal nach Österreich gebracht haben soll, in einer Flüchtlingsunterkunft in der Nähe von Florenz sind. Es gibt auch einen Namen. Yasin Ali Daud. Und einen Mittelsmann, der Englisch spricht. Samt Telefonnummer. Man muss sie fragen, das bringt Licht in die Sache, hat er geschrieben.

– Warum nicht deutlicher?

– Wie es aussieht, musste er untertauchen. Er ist extrem vorsichtig. Er kennt mich, er kann davon ausgehen, dass ich die Wahrheit herausfinden will. Und dass ich ihm beistehe.

– Worum hat er dich gebeten?

– Um gar nichts. Das tut er nicht. Er hat mir Fakten geschickt und mich auf die Spur gesetzt. Ich sage dir, da steckt etwas Größeres dahinter. Das hat mit dem Tod von Neuhaus zu tun. Wir sollten die Somalis treffen. So schnell wie möglich.

– Die sind vielleicht schon längst wieder weg.

– Die sind dort. Die Message kam heute.

– Glaubst du, die sind heiß drauf, dass wir sie aushorchen? Die verprügeln dich. Wenn du Glück hast. Oder sie fliehen.

– Ich dachte, du hast keine Vorurteile.

– Ich bin Realistin. Wer ist nicht misstrauisch, wenn er irgendwo bestenfalls geduldet wird und dann kommt jemand und fragt ihn aus.

– Was, wenn du fährst? Reporterin … eine, die über ihre Lage schreibt. Am besten, du nimmst deinen Freund, diesen Rechtsmediziner, mit, den Halbitaliener.

– Weil die Somalis Italienisch reden.

– Die schon länger da sind, sicher.

– Und was, wenn in Wirklichkeit dein Simon hinter den angeblichen Drogengeschäften von Neuhaus steckt? Wenn er findet, du bist ihm schon zu nahe gekommen? Wir wissen nicht, wer uns bei seiner Wohnung aufgelauert hat.

– Du wirst dich doch nicht von diesem Blödsinn im Netz anstecken lassen. Ich sag dir: Da ist etwas faul.

– Das glaube ich auch. Fragt sich bloß, was. Übrigens … hast du die Halbschwester von Neuhaus schon getroffen?

– Ja.

– Und?

– Sie ist sympathisch.

– Sieh an.

Fran lächelt. – Na ja, ich war schon ein paarmal mit ihr unterwegs. Es ist nur so …

– Sie weiß nicht, wer du bist.

– Unsinn, natürlich weiß sie das. Sie weiß nur nicht, warum ich sie ursprünglich angesprochen habe. Sie reagiert sehr empfindlich, wenn es um ihren Bruder geht. Sie hat ihn sehr geliebt.

– Du hast mit ihr über ihren Bruder geredet.

– Ja, aber das war privat.

– Und wenn sie sehr wohl weiß, wie du mit mir zusammenhängst?

– Sicher nicht, sie hat sich ziemlich aufgeregt, dass ihr sogar eine Journalistin …

– Sie hat sich über mich aufgeregt und du hast nicht gesagt, dass du …

– Aus ihrer Sicht ist doch klar, dass das schlimm war.

– Schon vergessen? Du warst es, der wollte, dass ich mit ihr rede.

– Ja. Damals.

– Und Simon? Habt ihr auch über ihn gesprochen?

– Ich habe ihr erzählt, dass Simon ein guter Freund von mir ist. Sie mag ihn auch sehr. Sie sagt, er ist etwas ganz Besonderes, aber man müsse das Besondere eben erkennen können, um es zu schätzen. Sie sagt, das sei eine Gabe wie Musikalität oder logisches Denken.

– Ach, jetzt seid ihr schon Seelenverwandte. Wann warst du zum letzten Mal im Konzerthaus?

– In der Schule. Aber das heißt nicht, dass mich das nicht interessiert. Gerade neue Musik. Sie hat mir darüber erzählt. Das ist nicht so langweilig wie Mozart.

– Mozart ist langweilig? Hast du ihr das gesagt?

– Nein, natürlich nicht. Er ist auch nicht wirklich langweilig. Wenn man sich auskennt.

– Und was, wenn sie dich manipuliert?

– Warum sollte sie?

– Wenn seine Frau nicht erbt, wer erbt dann?

– Vergiss es! Sie macht sich null aus Geld! Und eines kann ich dir auch sagen: Dieser Carina traut sie vieles zu.

– Sieh an.

– Sag das nicht so, du hast doch selbst geschrieben, was das für ein heuchlerisches Luder ist.

– Heuchlerisches Luder?

– Nicht wörtlich, aber doch klar. Zuerst hat sie sich zum Opfer stilisiert und wollte ihn bluten lassen und nach seinem Tod macht sie auf Trauer.

– Barbara sieht das so?

– Du hast das bisher so gesehen. Und sie sieht das auch so. Da hast du schon recht. Diese Society-Lady hat ihn bloß ausgenützt, hat mit allen möglichen Männern aus der Szene herumgemacht und sich dann auch noch beklagt, dass ihr Mann kein Interesse hat, am Abend fortzugehen.

– Vielleicht war sie einfach zu jung für ihn.

– Ach, und das hat sie vorher nicht gewusst?

– Immerhin: Sie hat ihn nicht gezwungen, sie zu heiraten.

– Ich habe dir schon viel zu viel erzählt, ich will das Vertrauen von Barbara nicht missbrauchen. Sie ist ein feiner Mensch.

– Ein Engel mit Kontrabass.

[8.]

Der Mann ist mittelgroß, hat kurze braune Haare, er ist weder schlank noch dick, um die fünfzig. Er trägt Jeans und ein hellblaues Poloshirt. Sieht so ein Sexualmörder aus? Wie sehen die aus? Stefan Unger wurde zu lebenslänglicher Haft verurteilt, schuldig gesprochen, einer Kegelkollegin aufgelauert zu haben. Sie hat sich gewehrt und er hat sie niedergeschlagen. Er hatte mit der bewusstlosen Frau Sex. Danach hat er sie einfach liegen lassen. Sie wurde erst zwei Tage später hinter ihrem Haus gefunden. Da hat sie noch gelebt. Sie ist im Krankenhaus gestorben. Stefan Unger ist Immobilienmakler von Beruf. Er hat Frau und Kind. Er war angesehen in der kleinen Stadt. Mitglied in Vereinen, aktiver Kegler, einer, der offenbar Wert darauf gelegt hat, beliebt zu sein. Er hat Preise gesponsert und gehörte zu denen, die den Ton angeben in solchen Gemeinschaften. Die Frau, die er ermordet hat, war Fitnesstrainerin. Ihr Mann war erst ein halbes Jahr zuvor gestorben. Eines natürlichen Todes. Herzinfarkt. Er war fünfzehn Jahre älter als sie. Ich klicke auf das nächste Bild. Biedere Einfamilienhäuser in einer Siedlung. Rund um jedes ein Garten. Nicht viel, aber auch nicht zu wenig Platz. Doppelgaragen, Thujenhecken, alles gepflegt. Er hat am einen Ende der Siedlung gewohnt, sie am anderen.

Und jetzt behauptet ein Personenkomitee, dass dieser Unger gar nicht der Mörder war. Dass er Sex mit der Frau hatte, ist nachgewiesen. Er war einvernehmlich, sagt er. Sagen auch die vom Personenkomitee. Wen kann der gefallene Immobilienmakler, wen kann sein Anwalt da instrumentalisiert haben? Und: Warum sollten wir darüber schreiben? Die Gerichte entscheiden. Das heißt, in diesem Fall haben sie schon entschieden. Jetzt geht es um eine Wiederaufnahme des Verfahrens. Hat unser Chefredakteur dem Typ ein Haus abgekauft? Oder wollte er es? Aber was sollte er in dieser Provinzstadt? Außerdem: Er empört sich ja über das Komitee. Vielleicht ist es andersrum. Dieser Unger hat ihn in einer Immobiliensache reingelegt. Auch nicht plausibel. Ich sollte langsam lernen, weniger kompliziert zu denken. Das Männchen wittert einfach eine Story, die gerne gelesen wird. Sex mit wehrloser Frau, Mord und dubiose Freunde. Drama in der Siedlung. Wie das Leben so spielt. Ich sollte den Laptop zuklappen, aufstehen, gehen und nicht mehr wiederkommen.

Ich zucke zusammen, als das Telefon läutet. Zillinger. Wer sonst ruft über den Redaktionsapparat an? Eine weibliche Stimme, leise. Ich bin so überrascht, dass ich ihren Namen überhöre. Erst als sie weiterredet, wird mir klar, wer das ist. Die Frau, die das Personenkomitee für diesen Unger leitet. Ich habe sie in einer Mail um ihren Anruf gebeten. So dankbar sei sie, dass endlich über diesen Vertuschungsskandal geschrieben werde, sagt sie. Sie könne mir alle Prozessunterlagen schicken, ihr Schützling habe das erlaubt. Ob ich schon gesehen hätte, wie im Internet gegen sie und ihr Komitee gehetzt werde? Sie wisse nicht, was tun, sie kenne sich da nicht so aus, aber … Gerechtigkeit. Immer wieder sagt sie dieses Wort. Gerechtigkeit.

– Wie stehen Sie zu Stefan Unger?

– Ich bin seine Tante. Seine Nenntante. Seine Mutter, Hanni, sie war meine beste Freundin. Immer schon und bis zu ihrem Tod.

– Sie ist gestorben, als ihr Sohn noch klein war?

– Wie kommen Sie darauf? Nein, erst letztes Jahr. Viel zu früh natürlich, fürchterlich. Brustkrebs. Mit achtundsechzig.

– Er hat Sie gebeten, dieses Personenkomitee …

– Nein, ich habe hin und her überlegt, was man tun könnte, weil es einfach so ungerecht ist. Ich kenne den Stefan, seit er ein kleines Kind war, er ist immer auf dem Fauteuil in unserem Wohnzimmer gesessen und hat ganz ruhig gespielt, mit allem, was da war. Einem Ball oder einer Puppe oder mit den Buntstiften.

– Menschen können sich ändern.

– Ich bin nicht naiv, liebe Frau Valensky. Auch wenn ich mein ganzes Leben lang Hausfrau war. Ich will über die Tote nichts Böses sagen, aber das unschuldige Opfer sozusagen, das war sie nicht. Lebenslustig, das steht ihr auch zu, natürlich. Aber sagen wir einmal so, keine, über die man herfallen muss.

– Sie hat ihn gereizt, meinen Sie? Das ist keine Entschuldigung, egal ob eine Frau einen Minirock trägt und flirtet oder eine Burka, keiner darf deswegen …

– Nein, so meine ich das nicht. Sie wollte das auch. Sex.

– Und woher wissen Sie das?

– Erfahrung.

– Es soll erotische Fotos geben.

– Ja, die gibt es. Das Gericht hat sie nicht verwendet, warum auch immer.

– Sie bringen sie jetzt in Umlauf, ist das richtig?

– Aber natürlich nicht. So etwas würde ich nie machen. Schon aus Respekt vor der Frau. Und überhaupt. Man tut so etwas nicht.

Ich seufze und schaue in meine grüne Wand. Und sehe den Chefredakteur, der dahinter steht und offenkundig lauscht. – Moment, sage ich ins Telefon, wische zwei Blätter zur Seite und starre dem Männchen ins Gesicht. Er starrt ohne jedes schlechte Gewissen zurück.

– Warum machen Sie das nicht per Skype?

– Weil ich mit einer Hausfrau jenseits des Skypealters rede.

– Sie haben sie gefragt? Sie haben wenigstens mitgeschnitten?

– Nein.

– Haben Sie noch immer nicht begriffen …

Ich lasse die beiden Blätter los und sehe, wie ihm eines über die Nase fährt.

– Hallo?

Aber die Nenntante hat inzwischen aufgelegt.

– Mit mir machen Sie so etwas nicht!

Ich drehe mich erschrocken um. Zillinger hat den Topf des Philodendrons zur Seite gerissen.

Ich sage nichts. Weil mir nichts einfällt. Erst eine Sekunde später begreife ich, dass das eine gute Strategie ist.

– Die müssen weg, sagt er nach einer Überraschungspause und deutet auf meine Grünpflanzen.

Ich sage immer noch nichts. Das war es dann wohl. Ein neuer Lebensabschnitt. Du hast Neues immer als Herausforderung gesehen, Veränderung als gut. Warum solltest du nicht ... Ich soll wegen zweier Topfpflanzen meinen Job hinschmeißen? Wie klug ist das denn? Nicht provozieren lassen, das will ...

– Hören Sie auf, vor sich hin zu murmeln! Wie, denken Sie eigentlich, dass wir das „Magazin" erhalten? Indem wir warten, bis alle die Neuigkeiten vor uns haben? Indem wir jede Woche irgendwelche Geschichten drucken, die andere in Echtzeit bringen? Wissen Sie, was trimedial heißt? Wenn nicht, googeln Sie es. Das werden Sie ja können. Hoffe ich. Wir hätten mit dem Gespräch mit dieser Unterstützerin des Sexmörders sofort hinausgehen müssen. Per Video und im Internetradio. Wenn Sie das nicht schaffen, dann sage ich Ihnen ganz offen, dass Hunderte auf Ihren Job warten. Chefreporter im „Magazin". Die sind bereit, Tag und Nacht dafür zu arbeiten und ohne die Nase zu rümpfen, wenn sie eine Kamera oder ein Aufnahmegerät in die Hand nehmen sollen.

– Chefreporterin.

– Hören Sie auf mit dem feministischen Scheiß.

– Ich bin Reporterin. Es ist Teil meines Jobs, mit Sprache umzugehen. Glauben Sie wirklich, die Frau hätte mit mir geredet, wenn alles, was sie sagt, sofort online ist?

– Sie will Öffentlichkeit, oder? Sie ist hinausgegangen mit der Idee, den Sexmörder zu unterstützen. Wer ist sie übrigens? Hat sie was mit ihm?

– Sie ist seine Nenntante.

Zillinger lacht. – Fast so gut wie die Sache mit der Nichte. Sie kennen doch die Hotels, in denen die Onkel immer mit ihren Nichten absteigen?

– Ich glaube nicht …

– Dass der pervers ist, ist wohl klar. Eine tote Frau zu fi…

– Sie ist erst im Krankenhaus gestorben.

– Das macht es für Sie besser?

– Drehen Sie mir nicht das Wort im Mund um. Kennen Sie diesen Stefan Unger eigentlich?

– Woher sollte ich ihn kennen?

– Er ist Immobilienmakler.

– Ja, und? Ich habe es nicht mit perversen Mördern, auch wenn Sie mir offenbar alles zutrauen. Und übrigens: Haben Sie die Frau nach den Nacktfotos gefragt, die es vom Opfer geben soll?

– Sie sagt, dass sie so etwas nie in Umlauf bringen würde.

– Und warum kursieren sie dann? Können Sie mir sagen, wozu wir Sie bezahlen sollen, wenn man alles schneller und billiger von einer Agentur übernehmen kann? ToPost hat den Großteil der Geschichte bereits im Netz. Übrigens mit Bild und Ton.

– Na, freuen Sie sich doch, dass Ihr Freund so toll ist! Ach, ich hab vergessen, er ist ja bloß ein Interessenpartner. Mehr geht nicht in der schönen neuen Medienwelt.

– Und was soll das jetzt?

– Oder ist Lukic doch ihr Freund?

– Liebe Frau Valensky. Er ist ein Kollege. Und wir stehen in Konkurrenz. Ich bin ein Profi. Ich weiß Privates und Berufliches zu trennen, während bei Ihnen alles eine einzige moralische Befindlichkeitssauce ist! Sieht man ja auch bei der Neuhaus-Sache. Das Interview war Glück, aber jetzt? Da kommt nichts.

– Die Sache vor dem Schreiben: Man nennt sie RECHERCHIEREN!

– Schreien Sie mich nicht an! Was recherchieren Sie?

– Carina Neuhaus. Seine Witwe. Wer erbt? Warum war sie vor einem Monat gar nicht gut auf ihren Mann zu sprechen und jetzt spielt sie die trauernde Witwe?

– Lassen Sie die arme Frau in Ruhe. Das Letzte, was ich brauchen kann, ist Zickenkrieg.

– Zickenkrieg? Wenn ich recherchiere?

– Offenbar tut Ihnen der Sexmörder mehr leid als die junge Witwe.

Ich schnappe nach Luft. Ich wollte ruhig bleiben. Aber wie … – Jung und blond, da wird der abgebrühteste Chefredakteur schwach, was?

– Noch einmal: keinen Zickenkrieg, nur weil sie jung und attraktiv ist.

Die beiden Männer sind braun gebrannt, gut erholt und bestens aufgelegt. Ich sitze mit ihnen bei unserem Stamm-Türken. Ich habe mich einfach umgedreht und bin gegangen. Zickenkrieg. So ein Idiot.

– Ihr seid sicher, dass ihr nicht aus einem Prospekt seid? „Der dritte Lebensabschnitt – jetzt geht's los!"

Droch und Zuckerbrot lachen. – Alte Deppen unterwegs, das trifft es besser, spottet Droch.

– Ihr habt noch nie so gut ausgesehen.

Zuckerbrot lächelt. – Vielleicht hast du mich früher nie so genau angesehen?

– Da warst du Gruppeninspektor und wir waren per Sie und du hast ständig vermutet, ich pfusche dir in die Arbeit.

– War doch auch so.

– Ich habe dir geholfen.

– Danke, Florence Nightingale. Du wolltest deine Story.

– Ich wollte Gerechtigkeit. Oder eben etwas in die Richtung, ich weiß, es gibt sie nicht … nicht DIE Gerechtigkeit … und ich hasse Selbstgerechtigkeit, aber ich habe mich bemüht, damit … und jetzt …

Die beiden sehen mich ratlos an. Mir rinnen Tränen die Wangen hinunter, ich kann es nicht verhindern. Ich bin so etwas von dumm und angerührt, ich halte nichts mehr aus und dann zerstöre ich auch noch die gute Stimmung. Ich …

Droch rollt ganz nahe zu mir und fährt mir mit der Hand über die Wange. – He, Mädchen, was ist? Du bist die Beste, der fantasielose Knacker hätte ohne dich nie etwas gelöst.

Zuckerbrot sieht mich zerknirscht an. – Mira, ja … was … wirklich … nicht …

Ich schüttle bloß den Kopf und kann nichts sagen. Aus Rührung. Und überhaupt.

Der pensionierte Polizeibeamte beugt sich zu mir. – Da ist doch was los. Sprich zu uns. Oder sind es deine Hormone? Bist du schwanger?

Ich sehe ihn böse an. – Saudummes Klischee. Und außerdem bin ich Mitte fünfzig.

– Geht doch alles heute.

– Na sicher, mit euch als Großvätern oder so!

– Gut gemacht, Zuckerbrot, jetzt ist sie wieder die Mira, die wir kennen. Droch rollt wieder auf normalen Abstand.

Und ich hole Luft und erzähle. Alles Mögliche durcheinander. Vom Männchen und von Neuhaus und Fran und seinem Freund Simon, der verschwunden ist und vielleicht eine Nachricht geschickt hat. Von der Tante, die für einen Sexualmörder eintritt, und Aktfotos, die ich online stellen soll, die aber ToPost offenbar schon hat. Wie anderen Müll auch.

Die beiden Männer hören mir zu. Droch mit seinem kantigen Gesicht, jetzt braun und mit mehr Falten. Interessant. Immer noch. Vor Jahren wollte ihn jemand als Abenteurer-Typ für eine Werbekampagne buchen. Dann sind sie dahintergekommen, dass er im Rollstuhl sitzt. Und hatten kein Interesse mehr. Droch hat gesagt, er hätte nicht im Traum daran gedacht, bei so einem Unsinn mitzutun, aber ich weiß, dass er gekränkt war. Zuckerbrot, der seit seiner Pensionierung eindeutig an Profil gewonnen hat. Oder war es einfach schlau, im gehobenen

Polizeidienst farblos zu wirken? Jetzt trägt er die Haare ein bisschen länger und statt der langweiligen weißen Hemden Poloshirts.

– Das mit Neuhaus hast du uns ja schon geschrieben, murmelt Zuckerbrot. – Ich hab inzwischen nachgefragt. Es gibt keine Ermittlungen. Natürlich waren da die üblichen Routinechecks, aber alle gehen von Selbstmord aus. Wirkt auch nicht, als hätte jemand interveniert.

– Und was ist mit der Schlepperei? Mit den Drogenhandel-Vorwürfen?

– Wir sind erst gestern zurückgekommen. Alles kann ich auch nicht herausfinden und weitererzählen, bloß weil ich in Pension bin.

– Ich finde es eigenartig, dass im Zusammenhang mit dem Tod von Neuhaus nicht weiter ermittelt wird.

– Ich weiß nicht. Es gibt keine Anzeichen …

– Neuhaus wollte sich gegen die Anschuldigungen wehren, er hatte Pläne.

– Sein Mitarbeiter ist untergetaucht. Weißt du etwas, das die Polizei nicht weiß?

– Fran schwört, dass Simon nichts damit zu tun hat. Offenbar will Simon, dass wir mit den Somalis reden. Ich hab Fran gewarnt. Das kann auch eine Falle sein.

Droch lächelt spöttisch. – Mira, du wirst Flüchtlingen doch nicht unterstellen, bei etwas Bösem mitzutun?

Ich weiß, er will mich provozieren. Heute finde ich es nett. Die beiden mögen mich, sie kümmern sich um mich. Sie werden mir helfen. Wobei? Wieder so als Journalistin arbeiten zu können, wie ich mir das wünsche? Genau betrachtet war früher auch nicht alles wunderbar. Vielleicht helfen sie mir einfach dabei, mein Gleichgewicht wiederzufinden. Ich lächle zurück. – Es gibt überall Gute und Böse, mein lieber alter Freund. Und die meisten Menschen sind irgendwo dazwischen. Ich will übrigens mitfahren.

Zuckerbrot runzelt die Stirn. – Und wenn es wirklich eine Falle ist? Florenz? Ich hatte eine Tante in Florenz. Ich sollte hin.

Es geht um eine Erbschaftsangelegenheit. Die Italiener sind da eigen, sie wollen so etwas persönlich erledigt haben. Ich soll eine Menge unterschreiben. Und das dafür, dass ich dann eine Truhe bekomme. Wenn auch eine schöne. Aus dem 17. Jahrhundert.

Ich sehe Zuckerbrot erstaunt an. – Du hast Verwandte in Italien?

– Si, Signora. Und nein, leider. Ich hab keine italienischen Vorfahren. Meine Tante hat nach Italien geheiratet. Gleich nach dem Krieg. Sie war siebenundneunzig, als sie gestorben ist.

– Mein Beileid.

– Danke. Ich könnte euch begleiten.

– Wir fahren zu den Somalis?

– Warum nicht? Zuallererst überprüfst du, ob es diese Kontaktperson wirklich gibt. Du bittest darum, mit den Somalis reden zu dürfen. Du sagst einfach die Wahrheit. Das hilft manchmal.

– Und was soll das wieder heißen?

– Na ja. Ich will keine alten Geschichten ausgraben.

– Ich kann mich an nichts erinnern.

– Vielleicht solltest du auch in Pension gehen, wenn das so ist.

– Mira ist ein Kind, frotzelt Droch.

– Im Verhältnis zu uns, Alter, hast du recht.

Warum tut Zuckerbrot das? Weil ich geweint habe? Aus Mitleid? Es kann mir eigentlich egal sein. Außerdem: Es geht mir schon besser. – Ich fasse zusammen: Ich rufe die angegebene Telefonnummer an, hoffe, dass der in der Leitung wirklich Englisch kann, und sage, ich bin eine österreichische Journalistin, die den Fall recherchiert und darüber schreiben möchte. Wir gehen in das Lager und versuchen herauszufinden, wie das tatsächlich mit ihrer Flucht nach Österreich gelaufen ist.

– Korrekt. Ich bin dein Leibwächter.

– Nicht wirklich. Droch und ich sagen es gleichzeitig.

– Ich weiß nicht, was ihr habt. Ich kenne zwei ehemalige Polizeibeamte, die jetzt als Personenschützer arbeiten.

– Im Ruhestand?, frage ich.

– Na gut. Aus anderen Gründen. Aber so genau werden es unsere Somalis nicht wissen wollen. Und: Ich bin topfit. Hast du nicht selbst eben erst gesagt, wir sehen blendend aus?

Ich lache. Und dann stehe ich auf und umarme Zuckerbrot. Da soll noch jemand sagen, man kann sich mit dem Alter nicht verändern. – So machen wir es.

Droch verdreht die Augen.

Alles ist besser als der Alltagsmist im „Magazin". Vielleicht haben die Somalis wirklich etwas zu erzählen. Ich kann die Story einem anderen Medium verkaufen und dorthin wechseln. Bloß welchem? Das wird sich finden.

– Und was, wenn euch jemand hineingelegt hat?, unkt Droch.

– Dann ist der hinter Fran her und dem, was er weiß. Fran bleibt da. Ich fahre. Und habe meinen Leibwächter mit.

– Genau. Dann hat sie mich mit.

– Ihr seid zwei gefährliche Irre.

– Ja, danke. Es geht mir schon viel besser. Ich gebe Droch ein Küsschen. Er riecht wunderbar nach irgendeinem herben Aftershave. Oder ist es Anisschnaps?

Heute traue ich mich ins Delikatessengeschäft. Ich erzähle dem Kaufmann einiges von dem, was ich weiß. Die Schwester von Neuhaus kennt er. Eine reizende Person und eine großartige Musikerin. Er sei so dankbar, dass ich „etwas für das Andenken" seines Gönners tun wolle. Will ich das? Aber auch das ist ein Faktum. Neuhaus hat zumindest zwei sehr unterschiedlichen Menschen geholfen: einem alten Kaufmann und einem Computerfreak aus der Anarcho-Szene. Beladen mit zwei Einkaufstaschen komme ich heim. Ich sollte etwas Gutes kochen, bevor ich mit Oskar über die Reise nach Florenz rede. Wir fahren morgen. Zuckerbrot und ich. Fran wird dableiben. Auch, weil es sein kann, dass er am Computer nützlicher ist als vor Ort. Und weil eine zu große Delegation für Misstrauen sorgen könnte. Der Mittelsmann ist sofort ans Telefon gegangen. Was habe ich gedacht? Dass wir Buschtrommeln brauchen? Er freut sich, wenn wir kommen und uns das Lager ansehen. Es sei gut, dass über ihre Lebensumstände berichtet werde. Es ging so einfach, dass ich ihn nicht nach den drei Männern gefragt habe, die für kurze Zeit in Österreich waren. Besser, man redet darüber von Angesicht zu Angesicht.

Ich mariniere den Radicchiosalat mit Balsamico, etwas Öl, Zucker und Salz. Am Herd kocht eine Mischung aus Weißwein und Wasser. Ich habe Tintenfischtuben der Länge nach in dünne Streifen geschnitten und lege sie in die wallende Flüssigkeit. Umrühren, ganz kurz warten, bis sie sich einkringeln. Und sofort wieder herausfischen. So bleiben sie zart. Ich mische den Tintenfisch unter den Salat. Frisch gehackte Petersilie darüber, ein paar Zitronenscheiben zum Garnieren und die Vorspeise ist fertig. Danach wird es Pasta mit Zucchinisauce geben. Oskar liebt jede Art von Nudeln und ich habe das Gefühl, ich sollte ihn heute besonders zufrieden stimmen. Linguini aus einer edlen Manufaktur. Während ich sie koche, werde ich kleine Zucchini mit etwas Knoblauch, Chili, Salz und Olivenöl pürieren. Die Sauce wird nur kurz angewärmt und mit ein paar Löffeln vom Nudelwasser durchgerührt. Geht schnell und schmeckt gut. Und dann: Wolfbarschfilets und Muscheln im Safranfond mit knusprigem Brot. Es läutet. Dass Oskar ausgerechnet heute früher kommt. Oskar läutet immer, bevor er aufsperrt. Es ist für ihn eine Sache der Höflichkeit, niemanden zu überraschen. Auch nicht die eigene Frau in der eigenen Wohnung. Zu Beginn habe ich das ein wenig sonderbar gefunden. Inzwischen mag ich es und mache es auch so. Aber da dreht sich kein Schlüssel im Schloss. Wer kann das sein? Es war nicht der Ton der Gegensprechanlage, es war die Türglocke. Vui hat bereits im Vorzimmer Stellung bezogen. Die Nachbarn. Was ist ihre neueste Beschwerde? So jung und so unentspannt. Ich mache einfach nicht auf. Ich schaue nicht einmal durch den Türspion. Ich habe Wichtigeres zu tun. Ich muss Oskar einkochen. Klopfen. – Mira? Was ist?

Das ist unverkennbar Vesna. Klar. Auch sie hat einen Schlüssel.

– Du kannst nicht alleine fahren, beschwört sie mich. – Du wartest noch einen Tag und ich komme mit.

– Zuckerbrot meint auch, wir sollten es so schnell wie möglich machen. Sonst sind die Somalis womöglich weg.

– Die Sache mit der toten Tante. Wie passend. Ich glaube ihm nicht.

– Jetzt meinst du schon, dass mich sogar Zuckerbrot in eine Falle locken will? Vesna, ich bin's! Nicht deine Kinder!

– Unsinn. Aber glauben tue ich ihm trotzdem nicht. Ich habe Fran schon gesagt, was ich von der dummen Aktion halte.

– Dann hat er dir ja erzählt, dass die Telefonnummer des Kontaktmanns gestimmt hat. Ich hab mit ihm geredet.

– Und warum er kann dir nicht am Telefon sagen, was da gelaufen ist bei der Flucht im Lkw von Loco?

– Es ist ein anderer Somali. Der Lagerchef oder so.

– „Oder so" sagt alles. Du hast keine Ahnung. Und du hast ihn gar nicht gefragt nach Schlepperei.

– Das wäre unklug gewesen. Und Zuckerbrot beschützt mich schon.

– Der war Schreibtischpferd.

– Schreibtischhengst.

– Na, Hengst ist bei ihm vielleicht zu viel, du wirst wohl nicht …

– Vesna, es heißt nicht Schreibtischpferd, es heißt Schreibtischhengst.

– Und bei Frauen?

– Frag deine Jana, die kennt sich bei so etwas aus.

– Nie war der Polizist abenteuerlustig. Und jetzt in der Rente … Wahrscheinlich ist er senil.

– Sag ihm das.

– Werde ich. Der soll Ruhe geben. Der sollte genau wissen, dass es so nicht funktioniert. Er als Beschützer in einem Lager voll Somali. So etwas Dummes!

– Dann fahr doch mit.

– Ich kann nicht, du weißt es genau. Es ist die Geburtstagsfeier von Hans. Und er wird Schlagzeug spielen. Er wird sehr beleidigt sein, dass du nicht da bist.

– Warum bist du nicht da?

Wir fahren beide herum. In der noch immer geöffneten Eingangstür steht Oskar.

Vui hat sich unter meinen Schreibtisch verzogen. Dabei sind wir ohnehin leise. Da tobt kein Streit. Da redet niemand laut. Da redet gar niemand und das ist noch viel schlimmer. Oskar isst Tintenfischsalat mit Radicchio. Ich will vom Händler im Buono erzählen und lasse es dann lieber. Mein Mann will nicht, dass ich morgen nach Florenz fahre. Das habe ich mir schon vorher gedacht. Er wollte schon öfter nicht, dass ich das eine oder andere mache. Die Reise nach Moskau, damals. Aber wir haben uns nicht angeschwiegen. Nie. Ich gehe zur Küchenzeile. Vui bleibt liegen. Oskar bleibt sitzen. Das Nudelwasser kocht. Linguini hinein. Zucchini mit Gewürzen stabmixen. Mixer waschen. So leise war es nicht einmal, als Oskar nicht da war. Ich räume den Fisch wieder in den Kühlschrank. Nudeln reichen heute. Fast hätte ich Oskar gefragt, ob er den Wolfsbarsch und die Muscheln morgen essen möchte. Aber was, wenn keine Antwort kommt? Oder wenn er glaubt, ich bleibe doch da? Das werde ich nicht. Ich kann mir nicht von allen auf der Nase herumtanzen lassen. Ich muss herausfinden, ob die drei Somalis etwas wissen, das weiterhilft. Es geht schließlich auch um meine Zukunft als Journalistin. Aber das ist Oskar offenbar egal. Wie ich Bevormundung hasse. Nudeln abgießen, mit der angewärmten Zucchinisauce durchrühren. Ist ziemlich scharf geworden. Aber gut. Oskar mag … Kann mir doch egal sein. Ich mag es scharf.

Ich trage die Teller zum Tisch. Schaut Vui bloß nicht auf, weil das Pastagericht ohne Fleisch ist, oder hat er sich mit Oskar verbündet? Gismo wäre bei mir gewesen.

– Linguini in pikanter Zucchinisauce, sage ich.

– Du solltest dir die Sache aus dem Kopf schlagen, sagt er.

Ich stelle die Teller ab, setze mich und erwidere nichts.

– Mira. Ich kann verstehen, dass es dir momentan beim „Magazin“ nicht gut geht. Aber du kannst nicht einfach mit einem pensionierten Polizeibeamten in ein Flüchtlingslager. In einem anderen Land. Mit Flüchtlingen, die wahrscheinlich keine der Sprachen kennen, die du sprichst oder verstehst.

– Ich habe mit dem Lagerleiter telefoniert. Auf Englisch.

– Da hast keine Ahnung, wer hinter dieser Botschaft steckt.

– Wenn Fran sagt, sie kommt von Simon, dann glaube ich ihm.

– Er will, dass das so ist. Du hast selbst gesagt, es könnte sein, dass er sich in seinem Freund täuscht.

– Zuckerbrot fährt mit. Weil Vesna leider nicht kann.

– Selbst Vesna wollte es dir ausreden.

– Vesna wird in letzter Zeit komisch. Sie war immer schon fürsorglich, aber jetzt …

– Sei froh.

Wenn Oskar wüsste, was vor der Tür zu Simons Wohnung geschehen ist. Aber alles braucht er nicht zu wissen.

– Mira, redet er weiter. – Ich kann mir vorstellen, dass Zuckerbrot seine Arbeit bei der Polizei vermisst, aber er soll dich da nicht reinziehen.

– Er muss nach Florenz, weil seine Tante gestorben ist. Ein Zufall. Ein Glück für mich. Wir werden mit den Somalis reden und hören, was sie zu erzählen haben. Und dann kommen wir wieder zurück. Ich brauche das, Oskar. Wenn eine gute Geschichte dahintersteckt, ist es doppelt wichtig: zur Ehrenrettung von Neuhaus. Und damit ich die Chance habe, bei einem anderen Medium zu landen. Indem ich eine Story mitbringe.

– Du kennst doch die Branche. Und die Branche kennt dich. Du brauchst keine Eintrittskarte. Die Frage ist eine andere: Wohin möchtest du …

– Ich weiß es nicht. Aber mir wird etwas einfallen.

– Und was, wenn du dir einfach in Ruhe etwas anderes suchst? Du hast keinen Druck, immerhin bin ich ja auch noch da.

– Du weißt, dass ich das so nicht will.

– Andere wären glücklich darüber.

Ich sehe meinen Mann an. Er hat recht. Natürlich. Aber das macht es nicht erträglicher. – Was sollte ich in der Zwischenzeit machen? Die höhere Hausfrau spielen?

– Mach dich nicht lächerlich. Du kannst schreiben. Oder lesen. Oder dir einfach eine Auszeit nehmen. Du könntest übrigens auch in Frühpension gehen.

Ich starre Oskar an. – Das meinst du nicht wirklich.

– Warum nicht? Du bist sechsundfünfzig.

– Mir ist es völlig egal, wie alt ich bin. Pension? Unmöglich!

– Musst du ja nicht. Ich habe dir bloß Alternativen genannt.

– Vielleicht noch Sekretärin in deiner Kanzlei?

Oskar sieht mich stirnrunzelnd an und schüttelt den Kopf. – Putzfrau, sagt er dann und lächelt vorsichtig.

– Hättest du gerne.

– Was ich schon alles gerne hätte … Er schluckt hinunter, was er offenbar sagen hätte wollen. – DICH hab ich gerne.

Ich stehe langsam auf, gehe zu Oskar, lege ihm von hinten die Hände auf die Schultern, beuge meinen Kopf zu seinem und flüstere: Ich liebe dich.

– Wie bitte?

– Ich liebe dich!, schreie ich in sein Ohr.

Die Wolken haben sich noch nicht ganz verzogen. Aber wir reden wieder. Vorsichtig, um den filigranen Frieden nicht zu gefährden. Ich hab die Reise nach Florenz auf übermorgen verschoben. Zuckerbrot hat zugestimmt. Und Vesna kommt mit. Zwei Bodyguards, habe ich gescherzt. Wenn ich daran denke, wie meine Freundin die beiden Angreifer vor Simons Wohnung vertrieben hat … Sie waren keine Profis, hat Vesna gesagt. Nicht besonders stark. Könnten welche aus der Hackerszene gewesen sein, solche, die sonst vor dem Computer sitzen. Trotzdem. Oskar und ich haben zur Versöhnung eine Flasche von Bertholds bestem Veltliner getrunken. Ich fühle mich so leicht wie schon lange nicht. Alles wird gut. Oder, anders gedacht: Was sind meine Probleme schon im Verhältnis zu denen anderer Leute? Ich habe Menschen, die mich mögen und mir beistehen. Ich habe Oskar.

Üblicherweise schlafe ich weiter, wenn Oskar an einem Gerichtstag früh aufsteht. Heute bin ich ausgeschlafen. Ich sollte einmal zur Abwechslung etwas für ihn tun. Frühstück machen. Vui hat seine Lethargie vergessen. In der Früh ist er am muntersten. Wahrscheinlich, weil er stundenlang nichts zu fressen bekommen hat. Ich locke ihn mit einer Schüssel voll allerbestem Dosenfutter auf die Terrasse und schließe rasch die Tür. Ich richte Schinken und Käse an und backe Brot auf. Oskar ist noch im Badezimmer. Er hasst es, sich in der Früh abzuhetzen. Er wird sich freuen. Ich gehe zu meinem Laptop und werfe einen Blick auf die neuesten Nachrichten.

Trump twittert Unsinn. Ein Fußballtrainer wurde gefeuert. Die Regierungskoalition spricht von einem „neuen Stil". Die Demonstrationen gegen den rechtsnationalen Innenminister gehen weiter. Im Meer gibt es zu viel Plastik. Nichts Neues. Was es freilich nicht besser macht. Ich will gehen, als eine neue Meldung aufpoppt.

NGO-Leak! OneEarth International von islamistischen Terroristen unterwandert. Verbindungen zu Waffendeals und gewerbsmäßiger Schlepperei

Ein Datenleck war es, das die Fakten ans Tageslicht brachte: OneEarth, international von konservativer Seite immer wieder wegen seiner Weigerung, sich aus der Seerettung von Flüchtlingsbooten zurückzuziehen, kritisiert, bekommt jetzt größere Probleme. Die Plattform könnte als Deckorganisation für terroristische Schläfer, Waffenhandel und Geldwäscherei gedient haben. Drei Medienunternehmen wurden gleichzeitig Daten der Zentrale von OneEarth in Rom zugespielt. Die Hackergruppe, der es gelungen ist, in den Rechner von OneEarth einzudringen, hat noch mehr Material angekündigt. In einer ersten Reaktion bestritt ein Sprecher von OneEarth alle Vorwürfe. Wahr sei, dass in ihr Computersystem eingebrochen worden sei. Dabei seien offenbar falsche Datensätze eingeschleust und danach wieder abgesaugt und veröffentlicht worden. Der Innenminister kündigte penible Ermittlungen gegen die österreichische Teilorganisation an und forderte von der EU „umgehend und kompromisslos die Bestrafung und Auflösung von NGOs, die Terrorismus und illegaler Migration Vorschub leisten".

Das stinkt. Gewaltig. Aber von woher ... Das Brot im Toaster. Ich habe komplett darauf vergessen. Oskar kommt in Unterhosen aus dem Bad und sieht sich alarmiert um.

– Das Brot, sage ich. – Ich wollte Frühstück machen.

– Jana sagt, OneEarth International ist ziemlich schwierig. Wie alle eben, die keine Kompromisse machen. Irgendwie bewundernswert, aber auf der anderen Seite sind das keine Leute, mit denen man gemütlich auf ein Glas Wein gehen würde.

– In Österreich kümmern sie sich um die Integration von Geflüchteten. Das ist doch genau ihr Thema.

– Ja. Die Leute in Österreich mag sie sehr. Auch die Dachorganisation hat übrigens Integrationsprogramme. Aber sie ist weit weg. Und bei der Seerettung weiß man manchmal nicht, wo die Grenzen sind. Es geht schon länger das Gerücht, dass sie mit libyschen Schleppern zusammenarbeiten.

– Glaubt Jana das?

– Nein. Sie meint, das sind die üblichen Anschuldigungen. Man will alle loswerden, die den Umgang der internationalen Gemeinschaft mit Geflüchteten kritisieren. Und die öffentlich machen, wenn Boote kentern und Menschen sterben.

Ich telefoniere mit Fran, während ich unterwegs bin, um mir ein neues Aufnahmegerät zu kaufen. Falls ich von den Somalis die Erlaubnis bekomme, unser Gespräch aufzunehmen. Schadet nicht, Tonmaterial in professioneller Qualität zu haben. Der Rekorder, mit dem ich bisher gearbeitet habe, ist in der Redaktion.

– Wie kann man sich in ihr System hacken?

– Wichtig ist, es geht. Es geht immer irgendwie, Mira. Und oft geht es ganz einfach. Beispiel: Eine Sekretärin mag Katzenfotos. Sie sieht sich welche auf ihrem Firmencomputer an. Ist ja nicht schlimm, so ein bisschen privates Surfen, oder? Sie macht eines dieser putzigen Videos auf und schon kommen damit Programme auf den Server, die Daten absaugen können. Oder Daten schicken.

– Hinterlässt das keine Spuren? Das muss man doch nachvollziehen können, oder?

– Das ist nicht so einfach. Auch wenn die Behauptung, dass ihnen jemand Daten draufgespielt und die dann wieder abgesaugt hat, schon schräg klingt.

– Aber wäre es möglich? Könnte man über eine Sicherheitslücke Daten manipulieren und die dann als OneEarth-Dokumente an Medien schicken?

– Es ist zumindest denkbar. Es ist aber auch nicht auszuschließen, dass Radikale die NGO unterwandert haben. Die Aktivisten sind überfordert. Sie haben unendlich viel zu tun. Sie haben immer weniger Unterstützung. Und sie werden von immer mehr Politikern angegriffen. Natürlich wollen sie allen Geflüchteten einen Vertrauensvorschuss geben. Schiffe sind ein ziemlich guter Platz, um mit Flüchtlingen, Waffen, Drogen und Terrorgeld zu handeln.

– Die Frage ist: Kann OneEarth belegen, was in ihrem Computersystem geschehen ist?

– Das hängt davon ab, wie geschickt die waren, die eingedrungen sind. Und wie viel Zeit sie hatten. Aber selbst wenn: Wem glaubt die Öffentlichkeit? Das ist der eigentliche Schauplatz: der Krieg um die Aufmerksamkeit. Wem hört man überhaupt zu?

– Vom Innenminister abwärts versuchen sie, solche NGOs schlechtzumachen.

– Was nicht heißt, dass eine nicht trotzdem schlecht sein kann. Oder dass sie falschen Menschen vertraut hat. Und dass jemand, dem das nicht gefallen hat, Material hinausschmuggeln konnte.

– Also kaum eine Chance, die Wahrheit herauszufinden.

– Da muss man früher ansetzen. Wer ist warum gegen sie?

– OneEarth Österreich ist bei der Plattform gegen rechts.

– Klar, sie mischen sich immer wieder politisch ein. Auch international.

– Islamisten sind sicher nicht froh, wenn Europa seine Grenzen noch dichter macht. Du meinst, es könnte sein, die arbeiten in Wirklichkeit mit NGOs wie OneEarth zusammen?

– Ich glaube, denen ist es egal, wenn die Grenzen total zu sind. Denen sind auch alle egal, die im Meer ertrinken. Die meisten, die flüchten, wollen ja mit dem Krieg und genau solchen Radikalen nichts zu tun haben. Und was sie selbst angeht: Mit einem Netzwerk und krimineller Energie kommt man immer durch.

– Kannst du mir sagen, warum die Welt so kompliziert geworden ist, Fran?

– Du bist die Journalistin, Mira. Es gibt vielleicht Nebelgranaten. Aber es gibt auch die Fakten. So wie es sie immer gegeben hat.

[9.]

Vorbei an Bologna. Und wieder ein Wagen vor uns, der statt der erlaubten hundertdreißig hundertfünfzig fährt. Bloß hundertfünfzig. Zuckerbrot gibt Gas. Ich schließe die Augen. Er grunzt zufrieden, als er ihn überholt hat. Ich öffne die Augen. Wieder überlebt. Mir war nicht klar, dass der pensionierte Polizei-Gruppenleiter eigentlich einen anderen Traum gehabt hat: Formel-1-Weltmeister. Ich hätte auch nie auf einen roten Alfa Romeo getippt, wenn mich jemand nach seiner Automarke gefragt hätte. Opel. Oder Volvo. Etwas Biederes und Verlässliches. Falsch vermutet.

Ich drehe mich zu Vesna um. – Der fährt noch verrückter als du, rufe ich ihr zu.

– Du wiederholst dich, antwortet sie. – Er ist wirklich gut.

Zuckerbrot sieht konzentriert nach vorne. Auf der rechten Spur ein Lkw hinter dem anderen, in der mittleren Spur einige Pkws, denen wir uns viel zu schnell nähern. Man soll nicht mit dem Fahrer sprechen. Vor allem nicht, wenn er auf einem solchen Trip ist.

– So eilig haben wir es gar nicht, sage ich dann doch.

Zuckerbrot lacht. – Wenn wir es eilig hätten, würde ich schnell fahren.

Ich höre, wie auch Vesna lacht. Liebe Leute, das war es dann. Mira Valensky, Chefreporterin des „Magazin“, im Zuge einer Recherche ums Leben gekommen. Vielleicht auch ein Ausweg.

Aber lieber arbeitslos und zwischen Fakes und Fakten verloren als tot. Irgendwas geht immer. Solange man lebt. Vielleicht fährt er doch etwas langsamer, wenn ich mit ihm rede.

– Oskar hat gemeint, ich könnte auch in Pension gehen.

– Und?

– Was heißt und? Das ist doch absurd.

Zuckerbrot schenkt mir einen kurzen Seitenblick. – Ich genieße die Pension.

– Das sehe ich, knurre ich zurück. – Fragt sich nur, wie lange noch.

– Ich fahre knapp hundertsechzig.

– Und wenn dich deine Kollegen stoppen?

– Ich hab ein Warnsystem eingebaut.

– Das ist illegal.

– Seit wann ist dir das so wichtig?

– Dir war es wichtig.

– Ganz andere Zusammenhänge. Freiheit ist auch wichtig.

– Die Freiheit, auf der Autobahn zu sterben?

– Dir geht es nicht um legal oder illegal, es geht darum, dass du Angst hast.

– Instinkt. Überlebensinstinkt. Mit Droch würdest du nicht so rasen.

– Hast du eine Ahnung. Weißt du, dass wir die Paris-Dakar-Rallye fahren wollten?

– Unsinn.

– Wir waren auf der Uni und ich hatte ein paar Freunde, die bei Rallyes gestartet sind. Wir haben trainiert. Dann ist er als Reporter nach Vietnam. Und wie er zurückkam, weißt du ja. Wär er nicht so fit gewesen, er hätte die Wirbelbrüche nicht überlebt.

– Wie … wie war er damals?

– Du meinst, nach seinem Unfall? Zuerst kämpferisch. Dann, als klar war, dass er nie mehr wird gehen können, deprimiert. Dann hat er begonnen, wie ein Verrückter zu lesen. Und zu diskutieren. Es klingt seltsam, aber ich glaube, ohne seinen Unfall wäre er nie zu einem so guten Journalisten geworden.

– Jetzt ist er in Pension.

– Und? Er denkt und diskutiert weiter, muss man immer alles veröffentlichen?

– Er fehlt.

Zuckerbrot sieht mich an.

Wir rasen auf einen schwarzen Fiat zu. – Auto!, rufe ich.

– Sehe ich ja, antwortet Zuckerbrot ungerührt und wechselt die Spur.

Die Toskana: Sehnsuchtsland, mittelalterliche Städtchen, Pinien, Türme, wildwellige Hügel und Wein. Gastfreundschaft und Kultur. Florenz, Stadt der Maler und Denker, Wiege der Renaissance. Der Clan der Medici, Michelangelo, Leonardo da Vinci. Und das hier. Industriegebiet. Staub und Erde und Steine. Niedrige Lagerhallen aus Beton, nicht alle in Betrieb. Reifenhandel, Fliesenhandel, Aufschriften, die ich nicht verstehe. Flirrende Hitze. Lastwagen, Kräne. Autos, aufgebockt auf Ziegelsteinen. Ich versuche mich auf die Wegbeschreibung meines Kontaktmanns zu konzentrieren. Zwischen Fll.i Bonifacio und Elettrodomestici Zara durch, dann rechts abbiegen. Nach dem offenen Lagerplatz für Marmor und andere Steine ist noch eine Halle. Dort sind sie untergebracht. Wie kommt man ohne Auto her? Wie kommt man wieder von hier weg? Ich verstehe jeden, der es versucht. Wir stellen Zuckerbrots Alfa ab. Er hat inzwischen eine Staubschicht. Als wolle er nicht auffallen.

Zwei erstaunlich grüne kräftige Feigenbäume. Einige magere Büsche. Eine sehr dunkle junge Frau kommt aus der Halle und sieht mich an. Neutral. Wenn es so einen Blick gibt.

– Abdi Said, sage ich. – Where do we find him? Dove Abdi Said? Friends. Amici.

Die Frau verschwindet wieder.

Wir sehen einander an. Ich könnte versuchen, Abdi Said am Telefon zu erreichen. Auch wenn der Platz hier nicht so wirkt, als gäbe es ein Netz. Wer sagt, dass dieser Abdi Said wirklich da ist? Er könnte irgendwo sein. Langgestreckte Lagerhalle mit einigen großen offenen Eingangstoren. Dürften früher Laderampen für Lkw gewesen sein. Zwei Kinder rennen aus dem Tor, das uns am nächsten ist. Sie stutzen, sehen uns an, lächeln und sagen: Buonasera.

– Abdi Said: Dove?, fragt Zuckerbrot.

Der Junge hat einen runden Kopf, ganz kurz geschnittene Haare und große dunkelbraune lebendige Augen. Er kommt her und nimmt Zuckerbrot einfach an der Hand.

– Ich bleibe hinter euch, zischt mir Vesna zu.

– Das sind Kinder, keine Terroristen, zische ich zurück.

– Aber wer hat sie geschickt?

Wir gehen mit den Kindern nach drinnen. Durch die Decke der Halle dringt etwas, das man staubiges Licht nennen könnte. Diffus. Die Halle selbst ist in viele kleine Bereiche unterteilt. So, als ob die Behausungen unter Dach gekrochen wären, weil sie zu schwach sind, um Sonne und Wind zu trotzen. Vorbauten aus Kisten und Tüchern, Räume aus Wellpappe, Styropor, Holzteilen, Metall. Der Betonboden sauber. In einer Ecke steht eine große Tonne, aus der es gar nicht gut riecht. Der Junge ist hinter einem blau-grünen Vorhang verschwunden. Wir hören ihn reden. In einer Sprache, von der keiner von uns auch nur ein Wort versteht. Weiter weg läuft ein Radio. Italienische Werbung, Musikgedudel und eine aufgeregte Frauenstimme, die sconti, sconti, sconti ruft.

Der Vorhang bewegt sich wieder. Ein hochgewachsener Afrikaner mit Brille.

– Abdi Said?, frage ich

– Mira Valensky?, antwortet er, lächelt und streckt mir die Hand entgegen.

Wir sitzen mit ihm in einem ehemaligen Container. Er steht am Rand der Halle und hat sogar ein Fenster. Abdi Said spricht gutes Englisch, wenn auch mit schwerem Akzent. Er hat in seiner Heimat als Lehrer gearbeitet, der andere auf ihren Beruf als Lehrer vorbereitet hat, erklärt er umständlich. Er hat zur falschen

Gruppe gehört, und deswegen musste er weg. So oder so. Vesna sieht sich etwas genervt um. Sie ärgert sich jedes Mal, dass sie nicht so viel Englisch versteht, wie sie möchte. Es gibt nicht viel zu entdecken. Pläne an der Wand mit vielen Linien und Namen. Eine Landkarte der Provinz Florenz.

Abdi Said erzählt, dass hier achtundvierzig Erwachsene und zweiundsechzig Kinder leben. Es ist kein offizielles Lager, aber auch nicht inoffiziell. Sie sind geduldet. Freiwillige unterstützen sie, einige der Männer haben hin und wieder Arbeit. Drei der Frauen putzen in der Gemeinde. Die meisten kommen aus derselben Region, aus demselben Clan. Das mache es einfacher. Viele wollten ursprünglich weiter. Aber es gibt kaum mehr eine Chance. Sie hätten inzwischen alle um Asyl angesucht. Hier gibt es wenigstens die Möglichkeit, sich arbeitssuchend zu melden. Man darf arbeiten, wenn man um Asyl angesucht hat, nur: Es gibt so gut wie keine legale Arbeit für Asylwerber. Die Kinder gehen in die Schule, am Nachmittag werden sie zusätzlich in der Halle unterrichtet. Damit sie aufholen können. Und die Sprache lernen. Einige örtliche Lehrerinnen helfen mit. Sie bringen Unterrichtsmaterialien und auch Spielzeug. Es geht weiter, Tag für Tag. Immer wieder sagt es Abdi Said: Wir müssen Geduld haben. Wir haben Geduld.

Ich habe alles mitgeschnitten. Ich will darüber schreiben. Wie wenig wissen wir über die Menschen, die zu uns nach Europa kommen, wie wenig darüber, wie ihr Alltag aussieht.

– Bei uns gibt es leider immer mehr, die gegen Flüchtlinge sind, sage ich zu ihm.

Er sieht mich durch seine dicken Brillengläser an und lächelt. – Es gibt überall auf der Welt solche und solche. Wissen Sie, was *rifiuto* heißt?

– Müll, antworte ich.

– Genauer: Abschaum. Der Müll ist *rifiuti*. Und wissen Sie, was Flüchtling heißt?

Ich schüttle den Kopf.

– Unter anderem *rifugiato*, antwortet Zuckerbrot.

– Genau, sagt Abdi Said. – Sie spielen damit. Sie haben bemerkt, dass eine Außenwand der Halle neu gestrichen ist? Sie haben sie beschmiert. *RIFIUGATI* haben sie geschrieben und immer wieder *Müll* und *Abschaum*. Und sie haben irgendwo Verbotstafeln geklaut und bei uns aufgestellt. *E vietato l'accesso per cani e altri animali*. Der Zutritt für Hunde und andere Tiere ist verboten. Vor *cani* haben sie in Rot *afri* gemalt. So werden Afrikaner zu Hunden. Afrikaner und andere Tiere sollen keinen Zugang haben.

Ich schüttle den Kopf. Ich weiß nicht, was ich darauf sagen soll. Abdi Said lächelt. – Ich wollte Sie nicht in Verlegenheit bringen. Die Menschen sind nicht alle so.

– Zu viele sind es. Sie konnten das nicht verhindern? Sie sollten sich wehren.

– Wie denn? Wir sind unbewaffnet. Zum Glück. So kann ich auch die Jungen besser kontrollieren. In unserem Lager sind nicht einmal lange Messer erlaubt, darauf achte ich und darauf achten die Frauen. Sie sind klüger, wie meist, wenn es um das Wichtige geht. Die Schmierer sind mit Hunden gekommen, großen Hunden an Ketten, und Fackeln. Und ich weiß nicht, was sie sonst noch mitgehabt haben. Wir haben heimlich einige Fotos gemacht. Die sind jetzt bei den Behörden. Aber ob etwas herauskommt dabei? Ich habe bei der Polizei angerufen. Sie ist gekommen, aber da waren die Männer schon weg. Rechte Parteien unterstützen Leute wie diese. Andere sind empört. Eine alte Lehrerin hat beinahe geweint, als sie die Schmierereien gesehen hat.

– Kein Wunder, dass es welche gibt, die wegwollen, sage ich.

– Es ist gut hier. Besser als an den meisten Plätzen, an denen ich war.

– Yasin Ali Daud. Er wollte mit zwei Freunden nach Österreich, nicht wahr?

Abdi Saids Blick wird misstrauisch. – Was wollen Sie von ihm? Seine Mutter ist eine Cousine von mir, eine sehr gute Frau. Die Jungen sind Hitzköpfe. Aber sie haben sich nichts zuschulden kommen lassen. Sicher nicht. Ich will nicht, dass ihr Name in einer Zeitung auftaucht.

Ich lächle ihn so entwaffnend wie möglich an. – Sie haben sie zurückgeschickt. Österreich hatte kein Interesse an ihnen. Aber … es würde mich interessieren, wie sie nach Österreich gekommen sind. Wer sie mitgenommen hat. Wem sie was gezahlt haben.

Abdi Said schüttelt langsam den Kopf. – Wenn Sie in Wirklichkeit wegen ihnen gekommen sind, dann tut es mir leid.

– Die Wahrheit, zischt mir Zuckerbrot zu. – Warum hast du ihm nicht die Wahrheit gesagt?

Jetzt sieht Abdi Said ihn misstrauisch an.

– Ich habe ihr gesagt, sie soll Ihnen alles erzählen, übersetzt Zuckerbrot. – Ich war übrigens früher Polizeibeamter, allerdings habe ich eine Gruppe für Gewaltdelikte geleitet. Ich bin in Pension und begleite Mira Valensky, weil wir uns nicht sicher waren, was uns erwartet. Ich bin natürlich unbewaffnet.

– Und sie?, fragt Abdi Said mit ausdruckslosem Gesicht. Er deutet auf Vesna.

– Eine Freundin, antworte ich an ihrer Stelle.

– Das kann ich selbst sagen, ärgert sich Vesna. – Friend and bodyguard.

– So viel Misstrauen, sagt Abdi Said. Es wirkt, als würde er damit nicht nur unseren Besuch meinen.

Und jetzt erzähle ich. Von Anfang an. Neuhaus und die Schlepper-Vorwürfe. Sein Tod und das Verschwinden von Simon. Die Nachricht, dass die drei Somalis hier seien.

– Bitte wartet hier, sagt Abdi Said dann. – Es kann dauern, aber bitte wartet.

Wir reden nicht viel. Ich habe den Eindruck, Zuckerbrot ist müde. Er hat sich auf der Fahrt nicht ablösen lassen. Ein Held. Aber auch Helden werden älter. Jetzt fallen ihm die Augen zu. Plötzlich reißt er sie auf und sieht mich an.

– Polizeiarbeit ist Geduldsarbeit. Und bedeutet immer wieder warten. Also schalte ich auf halbe Leistung. Damit ich nachher wieder fit bin.

– Ich habe im Auto geschlafen, sagt Vesna. Sie ist mehr oder weniger direkt von der Geburtstagsparty ihres Liebsten zu unserem Treffpunkt gekommen. – Ich schlafe, wenn Zeit ist. Und wenn nicht, auch kein Problem.

Ein Held und eine Heldin. Ich habe Hans gratuliert und bin vor Mitternacht gemeinsam mit Oskar gegangen. Ich habe ausreichend geschlafen. Aber ich habe mich während der Fahrt gefürchtet und jetzt bin ich zu nervös, um zu dösen.

Simon Wiedner. Woher wusste er, dass die drei Somalis hier sind? Warum meldet er sich nicht direkt? Wenn er nichts zu verbergen hat, könnte er das wohl tun. Ich weiß, dass ich gegen Fran im Internet nicht die geringste Chance habe, aber vielleicht habe ich ja Glück und finde durch irgendeine Verknüpfung doch eine Spur von ihm. Ich spiele alle möglichen Varianten durch. *Simon Wiedner Drogen. Simon Wiedner Flucht. Simon Wiedner aufgegriffen. Simon Wiedner …* Und da steht es: *Internationaler Haftbefehl gegen den engsten Mitarbeiter von Carlo Neuhaus Simon W.* Man habe seine *Kommandozentrale im Ersten Wiener Gemeindebezirk enttarnt,* Ermittler gingen davon aus, dass er über diese *Schaltstelle, die aus einem Netzwerk von Rechnern und Systemkomponenten besteht,* nicht nur *im großen Stil Hacking und Dateneinbrüche* betrieben, sondern auch *die illegalen Geschäfte von Neuhaus abgewickelt* habe. Ich kann mich an seine Bleibe erinnern. *Kommandozentrale* klingt passend. Was hat Fran gesagt? Ich soll mich an die Fakten halten. Das ist ein Fakt. Ich habe hautnah mitbekommen, dass jemand nicht wollte, dass wir seine Kommandozentrale betreten.

Wie war das im Film? Der harmlose Schriftsteller Holly Martins kommt seinen Freund Harry Lime besuchen und kann nicht glauben, dass er zu einem ganz besonders skrupellosen Schieber geworden ist. Alle schieben, heißt es irgendwo. Die Entschuldigung schlechthin. Alle treiben sich im Netz herum. Alle betrügen.

– Vesna, flüstere ich.

Sie fährt hoch.

– „Dritter Mann“. Jemand sagt Holly Martins, dass sein Freund ein ganz böser Schieber geworden ist. Und ein anderer sagt …

– Schieben tut hier jeder.

– Faszinierend, sagt Zuckerbrot mit halboffenen Augen.

– Sie hat mit dem Film Deutsch gelernt.

– Das erklärt eine Menge, lächelt Zuckerbrot.

– Es gibt einen internationalen Haftbefehl gegen Simon Wiedner.

Zuckerbrot macht die Augen ganz auf. – Woher …

– Nachrichten. Smartphone. Ich frage mich, ob er uns nicht doch an der Nase herumgeführt hat.

Vesna nickt. – Und Fran sagt, hacken tut hier jeder. Weil er nicht begreifen will, dass sein Freund böse ist.

Die Tür zum Container geht auf. Abdi Said und ein junger Mann. Ebenso hochgewachsen wie er, ebenso schlank. Sie haben keine Waffen. Abdi Said war Lehrer. Er hat gesagt, da in ihrem Lager gibt es nicht einmal große Messer. Hinter ihnen noch einige junge Männer. Was die haben, ist schlimmer. Netze. Und Stangen. Moderne Gladiatoren.

– Es tut mir leid, sagt Abdi Said. – Es ist nur eine Maßnahme zum Schutz. Es wird Ihnen nichts passieren. Wenn wahr ist, was Sie erzählt haben.

Die anderen sagen nichts. Sie sind hochkonzentriert. Vesna stößt einen Schrei aus, der ganze Stämme in die Flucht geschlagen hätte, aber diese Leute hier haben zu viel gesehen, zu viel erlebt. Sie kommen ganz langsam näher und als Vesna hochschnellt und an ihnen vorbeiwill, nehmen sie sie einfach, als wäre sie ein kleiner Vogel. Wickeln sie in ein Netz.

– Wir sind verbunden, sagt Zuckerbrot. – Wenn Sie uns nicht sofort freilassen, werden Sie das bereuen.

Ich kann nicht anders. Ich beginne zu kichern. Sie sehen mich verblüfft an. Vesna und Zuckerbrot und die Afrikaner. – Im Netz, kichere ich. Daran hätte Fran nie gedacht. An so ein Netz. Wir sind verbunden. Quatsch. Wir sind gefangen.

– Es ist bloß eine Vorsichtsmaßnahme. Ihnen wird nichts geschehen, wiederholt Abdi Said.

Dann ziehen sie auch über mich und über Zuckerbrot ein Netz. Es schüttelt mich. Weil ich versuche, mit dem dämlichen Lachen aufzuhören. Oder ist es doch Angst? Reiß dich zusammen, Mira. Wir sind auf uns allein gestellt. Hier, in der Steppe, in der Anti-Toskana, im afrikanischen Kriegsaußenposten.

– Telefone bitte, verlangt der junge Mann auf Englisch. Er klingt weit weniger freundlich als Abdi Said. Wer hat hier wirklich das Sagen?

Vesna hat sich inzwischen restlos verwickelt. – Sag ihnen, mein Sohn weiß alles. Sag ihnen, dieser Simon hat keine Chance.

– Sinnlos, antworte ich.

Nylonnetz, wohl eigentlich zum Fischen, überall. Und aufmerksame Wächter. Mit Stangen. Mir wird übel. Seit wie vielen Stunden hab ich nichts gegessen? Aber Zuckerbrot und Vesna mussten sich ja darin übertrumpfen, dass sie nichts brauchen, wenn sie auf Tour sind. Sie haben darauf bestanden, dass wir gleich zu dem Lager fahren, statt vorher haltzumachen. Wie kann ich jetzt an Essen denken? Oskar sagt, ich kann immer an Essen denken. Oskar. Meine Liebe. Du hast immer noch Vui. Mir wird schwarz vor den Augen. Die essen sicher auch Katzen. Die da essen alles. Und sie töten alles. Sie schauen uns bloß an. Dunkle Augen in dunklen Gesichtern. Wir sind Beute. Sie müssen uns nicht schlagen. Sie müssen nur das Netz festhalten. Sie lassen uns zappeln, bis wir tot sind. Ich bekomme keine Luft mehr. Ich falle ins Meer. Die sind ins Meer gefallen. Viele von ihnen. Das ist die Rache. Aber ich bin die Falsche. Ich war immer dagegen. Ich habe sogar Geld gespendet. Aber die verstehen mich nicht. Ich falle ins Schwarze. Und dann weich. Das Meer ist weich. Es murmelt. Wasserwesen. Sie beugen sich besorgt über mich. Eines fächelt. Flossen und schwarze Fische.

– Mira!, schreit Vesna.

Sie soll mich untergehen lassen. Da ist keine Angst, da ist das Ende. Freundliches warmes Meer.

– Sorry, sagt jemand und ich mache die Augen auf. Und ich sehe Abdi Said. Kein Netz mehr. Aber Abdi Said und seine Männer. Immer noch.

– Wir wollen nichts Böses. Sie haben Angst. Sie wissen nicht, wer ihr seid. Ich wollte nicht, dass Sie ohnmächtig werden. Die Jungen. Sie haben erzählt, erst letzte Woche, da hat einer nach ihnen gefragt. Ein Europäer. Er hat Leuten Geld gegeben, damit sie ihm sagen, wo sie sind. Aber es hat ihm keiner etwas gesagt. Sonst wären sie jetzt vielleicht schon tot. Man stirbt schnell.

Zuckerbrot lehnt an der Wand. Er hat noch immer das Netz um sich, aber die Fänger sind zurückgetreten. Er wirkt wie ein sehr exotischer Fisch. – Checken Sie unsere Daten, sagt er mit einer Stimme wie unter Wasser. – Lassen Sie uns aus diesen blödsinnigen Netzen.

Zwei junge Frauen kommen mit einem großen blauen Becher. Sie halten ihn mir wortlos hin. Die eine Frau hat eine große Narbe auf der Stirn. Als sie lächelt, sehe ich, dass ihr die meisten Zähne fehlen. Sie kann nicht älter als dreißig sein. Sie wäre schön. Sie sagt etwas in einer Sprache, die ich nicht verstehe, und deutet, ich soll trinken. Ich nicke und hebe den Arm und nehme den Becher. Wasser. Ich habe selten etwas so Köstliches getrunken.

– Wir müssen vorsichtig sein. Wir können uns nur selbst schützen, sagt der junge Mann, von dem ich inzwischen weiß, dass er Yasin Ali Daud ist. Sein Englisch ist um einiges schlechter als das des ehemaligen Lehrers, aber wir können uns verständigen. Was er uns zu erzählen hat, klingt abenteuerlich.

Im Hotel übertrage ich unser Gespräch auf den Laptop. Ich kann immer noch nicht schlafen. Ich habe Angst, dass ich manches später nicht mehr verstehe. Abdi Said hat immer wieder übersetzt, wenn Yasin Ali Sauds Englischkenntnisse nicht ausgereicht haben. Seine beiden Freunde haben die meiste Zeit geschwiegen. Manchmal ist das Internet ein Segen. Wir konnten ihnen zeigen, dass wir wirklich die sind, für die wir uns ausgegeben haben. Vesna, Eigentümerin des Reinigungsunternehmens „Sauber – Reinigungsarbeiten aller Art“, Zuckerbrot, pensionierter Chef der Gruppe Leib und Leben bei der Wiener Polizei, Mira Valensky, Chefreporterin beim „Magazin“. Zumindest noch.

Mir tränen die Augen. Es ist halb vier. Aber ich will noch einmal lesen, was ich geschrieben habe. Danach schicke ich es an mehrere Adressen. Zuallererst natürlich an Fran. Der weiß, wie man so etwas sichert.

Yasin Ali Saud: Wir sind schon ein paar Monate hier gewesen. Sie haben uns in Ruhe gelassen, die Italiener. Aber es ist kein Leben auf Dauer. Wir sind jung und kräftig. Wir wollen arbeiten. Und eine Zukunft. Wir machen alle Arbeiten. Es gibt einen Platz, ein paar Kilometer von hier, da stellen wir uns auf und Männer bleiben stehen und suchen sich welche aus, die sie mitnehmen. Die meisten sind gut, sie bezahlen uns für die Arbeit. Wir reißen Häuser ab oder arbeiten auf dem Feld. Manchmal helfen wir auch Straßen graben. Es gibt zwei oder drei Euro in der Stunde. Wenn einer nicht zahlt, können wir auch nicht viel tun. Aber wir schreiben die Autonummer auf und warnen die anderen.

Mira Valensky: Sie wollten hierbleiben? Oder hatten Sie vor, nach Österreich zu wechseln?

Yasin Ali Saud: Man hört viel. Die Chancen werden immer schlechter, aber man hat auch gehört, dass Deutschland und Schweden besser sind. Die Menschen sind reicher dort. Österreich habe ich zuerst gar nicht gekannt und meine Freunde auch nicht.

Mira Valensky: Wie haben Sie es dann geschafft, vom Lkw von Loco mitgenommen zu werden?

Yasin Ali Saud: Ich war mit meinen beiden Freunden wieder dort, wo uns Männer für Arbeiten holen, wenn wir Glück haben. Da ist einer stehen geblieben und hat sich alle ganz genau angesehen. Das machen viele. Sie wollen herausfinden, wer kräftig ist. Und wer geduldig ist. Und nicht zu dumm. Aber auch nicht zu gescheit. Man muss lächeln und nicht zu viel sagen. Es gibt viele

Großsprecher bei uns. Der Mann hat schon mit einigen geredet. Englisch und Italienisch.

Mira Valensky: Er war Italiener?

Yasin Ali Saud: Das kann ich nicht sagen, aber er hat gut gesprochen. Ich habe ihm erzählt, dass wir alles machen. Dass wir Freunde sind und keine Pause haben müssen. Wir sind jung und stark und gesund und haben keine Familie. Dann hat der Mann gefragt, ob wir wegwollen. Ich habe ihn zuerst nicht verstanden, aber er hat es wiederholt. Wir haben oft darüber geredet, wie es wäre, weiterzugehen. Aber wir haben kein Geld, es ist alles draufgegangen für die Flucht nach Italien. Ich habe ihm gesagt, dass wir schon möchten, aber kein Geld haben. Er hat gesagt, das macht nichts, wir bekommen sogar Geld. Aber wir müssen den Mund halten, sonst sind wir tot.

Mira Valensky: Ihre Freunde waren einverstanden, bei so etwas mitzutun?

Yasin Ali Saud: Wir haben beraten, man muss die Chancen nützen. Es gibt nicht viele. Wir haben keine Angst mehr. Natürlich haben wir gedacht, das ist etwas Verbotenes, aber wir können immer noch davonlaufen, wir sind zu dritt. Ich habe gesagt, wir schweigen. Und er hat erzählt. Wir sollen uns in einem Lastwagen verstecken und nach Österreich fahren. Wir bekommen sogar ein Startkapital. Es gibt einen Gönner, der will jungen Afrikanern eine Chance geben. Aber weil das viele nicht gut finden, muss es leise geschehen. Die erste Hälfte des Startkapitals bekommen wir gleich, als Anzahlung. Zweitausend Euro. So viel haben wir noch nie gesehen. Und die zweite Hälfte dann in Österreich, wenn alles gutgegangen ist.

Mira Valensky: Und wenn es nicht gutgeht? Habt ihr ihn gefragt, was dann ist?

Yasin Ali Saud: Du musst daran glauben, dass es gutgeht. Ich habe dreimal versucht, mit dem Boot nach Italien zu kommen, einmal ist es gleich gesunken und ich bin zurückgeschwommen. Ich kann schwimmen. Beim anderen Mal hat uns der Schlepper betrogen und uns statt zum Boot in ein Camp gebracht, wo wir eingesperrt waren und schuften mussten. Ich habe immer gedacht, irgend-

wann gelingt es. Sonst verzweifelst du. Und das bringt dich um. Wir waren uns einig: Wir nützen die Chance. Er ist zwei Tage später zum Treffpunkt gekommen. Er hat jedem von uns zweitausend Euro gezeigt, wir wollten einen Teil dalassen, bei unseren Leuten im Lager, wirklich. Aber er hat uns das Geld erst gegeben, als wir im Lkw waren.

Mira Valensky: Er hätte euch verschleppen und euch das Geld wieder abnehmen können.

Yasin Ali Saud: Ja, aber warum sollte er das so kompliziert machen? Er kann uns auch für Arbeiten mitnehmen und verschleppen. Ganz ohne großes Geld.

Mira Valensky: Habt ihr gefragt, warum das dieser Gönner macht?

Yasin Ali Saud: Nein. Besser, man fragt nicht zu viel.

Mira Valensky: Erkennen Sie den Mann, der euch das Geld gegeben hat? (Anm.: Ich zeige den Männern Fotos von Carlo Neuhaus, Simon Wiedner, Hakan Bilgin, dem Fahrer des Loco-Lkw.)

Yasin Ali Saud (berät sich mit seinen Freunden und sagt dann): Der Mann ist nicht dabei. Aber zwei Fotos hat uns auch die Polizei gezeigt. Der eine soll der Boss sein. Aber wir haben ihn nie gesehen. Den anderen kennen wir. Er war der Fahrer des Lkw. Wir haben ihn gesehen, als wir in Österreich waren. Wir sind stehen geblieben und er hat den Laderaum geöffnet. Er hat der Polizei gezeigt, wo wir versteckt sind. Dann wurde er festgenommen und wir auch.

Mira Valensky: Wie hat der Mittelsmann ausgesehen?

Yasin Ali Saud: Er war kleiner als ich. Er war älter. So vierzig. Oder fünfzig. Er war dick. Nicht ganz dick, aber dicker. Er hatte blaue Jeans und eine schwarze Lederjacke an. Und dunkle Brillen, so wie Amerikaner in den Filmen.

Mira Valensky: Dunkle Haare? Helle Haare?

Yasin Ali Saud: Helle Haare.

Mira Valensky: So hell wie ich?

Yasin Ali Saud: Nein, so hell nicht.

Mira Valensky: Aber meine Haare sind dunkel.

Yasin Ali Saud: Dunkel? Wirklich? Es ist schwer, das zu unterscheiden. Die Haare der Europäer sind anders. Und alle sind heller.

Mira Valensky: Was ist dann in Österreich passiert?

Yasin Ali Saud: Der Mann hat gesagt, wenn etwas schiefgeht, sollen wir sagen, dass wir dem Schlepper fünftausend Euro gezahlt haben und dass wir nach Österreich wollen, weil wir da Arbeit bekommen. Dann kümmert sich der Gönner um uns. Aber wir dürfen nichts von ihm erzählen. Dann bekommen wir auch den zweiten Teil vom Geld. Ansonsten werden sie uns finden und töten.

Mira Valensky: Sie wussten ohnehin nicht, wer er ist, oder?

Yasin Ali Saud: Nein.

Mira Valensky (Anm.: Ich deute auf das Bild von Carlo Neuhaus): Kann dieser Mann der Gönner gewesen sein?

Yasin Ali Saud: Wir kennen ihn nicht. Die Polizei hat uns das Foto gezeigt. Und gesagt, das ist der Boss. Aber wir haben ihn nie gesehen. Und er hat sich auch nicht um uns gekümmert in Österreich. Dabei haben wir nicht verraten, dass wir kein Geld gezahlt, sondern welches bekommen haben. Aber sie haben gewusst, wo wir registriert sind. Sie haben uns verhört und dann sind wir an die Grenze geschickt und der italienischen Polizei übergeben worden. Die haben uns noch einmal verhört und uns dann in den Zug nach Florenz gesteckt.

Mira Valensky: Gab es Übergriffe?

Yasin Ali Saud: Übergriffe? Nein. Sie waren höflich in Österreich. Und in Italien waren wir ihnen egal. Eigentlich sind wir allen egal. Wir waren auch höflich und haben uns nicht gewehrt. Wir haben alles unterschrieben. Und jetzt sind wir hier. Aber den zweiten Teil vom Geld haben wir nicht bekommen. Dabei haben wir nichts verraten. Bis jetzt.

Mira Valensky: Haben Sie eine Ahnung, warum man Sie nach Österreich gebracht hat?

Yasin Ali Saud: Manchmal soll man nicht zu viel nachdenken, es passieren die verrücktesten Dinge auf dieser Welt. Abdi Saud war Lehrer, er ist klug. Er hat gemeint, wir waren vielleicht Köder. Fischfutter, wie man bei uns sagt. Aber ihm haben wir auch erst jetzt erzählt, was wirklich war. Und er hat gesagt, wir sollen die Wahrheit sagen.

Mira Valensky: Der Vermittler hat euch mit dem Tod bedroht, falls ihr redet.

Yasin Ali Saud: Wir fürchten uns nicht. Er soll kommen und uns das versprochene Geld geben. Wir können uns wehren. Ganz ohne Gewalt. Weil wir zusammenhalten.

Mira Valensky: Haben Sie schon etwas von OneEarth gehört?

Yasin Ali Saud: Ja. Natürlich. Die haben mich und meinen Freund Ibi gerettet, als wir im Boot waren. Unseren anderen Freund haben wir erst hier im Lager kennengelernt.

Mira Valensky: Hatten Sie danach noch einmal Kontakt mit jemandem von OneEarth?

Yasin Ali Saud: Nein. (Er berät sich mit seinen Freunden.) Meine Freunde auch nicht. Sie meinen, der Gönner ist OneEarth? Sie sind gut. Sie haben viele Menschen gerettet. Sie müssen viel Geld haben, sie haben Schiffe.

Mira Valensky: Kann es sein, dass man Sie anwerben wollte? Sind Sie religiös? Hat der Bote des Gönners danach gefragt?

Yasin Ali Saud: Nein. Sicher nicht. Er hat nicht gefragt. Bei uns hat Religion sehr viel Unglück gebracht. Wir Jungen sind nicht mehr so religiös. Und die, die religiös sind, die sind radikal. Bei uns im Lager betet, wer will. Aber es gibt keinen Zwang. Wir essen kein Schwein, das nicht.

Mira Valensky: Und Alkohol?

Yasin Ali Saud (übersetzt für seine Freunde, sie lachen): Man darf es nicht, aber das hat es schon daheim gegeben.

Mira Valensky: Und Drogen?

Yasin Ali Saud: Da war einer im Lager, der hat von Kontakten geredet. Und vom großen Geld. Aber Abdi Said, der Lehrer, unser Chef, der hat ihn hinausgeworfen. Wer irgendwas mit Drogen zu tun hat, der hat da keinen Platz, hat er gesagt. Wir finden das gut.

Mira Valensky: Sie müssen inzwischen viel darüber nachgedacht haben, warum man Sie nach Österreich gebracht hat und wer dahinterstecken könnte. Was vermuten Sie und Ihre Freunde?

Yasin Ali Saud: Der Lehrer, der Chef, er kann recht haben. Wir waren Fischfutter. Wer gibt einem schon Geld dafür, dass er einen über die Grenze bringt? Dafür zahlt man normalerweise. Aber wir sind Glückspilze. Wir haben zweitausend Euro verdient. Und niemand hat uns etwas getan.

[10.]

Beim Kochen gelingt es mir am ehesten, die Gedanken zu ordnen. Als wir gestern Abend heimgekommen sind, bin ich am Tisch eingeschlafen. Oskar hat mein Interview gelesen und immer wieder den Kopf geschüttelt. Das war das Letzte, was ich weiß. Irgendwann hat er mich ins Bett gebracht. Ich bin kurz wach geworden, als er in der Früh gegangen ist. Und dann wieder vor einer Stunde. Da war es halb sieben am Abend. Der große Wolfsbarsch ist noch immer im Kühlschrank. Drei Tage ist es erst her, dass ich mit Oskar darüber geschwiegen habe, ob ich zu den Somalis fahre oder nicht. Der Fisch riecht einwandfrei. Fischfutter, vielleicht waren wir Fischfutter, hat Yasin Ali Saud gesagt. Die Miesmuscheln sind ohnehin vakuumverpackt. Ablaufdatum in einer Woche. Fisch und Muscheln in Safranfond mit knusprigem Brot. Für Oskar. Und um besser nachdenken zu können. Ich sollte ein paar von den Bio-Garnelen dazutun. Die sind allerdings tiefgefroren. Was soll's. Eine Minute bei halber Leistung in die Mikrowelle und sie sind angetaut.

Ich brate die Schalen der Garnelen in etwas Olivenöl scharf an, lösche mit einem Schuss Pernod ab, gieße mit Weißwein und Wasser auf. Ein knapper Liter Fond wird reichen. Den Fisch filetiere ich und gebe dann die Karkassen, eine Zwiebel und Wurzelwerk in die Flüssigkeit. Die Muscheln bürste ich unter viel kaltem fließendem Wasser. Ich glaube, dass die Somalis die Wahrheit sagen. Warum sollten sie eine derart absurde Geschichte erfinden? Eines ist jedenfalls klar: Sie haben dafür, dass sie nach Österreich gebracht wurden, kein Geld gezahlt. Sie haben welches bekommen. Kann Neuhaus ihr Gönner gewesen sein? Man müsste wissen, was dieser Hakan Bilgin im Detail ausgesagt hat. Jedenfalls behauptet er, dass Neuhaus der Auftraggeber war. Aber welchen Sinn hat es, den Somalis Geld zu geben, sie ins Land zu bringen und sie dann behaupten zu lassen, sie hätten fünftausend Euro gezahlt? Um abzulenken? Wofür könnte er sie geholt haben? Wenn jemand Neuhaus etwas anhängen möchte, dann hätte er den Somalis seinen Namen genannt. Warum hätte der Mittelsmann nicht von ihnen verlangen können zu sagen, sie hätten einem Herrn Neuhaus fünftausend Euro gezahlt? Sie hätten es erzählt. Oder hatte man Angst, sie könnten sich dann verplaudern? Es war ja ohnehin sein Lkw. Was, wenn es ein Zusammenspiel von Neuhaus und OneEarth gegeben hat? Er organisiert den Transport und sie übernehmen die Flüchtlinge und setzen sie in ihrem Netzwerk ein. Unsinn. Wofür bräuchten sie den Umweg über Neuhaus. Sie sind, sozusagen, an der Quelle.

Ich drehe die Hitze aufs Minimum. Das ist alles viel zu kompliziert. Hakan Bilgin kann auch gelogen haben. Man bringt die Somalis ins Land, lässt den Transport auffliegen und Neuhaus ist dran. Wer hatte Grund, Neuhaus in Verruf zu bringen? Skrupellose Konkurrenten? Seine Frau, um ihre Position bei der Scheidung zu verbessern? Die Halbschwester von Neuhaus meint, der sei alles zuzutrauen. Aber so etwas? Ich gehe zum Laptop. Vui liegt auf dem Schreibtisch, aber darunter ist kein Computer. Er ist nicht an seinem Platz. Ich bin irritiert. Bin ich der Wahrheit zu nahe gekommen? Wer hat ihn … Zum Glück habe ich das Interview noch vom Hotel aus verschickt. An Fran und Vesna und Oskar und an mich selbst. Ich habe geschlafen und jemand ist gekommen und hat meinen Laptop genommen. Jemand, der einen Schlüssel hat. Vesna. Oskar rührt meinen Laptop nicht an. Jemand hat Vesna überfallen, ihr den Schlüssel geklaut und ist in unsere Wohnung. Während ich tief geschlafen habe. Warum habe ich so tief geschlafen? War etwas im Wein? Welchen Wein haben wir … Aber da waren nur Oskar und ich. Nein. Da war jemand an der Tür. Wer? Ich erinnere mich nicht mehr.

Ich schleiche auf Zehenspitzen ins Vorzimmer. Ich muss nach Spuren suchen. Wie? Was könnte ich finden? Vesna. Ich muss sie anrufen. Mein Telefon. Es ist noch in der Tasche. Ich wollte auspacken, aber dann bin ich am Tisch … Ich habe nicht ausgepackt. Der Laptop ist in der Tasche. Oskar hat das Interview auf seinem Tablet gelesen. Ich atme tief durch. Ich brauche eine Auszeit. Nicht nach Florenz und zurück in vierzig Stunden, sondern Ruhe. Wieder einmal Veneto. Oder Weinviertel. Mit netten Menschen und gutem Wein. Oder einfach da, auf der Terrasse. Ich seufze. Vielleicht werde ich bald mehr Zeit haben, als mir lieb ist. Ich starte den Laptop. Konkurrenten von Loco. Was Neuhaus am meisten zugesetzt hat, war der Online-Handel. Dass die Riesen dieser Branche nicht eben zimperlich sind, weiß man. Aber es ist unwahrscheinlich, dass sie ihn auf so abenteuerliche Weise vernichten wollen.

OneEarth. Yasin Ali Saud und sein Freund sind von einem ihrer Schiffe gerettet worden. Was, wenn die sich schon auf den Schiffen umsehen, wen sie für ihre illegalen Geschäfte brauchen können? Und warum sollten sie sich dann erst Monate später über einen Mittelsmann melden? Warum der Auftrag, der Polizei zu erzählen, dass sie viel Geld gezahlt haben? Das wäre zu erklären. Weil es üblicherweise so läuft. Weil es verdächtig ist, wenn einer Leute ins Land schleust und ihnen dafür Geld gibt. OneEarth bestreitet nach wie vor die Echtheit der Dokumente, die an die Medien gegangen sind. Jeder könne kommen und alles nachprüfen, man bitte sogar darum, hat der Sprecher von OneEarth Österreich in einer Pressekonferenz gesagt. Es gäbe leider immer mehr Menschen, die sich gegen NGOs wenden. Aber man werde nicht aufhören, die Menschenrechte gegen die zunehmend nationalistische Politik gewisser Staaten zu verteidigen. OneEarth sind also die Guten, deswegen werden sie verfolgt.

Kann ich das glauben? Was kann man noch glauben? Wie sehr muss man vom eigenen Standpunkt überzeugt sein, um gegen großen Widerstand weiterzutun? Und was macht das mit einem?

Ich koste den Fischfond, salze vorsichtig und stelle ihn beiseite. Oskar hat wieder einmal zu viel Brot eingekauft. Ich nehme italienisches Weißbrot, schneide es in daumendicke Streifen, erhitze in einer großen Pfanne Olivenöl, schwenke drei halbierte Knoblauchzehen mit und brate die Brotteile auf allen Seiten knusprig.

Was hat Neuhaus an seinem letzten Abend gekocht? Ich könnte ja bei ToPost nachsehen. Wahrscheinlich haben sie auch diese Details. Es gibt immer Leute im Umfeld der Polizei, die reden. Ganz abgesehen davon, dass ToPost ein gutes Verhältnis zur Frau von Neuhaus haben dürfte. Was, wenn die Trennung gar nicht von ihr ausgegangen ist, sondern von ihm? Sie musste ihn rechtzeitig loswerden, sonst hätte sie nicht geerbt. Wir wissen noch gar nicht, wer erbt. Jedenfalls bekommt sie den Pflichtteil, also die Hälfte. Wenn sie nicht mit schuld an seinem Tod war. Trotzdem. Warum sollte sie etwas inszenieren, um ihn als Schlepper zu brandmarken? Es hat dem Ansehen der Firma geschadet. Und wenn es zwei Täter gibt? Einer wollte ihn wirtschaftlich und gesellschaftlich ruinieren. Ein anderer, oder eine andere, hat ihn umgebracht. Viel Pech für ein einziges Leben. Ich schüttle den Kopf, seihe den Fond durch ein Haarsieb und verteile ihn auf zwei Töpfe. Beruhigend ist nur, dass Vesna und Zuckerbrot auch keine besseren Thesen haben. Fakten. Ich sollte alle Fakten auf eine Seite schreiben und alle Vermutungen auf eine zweite.

Vui wummert mir seinen Kopf in die Kniekehle. Für einen Augenblick habe ich den Eindruck, es ist Gismo. Aber meine kluge und mutige Gismo ist tot. Begraben unter dem schönsten Weinstock meiner Winzerfreunde. Vui sieht mich mit seinem blauen und seinem braunen Auge aufmerksam an. Er hat es sich nicht verdient, dass ich enttäuscht bin. Ich beuge mich zu ihm und noch bevor ich ihn berühre, beginnt er zu schnurren. Ich wünschte, meine Welt wäre auch so einfach.

Manchmal ist meine Welt so einfach. Oskar umarmt mich und freut sich, dass ich da bin.

– Und dass ich gekocht habe, sage ich.

– Wie wahr. Noch dazu so etwas Gutes.

Ich kann auch später erzählen. Mit ihm Möglichkeiten durchgehen. Ich bringe den Fond in den beiden Töpfen zum Kochen. In den einen gebe ich großzügig Safran und die Rückstände von den angebratenen Brotstücken aus der Pfanne. In den anderen werfe ich die gut geputzten Muscheln. Deckel drauf und zwei Minuten bei höchster Energie kochen, dazwischen ein paarmal schütteln. Platte abdrehen. Ich sehe hinein. Die Muscheln sind offen, aber noch groß und nicht zu lange gegart. In den Topf mit dem wallenden Safranfond lege ich die Fischfilets und die Garnelen, sie sind gerade knapp von der Flüssigkeit bedeckt. Einmal aufkochen, Platte abdrehen. Auch Fische und Garnelen sollen zart bleiben. Ich gebe die Muscheln dazu und seihe den Muschelfond darüber. Jetzt noch das knusprige Brot hinein. Wie gut es tut, einfach zu kochen und an sonst nichts zu denken.

Oskar seufzt zufrieden, als ich den Deckel vom Topf hebe. Wasser und Wein hat er bereits eingeschenkt. Die nächsten Minuten genießen wir, ohne zu sprechen. Unser Schweigen hat nichts mit der bösen Stille von vor einigen Tagen zu tun. Wir sind uns einig. Und wir hören Vui, der die Garnelenschalen zerkaut.

– Die schlechten Beziehungen zwischen Frankreich und den USA. Jetzt stellt sich heraus, was dahintersteckt, sagt Oskar dann.

Beinahe tut es mir leid, dass er die Stille gebrochen hat. Die verschiedenen Arten der Stille. Vielleicht sollte ich darüber schreiben. Poesie. Vergiss es, Mira. – Der französische Präsident hat den amerikanischen einen „senilen alten Knacker“ genannt. In einer privaten Mail an seine Cousine. Aber immerhin. Es hat ihm eben irgendwann gereicht. Oder er war nicht mehr ganz nüchtern. Blöd nur, dass er nicht begriffen hat, dass jede seiner Äußerungen an die Öffentlichkeit kommt.

– „Notgeiler Bock“ war auch dabei.

– Und? Im Wahlkampf hat sich Trump damit gebrüstet, dass er in seiner Position nicht erst auf die Zustimmung einer Frau warten muss, er nimmt sich einfach, was er möchte. Seniler alter Knacker ist viel zu freundlich, der ist brandgefährlich. Wie er den Franzosen damit gedroht hat, dass sie ihren Präsidenten absetzen müssen, oder man werde alle Möglichkeiten nutzen, um die Ehre des amerikanischen Präsidenten wiederherzustellen … Alle Möglichkeiten. Bis hin zum Atomkrieg? Und das alles via Twitter. Mit der Sprache eines beleidigten Dreizehnjährigen.

– Zumindest wurden Staatsbesuche abgesagt, Diplomaten zurückbeordert, französische Unternehmen behindert. Und jetzt stellt sich heraus, es war offenbar Nordkorea.

– Nordkorea? Das ist doch der andere Lieblingsfeind von Trump.

– Vielleicht wollten sie ablenken, oder sie wollten einfach Streit zwischen westlichen Ländern schüren.

Oskar hält mir sein Smartphone hin.

Cyberangriff auf Frankreichs Präsidenten kam aus Nordkorea

Hinter der Krise zwischen den USA und Frankreich steckt offenbar Nordkorea. Dem Land soll es gelungen sein, einen E-Mail-Account des französischen Präsidenten zu hacken. Wie die „Washington Post“ gestern unter Berufung auf US-Geheimdienstmitarbeiter berichtete, diskutierten hochrangige nordkoreanische Regierungsvertreter die Cyberattacke einen Tag vor ihrer Ausführung.

Es sei allerdings unklar, ob die Nordkoreaner den Angriff selbst vorgenommen oder in Auftrag gegeben haben. Einiges spräche für eine Auftragsarbeit. Die CIA hat den amerikanischen Präsidenten bereits letzte Woche darüber in Kenntnis gesetzt. Er lehnte es aber ab, seinen französischen Amtskollegen zu informieren. Dem Vernehmen nach soll er dem eigenen Geheimdienst unterstellt haben, mit den Franzosen zu kollaborieren. Das dürfte auch der Grund dafür sein, dass Geheimdienstmitarbeiter den Vorfall nun an die Öffentlichkeit gebracht haben.

Der französische Präsident war im Mai durch eine private E-Mail mit abfälligen Bemerkungen über den amerikanischen Präsidenten und das amerikanische Volk in Turbulenzen geraten. Er hat abgestritten, so etwas je geschrieben zu haben. In der Folge wurden diplomatische und wirtschaftliche Kontakte unterbrochen. Das US-Außenministerium verweigerte eine Stellungnahme zu dem Zeitungsbericht.

Ich sehe Oskar an. – Es stimmt. Der französische Präsident hat immer bestritten, diese E-Mail geschrieben zu haben.

– In Wirklichkeit haben die Nordkoreaner den Mail-Account manipuliert.

Ich nicke. – Die Krise in Katar. Da wurde angeblich auch mit gekaperten Internetseiten und Falschmeldungen gearbeitet, um das Embargo von Saudi-Arabien und der Emirate zu begründen.

– Einfach, jemandem in dieser Region Terrorunterstützung vorzuwerfen. Und selbst wenn man weiß, wer das warum verbreitet hat, die politische Hetze geht weiter. Und viele sagen, wer weiß, wie es wirklich war.

Ich löse eine Muschel und stecke sie in den Mund. Köstlich. – Vielleicht sollte man einfach gut essen, gut trinken und langsam verblöden.

Oskar lacht. – Nehmen wir zumindest eine Stunde Auszeit. Und dann fragen wir Fran, was er von solchen Berichten hält. Ob es überhaupt möglich ist, dass Hacker solche Zugänge manipulieren.

– Nenn sie nicht Hacker, sonst erzählt er dir gar nichts. Das sind Cyberkriminelle. Sie stehlen via Internet Geld. Und sie erpressen. Oder es sind von Staaten beauftragte Agenten, die übers Internet Krieg führen. Cyberagenten. Sie nützen Sicherheitslücken, um einzudringen und Schaden anzurichten. Sie können Server lahmlegen. Oder sie verbreiten gezielt Falschinformationen. Die EU finanziert inzwischen ein Team, das sich um die Aufdeckung von Propaganda vor allem aus Russland kümmert. Kann man auf eigenen Websites nachlesen. Neben erfundenen

Anschlägen und Flugzeugabstürzen sind da auch ganz absurde Sachen dabei, hat mir Fran erzählt. Ein Bordell für Zoophile in Dänemark, Pläne für ein Massaker an allen Russischsprachigen in Lettland. Was Österreich angeht, gab es eine Meldung auf Ungarisch, laut der Präsident Van der Bellen die Islamisierung Österreichs unterstützt und meint, dass unter Umständen alle Frauen Kopftücher tragen werden.

– Einmal abgesehen von solchem Unsinn. Es kann natürlich immer auch eine Schutzbehauptung sein, dass jemand anderer manipuliert hat.

– Klar. Handfeste Beweise sind schwierig.

– Was die Kriminalitätsbekämpfung im Internet anlangt, gibt's Sondereinheiten. Auch in Österreich. Wolltest du nicht einmal darüber schreiben?

– C4.

– Wie?

– Das Cyber Crime Competence Center der Polizei. Kurz C4. Fran unterstützt sie, sagt er. Anders ist es beim Bundesheer. Die reden seit längerem von ihren „Cyberkräften" und von aktiver Beteiligung am Cyberwar. Das findet Fran gefährlich. Nicht nur, weil wir ein neutrales Land sind. Wenn österreichische Militärs im Netz zurückschlagen, brauchen sie dafür Sicherheitslücken in den sozusagen feindlichen Systemen. Und die werden eingekauft. Bei ziemlich dubiosen Firmen, die seltsamerweise vor allem in Israel zu sitzen scheinen. Das macht das Netz nicht sicherer, sondern belohnt die, die es unsicher machen.

– Du bist also schon an der Recherche. Eine spannende Sache.

– Ich wollte etwas machen. Aber die verrückte Geschichte der drei Somalis ist mir wichtiger. Was immer dahintersteckt: Es war keine typische Schlepper-Aktion.

– Bist du dir sicher, dass der Somali die Wahrheit sagt?

– Sicher? Jedenfalls sieht es ganz danach aus. Sie hätten keinen Grund, eine so haarsträubende Geschichte zu erzählen. Ich brauche da übrigens etwas von dir. Um das noch zu bestätigen.

– Aha, daher das besonders feine Abendessen …

– Quatsch. Das wollte ich schon bevor …

Oskar lächelt mich an. – Du hattest recht, in das Lager zu fahren. Aber ich hatte recht, mir Sorgen zu machen.

Ich lächle zurück. Ich muss Vesna und Zuckerbrot klarmachen, dass sie Oskar auf keinen Fall etwas über die Sache mit den Netzen erzählen. Auch wenn sich die Somalis dafür entschuldigt haben. Sie wollten uns gewaltlos festsetzen. Bis sie wissen, ob sie uns trauen können. Wie weit dürfen sie für ihre eigene Sicherheit gehen? Sie glauben, dass ihnen sonst niemand hilft. Und der Staat schon gar nicht. Ab wann wird Verschweigen zur Lüge? – Der Fahrer von Loco. Ich glaube, er hat gelogen. Kannst du mit ihm reden?

– Wenn es so ist: Warum sollte er es mir erzählen?

– Vielleicht hat man ihn unter Druck gesetzt.

– Ich habe keinen Zugang, den hat nur sein Anwalt.

– Pauli war doch nett. Ich habe nicht den Eindruck, dass ihm der Fall sonderlich wichtig ist. Er kann dafür sorgen, dass du mit seinem Klienten reden kannst. Und dafür tust du ihm irgendwann auch einen Gefallen. Unter Kollegen.

Oskar zeichnet mit dem Zeigefinger Linien auf den Tisch. Dann sieht er mich ernst an. – Ich habe überlegt, wie er zu diesem Fall gekommen ist. Und wer ihn bezahlt.

– Hast du ihn gefragt?

– Hab ich.

– Und? Lass dir doch nicht alles aus der Nase ziehen. Warum hast du mir nicht gleich erzählt, dass du das getan hast?

– Weil du nicht da warst.

Jetzt ist es wieder da, dieses unangenehme Schweigen.

– Essen wir in Ruhe, sage ich rasch.

– Du hast recht. Übrigens: Er hat gesagt, dass bei Loco alle Mitarbeiter rechtsschutzversichert sind.

– Das heißt, Neuhaus hat faktisch selbst dafür gezahlt, dass ihn sein Fahrer beschuldigt.

– Der Sinn der Verteidigung ist es, allen einen fairen Prozess zu sichern.

– Klar. Und sich an Neuhaus abzuputzen.

– Es gab noch diesen anderen Mitarbeiter, der so etwas erzählt hat.

– Er hat es zurückgenommen.

– Nachdem ihm bewusst geworden ist, dass man auch gegen ihn wegen Schlepperei ermitteln könnte.

– Fran sagt, sein Facebook-Profil ist so gut wie leer. Was, wenn nicht nur die Nordkoreaner Accounts hacken?

– Jetzt hast du auch „hacken" gesagt.

– Kapern, stehlen … was weiß ich …

– Wer sollte das warum tun?

– Damit die Anschuldigungen des Fahrers mehr Gewicht haben.

– Gewicht hat, dass die Behörden die drei Somalis in seinem Lkw gefunden haben. Das ist ein Fakt.

– Sie sind eingeladen worden, mitzufahren. Und haben dafür Geld bekommen. Und es wurde ihnen noch mehr Geld versprochen, wenn sie lügen. Bitte, Oskar. Versuch mit dem Fahrer zu reden. Warum behauptet er, dass Neuhaus hinter dieser Sache steckt?

– Weil es so war. Und weil er nicht länger mittun wollte.

– Und wenn man auch ihm Geld geboten hat? Es ergibt doch keinen Sinn: Neuhaus soll angeblich sein Geld mit Schlepperei verdient haben. Warum zahlt er dann den Somalis viel Geld, statt von ihnen zu kassieren? Und komm mir jetzt nicht damit, dass er die Männer ins Land schleusen wollte, damit sie seine Drogen verkaufen. Neuhaus als Drogen-Boss. Das ist einfach Schwachsinn.

– Glaube ich auch, trotzdem …

– Bitte!

– Ich kann dir nichts versprechen.

Ich sitze an meinem Schreibtisch in der Redaktion. Vielleicht bin ich einfach zu feig und zu träge, um endlich einen Schlussstrich zu ziehen. Aber man kann es auch anders sehen. Es ist momentan am besten, nicht aufzufallen. Natürlich kann meine Spur mit den Somalis im Sand verlaufen. Aber es ist auch möglich, dass mehr dahintersteckt. Es muss keiner mitbekommen, was ich recherchiere. Ich will das Interview aus dem Lager erst bringen, wenn ich klarer sehe. Außerdem: Ich kann es mir noch offenlassen, wo es erscheint. Abgesehen davon. Es gibt auch jetzt noch kleine Erfolgserlebnisse im „Magazin". Rosa Prager hat mir für meine Reportage gedankt, sie fühle sich verstanden und es sei schön, „als Mensch und nicht bloß als alte Schachtel, die erstaunlicherweise immer noch lebt", wahrgenommen zu werden. Und dass ich sie als „attraktiv" beschrieben hätte, ohne das übliche „immer noch" voranzustellen, sei wundervoll. Schauspielerinnen seien eben eitel, zumindest sie sei es. Ganz ohne „immer noch". Ich lächle. Es gibt Hoffnung. Vielleicht bin ich in vierzig Jahren auch so gut drauf. Lebenserfahrung kann nicht schaden, wenn man als Journalistin arbeitet. Ich werde dann noch immer schreiben? Warum nicht. Lassen wir es auf uns zukommen. Wer weiß, ob es dann überhaupt noch Zeitungen und Magazine gibt. Und wer was glaubt und wie recherchiert wird und ob das noch sein darf. Oder ob alles besser wird, als es jetzt ist. Könnte ja auch sein.

Ich habe von der Nenntante des Sexualmörders jede Menge Material und Prozessunterlagen bekommen. Zum Glück digital. Eine Story, die ich schreiben kann, ohne mich auf gefährliches Terrain zu begeben. Ich lese, sehe mir Beweismittel an. Je länger ich lese, desto mehr Zweifel kommen mir. Es sieht ganz so aus, als hätte der Richter viele Zeugen gar nicht gehört. Als wäre bei einer möglichen Tatwaffe nur ein DNA-Abgleich mit dem inzwischen verurteilten Täter gemacht worden, aber mit sonst niemandem. Und da man seine DNA nicht eindeutig zuordnen konnte, hat man sich um das mögliche Tatwerkzeug nicht weiter gekümmert. Und was ist das? Ein Kegelkollege, der in derselben Siedlung wohnt, hat sich zur selben Zeit umgebracht. Man hat nicht einmal versucht, eine Verbindung herzustellen. Natürlich kann ich nicht alles sehen, was die Kripo erhoben hat, aber ich sehe, was vom Gericht gewürdigt wurde. Oder eben nicht.

Und noch etwas stimmt, das mir die Nenntante erzählt hat: Es gibt jemanden, der im Internet gegen das Personenkomitee hetzt. Anonym. Via Facebook.

Justizian77

Was sind das für Menschen, die das arme Opfer in das grelle Licht der Medien zerren wollen? Hat sie nicht schon genug gelitten? Niedergeschlagen und vergewaltigt und liegen gelassen? Die geifern danach, sie als Vamp hinzustellen. Verklemmte Typen, die sich nur so erregen können. Die sind alle krank. Die gehören behandelt. Der Täter ist verurteilt. GERECHTIGKEIT für das Opfer!

Jemand vom Komitee hat geantwortet, man solle versuchen, die ganze Wahrheit zu sehen, egal, wie schmerzlich sie sei.

Justizian77

Die Wahrheit ist, dass ein Mörder freigelassen werden und ein Opfer noch einmal ausgezogen werden soll. Was sind das für Frauen, die so etwas unterstützen? Was sind das für Männer, die wollen, dass ein Perverser frei herumläuft? Die sind doch psychisch gestört. Das Gericht hat gesprochen. Damit sollte man die miesen Anschuldigungen gegen das Opfer (ANSCHULDIGUNGEN GEGEN DAS OPFER!!! Wie KRANK!!!) endlich sein lassen. Gibt es dagegen keine Vorgangsweise? Man müsste sie rechtlich belangen! Oder hat ihnen der Mörder versprochen, wenn er freikommt, dann besorgt er es ihnen? Psychos. Oder kriegen sie Immobilien?

Ich überfliege das meiste bloß. Irritierend ist, dass sich bei den Angriffen auf das Personenkomitee auch Details zum Tatort finden. Wer immer da postet, muss mit dem Gericht zu tun haben. Oder zumindest den Akt kennen. Wer ist es? Jemand aus der Justiz, der verhindern will, dass dieser schlampig geführte Prozess wieder aufgerollt wird? Kollegen patzt man nicht an. Jemand, der Angst haben muss, wenn das Ganze noch einmal verhandelt wird? Wie verlässlich ist unser Rechtssystem?

– Die Story ist genau andersherum. Die vom Personenkomitee haben recht. Im Prozess ist geschludert worden.

Der Chefredakteur sieht mich nahezu interessiert an.

– Der Richter hat nur die Zeuginnen zugelassen, die sagen, das Opfer sei in Trauer gewesen. Sie hätte nie geflirtet und mit dem Täter schon gar nicht. Und Shorts habe sie einfach beim Kegeln am liebsten gehabt, weil sie bequem seien. Es gibt aber auch andere Zeuginnen und Zeugen. Sie sagen, das Opfer hat einiges getrunken und mit allen möglichen Männern geschäkert. Sie soll gesagt haben, „jetzt fängt mein Leben neu an". Natürlich steht ihr das zu. Aber … das Gericht hat diese Seite einfach nicht berücksichtigt.

– Was ist mit den Nacktfotos? Hat es die gegeben?

– Sie hatte im Haus erotische Fotos von sich hängen. Eine Mitarbeiterin der Pfarre hat erzählt, dass ihr das sehr peinlich war, sie war mit den Kindern Sternsingen und im Aufgang zum ersten Stock hingen diese Fotos.

– Ich meine: Haben Sie vom Komitee solche Fotos bekommen? Wir können die Sache auch anders bringen, wenn Sie meinen. Es gibt genug, die nicht viel von der Justiz halten.

– Darum geht es nicht.

– Ist Ihr Mann nicht Anwalt?

– Ich will nicht die Justiz schützen, ich will …

– Also was ist mit den Fotos? Sagen Sie denen, dass es plakative Beweise geben muss, wenn wir ihnen helfen sollen, die Angelegenheit an die Öffentlichkeit zu bringen.

– Ich dachte, die Fotos hat ToPost?

– Warum?

– Haben Sie mir nicht gesagt …

– Kann es sein, dass Sie nicht einmal in den Presseagenturen nachgesehen haben?

– Ich habe direkte Quellen. Ich habe die Prozessunterlagen. Und: Es gibt einen, der hetzt auf Facebook gegen das Komitee. Da fragt man sich schon, warum.

– Vielleicht war er ein Lover des Opfers.

Ich sehe das Männchen an. Darauf bin ich noch gar nicht gekommen. – Die mögliche Tatwaffe ist ein Pokal. Der Abdruck des Pokals passt genau zur Wunde des Opfers. Man hat darauf keine lesbaren DNA-Spuren des Täters gefunden. Und nach anderen hat man einfach nicht gesucht.

– Interessant. Vielleicht kriegen wir auch ein Foto von dem Pokal. Aber wichtiger sind die anderen …

– Wir können keine erotischen Fotos des Opfers bringen, das ist pietätlos.

– Auf welcher Seite sind Sie eigentlich? Sie reden mir die ganze Zeit ein, dass dieses Komitee recht hat, dass es Ermittlungspannen gegeben hat. Und dass das Opfer in Wirklichkeit sehr … nennen wir es lebenslustig war.

– Das Komitee will nicht, dass diese Fotos verbreitet werden.

– Wenn behauptet wird, dass es sie gibt, dann muss man das beweisen.

– Vor Gericht.

– Das kommt nicht mehr zum Gericht, wenn wir es nicht spielen.

– Ich … ich werde nachfragen. Ich habe übrigens noch ein anderes Thema. Cyberwar.

– Das überlassen wir der Filmredaktion, aber danke für Ihr neues Engagement.

– Die angebliche Mail des französischen Präsidenten. Da hat Nordkorea ganz gezielt Streit zwischen Amerika und Frankreich geschürt.

– Ich hab es gelesen. Und wenn? Außenpolitik interessiert die wenigsten.

– Das hat Auswirkungen. Auch auf die Wirtschaft. Die USA haben französische Produkte mit Einfuhrsperren belegt. Nordkorea hat einen Mail-Account des französischen Präsidenten gekapert und der Öffentlichkeit diese falsche E-Mail untergejubelt.

– Das tun doch alle.

– So einfach geht das auch wieder nicht, Accounts zu knacken.

– Ich meine, den amerikanischen Präsidenten verspotten. Wenn schon eine Story über Hacker, dann eine mit mehr Bodenhaftung. Über Hacker, die Computer kidnappen und Lösegeld verlangen. Oder Datenklau, wie bei diesem Facebook-Skandal. Das betrifft alle. Und sagen Sie jetzt nicht, die schlechten Beziehungen zwischen Frankreich und den USA betreffen uns auch. Alles betrifft uns, so gesehen. Aber wir müssen selektionieren. Eine der wichtigsten Aufgaben des Journalismus überhaupt.

– Das sind keine Hacker.

– Was sonst sind die?

– Kriminelle im Internet.

– Cyberkriminelle.

– Cyber hat immer eine militärische Komponente, meint mein Informant. Da sollte man besser unterscheiden.

– Gibt es jetzt auch schon da politisch korrekte Begriffe? Die heißen Hacker, weil sich unter einem Hacker jeder was vorstellen kann. Und weil sie immer so geheißen haben. Und für Cyber gilt das Gleiche.

Ich gehe mit schnellen Schritten über die Brücke, in den Ersten Bezirk, Richtung Wohnung. Das mit dem Laufen habe ich aufgegeben. Zu viele Versuche, die nie lange gedauert haben. Angeblich ist es ohnehin gesünder, schnell zu gehen. Es muss ja nicht mit Walking-Stöcken sein, das wäre im Wiener Stadtzentrum ebenso unbequem wie exzentrisch. Ich atme tief. Ich möchte möglichst rasch Abstand zwischen mich und die Redaktion bringen. Ich werde sicher nicht um Nacktfotos des Opfers bitten, ganz egal, was bei dem Prozess falsch gelaufen ist. Heute Abend steigt das große Fest bei „Speed“. Quasi die offizielle Geburtstagsfeier von Hans. Seine Events im Autohaus sind legendär. Da kommen nicht nur seine Kunden, sondern auch viele, die sehen und gesehen werden wollen. Viel billiger als bezahlte Werbung, sagt Vesnas Mann. Gesellschaftsklatsch in den Medien. So habe auch ich angefangen. Als Society-Reporterin. Nicht, weil mich das brennend interessiert hat, sondern weil der Job frei war. Und weil ich die Chance bekam, immer mehr und interessantere Reportagen zu schreiben. Hans ist ein Grill-Freak, von Elefantensteaks bis hin zu exotischen Fischen ist ihm bei solchen Anlässen alles zuzutrauen gewesen. Bis Jana, Vesnas Tochter, ihm die Leviten gelesen hat. Sie ist keine Vegetarierin. Aber sie will nur Tiere essen, die ordentlich gelebt haben. Und die nicht in ihrem Bestand gefährdet werden, bloß weil wir immer etwas Neues brauchen. Hans hat gelernt. Das ist eine seiner vielen netten Eigenschaften. Er ist bereit, zu lernen. Nicht nur, sich halbherzig anzupassen. Political Correctness. Als Vorwurf. Wenn ich das schon höre. Als ob es nicht gut wäre, miteinander rücksichtsvoll umzugehen. Muss ja nicht selbstgerecht sein. Selbstgerecht sind die Idioten, die glauben, dass es cool ist, „Neger" zu sagen.

Ich habe nicht aufgepasst. Von wegen rücksichtsvoll. Ich bin in eine Frau hineingerannt. Ich will mich schon entschuldigen, als ich bemerke, dass sie es ist, die mich gestellt hat. Mit einem festen Griff auf die Schulter. Barbara Sima. Die Halbschwester von Neuhaus. Die Musikerin. Sie hält sich erst gar nicht mit irgendwelchen Vorreden auf.

– Was für eine Sauerei, mir diesen Computerfreak nachzuschicken!

– Das hab ich nicht.

– Ach ja? Ich bin zwar Musikerin und keine verlogene Journalistin, aber ich kann zwei und zwei zusammenzählen. Sie haben es nicht geschafft, mich auszuhorchen. Also haben Sie den Sohn Ihrer Freundin damit beauftragt. Was zahlen Sie ihm dafür?

– Er hat eine gutgehende Computerfirma. Hören Sie einmal zu. Es war ganz anders.

– Er sollte mich aushorchen. Ich bin in einer emotionalen Ausnahmesituation, sonst hätte ich es gleich gemerkt. So habe ich Idiotin ihm vertraut. Und ihm erzählt. Wann erscheint es? Ich überlege mir, zu klagen. Nur dass Sie es wissen.

– Er hat mir nichts erzählt. Ich gebe zu, ich hab ihn gefragt …

– Sie geben es also zu!

Rund um uns stehen bereits einige Menschen und sehen interessiert zu. Hoffen sie, dass wir uns prügeln?

– Wir gehen irgendwohin, wir reden darüber, versuche ich Barbara Sima zu beschwichtigen.

– Das können Sie vergessen!

– Wollen Sie das wirklich hier besprechen? Ich zeige auf die Leute rundum.

– Und? Kann jeder hören, welche Methoden das „Magazin" hat.

– Fran hat mir kein Wort gesagt. Weil er Sie mag. Und weil er gesagt hat, was Sie geredet hätten, sei privat gewesen. Zufrieden?

– Zufrieden? Wie zufrieden kann man Ihrer Meinung nach sein, wenn der Bruder stirbt, wenn er in der Öffentlichkeit noch einmal hingerichtet wird, wenn der Einzige, zu dem man ein wenig Vertrauen gefasst hat, als Undercover für ein Schmierblatt arbeitet!

– Das ist doch Unsinn. Hat Ihnen Fran übrigens erzählt, dass die Somalis Geld dafür bekommen haben, damit sie im Loco-Lkw mitfahren?

Einer der Zuhörer schüttelt den Kopf. – So weit sind wir jetzt schon. Die kriegen Geld, dass sie zu uns kommen.

– Gehen Sie weiter!, rufen Barbara Sima und ich gleichzeitig.

– Er hat es mir nicht erzählt, fährt sie dann fort. – Ich bin nicht mehr ans Telefon. Ich hab durch Zufall herausgefunden, dass Sie mit seiner Mutter zusammen sind.

– Wie bitte?

– Ein Paar.

– Na super. Sind wir schon, aber nicht so, wie Sie offenbar meinen. Wobei mir das egal wäre.

– Mir auch.

– Wir wollen Gerechtigkeit für Ihren Bruder. Und ich glaube, Fran ist in Sie verliebt.

– Gerechtigkeit? Barbara Sima lacht. – Ein großes Wort!

Ich schüttle den Kopf und sehe sie an. – Wahrscheinlich haben Sie recht. Es tut mir leid. Alles tut mir leid. Aber Fran kann nichts dafür. Und an der Sache mit der Schlepperei ist etwas faul.

– Das hab ich doch immer schon gesagt. Somalis? Was war mit ihnen?, fragt Barbara Sima.

Die Menschen sehen uns enttäuscht an, als wir weitergehen.

Wir setzen uns an den ersten freien Tisch des nächsten Straßencafés. Ich kann verstehen, dass sie wütend ist. Ganz offensichtlich findet sie Fran mehr als bloß sympathisch. Vielleicht hat er endlich einmal Glück mit seinen Frauengeschichten. Vorausgesetzt, ich kann ihr klarmachen, dass Fran keine männliche Mata Hari ist.

Ich erzähle ihr von unserer Fahrt ins Flüchtlingsquartier bei Florenz. Zuerst ist sie noch misstrauisch. Ich habe das Interview auch auf meinem Smartphone gespeichert. Ich öffne die Seite. Sie liest konzentriert und schüttelt zwischendurch den Kopf. Dann sieht sie auf. – Ich war mir sicher, dass er nichts mit Schlepperei zu tun hat. Weißt du, was er zu mir gesagt hat? Wir müssen alles dafür tun, dass Menschen, die um ihr Leben rennen, nicht auch noch von Schleppern ausgebeutet werden. Wir sollten für sie eine Börse mit Unterkünften und Arbeitsmöglichkeiten schaffen. Und dafür sorgen, dass es direkte Wege gibt, zu uns zu kommen. Er war am Boden zerstört, als sein Fahrer diesen Unsinn erzählt hat. Er hat immer wieder überlegt, warum er das getan hat. Er hat ihn kaum gekannt. Vielleicht ist die Firma zu groß geworden, hat er gesagt. Ich hab keinen Überblick mehr. Vielleicht ist es die Rache dafür, dass ich mehr geredet als getan hab, dass ich mich zu wenig engagiert habe. Weißt du … Entschuldigung. Sie. Ich bin wohl noch immer durcheinander. Ich … sollte das nicht erzählen.

– Du passt schon. Und ich werde es nicht ausnützen. Sollte ich jemals etwas darüber schreiben, dann nur, wenn du zustimmst. Das mache ich übrigens immer so.

– Bei meinem Bruder hattest du nicht mehr die Möglichkeit, zu fragen. Aber … es war in Ordnung. Das Interview war sehr in Ordnung. Ich habe es auch zu Fran gesagt: Ich kann mir nicht vorstellen, dass sich mein Bruder umgebracht hat. Je mehr ich darüber nachdenke, desto weniger kann ich mir das vorstellen.

– Er war allein an seinem letzten Abend. Man hat keine Spuren einer weiteren Person gefunden.

– Es war nicht das erste Mal, dass er für sich gekocht und das Essen zelebriert hat. Er hat gesagt, das hilft ihm, mit sich selbst gut umzugehen. Man muss auch auf sich schauen. Er war in letzter Zeit sehr unter Druck. Natürlich. Ehemalige Freunde haben ihn beschimpft. Andere haben ihn fallenlassen. Aber er wollte kämpfen. Und … ich habe immer mehr das Gefühl, da war noch etwas anderes. Er wusste etwas. Oder er hat etwas geahnt. Er wollte etwas aufdecken.

– Was?

– Ich weiß es nicht. Er hat sich verfolgt gefühlt, irgendwie. Er hat zu mir gesagt, ich hab es gut, ich hab meine Musik, das ist sicher. Da kann ich vertrauen und mich auf andere einlassen. Er war auch früher, als alles bestens gelaufen ist, ein Getriebener. Er war ein guter Geschäftsmann. Aber er hatte auch Ideale. Er wollte etwas Gutes tun. Nicht immer passt das zusammen.

– Die Kampagne gegen seine Lkw-Flotte – du meinst so etwas?

– Ja, die auch. Wobei ich mich schon frage, wer diesen Blödsinn angezettelt hat. Klar haben Lkw Abgase, aber wenn wir nicht alles beim superedlen Biobauern in zwei Kilometer Entfernung einkaufen wollen oder können und der seinen Boden am besten mit Pferden beackert, dann gibt's eben Umweltschäden.

– Unter den Öko-Kritikern war auch seine Frau.

– Sie hat ihn zusätzlich gequält. Er war wirklich ein netter Mensch. Aber sein Geschmack bei Frauen war schon immer eine Katastrophe. Es gab allerdings eine Zeit, wo wir darüber lachen konnten.

– Auch was seine Frau Carina angeht?

– Da sogar besonders. Wegen ihr hat er sich sicher nicht umgebracht, das kannst du mir glauben. Sie hat es darauf angelegt, versorgt zu werden, und er hätte sie versorgt. So war er eben.

– Wer erbt?

– Sie. Nehme ich einmal an. Ich weiß nichts von einem Testament. Und ich hätte auch keine Lust, mich um die Firma kümmern zu müssen.

– Sein schönes Haus … er war sehr stolz darauf.

Jetzt sieht mich Barbara deutlich distanzierter an. – Glaubst du wirklich, ich könnte in einem Haus leben, in dem mein Bruder gestorben ist?

– Und wie ist das bei seiner Frau?

– Carina? Ich weiß, es klingt böse. Die hat keine Skrupel. Kennt sie einfach nicht. Ist zu unbequem. Das ist so eine, die kann alles in High Heels. Wenn du verstehst, was ich meine …

Ich lache und Barbara lächelt zumindest ein wenig mit. – Seine erste Frau war eigentlich sehr sympathisch. Er hat sie jung kennengelernt, als er noch mit dem kleinen alten Auto Lebensmittel importiert hat. Sie ist Italienerin. Dann ist sie lesbisch geworden. Man muss sich vorstellen, was das in einem Mann auslöst. Natürlich habe ich nichts gegen Lesben, aber ich hab was gegen Leute, die nicht wissen, was sie wollen. Mein Bruder hat damals sehr gelitten.

– Und jetzt hast du geglaubt, meine Freundin Vesna und ich sind ein Paar.

– Das ist mir echt egal.

– Du solltest dich mit Fran aussprechen. Er hat sich geweigert, mir irgendetwas zu erzählen. Obwohl ich ihn dazu gedrängt habe. Ich will die Lage besser einschätzen können.

– Wem kann man noch glauben?

Eine Frage, die mich in letzter Zeit allerdings auch beschäftigt. Auf unterschiedlichsten Ebenen. – Freunden. Menschen, die einen mögen. Ich meinem Mann. Fran hat sich in dich verliebt. Wobei … seine Mutter hält dich für eine mögliche Erbschleicherin, die ihren Sohn instrumentalisiert …

Barbara starrt mich empört an.

– Aber die hat noch keine Frau in seiner Nähe sympathisch gefunden. Ich vertraue ihr hundertprozentig. Sie ist meine Freundin. Trotzdem hat sie Fehler. Haben wir alle.

– Okay, ich rede mit Fran. Ich mag ihn. Er ist ... so angenehm anders. Wir Musiker neigen dazu, in unserer engen kleinen Welt mit immer denselben Menschen rundum zu leben.

– Wer nicht? In den sozialen Medien nennt man das „Blase". Und Facebook kümmert sich darum, dass das so bleibt, und serviert uns alles, was wir kennen und mögen, zuerst. Um uns bei der Stange zu halten. Und um Werbung platzieren zu können. Hab ich alles von Fran.

– Er ist nett und klug. Da ist aber noch etwas.

– Was?

– Simon Wiedner. Du weißt von ihm. Der Computerexperte, der verschwunden ist.

– Er ist ein Freund von Fran.

– Er war mehr als ein Mitarbeiter von Carlo. Er war sein Schützling. Und in letzter Zeit auch ein guter Freund. Wenn Carlo jemandem vertraut hat, dann ihm.

– Und jetzt fragst du dich, ob dieser Simon sein Vertrauen missbraucht hat.

– Fran hält das für unwahrscheinlich.

– Ich weiß. Hat er dir erzählt, dass wir vor der Wohnung von Simon angegriffen wurden?

– Ja. Es ist seltsam. Vielleicht bin ich hysterisch, aber ich habe das Gefühl, Fran sollte aufpassen.

– Vor Simon? Er hat den Hinweis auf die Somalis geschickt. Zumindest nimmt Fran das an. Er scheint einiges zu wissen. Oder über seine Kanäle herausfinden zu können.

– Ich kenn mich bei dem Computerzeug nur so weit aus, wie ich es brauche. Ich hab ein ungutes Gefühl. So als ob Fran der Nächste sein könnte, der verschwindet.

– Im Netz, wie in einem Science-Fiction-Film, versuche ich zu scherzen. – Oder im Kanal, wie im „Dritten Mann".

– Ich weiß, das klingt dumm, gerade noch hab ich über ihn geschimpft und dich attackiert. Ich bin nicht so. Unter normalen Umständen.

– Wo lebt seine erste Frau eigentlich?

– Ich hab ihre Adresse. Lella Giampiero, sie lehrt an der Uni in Rom Sozialgeschichte.

Keine Zeit mehr, mich umzuziehen. Ich werde direkt zum Fest gehen. Was sich alles verbinden lässt. Auch alte amerikanische Schlitten und Elektroautos. Eigentlich wollte ich stilgerecht mit meinem E-Auto vorfahren. Genau betrachtet brauche ich gar keinen Wagen, aber seit ich elektrische fahre, habe ich eine nette Entschuldigung. Ich verpeste zumindest nicht die Umwelt. Die Hausgemeinschaft hat sich schon länger darauf geeinigt, zu einem Ökostrom-Anbieter zu wechseln. Kann schon sein, dass uns welche als Bobos verspotten, die es sich leisten können, gut zu sein. Oder gut zu tun. Bourgeoise Bohemiens: Wohlstandsbürger, die sich ein bisschen etwas Unkonventionelles gönnen. Allemal besser, als nichts zu tun. Am umweltfreundlichsten wäre es, ich würde mit der Straßenbahn zum Autohaus fahren. Aber dazu bin ich dann doch zu faul. Ich nehme ein Taxi.

Als ich ankomme, ist die Party bereits voll im Gang. Hans will versuchen, die US-Car-Freaks in die Halle mit E-Speed zu bringen und dafür die Elektroauto-Freunde zu US-Speed. Wir haben bereits Wetten darüber abgeschlossen, was eher gelingen wird. Fran meint, die Oldtimer-Freunde werden sich auch die Elektroautos ansehen. Aber die Elektroauto-Freunde werden kaum zu den amerikanischen Schlitten schauen. Hans hat sich allerdings etwas einfallen lassen. Die Musik spielt in der Halle von US-Speed. Und das Essen gibt's bei den Elektroautos. American Fusion: vom Wildschwein-Burger bis zu mexikanischem Baumkuchen. Ich schlängle mich durch die Menschenmassen, grüße, verteile ein paar Küsschen und bekomme welche zurück. Ist eben alles ein Geben und ein Nehmen. Ich suche Vesna. Ja, danke, Campari-Soda ist jetzt genau das Richtige. Hans selbst hat viele Jahre gar keinen Alkohol getrunken. Dahinter steckt eine alte und traurige Geschichte. Dort drüben steht meine Freundin. Elegant in einem schmalen kniekurzen Kleid. Ich würde darin aussehen wie eine Knackwurst. Ich winke ihr und hätte der Dame vor mir beinahe den Campari ins tiefe Rückendekolleté geschüttet. Sie erzählt gerade mit großen Gesten eine Geschichte, über die die anderen sehr lachen müssen. Mit Betonung auf müssen. Sie ist die Zweitfrau des Landwirtschaftsministers. Und wer steht noch in dieser Runde? Sieh an. Thomas Lukic. Der Retter einer bankrotten Tageszeitung. Und Chef der schlimmsten Nachrichtenagentur, die es je gab.

Ich suche mir einen Platz, von dem aus er mich nicht sehen kann. Zumindest solange er sich nicht umdreht.

– Links und rechts sind längst obsolet. Wir brauchen diese neue Bewegung. Neuen Schwung, wenn ihr versteht, was ich meine, sagt einer. Die Menschen rund um ihn nicken. – Keine Ideologie, sondern Zweckorientierung.

– Und was für ein Zweck?, fragt die Frau des Landwirtschaftsministers.

– Zukunft. Unsere Zukunft. Wachstum.

– Na ja, mehr werden will ich nicht, kichert sie.

– Politisch gesprochen.

– Das war ein Scherz, klar, Wachstum ist immer gut, das sagt auch Johannes.

– Die linken Bremsen müssen weg.

Ich recke den Hals, um zu sehen, von wem das gekommen ist. Oho. Der Landwirtschaftsminister persönlich ist eingetroffen. Er lacht und bekommt von seiner Frau ein Küsschen.

– Bremsen. Das ist gut. Du meinst diese beißenden Fliegen …

– Gehören zur Familie der blutsaugenden Insekten. Ich kenn mich da aus. Ich bin auch der Tierminister. Aber natürlich meine ich nur die, die bremsen. Wir sind es, die Gas geben.

Schulterklopfen und freundschaftliches Händeschütteln. Seit die Rechtsnationalen mit in der Regierung sitzen, ist vieles salonfähig geworden. „Linke Bremsen". Ich muss es mir merken. Ich werde es schreiben. Oder posten. Oder sonst irgendwie öffentlich machen. Andererseits. Zu viel Empörung kann auch schaden. Es gibt ihnen eine Plattform.

Lukic hat sich etwas abseits gehalten. Er nimmt einen Schluck und sieht sich um. Entdeckt mich. Ich nicke ihm zu. Wirkt, als wäre er nicht eben begeistert von den Sprechblasen der Clique.

– Links und rechts sind obsolet?, frage ich, als er neben mir ist.

– Alles eine Frage des Standpunkts. Wenn man darübersteht … Er lächelt.

– Ihre Freunde scheinen es vor allem auf die linke Seite abgesehen zu haben.

– Meine Freunde? Würde ich für jeden, mit dem ich rede, einen Euro bekommen, ich wäre Millionär.

– Sind Sie nicht?

– Geld ist überschätzt.

– Sagt, wer es hat.

– Sind Sie immer im Dienst?

– Warum?

– Fühlt sich an wie ein Interview. Die Wahrheit über Thomas Lukic. Wissen Sie, was die Wahrheit ist?

– Ich versuche mich ihr anzunähern. In Zeiten wie diesen gar nicht so einfach.

– Aber umso wichtiger. Die Wahrheit ist, dass ich ohnehin mit Ihnen reden wollte.

– Worüber?

– Geschäftlich. Sie sind unkonventionell, ich bin es auch. Also kann ich es gleich hier sagen: Hätten Sie Lust, für mich zu arbeiten?

Ich nehme einen großen Schluck Campari. Er soll mir meine Überraschung nicht anmerken.

– Sie sind eine der Besten in der Branche. Ich weiß, was Sie von ToPost halten. Aber: Ich bin erst am Anfang. Ich will ausweiten. Verbreitern. Ich will eine Sparte mit großen Reportagen einrichten. Die nicht im Package dabei sind, das Medien üblicherweise kaufen. Es gibt sie sozusagen für Prime-Kunden. Und gewisse Reportagen gibt es überhaupt nur exklusiv.

– Da wird dann versteigert, was eine Reportage wert ist? Ich sehe ihn so spöttisch wie möglich an.

– Das ist die böse Interpretation.

– Und die nicht so böse wäre?

– Man zahlt für den Mehrwert. Nicht alle können sich eine Eins-a-Journalistin leisten, aber ab und zu will man doch eine besondere Story.

– Die sagen, wir schreiben. Ich habe das von Ihrem Freund in letzter Zeit oft genug gehört. Der Kunde ist König. Wir schreiben nicht, was wichtig ist, sondern was die Leute gerne lesen. Und wir schreiben, was den Anzeigenkunden gefällt. Wie sagt mein Chefredakteur? Es ist dumm, die Hand zu beißen, die einen füttert.

– Mein Freund … ich würde eher sagen, ein früherer Mitarbeiter … Er denkt in gewisser Weise eher schlicht. Und das mögen viele Medienherausgeber. Wissen Sie, bei einer Autozeitschrift ist das kein großes Problem. Aber wenn es um den richtigen, den wichtigen Journalismus geht, dann stehen andere Dinge im Vordergrund: relevante Themen. Fakten statt Fake. Ich bin überzeugt, dass die Leute das wollen. Sie wären frei, Frau Valensky. Sie würden keine Aufträge bekommen. Sie könnten die Themen selbst wählen. Und: Ich kann Ihnen schon jetzt sagen, dass wir um einiges besser zahlen. Es geht nämlich auch ums Prestige. Wir brauchen besseres Prestige in der Branche, das sage ich ganz ehrlich. Und das ist mir etwas wert.

– Das Feigenblatt zu den Geschichten über Sternchen und Omas, die sich vor den bösen Asylberechtigten fürchten?

– Ich mag Sie für Ihre Offenheit. Nur: Ist es im „Magazin" so viel anders? Und in den Medien, die sich als „Qualitätsmedien" verstehen? Schauen Sie sich an, was momentan im Fernsehen abgeht.

Er hat recht. Er ist wenigstens einer, mit dem man reden kann. Er hat Humor und Stil. Als Person. Nicht ToPost. Dort kann man nicht arbeiten. Aber andererseits: Ich suche einen Ausweg. Beim „Magazin" geht es schon gar nicht mehr. Ich muss ja nicht für immer bleiben. Feigenblatt für die Schmieragentur?

– Ich halte übrigens auch nichts von Zillingers Zugang, dass Journalisten ihre Geschichten gleichzeitig in Print-, Radio- und TV-Version liefern sollen. Jedes Medium hat andere Voraussetzungen.

– Das ist doch ein Kennzeichen von ToPost. Multimedial.

– Nicht, wenn es um wichtige Themen geht. Sie müssten das nicht machen. Oder höchstens ein Aufnahmegerät mitnehmen. Bildmaterial sollten andere liefern. Außer Sie haben einmal Lust auf eine TV-Reportage. Was meinen Sie? Setzen wir uns in aller Ruhe zusammen. Ich weiß, dass Sie an einer spannenden Sache dran sind. Carlo Neuhaus. Was steckt hinter seinem Tod?

– Das Interview, das ich kurz vor seinem Tod mit ihm geführt habe. Es war schon im „Magazin".

– Sie haben mehr, da bin ich mir sicher. Sie können nicht loslassen. Zu viel ist ungeklärt. Dazu kommt noch die Sache mit seinem verschwundenen IT-Experten. Das riecht geradezu nach einer Mira-Valensky-Story. Die wollen Sie Zillinger schenken? Wir könnten sie exklusiv online spielen. Als Werbung für unsere neue Sparte. Die große Reportage. Und alle, die aktuell sein wollen, müssen sie übernehmen.

– Und dafür zahlen.

– Schlecht? Liebe Frau Valensky, ich will Sie nicht überreden, aber denken Sie darüber nach. Rufen Sie mich an.

Er streckt mir eine Visitenkarte entgegen. – Die private Nummer, da können Sie mich immer erreichen.

– Danke, sage ich und hebe mein Glas. Aber es ist leer. Ich muss, ohne dass es mir aufgefallen ist, ausgetrunken haben.

[11.]

Ich stehe mit Fran am Future-Cocktail-Stand: Alles, was da gemixt wird, funkelt oder zischt oder blubbert. Ob es auch trinkbar ist, will ich gar nicht wissen. Ein weißer Gespritzter ist mit Sicherheit gesünder. Und lässt einen den nächsten Tag fröhlicher erleben. Fran hält einen Neon-Spumante, er leuchtet seltsam gelbgrün. Der Abend ist lau und viele der Autofans sind längst ins Freie ausgewichen.

– Ich habe ihr SMS geschickt. Und Nachrichten über Messanger und WhatsApp, einfach über alle Kanäle, die sie nutzt.

– Und E-Mails wahrscheinlich auch. Ist es nicht mühsam, über so viele Wege zu kommunizieren?

– Mach ich üblicherweise nicht. Ich will sie nur irgendwie erreichen. Unbedingt. Ich hätte sogar Brieftauben losgeschickt.

– Klingt nach einem Schlagertext für die nächste Helene-Fischer-Show, hänsle ich ihn.

– Sie hat doch gesagt, sie wird sich bei mir melden. Warum hat sie es dann nicht getan?

Ich sehe Fran an. Rührend. Er ist mittlerweile ein erfolgreicher Unternehmer. Er weiß Dinge, die mir ausgesprochen verwirrend vorkommen, und er ist doch einfach ein verliebter junger Mann. Es ist erst zwei Stunden her, dass ich mit Barbara geredet habe.

– Vielleicht hat sie ein Konzert?

– Nein, das hab ich natürlich gecheckt.

– Sie glaubt übrigens immer weniger, dass sich ihr Bruder umgebracht hat. Und sie findet, die Geschichte der Somalis beweist, dass ihn jemand reingelegt hat. Hast du das Gespräch, das ich dir geschickt habe, schon gelesen?

– Natürlich. Ich habe gewusst, dass es gut ist, hinzufahren. Hat sie gesagt, ob sie sonst noch etwas vorhat, heute?

– Nein. Zumindest kann ich mich nicht daran erinnern. Ruf sie einfach noch einmal an.

– Ich wollte sie nicht hinters Licht führen. Es ist passiert. Irgendwann war der Punkt da, wo ich ihr nicht mehr sagen konnte, warum ich sie ursprünglich kennenlernen wollte.

– Fake auf der Beziehungsebene.

– Nein, weil ich nicht vorgetäuscht habe, sie zu mögen. Ich mag sie wirklich.

– Ist mir noch kaum aufgefallen. Hast du etwas Neues von Simon?

– Nichts. Aber die Nachricht mit den Somalis, die kam von ihm, und ich sage dir, er weiß mehr. Ich bin bloß froh, dass es ihm gut zu gehen scheint.

– Er könnte mit uns spielen.

– Man muss auch vertrauen können.

– Ja.

Ich sehe mich um. Kann ich darauf vertrauen, dass das, was mir Lukic angeboten hat, stimmt? Dass er tatsächlich das Profil von ToPost erweitern möchte? Oder hat er ein ganz anderes Motiv, mich beruflich anzubaggern? Weil er mich Zillinger ausspannen will? Unsinn. Der Chefredakteur wäre froh, wenn ich gehe. Aber weiß Lukic das? Oder geht es ihm um die Story? Lukic scheint das Fest schon verlassen zu haben. Seit unserem Gespräch habe ich ihn nicht mehr gesehen. Er ist mir allemal sympathischer als Zillinger. Höflicher. Das ist keiner, der einen durchs Telefon anbrüllt. Und woher will ich das wissen? Falle ich da auf eine zielgerichtete Charmeoffensive hinein? Jedenfalls: Das Männchen hat es noch nie mit Charme versucht.

– Mira?

– Sorry, Fran. Weil es mir gerade einfällt: Hast du die Mobilbox abgehört? Das Ding, das man früher Anrufbeantworter genannt hat?

Fran starrt mich an. – Ich habe umgeleitet. Schon am Vormittag. Weil ich in einer wichtigen Besprechung war. Das kommt zu meinen Mails. Aber da sehe ich im Betreff nicht, von wem der Anruf stammt.

Ich lächle, als Fran an seinem Smartphone herumfingert. – Sie hat angerufen. Sogar drei Mal.

– Richte ihr einen schönen Gruß aus.

Information gegen Essen. Wenn das kein fairer Deal ist. Das Wetter ist noch immer außergewöhnlich warm. Wir werden auf der Terrasse sitzen. Ich habe Dinge vorbereitet, für die ich kaum in der Küche sein muss. Das meiste habe ich einfach vom Buono geholt. Der alte Kaufmann hat mir erzählt, dass die Belegschaft von Loco verunsichert ist. Niemand weiß, wie es weitergeht. Carina Neuhaus war da und wollte Einsicht in die Geschäftsgebarung. Dabei habe sie sich bisher für nichts interessiert. Nun werde er wahrscheinlich doch zusperren müssen. Er wisse, dass sein Laden defizitär sei, aber Neuhaus war das egal.

Das, was ich selbst vorbereitet habe, ist Seeteufel in Agrodolce. Eine große grob geschnittene Zwiebel mit etwas Salz, Pfeffer und einem Lorbeerblatt in Weißwein ganz weich kochen und pürieren. Große Fischwürfel hinein und gar ziehen lassen. Danach Olivenöl drüber. Sollte eigentlich für einen oder mehrere Tage in den Kühlschrank kommen und kalt serviert werden. Ist aber auch zimmerwarm sehr gut. Ich habe Lukic nicht angerufen. Zumindest bis jetzt nicht. Wenn er mich wirklich will, wird er sich melden. Es ist das Klügste, abzuwarten. Oskar misstraut ihm. Kann es nicht sein, dass Lukic tatsächlich findet, ich könnte seiner Agentur Renommee bringen? Klar bist du gut, hat Oskar geantwortet, aber … Aber. Überall gibt es ein Aber. Vielleicht warte ich auch nur ab, weil ich mich nicht entscheiden kann. Ich bin gespannt, ob Zuckerbrot von seinen ehemaligen Kollegen mehr über Neuhaus und Simon Wiedner erfahren hat. Soll ich mit Droch über das Angebot reden? Immerhin. Er war einer der besten politischen Journalisten des Landes und er hat trotzdem fürs „Magazin“ gearbeitet. Das damals allerdings noch angesehener war. Oder halbangesehen. Boulevard mit seriösen Einsprengseln. Hat es eben immer schon gegeben.

Vor uns stehen viele kleine Schüsseln und Teller mit italienischen Vorspeisen. Ich habe wie immer viel zu viel eingekauft. Wir reden über Simon Wiedner und den Haftbefehl gegen ihn.

– Offensichtliche Zusammenhänge zwischen seinem Verschwinden und dem Tod von Neuhaus scheint es keine zu geben. Wenn man einmal davon ausgeht, dass der zeitliche Faktor nicht verdächtig genug ist, erzählt Zuckerbrot.

Droch nickt. – Aber die Verdächtigungen im Netz. Der öffentliche Druck. Seine Vergangenheit. Man war lieber vorsichtig. Es geht ja gegen einen vorbestraften linken Chaoten, da muss man nicht so zimperlich sein.

Ich sehe Droch an. – Zuckerbrot wird in der Pension ein Draufgänger und du ein Linker? Mit Sympathie für jemanden vom Schwarzen Block?

– Vergiss es, Mira. Nur mit immer weniger Sympathie für unsere Justiz und die Clowns, die in der Regierung sitzen.

– Das heißt, jetzt gibt es Ermittlungen. Und man geht davon aus, dass Neuhaus doch nicht Selbstmord begangen hat.

Zuckerbrot schüttelt den Kopf. – Eigentlich nicht. Man will nur den Eindruck vermeiden, nicht alle Eventualitäten in Betracht zu ziehen. Klar ist, dass die Türen seiner Villa versperrt waren. Und dass es in der Küche bloß seine Fingerabdrücke gibt.

– Ich kann mich erinnern. Er hat sie mir gezeigt. Es war sein Lieblingsraum. Viel mehr als bloß eine Küche. Sie geht auf die Terrasse hinaus. Und in der Mitte steht ein wunderschöner Holztisch. Ist er dort gestorben?

– Ja.

Ich schlucke. Eigentlich will ich das gar nicht so genau wissen. – Weiß man schon, wer erbt?

– Seine Witwe. Es ist bisher kein Testament aufgetaucht.

– Und wenn sie es verschwinden lassen hat?

– Neuhaus hatte einen Notar seines Vertrauens. Und einen Anwalt seines Vertrauens. Er hätte ihnen ein allfälliges Testament gegeben.

– Und wenn er vorhatte, das zu tun?

Droch sieht mich spöttisch an. – Irgendwie werde ich den Verdacht nicht los, dass du deine Lieblingstäterin schon gefunden hast.

– Aber das könnte doch sein. Sie erfährt, dass er sie enterben möchte, und muss handeln.

Zuckerbrot schüttelt den Kopf. – Da ist Simon Wiedner doch plausibler. Er hatte früher Kontakte in die Drogenszene. Und es weiß jeder, dass es relativ einfach ist, über das Darknet zu Drogen zu kommen. Dort kennt er sich aus. Also ordert er Drogen, kocht gemeinsam mit Neuhaus, sieht zu, dass er eine tödliche Dosis abbekommt, beseitigt alle Fingerabdrücke und verschwindet mit einem rechtzeitig nachgemachten Schlüssel nach draußen. Und danach ganz von der Bildfläche.

– Und warum sollte er das tun?, frage ich.

Der pensionierte Polizeibeamte nimmt ein Stück Burrata, kostet und nickt anerkennend. – Vielleicht hat Neuhaus etwas aus seiner Vergangenheit erfahren, das gar nicht harmlos war? Oder es hängt mit Wiedners Freizeitaktivitäten im Netz zusammen? Oder Wiedner wollte Neuhaus erpressen, weil er zu viel über die verquere Aktion wusste, Flüchtlinge ins Land zu holen. Wozu auch immer.

– Haben deine Kollegen Hinweise, dass an einer dieser Thesen etwas dran sein könnte?

– Ehemalige Kollegen. Ich weiß es nicht. Wenn es so ist, dann haben sie mir nichts davon erzählt. Aber das sind die Dinge, denen ich nachgegangen wäre. Was sie ganz sicher getan haben: Sie haben beim Notar und beim Anwalt gefragt, ob Neuhaus einen Termin vereinbart hat.

– Vielleicht hat er es eben gerade noch nicht gemacht.

– Carina Neuhaus hat ein bombenfestes Alibi. Sie war das lange Wochenende über auf Ibiza. Gemeinsam mit Freunden.

– Passt nicht ganz zu ihrem Öko-Getue, oder? Fliegen ist böse. Mit wem war sie dort?

– Mit einer Clique, die sich schon seit langem kennt. Dein Chefredakteur war übrigens auch dabei.

Ich sehe Zuckerbrot überrascht an. – Zillinger? Deswegen wollte er nicht, dass ich über sie recherchiere. „Keinen Zickenkrieg" hat er das genannt, der Kotzbrocken. Jetzt ist klar, warum. Sie ist mit ihm befreundet, wenn nicht sogar mehr ...

– Dafür gibt es keine Anzeichen. Sie scheint keinen Liebhaber zu haben.

– Vielleicht haben sie nicht genau nachgesehen. Oder: Vielleicht deckt er Carina Neuhaus und sie war gar nicht auf Ibiza. Oder nicht die ganze Zeit über.

Droch lacht. – Wunschdenken, liebe Mira, verständlich, aber absurd. Es sei denn, ihre ganze Clique wäre in den Fall involviert.

– Wie lange hat sie eigentlich schon getrennt gelebt von Neuhaus? Ist es nicht eigenartig, dass es keine Fingerabdrücke von ihr gibt?

– Eine ordentliche Haushälterin, antwortet Zuckerbrot.

– Und was hat Carina Neuhaus zum Zeitpunkt seines Todes gemacht?

– Sie war in einer angesagten Bar in Ibiza. Jede Menge Zeugen.

– Carina Neuhaus hatte sicher noch einen Schlüssel.

– Wahrscheinlich, aber sie war nicht da.

– Und in den anderen Räumen waren auch keine Fingerabdrücke?

– Da waren schon welche, Frau Detektivin. Ältere, nicht alle zuzuordnen.

– Auch von seiner Frau?

– Ja.

– Warum dann keine in der Küche? Vielleicht ist manchmal wichtiger, was man nicht findet, als was man findet.

– Vielleicht hat sie nicht gerne gekocht?

Ich sehe Zuckerbrot wütend an. Da ist er wieder, der alte sture Beamtenton. Nur nicht weiterdenken. Nur nicht kreativ werden.

– Er ist bloß Realist, nimmt Droch seinen Freund in Schutz.

Auch nachdem Oskar gekommen ist, drehen sich unsere Vermutungen weiter im Kreis. Nach der dritten Flasche Wein versteigen wir uns in absurde Theorien, die keiner mehr ernst nimmt. Zillinger ist eigentlich ein Drogenbaron und Simon Wiedner hat das gewusst und es Neuhaus erzählt, der dann allen eine Falle stellen wollte und Somalis ins Land geholt hat, die Drogendealer spielen sollten, um Zillinger auffliegen zu lassen, aber der hat ein Verhältnis mit Carina Neuhaus und hat so von der Sache Wind bekommen und gemeinsam haben sie …

– Aufhören!, ruft Oskar.

– Könnten Sie bitte sofort mit dem Lärm aufhören?

Droch und Zuckerbrot sehen sich irritiert um. Ich weiß, wer das ist. Oskar weiß es auch. Unsere Nachbarn. Dabei hatten wir uns so gefreut, als jüngere Leute eingezogen sind. Die schneidende Stimme des Mannes kommt aus dem Fenster neben der Terrasse. Es ist das einzige Fenster, das in diese Richtung geht. Es ist das Fenster der Toilette.

– Haben wir Sie beim Sch…

Oskar hält mir die Hand vor den Mund. – Das bringt nichts, flüstert er.

– Wir rufen die Polizei. Sollen wir wieder die Polizei rufen?

Zuckerbrot hält den Finger an die Lippen. Er steht auf und geht an den Rand der Dachterrasse, sieht zum Fenster hinüber. – Schon da. Gruppeninspektor Zuckerbrot. Soll ich meine Kollegen verständigen? Ich hoffe, Sie haben nicht unzulässigerweise gelauscht und so die Privatsphäre meiner Kontaktleute verletzt?

Paragraf 47, Absatz 11, wenn Ihnen das etwas sagt? Soll ich anrufen?

– Und woher weiß ich …

Das klingt schon viel weniger aggressiv.

– Das können Sie mit meinen Kollegen klären.

– Na gut, ich schätze die Arbeit der Polizei. Danke. Muss nicht sein. In diesem Fall.

Zuckerbrot deutet uns, ja ruhig zu sein. Wir gehen dann trotzdem nach drinnen, es ist ohnehin kühl geworden.

– Paragraf 47, Absatz 11?, frage ich.

Die drei lachen. Ich habe in grauer Vorzeit Jus studiert, was soll das für ein Paragraf sein, und aus welchem …

– 4711. Die Schlacht bei Eau de Cologne, sagt Oskar.

Nach zwei Augenblicken ist auch bei mir der Groschen gefallen. – Ein Scherz für alte Leute, sage ich dann. – Fragt Fran oder Jana, ob sie wissen, dass 4711 ein legendäres Eau de Cologne war. Wann eigentlich?

– Es war DAS Eau de Cologne, und zwar seit deutlich vor deiner Zeit. Ich glaube, es ist im 18. Jahrhundert erfunden worden. In Köln. Echt Kölnisch Wasser.

– Was du alles weißt! Ich sehe meinen Mann bewundernd an. Er ist seltsam verschwommen. Und doppelt. Zwei Oskars wären mir dann aber doch einer zu viel.

– Müll im Hirn, sagt er und lächelt.

– Der allerbeste Fahnder bin trotzdem ich, sagt Droch, nachdem wir beschlossen haben, die Flasche Cabernet jedenfalls noch auszutrinken.

– Ich habe herausgefunden, dass Zuckerbrot gar keine Erbschaftssache in Florenz hat.

– Hatte ich doch.

– Aber vor zwei Jahren. Sag es ihr ruhig. Du wolltest mit, dir ist langweilig.

– Mir ist nicht langweilig. Ich habe mir Sorgen gemacht.

– Er hat die fixe Idee, dass an der Sache mehr dran ist.

– Na ja, sagt Zuckerbrot. – Aber was?

Wir werden es heute nicht mehr klären. Die beiden alten Freunde haben ein Taxi genommen. Ich sitze mit Oskar auf der Couch und trinke zur Abwechslung Wasser, als es an der Tür läutet.

– Da hat einer was vergessen, sage ich und lächle Oskar an.

– Sie sind vor zwanzig Minuten weg, erwidert er.

– Vielleicht sind sie schon ein wenig langsam.

Ich gehe zur Tür und öffne. Vesna.

– Ich kann nicht telefonieren. Ich habe gesehen, dass mir niemand folgt.

Ich sehe meine Freundin alarmiert an. – Was ist los?

– Fran ist verschwunden.

– Er war gestern Abend noch da. Auf dem Fest.

– Ja, aber jetzt ist er weg. Du hast mit Halbschwester geredet. Der Dummkopf war glücklich, dass sie sich wieder bei ihm gemeldet hat. Warum wohl? Sie steckt dahinter. Sie hat ihn auf dem Gewissen. Sie hat dich ausgehorcht, oder?

– Wir haben geredet.

– Was bist du dämlich!

– Was ist los?, ruft Oskar.

– Fran ist verschwunden. Es ist nicht typisch, dass er nicht Bescheid sagt. Kein Mitarbeiter hat eine Ahnung, wo er steckt. Er ist zu dieser Barbara. Der Narr.

– Und ich bin dämlich, ergänze ich trocken.

– Ihr seht nicht, was los ist!, ruft Vesna.

– Und was ist los?, will ich wissen.

– Ich werde sie beschatten. Rund um die Uhr. Sie muss mit dem anderen zusammenhängen. Simon Wiedner, der Hacker. Ich habe ein Team, das kann so etwas.

– Fran hat dir oft genug geholfen. Der ist nicht naiv.

– Und ob! Er ist verliebt!

– Ich bin nicht verliebt, aber dämlich?

– Du musst jetzt nicht Worte klauben.

– Hast du versucht, sie zu erreichen?

– Und aufscheuchen? Sicher nicht.

– Was glaubst du, was sie mit Fran macht? Ihn im Keller gefangen halten?

– Was weiß ich. Dieser Simon ist auch verschwunden. Vorher.

– Ich dachte, der ist ihr Freund.

– Vielleicht ist es auch anders.

– Und sie lässt einen nach dem anderen verschwinden.

– Besonders logisch klingt das nicht, sagt Oskar.

– Ihr habt zu viel getrunken für Logik.

Ich nehme Vesna am Arm und bringe sie dazu, sich zum Tisch zu setzen.

– Es wäre besser, du redest mit ihr. Es kann doch sein, dass sie einfach ausgiebig Versöhnung feiern. Und nicht wollen, dass irgendjemand stört.

– Und da geht er nicht in die Firma? Sagt nicht irgendwem Bescheid? Das passt nicht. Er ist sehr verlässlich. Das war er schon als kleiner Junge.

– Ich rufe Barbara an. Wahrscheinlich ist er bei ihr.

– Du kannst das nicht.

– Ja, weil nur du alles kannst!

Langsam werde ich wütend. Gerade habe ich alles etwas lockerer gesehen, wir haben gelacht. Und dann kommt sie und … Ich sehe, dass Vesna den Kopf schüttelt. Sie versucht, nicht in Tränen auszubrechen. Ich gehe zum Sessel und umarme sie. – Ich rede mit Barbara. Sie vermutet bei mir nichts Böses. Ich bin naiv, hast du selbst gesagt.

– Das stimmt.

– Oh, danke. Es kann auch eine ganz einfache …

– Aber nicht jetzt. Das macht misstrauisch. Es ist nach Mitternacht. Morgen früh, ja? Und du sagst sofort, was war. Ich muss los.

– Was hast du vor?

– Schlafen, was sonst?

– Vesna, es ist sinnlos, Barbaras Wohnung zu beschatten.

– Ich sage ohnehin: Ich gehe schlafen.

Meine Freundin gibt Oskar einen raschen Kuss, eilt wie verfolgt ins Vorzimmer. Vor der Eingangstür dreht sie sich um. – Danke.

Oskar hat uns beiden einen Fingerbreit Whiskey eingeschenkt. – Auch schon egal, sagt er.

Ich gehe zum Laptop. Vui. Es ist ihm wieder einmal gelungen. Als Vesna gekommen ist, hat er sich in den Zeitungskorb verzogen. Sein Platz für die Fälle, in denen ihm das Leben zu hektisch wird. Oder ist er die Reinkarnation eines großen Journalisten? Daheim zwischen Zeitungen und Schreibgerät? Dann hat er sich an die modernen Techniken noch nicht gewöhnt. Was da steht, ergibt zumindest für Reporterinnen wie mich keinen Sinn.

lellllllllllllllllllllllllllllllaaaaxxxxxxxxxxxxxxxxxxxxxxxxxxxggg

Ich sehe nach, ob Fran eine Nachricht geschickt hat. Aber keine Spur von ihm. Auch keine Meldung, dass der erfolgreiche IT-Unternehmer einen Unfall hatte, niedergeschossen … Mira. Was denkst du. Wie denkst du. Fran. Ihm kann nichts passiert sein. Ich sollte Barbara anrufen, jetzt sofort. Ich habe Vesna versprochen, es nicht zu tun. Was, wenn sie recht hat? Ist schon vorgekommen. Es wäre besser, mehr über die Familienverhältnisse von Neuhaus zu wissen. Lella Giampiero. Die erste Frau von Neuhaus. Ich habe ihr geschrieben. Ich warte noch immer auf Antwort. Oder gibt es sie gar nicht?

[12.]

Ich habe mich an mein Versprechen gehalten. Ich habe Barbara erst am nächsten Morgen angerufen. Zehn nach sieben. Eine ungewöhnliche Zeit für mich. Ungewöhnlich auch, dass ich schlecht geschlafen und noch schlechter geträumt habe. Ich weiß nicht mehr, was. Ein Tunnelsystem war dabei, ein Eingang, kein Ausgang, dafür tausend Sackgassen. Ich brauche keine Traumdeuterin, keinen Psychotherapeuten, um mir zu erklären, was das bedeutet. Ich habe genau so geträumt, wie ich mich fühle. Und ich will keine Einzelheiten. Barbara geht nicht ans Telefon. Sie reagiert auf keine Nachrichten. Und Vesna ist auch nicht zu erreichen. Ich vermute, wo sie steckt. In der Nähe von Barbaras Wohnung. Keine Ahnung, wo sie wohnt. Ihren Bruder kann ich nicht mehr fragen. Fran auch nicht. Momentan.

Als mein Mobiltelefon läutet, zucke ich zusammen. Es ist die Nenntante, die mit dem Sexualmörder. Die anonymen Drohungen gehen weiter. Jetzt nicht mehr nur im Internet. Sie hat einen Brief bekommen. WER EINEN MÖRDER SCHÜTZT, IST SELBST EIN MÖRDER. Nicht besonders intelligent. Aber meine Gesprächspartnerin ist entsetzt. Wer macht so etwas? Warum? Noch schlimmer: Die Polizei hat den Brief genommen und sie um ihre Fingerabdrücke gebeten. Eine junge Polizistin hat gemeint, sie könnte den Brief ja auch selbst geschrieben haben. Ich versuche die Frau so gut wie möglich zu beruhigen. Ich erzähle ihr, dass ich in der nächsten Ausgabe des „Magazin" über den Fall berichten werde. Und dass ich finde, der Prozess ist, gelinde gesagt, schlampig abgewickelt worden.

– Gibt es jemanden, dem es nützt, dass Stefan Unger verurteilt wurde?

– Dem wahren Mörder.

– Und abgesehen davon?

– Er ist immer ein lieber und ruhiger Mensch gewesen.

Ich seufze. Sie kennt den Verurteilten als Sohn ihrer verstorbenen Freundin. Sie mag ihn. Aus den Prozessunterlagen ergibt sich eher das Bild eines egozentrischen Wichtigtuers, eines Menschen, der gut dastehen will und doch nicht viele Freunde hat. Vielleicht liegt die Wahrheit irgendwo dazwischen.

– Er war Immobilienmakler. Da können sich leicht Konflikte ergeben.

– Es haben ihn auch da …

Drei helle Klopftöne. Jemand versucht mich anzurufen. Barbara. – Ich melde mich etwas später, ein wichtiges Gespräch.

– Ich hoffe …

Zwanzig Minuten später stehe ich im Hof eines alten Handwerkshauses. Barbara hat beinahe panisch reagiert, als ich sie nach Fran gefragt habe. Verschwunden? Er sei gestern früh von ihr weg. Er wollte in die Firma. Er wollte sich melden. Warum war er nicht in der Firma? Was ist auf dem Weg dorthin geschehen? Sie gebe es zu, sie habe schon gezweifelt … habe Angst gehabt, dass er sie doch nicht … wenn sich einer einfach nicht mehr melde … Sie konnte nicht schlafen … Alle paar Minuten habe sie aufs Telefon gesehen, irgendwann gegen Morgen habe sie dann alles abgeschaltet und wohl doch geschlafen. Es hat echt geklungen. Sehr echt. Ich kann mich an eine Zeit erinnern, zu der es ganz normal war, dass man nicht jeden rund um die Uhr erreichen konnte. Es gab nicht mehr Unsicherheit, sondern weniger Hysterie. Zumindest hab ich momentan diesen Eindruck. Ich suche nach der Eingangstür zum Hinterhaus. Wo ist Vesna? Was, wenn Barbara eine gute Schauspielerin ist? Musikerin und

Schauspielerin, wie weit liegt das auseinander? Ich kann es nicht ändern, mein Herz schlägt unangenehm heftig, ich habe Schweißtropfen auf der Stirn. So viel zur hirnrissigen Idee, ich könnte schwanger sein. Im Gegenteil sozusagen. Ich bin in den Wechseljahren. Und ich habe Angst. Die grüne Tür. Was ist dahinter? Barbara spielt Kontrabass. Sie hat eine schallgeschützte Wohnung. Hat mir Fran erzählt. Vesna. Sie wird hier irgendwo sein. Es ist logisch, dass ich sie nicht sehe. Sie ist gut. Sie hockt da irgendwo und macht sich über mein Zögern lustig. Die grüne Tür wird aufgerissen. Ich hole hektisch Luft. Barbara. Sie zieht mich nach drinnen.

– Was ist mit ihm? Weißt du schon was?

– Nein.

– Die haben ihn.

– Wer die?

– Keine Ahnung, die, die auch Carlo umgebracht haben.

– Die Meute aus dem Netz?

– Nein, jemand ganz realer.

– Wer?

– Das weiß ich doch nicht! Jemand, der Carlo vernichten wollte. Der die ganze Hetze inszeniert hat. Und die Sache mit den Somalis.

– Wer wollte deinem Bruder Böses?

– Er ist angeeckt. Mit seinen sozialen Gedanken. Und es hat Neider gegeben. Er hat es weit gebracht. Und er ist trotzdem ein guter Mensch geblieben.

– Deswegen gibt's vielleicht einen Shitstorm, aber keinen Mord.

– Was kann man tun, um Fran zu finden? Irgendwie bin ich mit schuld …

– Wie meinst du das?

– Dadurch, dass es mich gibt. Ich bin die Verbindung.

– Du weißt etwas.

– Nein! Barbara schreit es. – Hast du gesehen, dass sie Carlo noch immer nicht in Ruhe lassen? Ich wollte es Fran zeigen. Das ist es. Die Verbindung. Fran wollte herausfinden, wer hinter der Hetze gegen Carlo steckt. Und jetzt ist er selbst verschwunden. Wie Simon, der das auch wollte. Alles klar?

– Sie lassen Carlo nicht in Ruhe?

– Der Fahrer des Lkw von Loco, er soll ein radikalisierter Moslem sein. Und es sei ja bekannt, dass die Islamisten sich auch über Drogengeschäfte finanzieren. Und Carlo hat sich für One-Earth eingesetzt. Und die sollen mit Drogen und mit Flüchtlingen handeln und Radikale ausbilden.

– Das ist doch alles Unsinn.

– Es wird geteilt und geliked und jedenfalls hat es jemand geschrieben. Auch, dass Carlo über das christliche Abendland gespottet hat.

– Es gibt viele Verrückte im Netz, aber das ist etwas anderes als Mord. Oder Entführung. Außerdem sagt Fran, dass da nicht nur Menschen, sondern inzwischen auch Bots dabei sein können. Social Bots, die liken und teilen, was man ihnen beigebracht und angeschafft hat.

– Mir hat er so etwas nie erzählt.

– Vielleicht war ihm da anderes wichtiger?

Barbara versucht ein halbes Lächeln. – Kann sein. Jetzt wo ich weiß, dass es nicht einfach so ist, dass er kein Interesse … Aber eins ist klar: Auch solche Bots muss jemand programmieren. Du glaubst doch inzwischen selbst, dass Carlo ermordet wurde.

– Ich weiß es nicht.

Barbara zieht mich zu einem großen hellen Tisch. Mit Stapeln von Notenpapier, Partituren, Büchern, zwei Kaffeetassen, einer Menge Büroutensilien, einem Teller mit einem Apfel und einem Laptop. Bis auf den Tisch mit seiner chaotischen Auflage ist der große lichtdurchflutete Raum so gut wie leer. Holzboden, ein kleiner Teppich in Orange- und Rottönen, in der Ecke ein Kontrabass und ein Stuhl.

– Da!

Ich beuge mich über den Laptop und lese:

Neuhaus war der Boss der Bosse. Passt alles. Drogen, Schlepper, Radikale. Noch Fragen, wer hinter OneEarth steht? Höchste Zeit, dass die Umvolker verschwinden. Er hat das Abendland verspottet! Der Beweis? Fakten! Einen Kommentar, den er für seine linken Lieblinge vom „Schmetterling" geschrieben hat: „Ich kann das schon nicht mehr hören mit dem christlichen Abendland und seinen heiligen Werten. Woher haben wir unsere Ziffern? Aus dem arabischen Raum. Woher haben wir das Porzellan? Aus China. Wo ist Jesus geboren? In Syrien. Wer hat jahrhundertelang Andersgläubige verfolgt und ermordet? Wo gibt es bis heute Burschenschafter, die gegen Juden und Moslems hetzen, wer hat nicht einmal ein Menschenleben zurück Millionen Juden, Roma, Sinti, Homosexuelle ermordet? Wir sollten weniger überheblich sein." Wer den betrauert, ist unser Feind und gehört bekämpft. Sonst gehen wir alle unter.

Ich begleite Barbara zur Hauptprobe für eine Symphonie, die EUER OPA heißt und aus den Sätzen IM NETZ, RETTET ENGEL VOR DEM TRINKEN und WIND UND WAHRHEIT besteht. Klingt interessant. Auch wenn ich von zeitgenössischer Musik nicht viel verstehe. Oskar hat eine Zeit lang versucht, mich für klassische Konzerte zu begeistern. Ich bin dabei angenehm weggedriftet. Und dann sind mir die Augen zugefallen. Besonders bei Bach. Neue Musik ist besser. Da braucht man mehr Aufmerksamkeit. Und mehr Fantasie. Trotzdem waren wir schon peinlich lange in keinem Konzert. In der Tür zum Probenraum hat Barbara versprochen, mich über alles auf dem Laufenden zu halten, was auch nur irgendwie mit Fran zu tun haben könnte. Und sie hat versprochen, nicht allein unterwegs zu sein. Ich will mit Zuckerbrot reden. Er soll entscheiden, ob wir uns an die Polizei wenden. Und wann. Und an wen.

Oder ist das eine Überreaktion? Da eine ohnehin überbesorgte Mutter, dort eine frisch verliebte Freundin. Dazwischen ich mit einem Wust an Fakten, Vermutungen und unklaren Zusammenhängen. Ich nehme die Stufen zur U-Bahnstation. Jemand greift mir von hinten auf die Schulter. Ich zucke zusammen. Will schreien. Bringe keinen Ton heraus. Wie im Traum. Eine Frau mit Kopftuch, langem weitem Mantel und Sonnenbrille. Wie war das? OneEarth. Kommandozentrale radikalisierter Moslems.

– Ich bin es.

Ich starre ihr ins Gesicht. Vesna.

– Man fallt nicht auf, wenn man auffallt. Alte Weisheit. Du hast mich bis jetzt nicht gesehen.

– Du warst nicht zu sehen.

– Ich war auf der Straße, als du zu Barbara bist. Dann war ich hinter Nebeneingang.

Sie akzeptiert, dass wir Zuckerbrot einbeziehen. Aber sie will Barbara weiter überwachen. Sicherheitshalber. Vielleicht ja auch zu ihrer Sicherheit. Einer ihrer Leute werde in ihrer Nähe bleiben.

– Wie viele solche Mitarbeiter hast du inzwischen?

– Das hängt davon ab, wie man zählt.

– Dein legales Reinigungsunternehmen meine ich nicht.

– Aber sind alle bei mir legal beschäftigt. Gibt auch Putzmänner. Und Reinigungsexperten. Und ich habe Yasmin, die war zuerst Putzfrau und jetzt ist sie eine der Besten beim Personenschutz. Ihr Bruder Achmet hat eine Karateschule. Er hilft manchmal auch.

– Und wenn das einmal auffliegt?

– Alles korrekt. Alles angemeldet, auch tageweise. Was kann ich machen, wenn Fensterputzer etwas sieht? Oder jemand beschützt?

– Fake-Fensterputzer. Früher hattest du bloß deine zwei bosnischen Kleiderschränke. Slobo und Bruno.

– Die sind noch immer da. Bei denen reicht allein Anwesenheit und viele machen keinen Blödsinn.

– Fran und Jana. Sie haben dir auch geholfen.

– Früher. Hin und wieder.

– Fran ist nicht bloß Computerexperte. Er hat viel von dir gelernt.

– Ja. Und sogar Nahkampftechnik. Aber das hilft nicht. Wenn sie mehrere sind. Und man überrascht wird. Außerdem. Er hat schon lange nicht geübt. Jetzt kämpft er mehr in virtueller Welt. Gegen Eindringlinge und Kriminelle. So anders ist das auch nicht. Wir haben erst vor kurzem darüber geredet. Fran ... Wo ist er, verdammt noch einmal?

Vesna hat darauf bestanden, mich nach Hause zu bringen. Wenn wir uns ständig gegenseitig begleiten, haben wir bald keine Zeit mehr, etwas anderes zu tun, maule ich. Nein, ich werde keinem Fremden die Tür öffnen. Ja, ich werde zuerst aus dem Fenster sehen, bevor ich jemanden ins Haus lasse.

– Man ist so hilflos, sagt Vesna, als sie sich von mir verabschiedet. Sie ist so blass, wie ich sie noch nie gesehen habe.

Ich schüttle bloß den Kopf. Vesna und hilflos. Das passt einfach nicht.

– Wir finden ihn. Bald.

Ich sitze vor dem Laptop und starre auf eine E-Mail von Lukic. Er will mit mir *in entspannter Umgebung* zu Abend essen. Um einander besser kennenzulernen und detaillierter über sein Angebot zu reden. Und was ist das jetzt? Ein Flirtversuch? Die Idee, dass ich seinem unwiderstehlichen Charme erliegen könnte und begeistert zu ToPost überlaufe? Wobei eines wahr ist: Lukic wäre mir um Welten lieber als Zillinger. Als Mann sozusagen. Rein theoretisch. Rein praktisch sind beide zehn Jahre jünger als ich. Und haben wohl ein etwas anderes Beuteschema. Zum Glück. Kein Bedarf. Abendessen in entspannter Umgebung. Ganz harmlos. Um zu reden und einander besser kennenzulernen. Wie gut? Er wird dir schon nicht zu nahe treten, Alte. Ich bemühe mich um ein süffisantes Lächeln. Aber an Vui ist so etwas verschwendet. Und sonst ist keiner da.

Skypeanruf.

Mit wem sollte ich skypen? Mit der Leiterin des Unterstützungskomitees. Zumindest wollte es das Männchen. Multimedial. Sie hat keine Skypeadresse von mir. Auch wenn mich interessieren würde, wie sie aussieht.

Es ist Lella Giampiero. Ich habe ihr ans Uni-Institut in Rom eine Mail geschickt. Mit allen meinen Kontaktdaten. Das war, bevor Fran verschwunden ist. Wie sicher ist Skype?

Lella Giampieros Deutsch ist ausgezeichnet für eine Nicht-Muttersprachlerin. Und es hat diesen so sympathischen italienischen Akzent. Ob es klug sei, via Skype zu reden, frage ich sie nach den Begrüßungsformalitäten. Es gäbe neue Entwicklungen …

– Neue Entwicklungen? Weiß man mehr über Tod von Carlo? Reden Sie. Was soll passieren.

– Der Sohn einer Freundin ist verschwunden. Er hatte sich in Carlos Halbschwester verliebt.

– Barbara? Wie geht es ihr?

– Sie ist in großer Sorge. Und sie trauert.

– Und sie hat sich verliebt. Das Gesicht auf dem Bildschirm verzieht sich seltsam verzögert. Lella Giampiero scheint zu lächeln.

– Alles auf einmal.

– Viel. Sehr viel. Barbara mir hat gemailt, ich kann Ihnen vertrauen. Sie machen aus unserem Gespräch nicht eine reißende storia für die Zeitung.

Ich nicke langsam und hoffe, dass es über die mickrige Bildleitung zu sehen ist. Barbara findet mich vertrauenswürdig. Trotz der Umstände, unter denen wir uns kennengelernt haben. Und ich war ihr gegenüber so misstrauisch.

– Ich bin sehr traurig über den Tod von Carlo, redet seine Ex-Frau weiter. – Wir haben uns gut verstanden. Er hat es nicht leicht gehabt in der letzten Zeit. Und er hat es gehabt nie leicht mit sich selbst.

– Gab es Anzeichen für einen Selbstmord?

– So habe ich das nicht gemeint. Er hat gezweifelt. An vielem. An seinem Unternehmen. An den politischen Entwicklungen. An allem, was er macht und was nicht.

– An seiner Ehe.

– Da gab es keine Zweifel mehr. Er hatte den Willen, sich zu trennen von ihr. Höchste Zeit. Glauben Sie nicht, dass ich das sage, weil ich ihre Vorgängerin bin.

– Wollte nicht sie ihn verlassen?

Lella Giampiero schüttelt so vehement den Kopf, dass das ganze Bild verschwimmt. – Das wollte sie allen einreden und er hat nicht viel gesagt dagegen. Er hat gesagt, er ist selbst schuld. Wie konnte er bloß so eitel sein und glauben, er ist die große Liebe dieser jungen schönen Frau.

– Klingt jedenfalls nach Lebenskrise.

– Er hat sich nicht umgebracht. Er war bei unserem letzten Gespräch sehr durcheinander, er hat etwas erzählt von einem scandalo, er ist auf der Spur. Der Shitstorm, die schlechte Presse, das alles hat damit zu tun, aber es ist nur die Folge. Sie werden alles ans Licht bringen, hat er gesagt.

– Was für ein Skandal?

– Keine Ahnung. Ich werde es natürlich auch der Polizei erzählen. Bisher mich hat niemand kontaktiert. Ich habe erst von Ihnen und Barbara … So traurig. Carlo. Ich kann es noch nicht glauben.

– Wissen Sie von einem Testament?

– Nein. Wenn keines liegt bei seinem Anwalt, dann hatte er keines. Und ich sage Ihnen, allein das macht es incredibile, dass er hat sich umgebracht. Er war – come si dice? Voraussichtig. Und sehr verantwortungsbewusst. Er hätte ein Testament gemacht und diese Carina auf Minimum gesetzt. Er hätte gesorgt, dass Loco bleibt. Wenn sie es macht, sie treibt sein Unternehmen in den Ruin, hat er gesagt. Er hat von jungen Mitarbeitern gesprochen, mit großes potenziale. Und von Vertrauten in der Firma. Wenn sie ihn medial töten, dann war sein Plan, er gibt das Unternehmen in ihre Hände. Ein Kollektiv. Wir haben darüber gescherzt. Wie in alten Zeiten. Als wir alle gegen die Kapitalisten waren. Und er hatte nicht den Willen, sie bekommt das Haus.

– Selbstmord ist wohl meist eine Kurzschlusshandlung.

– Er ist einer, der ordnet.

– Und wenn es ein Testament gegeben hat und Carina Neuhaus hat es vernichtet? Sieht so aus, als würde sie jetzt doch alles erben.

– Mord? Das traue ich ihr nicht zu. Ich kenne sie aber nicht personalmente.

– Warum nicht?

– Carlo wollte das nicht. Oder meinen Sie, warum ich ihr das nicht zutraue? Sie hat … wie soll man sagen … wohl lieber andere arbeiten lassen.

– Auftragsmord.

– No, daran habe ich nicht gedacht. Dafür braucht man Beziehungen. Ich glaube nicht, sie hat solche mit ihren Freunden in Society. Aber vielleicht bin ich ungerecht. Ich kenne nur die Version von Carlo. Er war kein Heiliger.

– Apropos. Was halten Sie von dieser Sache mit der Schlepperei …

– Lächerlich! Die wollen ihm etwas antun. Wie heißt es? Anhängen.

– Wer sind „die"?

– Glauben Sie mir, ich denke nach, seit ich von seinem Tod weiß. Wer sind sie und warum tun sie das.

– Man hat den drei Somalis Geld gegeben, damit sie in den Loco-Lkw steigen. Und man hat ihnen mehr versprochen, wenn sie alles richtig machen. Wenn sie auffliegen, sollten sie sagen, dass sie fünftausend Euro gezahlt haben.

– Sage ich ja, die wollen ihn kaputtmachen, mit allen Mitteln.

– Hatte er Feinde? Hat er über Konkurrenten, Gegner geredet?

– Nein. Nicht in diesem Sinn. Das am meisten Mörderische war der Online-Handel. Konkurrenz. Er hatte den Willen, das Unternehmen neu zu denken. Kleine Laden, plus Lieferservice plus Online. Das sollte dieser Mitarbeiter für ihn machen.

– Simon Wiedner. Er ist verschwunden. Am selben Tag, an dem Carlo gestorben ist.

Lella Giampieros Gesicht kommt dem Bildschirm ganz nah. Als ob sie mich so besser sehen könnte. Rundliches helles Gesicht ohne Make-up und schwarze kurze Locken mit grauen Strähnen.

– Und jetzt ist auch noch der Sohn meiner Freundin verschwunden. Er war Simons Freund. Computerspezialisten unter sich. Und er war der neue Freund von Barbara.

– Moment. Noch einmal bitte. Ich habe nicht verstanden.

Ich seufze. – Es liegt nicht an Ihrem Deutsch. Es ist verwirrend. Und beunruhigend.

– Was sagt die Polizei?

– Gegen Simon Wiedner gibt es einen internationalen Haftbefehl. Er hat kein lupenreines Vorleben. Er wird verdächtigt, mit dem Tod von Carlo zu tun zu haben.

– Carlo hat ihn sehr geschätzt. Mehr als das. Er hat ihn gerne gehabt. Er hat erzählt, der Junge hatte eine schwere Jugend, aber das ist vergangen. Und der Freund von Simon, der Freund von Barbara ist und Ihr …

– Der Sohn meiner Freundin. Er ist erst seit gestern verschwunden. Die Polizei weiß davon nichts.

– Warum?

– Sie haben gegen Simon Wiedner erst einen Haftbefehl ausgestellt, als die Meute im Netz hinter ihm her war. Und ich bin an einem anderen Fall dran, in dem es unglaubliche Schlampereien … Aber das ist eine andere Geschichte. Man kann der Polizei nicht blind vertrauen. Und der Justiz auch nicht.

– Man kann ihr nicht blind vertrauen, bloß weil Justitia die Augen zugebunden sind.

Ich höre die Ex-Frau von Neuhaus lachen. – Ein beliebter Spruch bei uns. Sie wissen, warum ihr die Augen zugebunden sind? Weil sie ohne Ansehen der Person richten sollte. Ich sage nur Berlusconi und wie oft er ist davongekommen. Ohne Ansehen der Person. Ma sicuro!

– Wir haben einen Freund bei der Polizei, er war Gruppenleiter Leib und Leben. Das, was man in Fernsehfilmen Kriminalhauptkommissar oder so ähnlich nennt.

– War?

– Er ist in Rente. Aber er hat Kontakte. Und auf ihn ist Verlass. Er hatte übrigens eine Tante in Florenz.

– Ja was kann dann passieren …

Sieht so aus, als ob Lella Giampiero Humor hätte. Solchen Leuten vertraue ich leichter als anderen.

– Er wird klären, mit wem wir reden sollen.

– Und Sie machen eine storia über das alles?

– Ja. Allerdings ist vieles noch nicht veröffentlicht. Wichtiger ist, dass wir herausfinden, wo Simon Wiedner und Fran sind. Und natürlich, was hinter dem Tod Ihres Ex-Mannes steckt.

– Sie sagen mir, bevor Sie über mich schreiben.

– Natürlich. Die Sache mit dem Skandal, von dem er gesprochen hat. Haben Sie keine Ahnung, was er damit gemeint haben könnte?

– Nein. Wirklich nicht. Er hat sich über vieles aufregt, das falsch lauft. Gegen Demokratie. Gegen diritti umani … wie heißt es auf Deutsch … Menschenrechte. Aber das hat sich anders angehört. Oder rede ich mir nur ein? Weil ich eine Erklärung möchte. Eine Klärung. Deutsch ist eine interessante Sprache. Als ob es etwas ändern würde.

– Zwei junge Männer sind verschwunden.

– Ja. Natürlich. Ich denke nach und melde mich, wenn ich bekomme eine Idee.

– Warum haben Sie sich damals eigentlich von Carlo Neuhaus getrennt?

Kurze Pause. Ich sehe, wie sich Lella Giampiero die Nase reibt.

– Das ist sehr privat. Das will ich nicht in der Zeitung lesen.

– Es könnte mir helfen, ihn besser einzuschätzen.

– Ich habe mich nicht wohlgefühlt in Österreich. Ich habe immer gehabt den Wunsch, zu forschen und zu lehren. Zu erkunden, wie die einfachen Menschen früher gelebt haben. Welche Träume sie haben. Was sie gehindert hat. Was ihnen wichtig war. Es gibt die, wie sagt man … Geschichte der Herrschaft, über die wissen wir viel. Und sie ist gewesen manipuliert durch Herrschende zu allen Zeiten. Und es gibt die Geschichte der vielen anderen. Gerade auch die Geschichte der Frauen.

– Hätten Sie nicht in Österreich forschen können?

– Sprache ist dafür ganz wichtig. Ich habe Deutsch studiert, aber … es geht um Feinheiten. Die schwer sind zu lernen. Um alte Dialekte. Und dann war da noch etwas: Carlo hat mich als seine compagna, seine Begleiterin in allen Lebenslagen, gesehen, aber Gedanken hat er sich vor allem um sein Unternehmen gemacht. Auch wenn er hat immer gezweifelt, ob es der richtige Weg war. Er war der geborene Unternehmer. Und dann habe ich gefunden die verrückte große Liebe.

– Zu einer Frau.

– Das war … irritierend. Ja. Aber in erster Linie zu einem Menschen.

– Und ist sie geblieben? Die verrückte Liebe?

– Sie hat sich verändert. Alles verändert sich mit der Zeit. Große Gefühle über Jahrzehnte wären auch anstrengend. Und trotzdem ja. Die Liebe ist geblieben. Ich habe Glück. Und Carlo viel mehr Pech, als er hat verdient.

Ich hätte unser Gespräch mitschneiden sollen. Vielleicht hat das Männchen recht und ich bin unprofessionell. Ich hätte den Mitschnitt ja nicht veröffentlichen müssen. Ich hätte nachhören können. Die Sache mit dem Skandal. Hat sie das wirklich so gemeint? Der Shitstorm, die Hetze, vielleicht auch die Inszenierung der Schlepperei seien nur die Folgen eines Skandals, den er aufdecken wollte? Oder habe ich da etwas falsch verstanden? Falsch interpretiert? Er hat sich über vieles aufgeregt, hat sie gesagt. Und dass er ständig gezweifelt hat. Das hat Barbara auch gesagt. Und in gewisser Weise sogar seine Frau. Verlässlich soll er gewesen sein. Aber wer macht ein Testament, bevor er sich umbringt? Ist Selbstmord nicht der letzte Hilferuf, um gerettet zu werden? Ich muss mit Vesna reden. Sie wird Konkretes wollen. Fakten. Keine Gefühle. Ich könnte versuchen, Lella Giampiero noch einmal zu erreichen. Noch einmal skypen. Ist sicherer als mailen. Weiß ich das? Nicht einmal das weiß ich. „Die" sind hinter ihm her. Und er hinter einem Skandal. Was ist das? Viel oder wenig?

Ich starte meinen Browser und tippe *Skype Sicherheit.*

Der kostenlose Chat-Dienst „Skype" galt lange Zeit als abhörsicher, geriet jedoch seit 2010 wegen des Umgangs mit den Nutzerdaten hierzulande öfter in die Kritik. Aus diesem Grund fragen sich viele Nutzer, wie sicher Skype tatsächlich ist. Die Antwort auf diese Frage erhalten Sie in diesem …

Ich klicke und lese weiter. Seit Skype von Microsoft übernommen wurde, gab es einige Veränderungen. Zum Beispiel eine Technologie, die zwar den Datenfluss beschleunigt, aber dafür die Nutzung von Abhör-Software erleichtert. Und es gibt ein Patent zum *Aufzeichnen bestimmter Kommunikationsinhalte.* Staaten haben Skype vorgeworfen, durch die Verschlüsselungen Strafermittlungen zu behindern. Daraufhin boten die Skype-Verantwortlichen ihre Zusammenarbeit an. *Seitdem ist bekannt, dass die österreichische Behörde und Polizei Gespräche auf Skype abhören kann. Aber auch in Deutschland lassen sich Skype-Gespräche wie ein herkömmliches Telefongespräch abhören. So wurden Skype-Abhörprotokolle bereits vor Gericht verwendet.*

Was, wenn ich bereits abgehört werde? Warum sollte das jemand tun? Ich habe mich nicht besonders freundlich über den Minister für Zukunft und Heimatschutz geäußert. Ich habe ein Interview ausgegraben, in dem ihn der ehemalige Justizminister als „Totengräber des Abendlands" bezeichnet hat, weil er die Europäische Menschenrechtskonvention außer Kraft setzen will. Reicht das? Vielleicht ist es klüger, doch nicht zu skypen, wenn es wichtig ist.

Eine neue E-Mail. Vom Computerclub Don't Panic.

Hi, wir wollten Sie an das vereinbarte Interview erinnern. Heute, 19:30, in Ihrer Lieblingsbar. Wir freuen uns, lg CC Don't Panic

Ich habe kein Interview vereinbart. Ich hatte vor, über Internetkriminalität zu schreiben. Vielleicht auch über Cyberkrieg. Ewig ist das her. Fran hat mir die Leute vom Computerclub empfohlen. Ich habe ihren Namen nett gefunden. Don't Panic. Nach dem Motto des intergalaktischen Reiseführers aus „Per

Anhalter durch die Galaxis". Science-Fiction der Siebzigerjahre. Mit Witz. Und vielen wunderbaren Beobachtungen über unser gegenwärtiges Leben. Hat Fran etwas vereinbart und konnte er es mir nicht mehr sagen? Oder ist es ein Lebenszeichen von ihm? Fran weiß, dass das LeMar meine Lieblingsbar ist. Wir haben uns dort schon ein paarmal getroffen. Ich sehe auf die Uhr. Ich habe nur mehr eine halbe Stunde Zeit. Und ich muss Vesna anrufen.

[13.]

Lemar schickt mich in die Lounge im ersten Stock. – Dort seid ihr allein. Deinen Spezialdrink?

Ich nicke und komme mir vor wie in einem Spionagefilm.

Schummriges Licht. Ich muss nahe herangehen, um die beiden deutlich zu sehen. Fran ist nicht dabei. Eine Hoffnung weniger. Eine Frau und ein Mann, beide in seinem Alter. Er schwarz gekleidet, groß und muskulös. Sie blond und zierlich. Ich hätte sie eher als romantisches Paar in einer amerikanischen Komödie besetzt.

– Ich bin Mega, sagt sie. – Und das ist Sepp.

Ein Hacker, der Sepp heißt? Vielleicht soll der Name so etwas wie ein schräger Witz sein. Wenn ihn seine Eltern schon Josef genannt haben, dann hieße er bei seinen Freunden wohl eher Joe. Nicht Sepp. So heißen Schuhplattler. Oder sind das etwa gar keine echten Hacker?

– Mira. Danke, dass ihr mit mir redet.

Ich lasse mich auf dem Sofa nieder.

– Hast du dein Smartphone an?, fragt Mega.

– Ja, natürlich.

– Schalte es aus. Du hättest es ausschalten sollen, bevor du gekommen bist.

– Ich habe das GPS deaktiviert.

– Vergiss es, sagt Muskelmann Sepp. – Es gibt WLAN. Überall. Du musst nicht eingeloggt sein, damit deine GeoDaten abgesaugt und verschickt werden. Dein Telefon kommuniziert mit dem Netz. Und schon wissen sie, wo du bist. Tracking.

Ich sehe ihn irritiert an. Er spricht unglaublich schnell. Irgendwie abgehackt. So als würden Bits und Bytes in seinem Hirn in enormem Tempo übersetzt.

– Und wer sind jetzt „sie“?

– Kann jeder sein, der etwas von dir will. Dich überwachen. Aushorchen. Oder einfach deine Daten sammeln. Weil man dann die Werbung besser auf dich zuschneiden kann. Oder damit die Sozialversicherung weiß, wie du lebst, damit sie ihre Prämien anpassen können. Wir sind schon lang auf dem Weg in den Überwachungsstaat.

Mega nickt. – Scores, die den Wert eines Menschen mithilfe von Algorithmen berechnen. Schon mal etwas davon gehört? In China ist das in der Testphase. In wenigen Jahren soll es einen Scorewert für jeden Menschen geben. Citizen Score. Er misst dein Verhalten und deine Verhältnisse. Finanzkraft, Mediennutzung, Sozialkontakte und Freundschaften. Wenn du auf den falschen Websites bist, bei Rot über die Ampel gehst oder gar Freunde mit niedrigem Score hast, dann sinkt dein Score. Und wenn er zu schlecht ist, dann kriegst du kein Visum und deine Kinder dürfen nicht auf die besten Schulen gehen. All so was.

Sie redet um nichts langsamer.

– Klingt gruselig. Aber in einer Demokratie …

Sepp lächelt mich beinahe mitleidig an. – Es ist möglich, glaube mir. Auch bei uns. Weißt du, wie man es den Chinesen erklärt? Man sagt ihnen, dieser Scorewert ist das beste Mittel gegen Korruption und Kriminalität. Klingelt es? Uns erklären sie alles mit dem Kampf gegen Terrorismus und Radikale. Die meisten Chinesen finden das Scoreprogramm gut. Sie stehen ohnehin auf Rankings und Bewertungen. Noch mal ein Alarmton? Bei uns haben sie für die Volksschulkinder gerade wieder die Noten eingeführt. Auch ein Score. In China sieht man, dass übrigens auch die Leute, die so ein System nicht gut finden, mittun. Wer will schon im gesellschaftlichen Aus landen und für sein Sozialverhalten bestraft werden?

Mega deutet auf mein Smartphone. – Auch bei uns wird immer mehr an Daten gesammelt. Es ist ein Milliardengeschäft. Und nichts wird gelöscht, das kannst du mir glauben. Datenschutzgrundverordnung hin oder her. Und für Staaten gilt sie sowieso nicht.

Ich schalte mein Telefon aus. Ich sollte mich trotz allem darauf konzentrieren, warum ich eigentlich hier bin. – Hat Fran den Termin vereinbart?

– Fran?, fragt Mega.

– Kein Fran, sagt Sepp.

– Wisst ihr, wo er steckt? Wir hatten keinen Termin.

Mega lächelt freundlich. – Doch. Wir sind da, du bist da, oder?

– Ihr wollt nicht über ihn reden, aber es geht ihm gut. Ja? Es reicht, wenn ihr nickt.

– Kein Fran, sagt Mega.

Ich atme tief durch.

– Alles okay?, fragt Lemar. Er kommt mit einem wunderbaren Pink Mira und zwei großen Tassen Kaffee.

Ich nicke. – Mit meinem Spezialdrink immer.

Die beiden lächeln Lemar an. – Schöne Bar.

Vielleicht hat dieses Treffen wirklich nichts mit Fran zu tun. Ich sollte die Gelegenheit nutzen und ihnen einige Fragen stellen. Eine Story über die vielen Facetten des World Wide Web. Samt Spionage, dieser Datensammlerei, Leaks, Kriminalität. Warum nicht?

– Ist es möglich, dass sich die Nordkoreaner einen privaten E-Mail-Account des französischen Präsidenten geschnappt haben?

– Klar, antwortet Sepp. – Wir sind längst mittendrin im Cyberwar, nur wissen es die meisten nicht.

– Sagt dir Estonia Attack etwas?, fragt Mega.

Noch während ich den Kopf schüttle, redet Sepp in seinem irritierenden Tempo weiter. – Einer der ersten großen Angriffe. 2007. Es gab einen Streit über die Verlegung eines russischen

Kriegerdenkmals in Estland. Russische Spezialisten haben faktisch ganz Estland vom Netz genommen. Mit einem Angriff auf die Websites der Regierung, aber auch auf die von Zeitungen, Banken und Unternehmen. Estland ist Vorreiter beim E-Government. Nichts ging mehr. Man hat nachgewiesen, dass die Angriffe von russischen Servern ausgingen, angeblich kamen welche sogar direkt von IP-Adressen der Regierung in Moskau. Aber das glaube ich nicht. So dumm sind die nicht.

– Was sollte das bringen?

– Machtdemonstration. Wenn ihr uns ärgert, legen wir euch lahm. Drohung für die Zukunft. Inzwischen geht das noch viel einfacher. Schon einmal was vom Internet of Things gehört?

– Fran hat mir davon erzählt.

– Fran. Mega lächelt.

– Ihr wisst etwas über ihn?

– Wir reden über IoT. Das Internet der Dinge.

– Okay.

Sepp nickt. – Vieles ist heute internetfähig. Autos und Fernseher und Waschmaschinen, Kameras und Klimaanlagen. Radios und Uhren, Telefone sowieso, und, und. Und noch viel mehr Dinge haben Sensoren eingebaut, um kommunizieren zu können. Ist ja praktisch. Aber nicht nur. Die wenigsten haben Passwörter. Und wenn, dann nur pro forma. Vier Nullen oder so. Man kann diese Dinge ganz leicht kapern und zusammenschließen. Man kann ihnen zum Beispiel auftragen, ununterbrochen einen gewissen Server anzusteuern. Sie sind dann so etwas wie eine Armee. Du kannst mit ihnen Angriffe fahren.

Ich nehme einen großen Schluck Pink Mira. Schmeckt wunderbar real. – Weiß ich von Fran. Ihr tut das?

– Natürlich nicht, widerspricht Mega. – Wir kümmern uns um die Datensicherheit. Wir machen Workshops an Schulen, damit die Kids begreifen, was abgeht. Auch was Social Media betrifft. Wir setzen uns dagegen ein, dass sie staatliche Spionagesoftware erlauben. Es geht um Sicherheit im Netz. Nicht darum, dass Staaten alles ausspionieren dürfen. Wenn die von Sicherheit reden, meinen sie Kontrolle. Über uns. Wir stehen für Netzfreiheit. Und für Information. Und für *privacy.*

– Ihr seid aber schon … Hacker? Hacker sind nicht kriminell, sagt Fran. Ja. Fran. Den ihr nicht kennen wollt.

– Haben wir nie gesagt. Mega streicht ihre blonden Haare zurück.

Was, wenn Fran mit ihr liiert war und dann hat er Barbara kennengelernt und sie hat ihn … Unsinn. In dem Fall hätte sie wohl eher Barbara verschwinden lassen. Wenn sie überhaupt jemanden verschwinden lässt. – Ihr kennt Fran.

– Jeder kennt ihn in der Branche.

– Er ist echt gut, setzt Sepp dazu.

– Und Simon Wiedner?

– Supergut.

– Aber ihr wisst nicht, warum die beiden verschwunden sind. Sie werden ja nicht von der realen in die virtuelle Welt abgetaucht sein, oder?

Für einen Moment fürchte ich mich vor der Antwort. Hier, in dieser schummrigen Bar, entführen mich die beiden freundlichen Hacker ins Netz. Gefangen zwischen Nullen und Einsen.

– Es gibt nur eine Welt, erwidert Mega und holt Luft. Was für ein Sprechtempo. Reden die alle so? Wahrscheinlich fällt das unter Anpassung. So wie bei Dialekten. Sei eine Woche in der Steiermark und du beginnst zu bellen. Fragt sich bloß, wer in ihrem Fall damit angefangen hat. Ein Roboter? Ich versuche mich auf das zu konzentrieren, was mir die Hackerin erzählen möchte. – … die Kids begreifen das ganz natürlich. Wir sind eine Welt. Was sonst? Es ist ein Problem der älteren Leute. Virtuell und real sind nicht zu trennen. Virtuell ist real. Nur ein Beispiel: Du machst ein Foto mit deinem Smartphone und stellst es ins Netz. Was dich übrigens sehr angreifbar macht. Facebook lässt über jedes Bild eine Gesichtserkennung darüberlaufen. Aber darum geht es jetzt nicht: Ist das Bild real oder virtuell?

Sepp nickt. – Wenn sie einen *worm* entwickeln, also eine Schadsoftware, die die Zentrifugen von Atomkraftwerken stört, was ist das dann? Irgendwann, wenn er nicht rechtzeitig entdeckt wird, fliegt das Ganze total real in die Luft.

Ich seufze. Die beiden sind mir zu sprunghaft. Vielleicht eine Berufskrankheit. Oder bin ich zu träge?

– Hat es wirklich gegeben, ergänzt Mega. – Dahinter standen übrigens die CIA und der Mossad.

– In echt, sage ich und lächle ein bisschen. Verschwörungstheorien. Finde ich beinahe beruhigend. Die fallen auch auf so etwas hinein. Relativiert angenehm, was sie erzählen.

– In echt, wiederholt Sepp. – Stuxnet heißt das Ding, du kannst es im Internet finden. Wenn du willst, googeln. Auch schon egal. Aber es gibt bessere Suchmaschinen. Mit mehr Respekt vor den Usern. Die USA und Israel haben den Virus gegen Atomanlagen im Iran entwickelt. Er ist aufgeflogen, weil einer die Facts an eine Zeitung gegeben hat. Zum Glück. Die Schwachstelle Mensch hat auch ihr Gutes.

– Ganz real, ergänze ich matt. Meine Pink Mira ist leer. Ob ich noch eine …

– Internet der Dinge, kehrt Sepp zum Thema zurück. – Du glaubst das nicht mit der Armee? DDoS-Attacken. Distributed Denial of Service.

– Man kann damit Server lahmlegen, Fran hat mir …

– Ja, sagt Mega. – Krankenhaus, Fluggesellschaft, Regierung. Die haben alle ihre Seiten im Netz. Das reicht. Bei einem großen Angriff könnte unsere ganze Infrastruktur zusammenbrechen. Ein Militärberater hat vor kurzem gesagt, das Sterben beginnt nach vierzehn Tagen. Kein Strom, kein Wasser, kein nichts. Ich bin nicht unbedingt eine Freundin von Militärberatern, aber da könnte er recht haben. Dabei gäbe es Möglichkeiten, alles sicherer zu machen. Aber wen interessiert das? Die Unternehmer wollen möglichst billig produzieren, die meisten Konsumenten wollen möglichst billig einkaufen.

Wer sagt, dass nur die sprunghaft sein können. Jetzt versuche ich es einmal. Vielleicht brauche ich einen Umweg, um Fran näher zu kommen. – Gehen wir davon aus, jemand verbreitet in den sozialen Medien gezielt Falschmeldungen. Dass das passiert, wissen wir. Fran hat mir auch von Social Bots erzählt. Sagen wir einmal, ich weiß, gegen wen sich so eine Aktion richtet. Kann man herausfinden, wer der Urheber ist? Kann man offenlegen, dass solche Bots eingesetzt werden, um Stimmung zu machen und zu manipulieren?

Sepp streckt sich. Seine Oberarmmuskeln sind beachtlich. Er hat meinen Blick bemerkt und sieht mich freundlich an. – Es gibt nicht „die" Community. Man sollte sich hüten vor Gemeinschafen, in denen alle gleich sind. Ich liebe Sport. War immer schon so. Und Computer. Seit ich denken kann. Und: Urheber herausfinden ist möglich, aber schwer. Bots identifizieren ist einfacher. Aber wer macht sich schon die Mühe, bei jedem Like und jedem Share nachzusehen, wer oder was dahintersteckt? Die meisten Bots sind noch nicht so perfekt, dass sie nicht auffallen. Können ganz normale Profile haben. Mit Foto und vielleicht auch etwas Biografie. Aber die meisten sind noch ziemlich stereotyp. Es gibt Muster.

Mega nickt. – Social-Media-Anbieter könnten sie offenlegen. Aber Facebook und Co wollen das nicht. Ihr Unternehmenswert wird ja auch an der Anzahl der Accounts und der Profile gemessen. Man kann Geschäfte machen mit Bots. Chat Bots, die Leute länger auf ihren Seiten halten, Social Bots, die die Anzahl der Zugriffe erhöhen, all so was.

– Ihr könnt sie erkennen?

Mega lächelt. – Wo es Muster gibt, da gibt's auch Möglichkeiten. Einfache Bots sind leicht zu erkennen und auch leicht zu programmieren. Man kann sie natürlich auch kaufen. Zehntausend simple Bots kosten so in etwa fünfhundert Dollar. Und schon hast du zehntausend Likes, Follower oder Ähnliches.

– Ihr verkauft sie?

– Sicher nicht. Wir Hacker sind die Guten.

– Sagt Fran auch. Die Bösen sind Internetkriminelle.

– Allein wenn man das endlich einmal in großen Medien lesen könnte, wäre schon viel geholfen, sagt Sepp.

– Aber ihr hackt euch in Seiten.

– Wir sehen bestenfalls nach, was geht. Wir richten keinen Schaden an. Wir verhindern Schaden. Und wir arbeiten mit den ganz offiziellen Cybercops zusammen.

– Hack ist nichts anderes als ein kreativer Zugang zu einer Lösung. Muss gar nichts mit Computer zu tun haben, ergänzt Mega. – Wenn Jamie Oliver seinen Fisch in einem Geschirrspüler zubereitet, dann ist das ein klassischer Hack. Du verstehst?

Ich nicke und verkneife mir die Antwort, dass ich eine Pfanne praktischer finde.

– Du sollst übrigens ganz schnell nach Stuttgart, sagt Sepp.

Und was ist das jetzt wieder für ein Sprung? Ich sehe ihn ratlos an.

– Du kannst dort den anonymen Poster treffen, der gegen dieses Personenkomitee gehetzt hat. Es geht um einen Mordfall, sie sollen den Falschen verurteilt haben, oder?

– Woher wisst ihr …

– Ein bisschen was haben wir dir gerade darüber erzählt. Darüber, wie so etwas geht, lächelt Mega. – Man kann viel finden im Netz. Wenn man weiß, wie man sucht.

– Es ist der Bruder von einem, der sich umgebracht hat. Es gibt eine Adresse, er will reden.

– Warum kümmert ihr euch darum?

– Weil es leicht war, festzustellen, wer der Typ ist.

– Das alles hat nichts mit Fran, nichts mit Simon Wiedner zu tun?

– Warum?

– Weil er gemeinsam mit Neuhaus hinter einem Skandal her war. Wisst ihr davon?

– Nein. Das hängt doch nicht mit diesem Mordfall zusammen, oder? Und das andere, das mit dem Skandal, das hängt man vielleicht besser nicht an die große Glocke.

– Okay. Danke. Ihr gebt mir die Adresse?

– Steht da.

Sepp streckt mir einen Zettel entgegen. – Wir müssen weiter.

– Wie kann ich euch erreichen? Wenn ihr etwas von Fran oder Simon hört …

Die beiden sind aufgestanden. – Klar. Wenn, dann. Und erreichen kannst du uns einfach. Du hast doch unsere E-Mail.

– Ihr nutzt so etwas?

– Wie du gesehen hast. Aber wenn dir Darknet lieber ist …

– Ich habe keine Ahnung, wie man dorthin …

– Entspann dich. Darknet ist einfach alles, was der Boulevard nicht sieht oder kennt. Das ist nichts Schlimmes, wird übrigens von vielen NGOs genutzt, wenn sie heikle Missionen haben, und Facebook verwendet es in China. Ein Messer ist ja auch nicht böse, wenn du verstehst, was ich meine. Aber dazu vielleicht ein anderes Mal.

– Ich finde es gut, dass du über diese Dinge schreiben willst, sagt Mega. – Und kein Stress. Mach dir keine Sorgen wegen Fran. Es ist nicht alles wie im „Dritten Mann".

– Im „Dritten Mann"? Und wie kommst du jetzt darauf?

Sepp dreht sich auf der Treppe noch einmal um. – Na ja. Es gibt auch echte Freunde. Ich sage nur: „Schweiz: Was haben wir davon? Die Kuckucksuhr."

– Schweiz?

– Tschau! Stay tuned, und viel Glück!

Ich lasse mich zurück ins Sofa fallen. Was soll das mit der Schweiz? Ist Fran in der Schweiz? Das war eine Botschaft. Ganz klar. Zumindest fast ganz klar. Schweiz. Was haben wir davon? Die Kuckucksuhr. Die Kuckucksuhr stammt aus Deutschland. Ich soll nach Deutschland. Woher stammt sie? Und warum dieser Spruch? Ich muss es googe… Vergiss es. Bewege dich woandershin. Dann erst Mobiltelefon einschalten. Ich war nicht da. Zumindest nicht so lange. Ich hab mein Smartphone zu Beginn des Gesprächs ausgeschaltet und könnte in der letzten Stunde auch woanders gewesen sein. Aber was, wenn ich längst in so einem Botnetz bin? Gefangen mit anderen, die als Armee missbraucht werden, um … Stopp. Durchatmen. Gehe zu Lemar. Zahle. Lächle.

„Was haben wir davon? Die Kuckucksuhr." Zitat aus dem „Dritten Mann". Frans Film. Vesnas Film. Und falsch, weil die Kuckucksuhr tatsächlich aus Deutschland stammt. Ich hetze durch den Burggarten. Alles hat einen doppelten Boden.

Vesna ist meiner Meinung. Das war ein Lebenszeichen. Wie kommen die beiden sonst auf den „Dritten Mann"?

– Die durchforsten das Internet und kommen auf bald etwas.

– Hast du mit Fran einmal darüber gemailt oder geskypt oder gesimst?

– Sicher nie.

– Also haben sie es nicht aus dem Netz. Logik bleibt immer Logik.

– Warum haben sie mir die Adresse in Stuttgart besorgt?

– Weil es einfach war. Das wird schon stimmen. Und weil sie eine Verbindung zu Fran haben. Du musst sofort fahren. Ich kann nicht. Ich muss hierbleiben. Für den Fall, dass er sich meldet. Dass er kommt. Und ich muss Barbara …

– Und was, wenn die beiden Hacker keine von den Guten sind?

– Haben sie so gewirkt?

– Nein. Etwas … chaotisch und sprunghaft, aber nett. Sie wissen viel. Vielleicht reimen sie sich manches auch bloß zusammen. Hoffentlich. Viren, die Atomkraftwerke stören können. All so etwas. Armeen aus Smart-TVs, die Krankenhäuser lahmlegen. Bots, die irgendwelche Botschaften so oft liken und teilen, bis alle sie gesehen haben.

– Wer ist Bot?

– Kommt von Roboter. Ein auf gewisse Abläufe programmiertes Dings im Internet, dem man ein Fake-Profil umhängen kann. Ich stelle sie mir so ähnlich vor wie die Wichtel und Kobolde aus den Märchen. Geister, die helfen, die aber auch ziemlich viel Unheil anrichten können.

– Du fahrst sofort.

– Ich glaube nicht, dass dieser Mordfall mit Fran und Simon und dem Tod von Neuhaus zusammenhängt.

– Glauben kann man viel. Es ist eine Chance. Eine Spur zu Fran. Oder ich habe die Botschaft nicht verstanden. Die Schweiz ... Er war in der Schweiz. Auf einem Kongress. Aber das ist schon zwei Jahre her.

– Er wollte uns ein Zitat schicken, das wir ihm zuordnen können.

Vesna nickt. – Ein richtiges Zitat mit einem falschen Inhalt. Das bedeutet etwas.

– Nichts ist, wie es scheint.

– Neuigkeit, antwortet Vesna trocken.

Ich bin froh, dass Oskar zwei Tage bei seiner Partnerkanzlei in Frankfurt ist. Ich will ihn nicht anlügen, zumindest will ich ihm nicht alles erzählen. Das geht am Telefon leichter. Wie weit ist es von Stuttgart nach Frankfurt? Jetzt weiß ich, was eine DDoS-Attacke ist, dass Social Bots Unsinn verbreiten können und dass im „Dritten Mann" eine falsche Kuckucksuhr vorkommt. Aber die Entfernung dieser zwei wichtigen Städte in Deutschland kenne ich nicht. Steht freilich auch im Netz. Wie beinahe alles. Ich könnte ihn überraschen und wir ... Stopp. Das ist schon einmal schiefgegangen. Ist allerdings mehr als zehn Jahre her. Seine Kollegin in Dessous. Und mein ach so verlässlicher Oskar. Ist nichts sicher?

Ist es doch. Vui legt mir seinen dicken Kopf auf das Knie und sieht mich mit dem blauen und dem braunen Auge an. Du hast es gut, sagt sein Blick. Du wirst geliebt und ich mag dich auch. Ich streichle ihn und als er zu schnurren beginnt, beginne ich zu lächeln. Kein Grund zur Panik. Don't Panic. „Per Anhalter durch die Galaxis". Im Roman mit einem Handtuch. Ich werde die Bahn nehmen. Und alles so harmlos wie möglich aussehen lassen. Ich komme in die Redaktion, erzähle dem Chefredakteur ganz kooperativ, dass der anonyme Poster offenbar etwas zu sagen hat und ich dafür nach Stuttgart muss. Nichts von Fran. Sie sollen alle wissen, dass ich an der Sache mit dem seltsamen Mordprozess dran bin. Und nur an der. Oskar erzähle ich dasselbe. Es ist besser so. Und jetzt bekommen Vui und ich faschiertes Huhn. Er roh und auf Zimmertemperatur gebracht. Ich gemischt mit Jungzwiebel, Curry, Chili, etwas Ketchup, Salz, durchgeknetet und gebraten. Manches ist einfach. Und gut.

Zillinger sieht mich zufrieden an. – Das klingt doch mal positiv. Zumindest ist es eine Spur. Der anonyme Poster. Vielleicht war er verliebt in das Opfer? War er es?

– Ich kenne ihn noch nicht.

– Wie haben Sie ihn gefunden?

– Kontakte.

– Schon in Ordnung. Und damit Sie sehen, dass ich Ihre Arbeit sehr wohl schätze, werden Sie auf „Magazin"-Kosten fliegen.

– Danke. Ich fahre mit dem Zug. Schon gebucht. Aber gerne auf Spesen.

– Mit dem Zug?

– Geht fast gleich schnell.

– Niemand fährt mehr mit dem Zug.

– Es kommt wieder in Mode. Und ich kann auf der Rückfahrt arbeiten. Übermorgen ist Redaktionsschluss.

– Nun. Wie auch immer. Bringen Sie eine spannende Story mit. Und vergessen Sie Ihr Aufnahmegerät nicht.

– Natürlich.

– Gut, dass Sie die Sache mit Neuhaus endlich vergessen. Tragisch, sein Selbstmord. Aber vielleicht der bessere Weg.

Ich schlucke. – Der bessere Weg für wen?

Er zuckt mit den Schultern. – Für ihn. Nach all den Vorwürfen.

– Ich muss los. Der Zug. Und lassen Sie seine Witwe schön grüßen.

– Was soll das?

– Recherche. Sie waren mit ihr auf Ibiza.

– Ich war NICHT mit ihr auf Ibiza.

– Sie war doch nicht dort, als Neuhaus ums Leben gekommen ist?

– Natürlich war sie dort. Und viele andere auch. Ich war nicht mit ihr in Ibiza, wir waren alle in Ibiza. Eine Runde alter Freunde.

– Und sie war immer dabei?

– Ja. Auch wenn sie allein geschlafen hat, falls es das ist, was Sie wissen möchten.

– Ich kümmere mich nicht mehr darum. Ich kümmere mich um diesen Mordfall. Mit Sex und anonymen Postings und einem lebenslustigen Opfer und dubiosen Justizpraktiken.

– Ich komme mit!

Ich sehe mich überrascht um. Vesna. Sie steht hinter mir auf dem Bahnsteig und ist außer Atem.

– Es ist wichtiger, ich bin dabei, wir wissen nicht, was sein wird. Und in Wien ich finde keine Spur von Fran.

– Du wolltest Barbara beobachten. Du wolltest nicht weg von daheim, damit du keinen Hinweis übersiehst.

– Das war der Hinweis. Fran hat das mit anonymem Poster eingefädelt. Und den beiden Hackern erzählt. Ich kenne meinen Sohn.

– Das wissen wir nicht.

– Ich sage nur falsche Kuckucksuhr.

– Ich freue mich, wenn du mitfährst.

– Das hoffe ich. Ich werde aufpassen.

– Warum nur wollen alle auf mich aufpassen?

– Weil du es brauchst.

– Willst du nicht doch …

Vesna lacht. – Wir versuchen das Leben trotzdem leicht zu nehmen, wenigstens für die Fahrt im Zug. Wir gehen in den Speisewagen und trinken Prosecco oder so ein Zeug.

– Ihr erster Besuch in Stuttgart?, fragt der weißbärtige Mann.

Vesna und ich nicken. Es ist zu peinlich. Wir haben uns verlaufen. Ich stehe mit meinem Smartphone vor der Nase auf einem weitläufigen Platz. Ein kalter Wind weht. Es ist Abend. Auf der anderen Seite des Platzes ein großes Gebäude, das offenbar Liederhalle heißt. Google Maps scheint mich im Kreis zu führen. Keine Chance, die Karte so einzustellen, dass ich den realen Weg und den angezeigten in meinem Kopf synchronisieren kann. Vielleicht hab ich eine zu schwache Rechenleistung. Vielleicht spinnt aber auch das Ding. Warum zeigt es Norden dort, wo eigentlich Süden sein müsste?

– Sie müssen dort rauf. Das ist übrigens das Bosch-Areal. Ich nehme an, Sie kennen Bosch?

Ich bin müde. Ich will ins Hotel. Ich will nicht mit einem alten Stuttgarter schwätzen.

– Oh, der mit Zündkerze, sagt Vesna. – Mein Mann hat ein Autohaus, aber ein ganz besonderes.

Vesna. Bitte.

– Ja, der mit der Zündkerze. Und der mit der Schlagbohrmaschine. Und mit vielen anderen Erfindungen. Und mit großem Unternehmergeist. Wissen Sie, wie man ihn genannt hat? Den roten Bosch. Weil er freiwillig den Acht-Stunden-Tag eingeführt hat. Zu Beginn des letzten Jahrhunderts.

– Bei uns haben sie beschlossen, dass man bis zu zwölf Stunden pro Tag arbeiten darf, murmle ich.

– Ganz kurzsichtig. Sie sind überhaupt kurzsichtig, heutzutage.

– Das Hotel, erinnere ich ihn. – Wir gehen also durch das Bosch-Gelände …

– Am Literaturhaus vorbei, auch das ist Teil des ehemaligen Fabrikareals. Mit historischem Paternoster. Und das ehemalige Arbeitszimmer von Robert Bosch ist auch dort. Er hat übrigens so ähnlich ausgesehen wie ich. Wirklich.

– Er hat viel Geld mit Technik gemacht, antwortet Vesna.

– Und er hat viel Gutes getan. Die Bosch-Stiftung ist die größte in Deutschland.

– Ich habe gedacht, in Stuttgart ist Mercedes, redet meine Freundin weiter. Ich zupfe sie am Ärmel.

– Auch. Natürlich. Aber nichts gegen Robert Bosch. Ich durfte ihn für eine Dokumentation über sein Leben darstellen. Den alten Bosch natürlich. Genau so einen Bart hat er gehabt. Wissen Sie, was er gesagt hat, als sie ihn gefragt haben, warum er die Arbeiter mitreden lässt und viel höhere Löhne zahlt? „Ich zahle nicht so hohe Löhne, weil ich reich bin. Ich bin reich, weil ich so hohe Löhne zahle." Daran erinnert man sich. Und daran, dass er für den Kaiser keinen Frack anziehen wollte. Er hat immer Wollsachen getragen. Und er hat schon damals auf Homöopathie geschworen. Heute betreibt die Stiftung unter anderem ein Krankenhaus.

– Ein homöopathisches?, fragt Vesna.

– Sicher nicht. Aber ein gutes. Sie setzen Naturheilkunde ein. Bei Krebspatienten, das weiß ich von meiner Nachbarin. Sie hat Darmkrebs. Natürlich fürchterlich. Noch dazu, wo sie so gern gegessen hat. Und gekocht. Maultaschen – kennen Sie Maultaschen?

Ich versuche ein Lächeln. – Sie sind köstlich. Das Hotel …

– Sie sind gleich da. Fünf Minuten. Robert Bosch war übrigens mit Clara Zetkin und anderen Sozialrevolutionären bekannt. Aber auch mit Adolf Hitler. Er hat ihn nicht gemocht. So viel ist klar. Die haben ihn vereinnahmt. Und jetzt darf nichts, was Bosch erzeugt, etwas mit Rüstungsindustrie zu tun haben. Ich finde das vollkommen richtig.

– Wenn niemand Bomben baut, können keine fallen, assistiert Vesna.

– So ist es. Im Literaturhaus ist übrigens ein sehr gutes italienisches Lokal. Ich war erst letzte Woche dort. Die haben gesagt, ich sehe aus wie …

– Robert Bosch, ergänze ich.

– Wissen Sie was? Ich begleite Sie. Ich bin ja ohnehin auf meinem Abendspaziergang. Man muss sich in Bewegung halten, wenn man älter wird.

Wir durchqueren ein Areal mit klar gegliederten symmetrischen Gebäuden und großzügigen Flächen dazwischen. Fußgängerzone. Unser Führer geht rasch, ich muss mich anstrengen, um nicht hinten zu bleiben. – Aber die Fassaden sind nicht original, sage ich.

– Sind sie doch. Es sind die ersten Gebäude mit Sichtbeton. Er hat sie um 1900 herum erbauen lassen. Manche, so wie dieses hier, hat dann glasierte Kacheln drauf bekommen. Aber nicht alle. Und sehen Sie dort. Da sind kleine Jugendstilornamente in der Sichtbetonfassade. Jetzt ist natürlich alles neu renoviert. Das schon. Robert Bosch war immer ein Vordenker.

– Was er wohl zu Smartphones und Internet gesagt hätte …

– Er hätte längst etwas Besseres erfunden, das kann ich Ihnen sagen. Außerdem erzeugt die Firma Bosch vielerlei, das in diese Richtung geht. Mein Enkel arbeitet dort. Sie schließen Fenster und heizen und betreiben Kameras, alles über das Telefon. Das hätte Bosch wohl doch gewundert.

– Smarthome, sage ich. – Mit Pech kapert wer diese im Internet verbundenen Dinger und greift damit irgendwo auf der Welt einen Rechner an.

– Die sind eben auch nicht mehr das, was sie einmal waren. Wir hatten noch einen Abakus. Kennen Sie das? Manches geht schneller als mit einem Taschenrechner, wenn man weiß, wie man die Kugeln hin- und herschiebt. So. Da ist das Hotel.

– Danke, sage ich und lächle.

– Mein Sohn ist verschwunden, sagt Vesna.

Der Mann mit dem weißen Bart sieht sie an. – Er kommt wieder. Ich weiß es.

– Sie wissen … man hat sie geschickt … zum Aufpassen … die von dem Computerclub? … Was wissen Sie?

Er schüttelt vorsichtig den Kopf. – Das verstehe ich jetzt nicht. Aber man kann nicht alles verstehen, oder? Robert Bosch hat gesagt: Lieber Geld verlieren als Vertrauen. Also. Vertrauen Sie. Egal, ob Sie Geld haben.

Der Mann, der uns am nächsten Morgen öffnet, sieht ungesund aus. Tiefe Ringe unter den Augen, Bartstoppeln, die nichts mit den sorgfältig gestylten Dreitagebärten zu tun haben. Die Wohnung allerdings ist hell und schön. Im letzten Stock auf einem der Hügel von Stuttgart. Mit Blick über die Innenstadt und auf viel Grün. Ich stelle Vesna als meine Assistentin vor. – Es ist gut, dass Sie hier sind, sagt Marius Verhofen. – Sie sind doch diese Journalistin?

– Ja. Ich kann Ihnen meinen Ausweis zeigen.

– So etwas kann man fälschen. Aber Sie werden schon keine Gesichtsoperation gemacht haben. Ich kenne Ihr Gesicht aus der Zeitschrift, für die Sie arbeiten. Es wäre für eine Verwandlung keine Zeit mehr gewesen.

– Wovor fürchten Sie sich?, fragt Vesna.

Es war ausgemacht, dass sie nicht redet. Ich werfe ihr einen warnenden Blick zu.

– Und wer ist Ihre Assistentin?

– Das „Magazin" denkt sehr sozial. Ältere Frauen am Arbeitsmarkt. Ein Problem, wie Sie sicher wissen. Es handelt sich um einen Fall von Wiedereingliederung. Sie bekommt noch eine Chance. – Nur eine!, füge ich in ihre Richtung hinzu.

An Vesna prallt das ab. Sie lächelt und fragt nach der Toilette.

– Ich sollte Sie begleiten. Der Doktor hat nichts davon gesagt, dass eine Assistentin mitkommen wird.

– Das konnte der Doktor nicht wissen, säusle ich. – Entscheidung des Chefredakteurs. In letzter Minute. Wollen Sie ihn anrufen?

– Ich? Nein. Ich weiß nicht. Der Doktor …

Ich sehe Marius Verhofen aufmerksam an. Sein Blick weicht mir aus, die Hände zittern.

– Wo ist der Doktor?, frage ich.

– Das weiß ich doch nicht. Wir haben uns im Internet unterhalten. Das ist mir lieber so.

– Wann waren Sie zum letzten Mal draußen?

– Zum letzten Mal? Ich weiß nicht. Ich gehe nicht gerne hinaus. Ich bin krankgeschrieben. Ich bin Elektrotechniker. Arbeite seit mehr als zwanzig Jahren für Mercedes. Aber ich hatte mit den Abgasmanipulationen nichts zu tun. Das sage ich Ihnen gleich.

– Warum sind Sie im Krankenstand?

– Es geht mir nicht so gut, aber das wissen Sie doch sicher vom Doktor. Psychisch. Es nimmt mich mit, was mit der deutschen Autoindustrie geschieht. Haben Sie gelesen, dass es laut einer Studie bald nur mehr ganz wenige Autokonzerne geben wird? Und dass kaum europäische dabei sein werden? Ich glaube, das haben die Amerikaner ausgeheckt. Gemeinsam mit den Chinesen. Die stecken in Wirklichkeit unter einer Decke: Die tun bloß feindselig. Sie sagen, der Präsident hat sogar chinesische Vorfahren. Haben Sie sich seine Augen schon einmal näher angesehen?

Ein Verrückter. Irgendjemand hat uns zu einem Verrückten geschickt. Um abzulenken. Und wir sind darauf hineingefallen. – Der Doktor. Was will er, dass Sie mir sagen?

– Na alles.

Vesna kommt zurück und macht ein Zeichen, das wohl so viel wie „in Ordnung" bedeuten soll. Immerhin etwas. Ich wedle mit der Hand vor dem Kopf herum und schaue dabei auf unseren Gastgeber. Der ist damit beschäftigt, seine Hose von Flusen zu befreien. Ich sehe keine.

– Was machen Sie da?, fährt er mich an.

– Eine Fliege.

– Eine Fliege? Ich hatte kein Fenster geöffnet. Ich mag es nicht, wenn sie sterben.

– Sie sind der Bruder von Gunter Verhofen, nicht wahr?

– Ja. Ich war der Bruder. Er ist tot. Selbstmord. Eigentlich seltsam. Eine Frau wird nach dem Tod zur Witwe. Ein Bruder bleibt immer der Bruder. Sie beide … Sie wirken wie ein Hinrichtungskommando …

– Nein. Wir tun Ihnen nichts. Ich schwöre es. Sie haben die anonymen Postings geschrieben. Das wissen wir … vom Doktor. Sie wollten nicht, dass das Personenkomitee den Mordfall an der Fitnesstrainerin noch einmal aufrollt. Warum?

– Ich wollte es nicht.

– Der Doktor möchte, dass Sie mit uns reden.

– Ja. Es wird besser sein. Ich habe alles im Internet gelöscht. Die ganzen Beiträge.

– Waren Sie vielleicht verliebt in das Opfer? Sie war eine hübsche Frau.

– Ich? Mein Bruder. Ich doch nicht. Ich war immer da. In Stuttgart. Aber er hat mir sein Herz ausgeschüttet. Ich konnte nichts tun. Er hat sich die Pulsadern aufgeschnitten. Der Länge nach. Ich habe nicht den Mut für so etwas.

– Ihr Bruder war in sie verliebt?

– Er war ein Romantiker. Er hat sich immer Frauen ausgesucht, die er nicht kriegen konnte. Weil das sicherer ist. Die Niederungen von Beziehungen, wenn Sie verstehen …

– Minnesang, mischt sich Vesna ein. – Er war mehr für hohe Minne und anschmachten, richtig?

– Vielleicht. Deswegen hat ihn das auch so getroffen.

– Ihr Tod? Hat er sich wegen ihr umgebracht? Und warum haben Sie diese anonymen Postings geschickt?

– Weil es doch niemandem etwas bringt, wenn das Ganze wieder aufgerührt wird. Er ist tot, sie ist tot, fast wie in einer dieser Tragödien. Und er hat sie verehrt, man soll sie nicht in den Dreck ziehen. Aber dann hat der Doktor gemeint, ich muss alles sagen, ich kann nicht mit unsauberer Seele gesund werden.

– Der Doktor. Wie haben Sie ihn kennengelernt?

– Sie wollen mich überprüfen, nicht wahr? Sie können ihm ausrichten, dass ich wirklich alles sage. Die Wahrheit. Ich habe ihn im Netz kennengelernt. Ich sehe häufig auf die Arztseiten, es ist enorm, was da zu finden ist. Ich muss dafür nicht in ein Wartezimmer. Mit all den Keimen. Und den Menschen, die es auf uns abgesehen haben. Es gibt auch im Internet Psychotherapie und psychologische Betreuung und Ratschläge. Ich kann daheim bleiben. Und mir überlegen, was ich antworte. Und was ich nehmen kann. Der Doktor hat mich gefunden. Er hat gesagt, er sieht, wie sehr mich das Leben belastet, er ist da, um zu helfen. Das ist sein Beruf und seine Berufung. Er hat nicht einmal Geld dafür verlangt. Es gibt noch solche Menschen.

– Also. Was ist passiert, bevor sich Ihr Bruder das Leben genommen hat?

– Etwas, das mein Bruder nicht ertragen hat.

– Die Fitnesstrainerin. In die er verliebt war.

– Sie hat ihn immer abgewiesen und dann sieht er, wie sie mit einem anderen herummacht. Ein Geschlechtsakt ganz ungeniert im Freien. Mit der Frau, die er verehrt. Es war ein Unfall. Ich muss es loswerden, dann sehe ich in der Nacht keine Geister mehr.

– Was hat er Ihnen genau erzählt?

– Er ist in der Nacht spazieren gegangen, das hat er gerne getan. Er hat gesehen, wie sie es mit diesem Widerling treibt. Beide waren betrunken. Der Mann ist davongetorkelt und er ist zu ihr in den Garten und hat sie zur Rede gestellt. Sie hat nur gelacht. Er hat ihr einen Stoß gegeben und mehr weiß er nicht. Er ist gegangen.

– Sie ist zwei Tage in ihrem Garten gelegen. Ohne Hilfe.

– Er hat mich angerufen und hat mir alles erzählt. Aber ich konnte ja nicht wissen, was danach war. Dass sie nicht wieder aufgestanden ist. Er hat sich umgebracht. Noch in derselben Nacht. Er konnte ihr nicht helfen. Und sich auch nicht. Wie in einer Tragödie.

– Und Sie wollten, dass ein Unschuldiger als Mörder im Gefängnis bleibt.

– Unschuldig? Er ist schuld, dass mein Bruder tot ist. Er ist schuld, dass diese Frau gestorben ist. Da muss man die Konsequenzen tragen. Mein Bruder. Ich wollte sein Andenken sauber halten. Und ihres auch. Er hat niemanden außer mir. Dieser … Bock hat es nicht besser verdient.

– Der Doktor sieht das anders.

– Ja. Sagen Sie dem Doktor, dass ich alles gesagt habe. Und dass die Postings gelöscht sind. Ich will, dass er sich wieder bei mir meldet. Ich brauche ihn.

Ich nicke. – Sie werden vor Gericht aussagen müssen.

– Ich kann nicht weg hier, ich bin unabkömmlich, wenn Sie verstehen. Sagen Sie ihnen das.

– Der Doktor wird Sie begleiten.

[14.]

Wir sitzen im Schlossgarten in der Sonne. Vor uns Oper und Theater, spielende Kinder in der Wiese. Friedliches Stadtleben. Drei Minuten vom Bahnhof entfernt. Um dessen Umbau es seit vielen Jahren Streit gibt. Darf man einen Teil des weitläufigen Parks umgraben, jahrhundertealte Bäume fällen oder versetzen, um einen neuen unterirdischen Bahnknotenpunkt zu bauen? Danach soll alles wieder grün werden. Grüner als vorher. Größer als vorher. Wie gut, dass mich nicht alles etwas angeht. Oder ist das faul? Eine Welt. Wir sind eine Welt. Wer hat das gesagt? Vesna döst mit geschlossenen Augen. Woran sie denkt? An Fran? Noch eine Stunde bis zur Abfahrt. Ich hatte im Taxi ein langes Telefonat mit Zuckerbrot. Er wird dafür sorgen, dass Marius Verhofen seinen Doktor bekommt. Hoffentlich hat er nie ein Foto von ihm gesehen. Der Doktor soll so rasch wie möglich kommen. Wir möchten nicht mit schuld sein, wenn sich noch jemand umbringt. Wenn wir uns alles richtig zusammenreimen, dann hat Fran im Netz recherchiert. Ich habe ihm von dem Fall erzählt. Er hat den Bruder des Selbstmörders gefunden. Und er hat sich als Doktor ausgegeben. Ich hoffe, er wird es uns bald erzählen können. Jedenfalls habe ich eine Geschichte. Eine andere als gedacht. Aber eine, die dem Männchen gefallen wird. Und die meinen Status verbessert. – Oder soll ich damit zu To-Post? Lukic wäre begeistert. Er schätzt mich. Stopp. Er würde sie an den Meistbietenden verkaufen. Oder als Werbung für künftige Storys ins Netz stellen. Mira Valensky, ehemalige Chefreporterin des „Magazin", arbeitet nun bei der Boulevard-Agentur ToPost. Ich mache sie ein Stück salonfähiger. Allerdings: Lukic wollte sie verändern, erweitern.

Vesnas Smartphone spielt einen Trommelwirbel. SMS-Signal. Sie fährt auf, zieht es hektisch aus der Tasche.

– Fran?, frage ich.

– Nein. Wieder nicht.

– Lass dich nicht verrückt machen.

Sollte wohl für uns beide gelten. Ich weiß, wer hinter dem Tod der Fitnesstrainerin steckt. Ich sorge dafür, dass ein Unschuldiger nicht länger wegen Mordes im Gefängnis sitzt. Ich kann mich darüber freuen, dass eine Nenntante glücklich sein wird. Und vielleicht trage ich sogar dazu bei, dass kommende Prozesse weniger schlampig geführt werden. Mehr scheint auf Justizseite nicht dahinterzustecken. Aber weniger auch nicht.

– Mega und Sepp schicken Grüße und bedanken sich für Tipp mit Ützel Brützel Döner Kebap am Bahnhof Stuttgart. See you there.

Ich sehe Vesna irritiert an.

– Wir müssen hin.

Der Bahnhof. Eine in die Jahre gekommene langgezogene Halle mit allen möglichen Läden. Ein Kebabstand ist mir gestern nicht aufgefallen. Niemandem fällt so etwas auf. Es gibt sie überall. Wir durchqueren die Halle. Am anderen Ende ein McDonald's. Was sonst. Als ob es nicht viel besseres Fastfood gäbe. Döner zum Beispiel. Vesna deutet nach oben. *Marktstation* steht da. Ja, und? Sie wird wohl nicht zu Mc... Dann sehe ich es. Werbefoto von einem gewaltigen Kebabspieß, rundum züngelnde Flammen. Und darunter: *Ützel Brützel.* Wir gehen in die kleine Seitenhalle. Hinter der langen Verkaufstheke einige Mitarbeiter in blauen Poloshirts. Davor ein Mann mit dunklen Haaren und dunklen Augen. Bevor er noch bestellen kann, sagt einer der Verkäufer – Döner wie immer? Der andere nickt. Aber keine Mega, kein

Sepp zu sehen. Sind wir zu spät? Haben wir irgendetwas falsch verstanden? Gibt es einen Code, den wir nicht kennen? Mein Magen knurrt. Ützel Brützel riecht gut. Ützel Brützel. Gefällt mir. Und beruhigt mich irgendwie. Es gibt auch das analoge Leben. Mit ganz realen Dingen zu essen. Und Menschen, die sich lustige Namen ausdenken, die sich nicht online vergraben und im Netz therapieren lassen wollen. Ich bestelle ein klassisches Döner, scharf und mit allem. Vesna nimmt Fladenbrot mit Falafel. – Ich schreibe zurück, wir bedanken uns für den Tipp mit Ützel Brützel, sagt sie.

Ich nicke und nehme den nächsten Bissen.

Ein junger Mann drängt an uns vorbei. So als ob da nicht genug Platz wäre. Er ist so schnell wieder weg, dass ich nicht einmal protestieren kann. Vesna fährt in meine Tasche. Und hat einen Zettel in der Hand.

Cagliari. Flug: 14:05 + Grüße von Fran

– Wohin ist der ... Ich starte in die Richtung, in die er verschwunden ist. Vesna packt mich am Arm.

– Stopp. Niemand darf Aufregung merken. Das war nur Bote. Wir fliegen. Da drüben ist gleich S-Bahn. Ich habe gesehen, sie geht auch zum Flughafen.

Wir sind am Gate. Rund um uns Leute voller Vorfreude auf ihren Urlaub. Cagliari. Die Hauptstadt von Sardinien. Zum Glück ist schon Nachsaison. Die Tickets waren kein Problem. Ich zwinge mich, nicht an den Flug zu denken. Ich fliege nicht besonders gerne. Auch wenn ich weiß, dass Flugzeuge ein sehr sicheres Verkehrsmittel sind. Was ist schon Wissen gegen die Angst? Ich sollte Marius Verhofen eigentlich besser verstehen. Im Abstand von zehn Minuten entwirft Vesna eine neue These, was mit Fran sein könnte. Bevor sie etwas sagt, sieht sie sich um. Ich habe sie dazu gebracht, ihr Mobiltelefon am Bahnhof auszuschalten. Ich habe gelernt. Allerdings sind wir jetzt auch nicht erreichbar. Für den Fall, dass Fran sich meldet. Ich versuche mich zu konzentrieren. Ich versuche, meine Story zu schreiben. Ein schlampiger

Mordprozess und seine Folgen. Immerhin ist morgen Redaktionsschluss. Wann Verhofen wohl einen echten Doktor treffen wird? Wie werden die Behörden mit ihm umgehen? Zuckerbrot wird dafür sorgen, dass es gut läuft. Kann er das? Auf alle Fälle kann auch er uns jetzt nicht erreichen. Wie abhängig man von diesem Ding wird.

– Was war eigentlich vor dem Mobiltelefon?, frage ich Vesna.

– Das Telefon. Das Telefon!, ruft sie. – Es muss noch eines geben. Ein normales. Ich kann anrufen. Und im Büro sagen, dass ich mich wieder melde. Nicht von wo. Und du musst mit Oskar reden. Bevor er dich vermisst meldet.

– Das ist es. Fran hat seine Verbindungen gekappt. Weil es sicherer ist. Kein Tracking.

Vesna nickt. – Zumindest könnte es sein.

Und dann machen wir uns auf die Suche nach einem guten, alten Fernsprecher.

Eine mittlere Odyssee später geben wir auf. Vesna hat eine andere Idee. – Du bist mehr harmlos, du musst das machen, hat sie gemurmelt. Sie beobachtet einen älteren Mann und klassifiziert ihn als höchstwahrscheinlich unverdächtig. Er wartet offenkundig auf den Flug nach Paris. Ich verdrehe die Augen. Aber ich spiele mit. Ich lächle mein nettestes Lächeln und frage, ob er uns kurz sein Mobiltelefon borgen könnte. Ganz kurz. Wir hätten unsere Telefone in einer Tasche gehabt und die in der S-Bahn liegenlassen. Der Mann mit den kurzen grauen Haaren sieht uns misstrauisch an. – Weiß ich, dass Sie mir keinen Virus draufspielen?

– Sie können uns auf die Finger sehen. Wir wollen nur in der Firma und daheim Bescheid geben.

– Und warum rufen Sie nicht die von der S-Bahn an? Damit sie Ihre Telefone und die Tasche wiederkriegen?

– Wir waren auf dieser Stelle … der Stelle, wo man Vermisstes meldet. Wir haben unsere Adresse hinterlassen.

– Ach so.

Der Flug war überraschend ruhig. Außerdem hatte ich keine Zeit, mich auf seltsame Geräusche, mögliche Turbulenzen und bedrohliche Wolkenfelder zu konzentrieren. Ich habe meine Reportage fertig geschrieben und Vesna hat weitere Thesen auf einen Block gekritzelt.

Der Flughafen von Cagliari ist wunderbar überschaubar. Oder ist das gar nicht so gut? Wenn wir alles sehen können, dann können auch uns alle sehen. Wir gehen rasch durch die Gepäckshalle. Bloß drei Bänder. Werbung für paradiesische Sandstrände, für Nudeln, für Leihwagen, für die neuesten Smartphones. Menschen mit Trolleys, in langen und in kurzen Hosen, Kinder, die herumtoben, Erwachsene, die sie wieder einfangen. Viele fröhliche Gesichter, einige mürrische. Und etliche, die sich die Zeit, bis das Gepäck kommt, mit ihrem Telefon vertreiben. Wir passieren die Zollschleuse und bleiben stehen. Wartet Fran auf uns? Was tun wir hier? Eine der Thesen von Vesna lautet, dass uns die erste Frau von Neuhaus abholt. Sie weiß etwas und Sardinien wirkt wunderbar harmlos. Zwei österreichische Touristinnen in der Nachsaison. Die weniger beruhigende These hat damit zu tun, dass die Sarden berühmt sind für ihre Entführungsfälle. Die liegen zwar Jahrzehnte zurück, aber eines hat sich nicht geändert: So schnell findet man keinen in den sardischen Bergen. – Wir sind hergeschickt worden, damit man Verhandlungen über Lösegeld aufnehmen kann, hat Vesna im Flieger gemutmaßt. – Ihr seid nicht eben reich, habe ich gekontert. – Fran ist reich an Wissen, hat meine Freundin geantwortet.

Abgesandte von Reiseveranstaltern, die Namensschilder hochhalten. Zwei junge Mädchen mit Rosen in der Hand.

– Da! Vesna deutet quer durch die Halle.

Ich kneife die Augen zusammen. Wer muss schon auf diese Entfernung etwas lesen können? Ich mag keine Brille. Was nahe ist, sehe ich nach wie vor ziemlich gut. Ich eile hinter ihr drein. *Vesna Krajner – Sardinian Holidays* steht auf dem Schild. Ein rundlicher Sarde in unserem Alter, nicht einmal so groß wie Vesna, hält es in der Hand.

– Vesna Krajner, sagt Vesna und deutet auf sich.

– Io sono Mira Valensky, sage ich.

– Perfetto. Andiamo. Io sono Alberto.

Es stellt sich heraus, dass unser Begleiter kaum Englisch kann. Und mein Italienisch ist besser geeignet, etwas zu essen zu bestellen, als jemanden über abgängige IT-Profis zu befragen. Schwarzer Fiat Panda. Wirkt nicht gerade wie der Shuttle eines Reiseveranstalters. Aber wir haben ja auch keine Reise gebucht. Er sagt etwas über unser Gepäck. Es sei ein Glück, dass wir nicht viel mithätten. Oder hat er gefragt, ob wir nicht noch Gepäck haben? Ich lache und sage si.

Vesna zögert. – Sollen wir mitfahren?, flüstert sie dann.

– Er kann uns ohnehin nicht verstehen, sage ich.

– Du bist dir sicher? Ich nicht. Man weiß nicht.

– Es ist bisher gutgegangen, jetzt wird es weiter gutgehen.

Diesmal bin ich mutiger und das gibt mir Auftrieb. Oder bin ich bloß euphorisch nach dem ruhigen Flug?

– Flug ist kein Risiko, knurrt Vesna. – Das da schon. Sardinian Holidays. Und ich kann nicht googeln, was das ist.

– Vielleicht hat uns jemand eine Reise geschenkt?, scherze ich. – Sardinien. Als ich damals in Gavoi war, hast du mich beneidet. Jetzt bist du dabei.

– Andiamo?, fragt Alberto und sieht uns fragend an.

– Wohin? Dove? Where do we go?

– Soll ich ihn auf Serbokroatisch fragen?

– Vergiss es.

– Torre delle Stelle.

– Das heißt Sternenturm oder so, übersetze ich für Vesna.

– Klingt nach einem Code.

– Fran. Do you know him? Sapere Fran?, probiere ich es.

– Che cosa Fran?

– Steigen wir ein, murmelt Vesna.

Wir setzen uns beide auf die Rückbank. Alberto sagt etwas, dass wohl heißen soll, vorne zu sitzen ist bequemer, ich lache bloß und er lässt uns gewähren.

– Wie ein Mörder sieht er nicht gerade aus, flüstere ich Vesna zu, als wir das Flughafengelände verlassen. Rechts von uns ein blaues Gebäude auf dem *L'Unione Sarda* steht. Die regionale Zeitung. Ich kenne sie von meinem ersten Trip nach Sardinien. Aus irgendeinem Grund beruhigt mich das. Ich bin hier nicht total fremd. Ich habe die sardischen Berge wunderschön gefunden, die schönsten Berge, die ich kenne. An sich reichen mir Hügel. Am besten mit Wein drauf. Wein gibt es hier allerdings auch. Großartigen sogar. Und mein Lieblingskaffee stammt von der Insel. Tazza d'Oro. Ich bestelle ihn regelmäßig bei einem kleinen, aber feinen Sardinienversand. Schon auch gut, dass unsere Welt so vernetzt ist. Vielleicht kann ich Kontakt mit der Rechtsmedizinerin aufnehmen, die sich damals um den Fall des Bestsellerautors gekümmert hat. Ich habe sie nie persönlich kennengelernt, aber sie hat sehr sympathisch gewirkt. Ich habe Kontakte in Sardinien. Ich habe bloß mein Telefon nicht eingeschaltet. Wenn es notwendig ist, kann ich das allerdings jederzeit tun. Ich muss ihre Mailadresse noch gespeichert haben. Wie hat sie geheißen? Ich könnte nachschauen. Elisabetta Santori. Rechtsmedizin im Comando Provinciale Nuoro. Es ist mir eingefallen. Ganz ohne nachzusehen. Aber falsche Provinz. Das hier ist die Provinz Cagliari. Hängt freilich davon ab, wohin wir fahren.

– Die sehen nie so aus, schon gar nicht in Sardinien, sagt Vesna.

Ich schaue sie verwirrt an.

– Na wie Mörder.

– Schon gar nicht in Sardinien?

– Die sehen nett aus. Aber es sind nie alle nett.

– Ich kenne eine Rechtsmedizinerin aus Nuoro.

– Glückwunsch.

– Ist doch beruhigend, oder?

– Jaja.

– Vesna. Was ist? Du denkst an etwas?

– Zu einem Ferienhaus bringt er uns nicht. Schau dir die Umgebung an. Schnellstraße. Industriegebiet.

Ich blicke mich um. Besonders idyllisch ist die Umgebung tatsächlich nicht. Lagerhallen, Baumärkte, Reifenhändler, sechsspurige Straße, graue hohe Wohnblöcke. In einiger Entfernung Berge. Selbst sie wirken farblos. Stadtautobahnen sind so. Offenbar auch hier.

– Where do we go? Dove?, rufe ich nach vorne.

Der rundliche Sarde lächelt. – Torre delle Stelle.

– Che cosa?

Von dem, was er antwortet, verstehe ich nichts. Das Wort „liberazione" kommt ein paarmal vor. Muss so etwas wie Freiheit heißen. Oder Befreiung. Sollen wir irgendwohin, um Fran zu befreien? Vielleicht wäre es doch ganz gut, wenn jemand wüsste, wo wir sind. Tracking kann auch ein Schutz sein. Kreisverkehr. Jetzt sind die Berge deutlicher zu sehen. Keine schroffen Felsen, sie sind bewachsen mit grünem Buschwerk. Mirto, wilder Wacholder. Das hat es zumindest im Landesinneren gegeben.

– Turm zu Sternen hast du gesagt?, flüstert mir Vesna zu. – Was ist dort?

– Universum. Nichts. Fran. Sterne.

– Wie war das mit Rechtsmedizinerin, die du kennst?

Ich werfe Vesna einen raschen Seitenblick zu. Sieht so aus, als hätte sie mehr Angst als ich. Ihre Instinkte sind besser. Das hat sie mehr als einmal behauptet. Ich hoffe, es stimmt nicht. Wir wechseln auf eine Autobahn. Nur sehr wenig Verkehr. Sie scheint ziemlich neu zu sein. Im Vorbeifahren kann ich *Villasimius* entziffern. Kenne ich nicht. Müsste ich googeln. Was ist gefährlicher: online zu gehen oder nicht?

– Da!, rufe ich und deute nach rechts.

Vesna dreht erschrocken den Kopf.

– Das Meer!

Tiefblau glitzert es zwischen zwei Hügeln in der Nachmittagssonne.

– Wir sind nicht auf Urlaub, knurrt meine Freundin.

– Trotzdem. Es ist schön.

Alberto lacht und ruft uns etwas zu. „Mare" kommt vor, er macht eine große Geste, als wolle er uns die ganze Gegend zu Füßen legen. Er scheint stolz zu sein auf seine Heimat. So, als ob er sie für uns erschaffen hätte. Er wirkt entspannt. Ist alles bloß ein Irrtum? Hat er die Falschen abgeholt? Vesna Krajner. Mira Valensky. Keine Namen, die man ohne weiteres verwechseln kann. Die Autobahn geht in einer großen Schleife in eine Schnellstraße über. Einige Tunnel, dann eine Abzweigung. Er fährt zu schnell, als dass ich hätte lesen können, was auf dem Schild steht.

– Die riesigen Kakteen, sie sind voller Früchte, sage ich zu Vesna. – Im Landesinneren hat es die nicht gegeben.

Hier sind ganze Berghänge mit Feigenkakteen bewachsen, Pflanzen, die man in unserer Kindheit als „Ohrwaschelkaktus" gekannt hat. Ohrwaschelkaktus. Das war auch ein Schimpfwort, aber ein nettes, beinahe liebevolles.

– Ohrwaschelkaktus!, rufe ich nach vorne und zeige auf die Kakteenhecke.

Der Sarde lacht. – Fichi d'India! Come? Oawalkak?

– Ohrwaschelkaktus!

Selbst Vesna muss lächeln. – Schön ist es da schon, sagt sie.

Wir fahren die Küstenstraße entlang. Serpentinen, die unser Begleiter mit Schwung und großer Erfahrung nimmt. Und dann biegen wir abrupt in eine Staubstraße ein. Einige kleine Hinweisschilder. *Bed and Breakfast*, *Farmacia* kann ich entziffern.

– Torre delle Stelle. Ein Dorf, sagt Vesna.

Ein Dorf, in dem es nur ein winziges Stückchen asphaltierte Straße zu geben scheint. Ansonsten Schotterstraßen, Häuser mit Büschen und prächtig blühenden Bougainvilleas, niedrige Mauern aus Stein oder hell gestrichenen Ziegeln, am Straßenrand geparkte Autos. Wir fahren steil bergan. Hier sind die weißen oder gelben Häuser noch weiter voneinander entfernt. Jedes steht für sich, dazwischen Felsen und Oliven, ab und zu eine Palme. Und dann das Meer. Offen und frei unter uns, als würden wir fliegen können.

Unser Begleiter versucht uns fröhlich etwas zu erklären. „Liberazione", das Wort kommt schon wieder einige Male vor. Es scheint mir nicht zu diesem wunderbaren Ort zu passen.

– Liberazione?, sagt Vesna leise zu mir und runzelt die Stirn.

– Freiheit ... oder so, antworte ich.

– Befreiungskampf, flüstert Vesna zurück. – Noch nie was von Liberationsfront gehört?

Wir rumpeln über einige Steine, noch einmal steil hinauf, dann in einen Weg, der kaum zu erkennen war, einige Meter bergauf, dann bergab. Wildes Gebüsch und Felsen und auf der anderen Seite die Bergkette. Ich schlucke. Unser Sarde lässt das Auto weiterrollen. Am Ende eine fast versteckte Einfahrt. Ein an den Hügel geschmiegtes weißes Haus mit Flachdach. Keine Nachbarhäuser zu sehen.

– Villa Liberazione!, ruft unser Sarde. – Siamo qui! Grazie. Arrivederci!

Was er sonst noch sagt, verstehe ich nicht. Wir klettern vorsichtig aus dem Auto.

– Da!, schreit Vesna.

Der Motor heult auf, und von unserem Sarden und seinem Wagen bleibt buchstäblich nur mehr eine Staubwolke.

Die verwitterte Holztür ist verschlossen.

– Sie halten Fran gefangen, flüstert Vesna.

– Wir brauchen Verstärkung, flüstere ich.

Über uns kreisen zwei Möwen und lachen. Aus einem der Häuser weiter unten dringt Musik. Irgendein alter Schlager. Uns trennt ein steiler Hügel. Felsen und Gebüsch. Und wohl auch eine Sprache.

Die Tür. Da ist jemand an der Tür. Vesna zieht mich um die Hausecke. Einige Stufen hinauf. Ein auf drei Seiten von Mauern umschlossener Hof, an der vierten Seite steigt steil der Hügel an. Wilde Oliven und Gestrüpp. Wir hören, wie die Tür aufschwingt. Stehen dicht nebeneinander an das Haus gepresst. Atmen. Lauschen.

– Mam!

Die Stimme ist ganz nah. Sie kommt aus dem Hof. Da ist noch eine Tür. Und in dieser steht Fran.

Vesna löst sich langsam von der Mauer, sie geht auf ihren Sohn zu. Sie fragt nichts, sie sieht sich nicht um. Vorsicht!, will ich schreien und bringe kein Wort heraus. Vesna umarmt Fran. Fran umarmt seine Mutter. Tätschelt ihr den Rücken. Will etwas sagen. Vesna schüttelt bloß den Kopf und umarmt ihn weiter.

Ein Mann. Er kommt von der Eingangstür. Ich ziehe so scharf die Luft ein, dass es schmerzt.

– Frau Valensky?

Der Mann sieht mich an. Ich sehe ihn an. Er ist schmal, mit kurz geschnittenen dunklen Haaren, wohl um die dreißig. – Simon? Wiedner?

Er lächelt. – Sorry wegen der Heimlichtuerei. Aber es geht nicht anders.

– Ihr ... ihr seid nicht gefangen?

– Waren wir nie. Wir sind nur sehr vorsichtig. Und das hat einen Grund.

– Der Haftbefehl.

– Nicht bloß deswegen.

– Liberazione. Der Fahrer. Er hat immer wieder von Liberazione geredet.

– Villa Liberazione. Sie gehört Carlo. Gehörte Carlo. Eigentlich. Eingetragen ist sie auf seine erste Frau.

– Torre delle Stelle. Kein Code. Liberazione. Eine Villa. Keine Befreiungsbewegung, sage ich langsam.

– Geht es Ihnen gut?

– Alles in Ordnung, strahlt Vesna.

– Fast. Das sagt Fran.

Wir sitzen am Holztisch im großen Wohnraum. Fran und Simon haben beide Eingänge sorgfältig verschlossen. Nach Norden, zum Abhang hin, eine Fensterfront und eine Tür zur Terrasse. Man sieht auf eine Bucht. Vor allem aber auf die Berge.

– Die ersten Tage hatten wir auch alle Fensterläden geschlossen und verriegelt. Wir sind uns vorgekommen wie in einem Bunker. Inzwischen glauben wir, dass uns hier so schnell niemand findet, erzählt Fran. – Nicht einmal über Google Maps. Wenn man die Adresse der Villa Liberazione eingibt, wird ein Haus in einer der Gassen weiter unten angezeigt. Wir müssen trotzdem doppelt vorsichtig sein. Der internationale Haftbefehl gegen Simon. Und eine Organisation, der wir zu nahe gekomme sind.

– Von dem Weg aus sieht man das Haus auch nicht, sagt Vesna. – Ihr seid bewaffnet?

Die beiden sehen sie fassungslos an. – Sicher nicht, antwortet Fran dann.

– Wenn schon Waffen, dann haben wir unsere im Netz, ergänzt Simon.

Vesna schüttelt den Kopf. – Super, wenn jemand kommt mit realer Pistole.

– Es ist … eine andere Auseinandersetzung, erklärt Simon.

– Ach. Aber dein Chef ist ganz real tot. Nicht im Netz.

Simon Wiedner nickt.

– Warst du die ganze Zeit über hier?, frage ich.

– Ja. Ich habe mitbekommen, dass Carlo Selbstmord begangen haben soll. Ich habe mich in den Zug gesetzt und bin weg. Sofort.

– Warum?

– Das ist eine lange Geschichte, sagt Fran. – Aber inzwischen wissen wir mehr.

– Simon hat dich zur Hilfe geholt?

– So in etwa, murmelt der. – Simon konnte mir nicht einfach die Adresse schicken, er hat mir einige Hinweise gegeben. Es gab aber auch andere. Mira, die kamen übrigens von dir.

– Von mir? Ich hatte doch keine Ahnung.

– Du hast von irgendeinem getrockneten Fischzeug erzählt. Aus Sardinien.

– Bottarga. Kein Fischzeug, getrockneter Fischrogen. Köstlich.

– Ja. Und dass Carlo Neuhaus Sardinien sehr gemocht hat. Und du hast von seiner ersten Frau erzählt und dass sie über seinen Tod sehr traurig war. Sie haben sich gut verstanden. Lella Giampiero. Ich wollte mehr wissen über diese Frau. Außerdem hat Barbara etwas erzählt. Von einem Haus in Sardinien. Aber ich wollte sie nicht weiter mit hineinziehen.

– Also hast du im Netz gestiert.

– So würde ich das jetzt nicht nennen. Aber ja. Einer der Hinweise von Simon hat Liberazione geheißen. Verpackt in ein Manifest zur Befreiung der Unterdrückten und Entrechteten. Lella Giampiero hat eine Villa in Sardinien. Sie heißt Liberazione. Also …

– Und das konntest du uns nicht sagen? Vesna sieht ihren Sohn empört an.

– Nein. Ja. Ich wollte es. Aber ich war offenbar etwas zu unvorsichtig. Ich musste ganz dringend meine Spuren verwischen. Es war mir jemand auf den Fersen.

– Im Netz, ergänze ich.

– Klar. Aber …

– Die virtuelle und die reale Welt sind eins, sage ich.

Fran sieht mich erstaunt an.

– Langsam begreife ich, was das bedeutet. Ich bin lernfähig.

– Ich bin weg und wollte nachsehen, ob meine Idee passt, und mich dann sofort melden. Aber die Reise mit Bahn und Schiff dauert. Flugzeug ist zu leicht nachvollziehbar.

– Er hat mich gefunden, sagt Simon. – Ich hab es nicht anders erwartet.

– Die Sache mit dem Bruder des Selbstmörders … Wer war der Doktor?, will ich wissen.

Fran tippt sich mit dem Zeigefinger auf die Brust. – Ich hab heute noch einmal mit ihm gechattet. Es geht ihm gut. Er ist froh, dass er alles gebeichtet hat, ich habe ihn gebeten, Vertrauen zu meinem Nachfolger zu haben. Es war gut, dass er mit mir kommuniziert hat, besser, als er wäre auf einen der irren Quacksalber im Netz hereingefallen.

– Deine Freunde vom Computerclub …

– Ich hab sie gebeten, mit dir Kontakt aufzunehmen. Wir haben versucht, ein gewisses Sicherheitsnetz zu bauen. Wir wissen nicht genau, wo die sitzen, die Neuhaus auf dem Gewissen haben.

– Schon wieder ein Netz, stöhnt Vesna.

– Sepp und Mega hatten nur die notwendigsten Informationen. Auch zu ihrem eigenen Schutz. Ich dachte, es ist am besten, wenn Mira einen Grund hat, irgendwohin zu fahren. Ein Stück weg von Wien. Von dort ist es dann sicherer, sie nach Sardinien zu lotsen. Mega schickt dich also am Bahnhof Stuttgart zu einer Kebab-Bude. Und ein anderer, den sie nicht kennt, steckt dir dort einen Zettel zu. Ohne dass der wiederum weiß, wer euch dorthin geschickt hat und warum. Übrigens eine ähnliche Taktik wie im Darknet. Schon einmal vom Tor-Netzwerk gehört? Er hat eine grüne Startseite mit einer kleinen grünen Zwiebel drauf. Dein normaler Browser geht direkt hinein, der erste Server weiß noch, woher er gekommen ist. Der zweite Server weiß es nicht mehr und der dritte weiß nur mehr, wohin er geht.

– Zwiebel oder nicht. Ihr seid im Internet, aber mit uns ihr habt nicht geredet?, fragt Vesna.

– Wir können versuchen, uns unerkannt zu bewegen. Wir können vorsichtig mit Freunden kommunizieren, die sich auskennen. Aber eure Accounts sind nicht sicher. Es ist mehr als wahrscheinlich, dass jemand mitlesen kann.

– Du weißt es nicht?, will ich wissen.

– Alles wissen wir auch nicht.

Ich merke, wie Vesna Luft holt. Ich ducke mich unwillkürlich.

– Ach!, ruft sie. – Ihr wisst also nicht alles! Aber fast! Ganz schön überheblich! Und idiotisch! Ihr schiebt uns herum und ihr lasst uns einfach dumm sterben!

– Fran hat uns immerhin geholt. Ich lege meine Hand auf Vesnas Unterarm. Sie schüttelt sie wütend ab.

– Ja, und wie mein Sohn du kannst wissen, ich komme? Oder war es egal, wenn Mira kommt und ich weiter dumm bin in Wien und glaube, jetzt ist auch Mira verschwunden? Denkst du manchmal?

– Mam … Ich war mir sicher, dass du mitfährst. Du lässt Mira nicht allein.

Ach. Weil ich offenbar hilflos bin. Jetzt werde auch ich langsam wütend.

Simon Wiedner ist aufgestanden. – Es geht um eine Organisation, die wie die Fremdenlegion arbeitet. Ohne Ideologie. Für möglichst viel Geld. Wir sind ihr zu nahe gekommen. Cyberlegion.

Vesna und ich starren ihn an. Will er ablenken?

Simon steht bei der Fensterfront und sieht auf die Berge, dann dreht er sich zu uns um. – Dass im Netz manipuliert wird, wissen wir nicht erst seit der Wahl von Trump. Man kann sich Likes und Follower kaufen, man kann Meldungen über Social Bots verbreiten, man kann Propaganda und Lügen lancieren, andere ausspionieren und ihre Infrastruktur lahmlegen. Die Russen tun es, die Amerikaner tun es, andere Staaten tun es auch und Konzerne sowieso. Warum also sollte man daraus nicht ein gutes Geschäft machen? Egal ob privat oder Staat: warum nicht auf Auftrag Rufmord organisieren? Die Cyberlegion weiß, wie das geht. Die Russen wollen einem anderen Land eins auswischen? Die Cyberlegion ist zur Stelle. Die Amerikaner wollen sich die Finger nicht selbst schmutzig machen? Da ist ein Unternehmen, an das man so etwas gegen gutes Geld auslagern kann. Der große Parteiführer muss echt zum Allerbeliebtesten werden? Millionen werden ihn lieben, wer fragt, ob es sich um echte Menschen handelt. Wahlmanipulation, Fake News, Shitstorms, Schadsoftware, Attacken auf Unternehmen oder Staaten als Geschäftsmodell.

– Warum sollten sie es auf Neuhaus abgesehen haben? Wer sollte dafür den Auftrag gegeben haben?, frage ich.

Vesna schüttelt den Kopf. – Vielleicht ihr seid zu viel im Internet und zu wenig an der Luft.

Fran seufzt. – Die Kampagne gegen Neuhaus ist losgegangen, als er sich öffentlich für OneEarth engagiert hat. Sehr zum Missfallen unserer Regierung und ihrer Freunde. Er hatte hohes Ansehen. Er war prominent.

– Sie haben ihm nahegelegt, sich politisch nicht zu weit aus dem Fenster zu lehnen, das sei für jeden Unternehmer schädlich, ergänzt Simon.

– Wer hat ihm das nahegelegt?, will ich wissen.

– Er hat es mir nie gesagt. Er hat darüber gelacht und gemeint, die hätten Angst, er könnte selbst in die Politik gehen.

– Wollte er?

– Ganz sicher nicht. Aber er hat nicht zu knapp Geld gespendet, das weiß ich. Er hat gesagt, er hat mehr, als ihm zusteht.

– Aber deswegen eine derartige Vernichtungsmaschinerie zu starten … das klingt trotzdem übertrieben.

Fran nickt. – Das hätte ich bis vor kurzem auch noch gedacht. Jetzt glaube ich, dass Phase eins auf Auftrag erfolgt ist. Das Ziel war, prominente Unterstützer von OneEarth unglaubwürdig zu machen. Ihr erinnert euch an den Fall von Gabriele Hofmann? Ihr wurde unterstellt, dass sie ihren Sohn aus erster Ehe verleugnet. Nicht fein für eine Schauspielerin, die in dieser Endlosserie die liebende Mutter gibt. Sie war kurz davor in einer Videobotschaft für OneEarth aufgetreten. So wie Martha Malkovic. Nach ihrer Videobotschaft gab es einen gewaltigen Shitstorm.

– Bodo Frank, ergänzt Simon. – Er wurde verdächtigt, in großem Stil Steuern hinterzogen zu haben. Medien bekamen sogenannte Informationen. Gleichzeitig wurde auf Facebook und Twitter verbreitet, dass er das letzte halbe Jahr ein Luxusleben auf einer kleinen Karibikinsel geführt haben soll. Was hat er davor getan?

– OneEarth unterstützt, sage ich.

Simon lächelt bitter. – Ja. Und das letzte halbe Jahr war er auf Entzug. Kein Luxusleben. Überlebenskampf. Im Fall von Carlo hat man seine Firma diskreditiert. Sie stehe vor dem Konkurs. Er sei ein Heuchler. Bio-Produkte und stinkende Lkw, die alles verpesten, während er Millionen verdiene.

– Aber wer steckt dahinter? Wer hat dieser Legion den Auftrag gegeben?, will ich wissen.

– Wir wissen es nicht. Es wird auch sehr schwer herauszufinden sein. Internetkriminalität funktioniert in Netzwerken. Die einen organisieren die Zahlungsabläufe. Sie wissen nichts von den Inhalten. Die anderen machen Türen auf. Sie wissen nicht, wer warum durch die Türen geht. Die anderen wissen nur, wohin sie sollen, aber nicht weswegen. Und wer das will.

– So wie Darknet, murmelt Vesna.

– So wie überall, wenn Spuren verwischt werden sollen. Aus unterschiedlichen Motiven. Nur die Methoden sind vielfältiger geworden, antwortet Fran.

Simon nickt. – Dazu kommt noch, dass der engste Kreis dieser Organisation nicht übers Netz zu kommunizieren scheint. Sondern direkt. Man stößt an einem gewissen Punkt der Recherchen sozusagen an eine Mauer.

– Und was, wenn sie eben im Darknet unterwegs sind?, überlege ich.

Fran lächelt. – Das klingt so dunkel, ist es aber nicht. Wahr ist, dass man Spuren dort kaum verfolgen kann. Aber man erkennt Zugänge. Und das ist hier nicht der Fall.

– Muster. Es geht auch um Kommunikationsmuster, ergänzt Simon. – Das führt uns zurück zum Anfang. Als sie Carlo und einige andere angegriffen haben, die sich für OneEarth eingesetzt haben. Da habe ich Muster erkannt und zu suchen begonnen. Ich habe Hinweise gefunden und ich war zu unvorsichtig. Ich wollte schneller sein, als man darf. Sie haben es bemerkt und die Sache ist eskaliert. Sie haben geglaubt, ich arbeite auf Auftrag von Neuhaus. Sie konnten nicht zulassen, dass wir hinter ihr System kommen. Und ab diesem Moment ging es um mehr als um eine bezahlte Rufmordkampagne. Neuhaus musste ausgeschaltet werden. So oder so. Die Sache mit der Schlepperei. Die Gerüchte, er würde mit der Hilfe illegaler Flüchtlinge

Drogengeschäfte organisieren. Neuhaus, Boss der Bosse. Natürlich glauben das nicht alle, aber es bleibt etwas hängen. Ich habe ihn gewarnt, ich habe ihm erzählt, was ich vermute. Carlo hat gesagt, dass ich weitermachen muss. Ich sollte herausfinden, was gespielt wird. Und wer da in wessen Auftrag spielt. Nicht nur in seinem Interesse. Ich werde es mir nie verzeihen, dass ich Carlo mit hineingezogen habe. Dass ich ihn nicht schützen konnte.

– Du weißt, wer ihn hat umgebracht?, fragt Vesna.

Draußen blauer Himmel und Berge und eine Bucht, in der das Meer glitzert.

Simon schüttelt den Kopf. – Ich weiß nicht einmal, ob ihn jemand umgebracht hat. Vielleicht war es doch alles zu viel für ihn.

– Die Drogen ... Vesna sieht konzentriert auf einen Fleck auf der hellen Tischplatte.

– Einmal ein Junkie, immer ein Junkie. Tja. Natürlich hatte er die Drogen nicht von mir. Aber sie haben das geschickt lanciert im Netz. Und die Justiz springt auf. Und schon gibt es einen internationalen Haftbefehl. Zum Glück bin ich rechtzeitig weg. Ich wusste, wo der Schlüssel zum Haus in Sardinien ist. Es war Carlos Rückzugsort. Niemand kannte ihn. Bis auf seine Ex-Frau. Und mich.

– Und Barbara, ergänze ich. – Was ist mit seiner jetzigen Frau? Carina?

– Da bin ich mir leider nicht ganz sicher. Mit ein Grund, warum wir so vorsichtig sind.

– Wir sind dabei herauszufinden, wie diese Cyberlegion organisiert ist. Und wer an ihrer Spitze steht, sagt Fran.

Simon nickt. – Fran hatte einen wichtigen Hinweis. Es gab diesen Angriff auf das Europaparlament. Bei dem alle Server zusammengebrochen sind. Kurz nach der Resolution, dass Russland inhaftierte Regimegegner freilassen soll. Es sieht so aus, als hätten die Russen diese Attacke nicht selbst gefahren. Sie haben jemanden beauftragt. Und der scheint in Österreich zu sitzen.

– Ich kann mich daran erinnern, sage ich. – Fran hat davon erzählt. Ich habe das damals … Warum ausgerechnet Österreich?

Simon lächelt. – Österreich fällt weltpolitisch nicht besonders auf. Es ist nicht wichtig. Aber es liegt zentral. Es gilt als ein wenig schlampig, auch was die Arbeit der Behörden angeht. Österreich war über Jahrzehnte ein wichtiger Angelpunkt im Spionagegeschäft.

– Netze und Kanäle, murmelt Vesna. – Da ist mir Handfestes lieber. Wenn schon.

– Wir haben unsere Spuren quasi zusammengelegt, erklärt Fran. – Und aus den Fakten und den Vermutungen eine Art Raster gebaut.

Simon sieht mich an. – Wenn wir keine Schicht übersehen haben, dann arbeitet die Cyberlegion tatsächlich von Wien aus. Sie muss ein Unternehmen sein. Vordergründig legal. Mit der Möglichkeit, Geld unterzubringen. Wir glauben, dass Carina, die Frau von Neuhaus, unter ihrem Schutz steht. Vielleicht gibt sie ihnen auch Informationen, ohne dass sie weiß, was sie tut. Oder sie gibt ihnen Aufträge. Die Cyberlegion muss gute Kontakte zu Regierungsstellen haben. Sie hat Kampagnen lanciert, die zur neuen Politik passen. Es geht um mehr Polizei und mehr Überwachung, auch im Internet. Beides wird als ein Mehr an Sicherheit verkauft, dabei geht es nur um Überwachung. Sie wollen so viel wie möglich über die wissen, die anders denken könnten als sie. Gleichzeitig gab es Kampagnen gegen NGOs, Flüchtlingshilfe, Zuwanderung. Sündenböcke, damit man weiter die Armen gegen die Ärmsten aufhetzen kann. Angstspiele. Um abzulenken, dass ein paar immer mehr Macht bekommen.

– Du hast gesagt, die haben keine Ideologie.

– Stimmt. Ideologie haben die Politiker. Der Cyberlegion ist es egal. Da geht es ums Geld. Und natürlich um Rückhalt. Schon möglich, dass sie solche Kampagnen auch gemacht haben, um notfalls Freunde an den richtigen Stellen zu haben.

Vesna sieht Simon an. – Und wenn das alles nicht stimmt? Weil du ihn ermordet hast, weil er deinen Geschäften zu nahe gekommen ist?

– Mam, sagt Fran. – Simon ist mein Freund. Ich lege für ihn die Hand ins …

Simon verzieht sein schmales Gesicht zu einem halben Lächeln. – Dann steckt ihr in der Scheiße. Dann stürmen in einer Minute drei Drogenkuriere rein und das war es dann. Ciao, Trauminsel.

– So ein Quatsch, sagt Fran und sieht seine Mutter wütend an. – Hältst du mich für so dumm?

Ein Hund. Mitten im Raum. Er beginnt laut zu bellen. Simon und Fran zucken zusammen. Sie nicken einander zu, rennen aus dem Zimmer, als hätten sie es hundertmal geprobt, schließen die Tür hinter sich. Ich sehe mich um. Da ist kein Hund.

Vesna zieht mich unter den Tisch und deutet auf das Regal. Lautsprecher. Mit Hundegebell.

– Alarmanlage. Da ist jemand, flüstert mir meine Freundin ins Ohr.

– Die haben uns alleingelassen, flüstere ich zurück.

– Simon. Wir wissen wenig über ihn.

– Fran ist auch abgehauen.

Noch immer ohrenbetäubendes Hundegebell. Es zerrt an den Nerven.

– Fran ist nie im Leben gegen …

Eine Gestalt auf der Terrasse. Vorsichtig. Gebückt.

Vesna robbt Richtung Küche und deutet mir, unter dem Tisch zu bleiben.

Das Gebell und mein Herzschlag und unter dem Tisch Krümel. Nichts passt zusammen. Nichts. Ich sehe Beine vor der Terrassentür. Rundliche Frauenbeine in flachen Sandalen. Wer sagt, dass nicht auch füllige und offenbar nicht mehr ganz junge Frauen zur Cyber-Armee gehören? Wir sind ja nicht in einem James-Bond-Film. Oder doch? In welchem Film sind wir? Ich bewege mich vorsichtig Richtung Zimmermitte. Von dort aus kann ich mehr sehen. Kleine gedrungene Frau, dunkle kurze Locken mit grauen Strähnen. Jetzt begreife ich gar nichts mehr. Sind Fran und Simon einem riesigen Cyber-Verschwörungs-Märchen aufgesessen, während es um den ganz klassischen Mordfall ging? Die erste Frau ermordet den Ex-Mann und versucht, das der zweiten Frau in die Schuhe zu schieben.

Lella Giampiero sieht vorsichtig durch die Terrassentür ins Wohnzimmer, ich zucke zurück. Sie hat mich nicht bemerkt. Ich höre nicht, was sie tut. Ich höre nicht, wo Vesna, Fran und Simon sind. Ich höre bloß diesen fürchterlichen virtuellen Hund. Ich sehe, wie die Terrassentür aufgeht. Fran hatte sie zweimal versperrt.

– Hallo?, ruft Lella Giampiero. – Tutto a posto?

Und dann ein Schrei und dann vier Beine auf den Terrakottafließen. Ich krabble unter dem Tisch hervor.

– Ich hab sie. Sie ist allein, brüllt Vesna gegen den virtuellen Hundelärm an. Sie fixiert die Frau am Boden. Es scheint allerdings auch keine Gegenwehr zu geben.

– Das ist Lella Giampiero, die erste Frau von Carlo Neuhaus, schreie ich zurück.

Ich hetze zum Lautsprecher und versuche einen Knopf zu finden, um ihn abzudrehen. Eine Hand hinter mir. Fran. Und es ist still. Ganz still.

– Ich habe nach unserem Gespräch via Skype viel gedacht. Ich wusste, Carlo hat seinem Mitarbeiter von das Haus erzählt, sagt Lella Giampiero ein wenig später. – Ich wollte nachsehen, ob er hier ist. Und ich hatte das Gefühl, besser, wenn ich nicht über Internet kommuniziere.

– Gute Idee, sagt Simon.

– Ich bin beinahe gestorben vor terrore … vor Scheck.

– Ist mir auch so gegangen, seufze ich.

– Es ist wunderschön, das Haus.

Das kommt von Vesna. Ich sehe sie verwundert an. Vielleicht hat sie das Gefühl, sie muss etwas gutmachen bei Lella.

Wir erzählen ihr von unseren Vermutungen.

– Aber wenn diese legione überall alles macht im Internet, warum man findet nichts über ihre progetti? Projekte? Keine Spuren im Netz?

– Gute Frage, erwidert Fran. – Wir glauben inzwischen, dass sie ganz anders arbeitet, als man annehmen würde. Nicht jeder an seinem Computer, irgendwo, dezentral, damit man sie nie gemeinsam fassen kann. Zumindest der harte Kern ist an einem Ort. Sie planen ihre Projekte nicht übers Netz. Sie reden miteinander. Und zeichnen nichts auf. So gibt es auch keine Spuren zu den Auftraggebern. Anders ist vieles nicht erklärbar. Ich würde es auch so machen.

– Und wie passt Carina dazu?, fragt Lella. – Ich gebe zu, mir gefällt, wenn sie eine criminale informatici ist. Kriminelle im Internet, man sagt bei euch. Aber ich glaube nicht ganz. Sie ist … faul, ich glaube.

– Carina Neuhaus ist in einer Clique mit dem Männchen. Mit Zillinger. Meinem Chefredakteur. Sie waren gemeinsam auf Ibiza, als Carlo ums Leben gekommen ist.

Simon nickt. – Wir haben Fotos. Aus Ibiza. Facebook und Instagram.

– Zillinger hat früher bei Summa gearbeitet, nicht wahr?, sagt Fran langsam.

– Ja.

– Weißt du, wer noch bei Summa gearbeitet hat? Als Hausmeister?

Wir schütteln gleichzeitig den Kopf.

– Hakan Bilgin. Der Fahrer.

Ich schlucke. – Ein legales Unternehmen. Das „Magazin" hat neue Eigentümer. Es gibt neue Mitarbeiter. Uns von der alten Partie lässt man dumm sterben. Zillinger kennt Carina Neuhaus. Zillinger muss auch Hakan Bilgin kennen.

– Er wurde gekündigt, weil er Werkzeug und Geräte mitgehen ließ, sagt Fran.

– Optimal für so einen Job. Typ Kleinkrimineller. Es ist nicht kompliziert, in einem Lkw drei Flüchtlinge zu verstecken.

Wenn es schiefgeht, bekommt er einen guten Anwalt und man verspricht ihm mehr Geld, wenn er über die wahren Hintermänner schweigt.

– Das „Magazin"? Ich weiß nicht … Simon schenkt sich Kaffee nach.

Mir wäre nach Wein oder diesem wunderbaren klaren sardischen Grappa. Filu 'e ferru. Aber die Droge unserer Netzexperten scheint tatsächlich Kaffee zu sein. Das „Magazin" als Zentrale der Cyberlegion. Mit Zillinger als Anführer. Und ich decke es auf. Und das „Magazin" wird wieder wie früher. Nein. Besser als früher. Mit Droch als interimistischem Chefredakteur, er kommt aus der Pension zurück, damit alles wieder läuft. Irgendwas ist trotzdem seltsam. Hätte ich wirklich nichts gemerkt? Und: Hat Zillinger das Zeug zum Boss einer derartigen Organisation? Wer aus der Mannschaft ist mit dabei? Wer ist so gut, dass selbst Fran und Simon kaum Spuren finden?

Simon stellt die Kanne ab. – Ich glaube etwas anderes. Ich glaube, es ist ToPost.

Ich reiße den Mund auf.

– Gut, du bist nicht hingegangen, sagt Vesna trocken.

– Die wollten dich?, fragt Fran.

– Lukic. Ja. Er hat mir ein Angebot gemacht. Ein sehr gutes. Er hat gesagt, er will das Profil der Agentur erweitern. Auch große Reportagen anbieten. Er hat gesagt, er schätzt meine Arbeit und …

– Wann hat er dir das gesagt?

– Am Fest von Hans. Bei Speed. Und dann noch in einer E-Mail.

Vesna nickt. – Als du recherchiert hast über Tod von Neuhaus.

– Zillinger wollte, dass ich mich nicht mehr um dieses Thema kümmere. Und er hat Carina Neuhaus in Schutz genommen.

Simon sieht in seine Tasse, als könnte er in ihr die Wahrheit finden. Kaffeesudleserei. Auch so ein Wort, das allmählich in Vergessenheit gerät. Man tut, als wüsste man, was wirklich ist. Hat es auch früher schon gegeben. – Lukic hat gewusst, dass du recherchierst. Er weiß auch von Vesna und von Fran. Wenn er der ist, der wir vermuten.

– Er wollte dich kaufen, damit er dich unter Kontrolle hat, ergänzt Vesna.

– Ich habe ihn zufällig getroffen. Beim ersten Mal. Er wollte zu Zillinger.

– Du bist sicher, es war Zufall?

Sicher? Gibt es noch etwas, das sicher ist?

– Vielleicht steckt doch diese Carina dahinter, meint Lella Giampiero. – Sie hat das mandato erteilt. Auftrag.

– Passt nicht, meint Simon. – Politik ist ihr restlos egal. Die hält OneEarth wahrscheinlich für eine Ethno-Kleidermarke. Außerdem wollte sie sicher nicht, dass die Firma, die sie erbt, den Bach runtergeht.

– Vielleicht war es zwei Mal Auftrag. Zuerst Strafe für Unterstützer von NGO. Und dann hat Carina gedacht, da kann man sich anhängen und mehr machen, überlegt Vesna.

– Glaube ich nicht. Es ist eskaliert, als sie den Eindruck hatten, ich komme ihnen nahe, ich entdecke, wer hinter den Fakes und der Hetze steckt.

Lella schüttelt den Kopf. – Es ist nicht immer eins und eins zwei. Manchmal ist die Welt mehr kompliziert. Glaubt italienischer Sozialwissenschaftlerin.

– Jedenfalls können wir jetzt noch konkreter suchen. Und ihr seid unsere Tarnung, sagt Fran.

– Wir?, frage ich.

– Ihr verbringt ein paar nette Tage am Meer und wir verziehen uns ins Netz. Wenn das Haus belebt ist, fällt es nicht auf, dass noch zwei weitere Menschen da sind.

– Und was ist mit Oskar? Mit Barbara? Sie machen sich Sorgen …

– Sie bekommen eine Nachricht. Wir haben schon alles vorbereitet. Barbara. Ich wollte, sie könnte auch hier sein.

– Besser nicht, mischt sich Vesna ein.

– Mam, wenn du nicht endlich aufhörst, alle meine Freunde zu verdächtigen …

– Fran, einer muss klaren Kopf bewahren. Sie ist verbunden mit der Sache. Das musst du einsehen. Man kann sich verlieben und täuschen.

– Sie kann ohnehin nicht kommen. Sie ist auf Konzerttournee in Paris. In ihrem Hotelzimmer sollte sie eine Nachricht finden, die sie beruhigt. Wenn alles funktioniert. Hoffentlich.

– Habt ihr überall Freunde?, frage ich.

– Die Community ist logischerweise gut vernetzt. Und Grenzen gibt's bei uns keine. Zumindest nicht in der herkömmlichen Form.

– Oskar, sage ich. – Er wird sich auch Sorgen machen, wenn er so lange nichts von mir hört.

– So lange? Du warst heute früh noch in Stuttgart. Und du hast ihm zu Mittag aufs Mobiltelefon gesprochen.

Ich nicke irritiert. Was alles in einen Tag passt. Zeit und Raum. Wie relativ.

Fran redet weiter. – Wir haben ihm bereits eine Nachricht geschickt, als ihr euch auf den Weg gemacht habt. Die Aktion am Flughafen war unnötig. Und gefährlich.

Vesna sieht ihn empört an. – Mein lieber Sohn. Etwas weniger Überheblichkeit würde dir gut stehen.

– Mam. Ich hab von dir gelernt, logisch zu denken. Die Anrufe sind an „Sauber – Reinigungsarbeiten aller Art" und an das Mobiltelefon von Oskar gegangen. Von einer Nummer, die mit euch bisher nicht im Zusammenhang stand. Das ist richtig. Es kann allerdings gut sein, dass beide Anschlüsse kontrolliert werden. Entweder von der Cyberlegion selbst oder über staatliche Telefonüberwachung.

– Na und? Den Mann kennen sie nicht. Er war ein Deutscher. Harmlos. Sicher.

– Sie wissen, dass die Anrufe vom Flughafen Stuttgart gekommen sind. Wohin ist der Mann geflogen, der euch das Telefon geborgt hat?

– Paris, antwortet Vesna. – Er war bei dem Gate für Paris. Glaube nicht, nur du bist vorsichtig. Du sagst selbst, du hast gelernt von mir.

Fran lächelt. – Nur … die Methoden sind anders geworden.

Wir liegen am Strand. Sonnenschirme, die im Wind flattern. Platz genug für alle. Hier gibt es keine Hotels mit exklusivem Zugang zum Meer, keine schnurgerade ausgerichteten Liegestuhlreihen. Keine Rüpel, die zeitig in der Früh die besten Liegen besetzen. Keine Angestellten, die darauf achten, dass nur Berechtigte ihren Platz an der Sonne bekommen. Hier nimmt jeder seinen eigenen Schirm mit, sein Badetuch, alles, was man eben für einen Tag am Meer braucht. Italienische Großfamilien, „mit Strandwohnzimmer", wie Vesna das nennt. Mehrere Schirme, Klapptisch, Klappsessel, Kühltaschen, Polster, Handtücher, Decken. Halbwüchsige, die auf einem großen Tuch nebeneinander auf dem Bauch liegen und über irgendwelche Handy-Videos lachen. Schwarzhaariger Italiener mit knapper Badehose, sorgsam darauf bedacht, den Bauch einzuziehen. Junge Italienerinnen mit etwas, das man kaum mehr Höschen nennen kann. Vater, der mit seinen Kindern im flachen Wasser Ball spielt. Ich drehe mich wohlig auf den Rücken und lasse mir die Sonne ins Gesicht scheinen. So schön kann das Leben sein.

– Du glaubst wirklich, ToPost ist in Wirklichkeit kriminelle Cyberlegion?, fragt Vesna von ihrer Luftmatratze aus.

– Kannst du dir vorstellen, dass ich einmal nicht an so etwas denken will?

– Sicher. Weil du Lukic nett gefunden hast.

– Nett? Nur angenehmer als das Männchen. Und das ist bald wer.

– Aber der hat nicht Profil für einen raffinierten Verbrecher.

– Woher willst du das wissen? Vielleich tarnt er sich nur sehr geschickt in seinem Slim-Fit-Anzug. Sieht lächerlich aus wie viele dieser Knaben, die auf Wirtschaft und Erfolg machen und in Wirklichkeit …

– Er ist befreundet mit Carina, mischt sich Lella ein.

Ich lache. – So haben wir alle unsere Lieblings-Bösen. Ich Zillinger. Lella Carina. Und Vesna … Ist es noch immer Simon?

– Mir ist es egal. Ich mache das mit Fakten. Wir brauchen einen Plan.

– Wir müssen abwarten, was Fran und Simon herausfinden, widerspreche ich.

Vesna setzt sich auf. – Kanalnetz oder Internet. Wenn man zu lange herumsteigt, verirrt man sich.

– „Sardos", „Sa Tuedda" oder „Palmira"?, fragt Lella.

Wohin gehen wir essen … Das sind die wirklich wichtigen Entscheidungen. Ein Lokal besser als das andere. Die nächste Viertelstunde diskutieren wir über gebackene See-Anemonen, Schnecken in pikanter Paradeissauce, über Fregola und Malored-dus.

– Ich werde kochen, dann haben die beiden in der Villa Liberazione auch etwas davon, überlegt Lella.

Wir stöhnen dramatisch. – Du kannst mich rollen, wenn ich noch einmal so viel esse, ruft Vesna.

– Was ist? Muss man in Österreich noch aussehen wie ein Mager-Modell? Wo ist eure Frauenbefreiung, eh?, kontert Lella.

– Magermodel hat mich noch niemand genannt, lache ich.

– Wir fahren nach Dolianova, kaufen Wein in der Cantina Sociale und dann Olivenöl, beschließt Lella. Die haben dort auch fantastisch Crema di Olive, hundert percenti gemacht aus Oliven. Am Weg wir gehen beim Gemüsestand vorbei. Und dann gibt es heute nur Verdure miste mit Olivenöl und Holzofenbrot und dann eine kleine Pasta, nur Olivencrema und etwas Peperoncino und Bottarga darüber und dann höchstens noch etwas gefülltes Pane Carasau, und vielleicht, wenn wir es im mercato bekommen, kleine Fische mit Petersilie und Knoblauch und …

– Basta!, ruft Vesna.

– Simon ist so dünn und bleich, sagt Lella. – Wie wirklich aus dem Netz.

– Zuerst gehen wir auf einen Drink, schlage ich vor und sehe zur Bar hinüber. Hölzerne Terrasse auf Stelzen mit wunderbarem Blick aufs Meer und einem der besten Campari-Sprizz, die ich je getrunken habe. Liegt vielleicht daran, dass sie viel richtig guten sardischen Frizzante hineintun und nur ganz wenig Soda.

Zwei dunkelhäutige Strandverkäufer nähern sich. Einer hat eine Unzahl von Hüten übereinander auf dem Kopf. Um den Hals trägt er Hunderte von Ketten. – Solo dieci Euro!, ruft er.

Der zweite trägt einen schweren Rucksack.

– No, no, grazie, sage ich, lächle, wedle abwehrend mit der Hand.

– Gar nicht hinsehen, sonst glauben sie, du willst doch was, sagt Vesna und sieht angestrengt in ihr Buch.

– Warum?, fragt Lella und erhebt sich mit erstaunlicher Eleganz. Wer sagt, dass ein paar Kilos mehr hässlich machen? Ich sollte so viel von den guten Sachen hier essen, wie ich nur schaffe. Hm. Zu Lella passt ihre Figur. Ich sehe irgendwann aus wie ein Elefant. Und ein paar Kilo Übergewicht habe ich jetzt schon.

Lella steht bei den Schwarzen und lässt sich Armbänder zeigen. Warum tut sie das? Ist doch alles bloß Ramsch. Wer weiß, ob sie die beiden jemals wieder loswird.

– Verstehst du, was sie sagt?, fragt Vesna leise.

– Sie ist zu weit weg.

– Du kannst nicht so gut Italienisch.

– Auch das.

– Ist es nicht seltsam, wie sie mit ihnen redet? So als wenn sie sie kennt.

– Vesna, jetzt verdächtige nicht auch noch Lella.

– Man muss nur jeder Spur nachgehen. Und sich nicht eingarnen lassen.

– Umgarnen.

– Sage ich ja. Wie du von Lukic.

– Schwachsinn. Mich kannst du damit nicht ärgern. Schon gar nicht hier.

– Wer sagt, dass sie die beiden nicht absichtlich trifft. Sie kann ihnen erzählen von Fran und Simon.

– Bisher war Simon der Oberverdächtige.

Ich sehe die beiden Strandverkäufer genauer an. Sie tragen saubere leichte Cargohosen und Flipflops, ihre T-Shirts sind bunt und wirken neu. Sie sehen den jungen Männern im Lager bei Florenz ähnlich. Schlank und hochgewachsen. Hat Lella doch andere Absichten? Hatte sie ein Motiv, ihren Ex-Mann zu beseitigen?

– Das Haus, sage ich. – Carlo Neuhaus hat die Villa Liberazione gekauft, sie ist aber auf Lella Giampiero eingetragen. Weil es angeblich einfacher war. Weil er einen Ort haben wollte, an dem ihn keiner findet.

– Seit seinem Tod gehört die Villa endgültig ihr. Man kann für weniger töten als für so ein Haus.

Die beiden Männer machen richtiggehende Verbeugungen vor Lella Giampiero. Sie kommt über den Sand zu uns, lächelt. – Ich habe auch für euch Bracelette. Wie sagt man? Armbund? Ich habe so viel Deutsch vergessen ... Sie streckt ihre Hand aus. Armbänder mit Perlen und grünen und blauen Steinen. – Sie erinnern an die Farbe von Meer und Sand, sagt sie und lächelt. – Ich kaufe immer am Strand. Sie haben oft schöne Dinge, wenn man sucht. Und sie brauchen Unterstützung. Sie haben keine andere Chance, als Zeug zu verkaufen. Wenn ich kaufe, dann ist es besser, als ich schenke ihnen Geld. Auch für ihren Stolz.

Vesna und ich sehen einander an. Ich nehme mir vor, das Armband oft zu tragen. Zur Erinnerung, dass es auch das Gute gibt. Und dass einen zu viel Misstrauen die Sonne nicht mehr sehen lässt.

[15.]

Auch Wien hat schöne Seiten. Ich sitze an meinem Schreibtisch, vor mir das Dossier der Redaktionssekretärin. Die Wahrheit über den Mord an der Fitnesstrainerin hat hohe Wellen geschlagen. Ich hatte Anfragen für zahlreiche Interviews und Talkshows. Bloß: Ich war offline. Fran hat meine Reportage über einen Weg ans „Magazin" geschickt, der ihm halbwegs sicher erschien. Gemeinsam mit der Nachricht, dass ich mich für einige Tage zurückziehe. Wenigstens habe ich dadurch erst später vom Aufmacher-Titel des „Magazin" erfahren: „Sex und verschmähte Liebe – Das wahre Drama". Darunter sieht man ein verschwommenes Foto einer leicht bekleideten nicht mehr ganz jungen Frau, die sich auf einem Bärenfell räkelt. Über das Gesicht geht der obligate Balken. Viel kleiner ist darunter zu lesen: *Justizskandal? Mehr als ein Jahr saß Stefan U. unschuldig wegen Mordes im Gefängnis. Das MAGAZIN fand den Bruder des Täters. Und die traurige Wahrheit.* Aber vielleicht geht es gar nicht darum, wie reißerisch Titel sein dürfen. Vielleicht geht es längst um etwas anderes: Ist unsere Wochenzeitung inzwischen bloß Tarnung für ganz andere Geschäfte? Sitz der Cyberlegion, bei der man zwischen Rufmord, Propaganda und Staatskrise alles bestellen kann?

Ich habe Fran versprochen, im Moment mit niemandem über ihren Verdacht zu reden. Auch nicht mit Zuckerbrot. Ich versuche, ihm aus dem Weg zu gehen. Marius Verhofen ist in einem sehr guten Sanatorium untergebracht, hat er mir erzählt. Und von den Medien abgeschirmt.

Zuckerbrot war einigermaßen verärgert über meinen „Alleingang". Und er wollte wissen, wo wir die letzten paar Tage gewesen sind.

– Ich verzeihe Ihnen.

Ich fahre herum. Hinter mir, noch halb hinter meinem Riesenphilodendron, steht der Chefredakteur.

– Das ist nett, sage ich ausdruckslos.

– Was sollte das, einfach unterzutauchen?

– Sie haben die Story rechtzeitig bekommen, oder?

– Sie sollten besser kooperieren. Die Geschäftsführung hat sich trotzdem entschlossen, Ihnen einen fetten Bonus für die Geschichte zu zahlen. Wie angekündigt. Wer zum Erfolg des „Magazin" beiträgt, der profitiert. Wir halten unser Wort.

– Ich wusste gar nicht, dass Sie in der Geschäftsführung sind.

– Wir sehen uns als eine Einheit. Ein neuer Stil, wie in der Politik. Man arbeitet zusammen.

– Die Redaktion soll objektiv berichten. Und zwar das, was wichtig ist. Die Geschäftsführung kümmert sich um die finanzielle Seite, um Anzeigen und Ähnliches. So war das bisher. Es zu trennen, hat Sinn.

– Veränderung ist angesagt. Überall. Sie könnten sich übrigens auch bei mir bedanken.

– Danke für den Bonus.

– Das meine ich nicht. Immerhin war es mein Tipp, der mit dem Personenkomitee.

– Ich sollte gegen das Komitee schreiben.

– Sie sollten sich ansehen, was da los ist. Und das haben Sie getan. Sie haben das wirklich gut gemacht.

– Danke.

– Und? Was planen Sie als Nächstes? Könnte es sein, dass Ihre Abwesenheit mit dem Fall Neuhaus zu tun hatte? Oder geht's um dieses Cyberzeugs?

Ich lächle das Männchen möglichst harmlos an. Ich muss ablenken. Rasch. – Wir könnten beim Personenkomitee ansetzen. Wie wäre es mit einer Reportage über die Macht der Zivilgesellschaft?

– Wenn wir nicht die Wahrheit herausgefunden hätten, würden die jetzt noch protestieren. Ohne dass sich etwas ändert.

– Wenn sie nicht gewesen wären, hätten „wir" von der ganzen Sache gar nicht erfahren.

– Zivilgesellschaft ... wie das schon klingt. Nach Spaßbremsen und Empörung. Gutmenschen.

Ich versuche es immer noch mit dem ausdruckslosen Gesicht. Es fällt mir zunehmend schwerer. Warum eigentlich ablenken? Ich könnte ja auch versuchen, ihn zu provozieren. – Apropos Cyber. Ich habe da ein paar interessante Hinweise. Kriminelle im Netz, die gegen Bezahlung alles machen. Wie wäre es damit?

Ich versuche seine Reaktion genau zu beobachten. Sieht so aus, als wäre er besser im indifferent Schauen als ich. Kann aber auch sein, dass er nicht so viele verschiedene Gesichtsausdrücke hat.

– Darüber haben wir schon gesprochen. Wenn, dann die Internet-Betrüger. Kriminelle, die einem über gefakte Handy-Botschaften oder E-Mails das Geld aus der Tasche ziehen. Oder die Homepages kapern und Lösegeld wollen.

– Ich rede nicht vom Prinz aus Timbuktu, der zehn Millionen gewonnen hat und mir eine davon schenken will, weil unsere Vorfahren denselben Nachnamen hatten. Ich rede von einer größeren Sache. So etwas wie einem Unternehmen, das im Internet alle Arten von kriminellen Aufträgen erledigt. Das könnte bis hin zu Schadsoftware gehen, die Atomkraftwerke stört.

– Keine Endzeit-Dramen. Als Nächstes kommen Sie mir womöglich noch mit Klimawandel.

– Es scheint da einiges über Österreich zu laufen. Ich habe ein paar Kontakte ...

– Woher haben Sie das? Vom Sohn Ihrer Busenfreundin?

– Wie kommen Sie ...

Zillinger lächelt breit. – Ich habe eben auch meine Kontakte. Er sollte übrigens vorsichtig sein. Ich habe gehört, dass er mit dubiosen Leuten Freundschaften pflegt.

– Er ist ein erfolgreicher Unternehmer. Einer von denen, die Ihre Freunde üblicherweise lieben. Start-up, klein, aber fein. Er kümmert sich um Sicherheitslücken in Systemen und um maßgeschneiderte Internet-Lösungen für Firmen.

– Wird schon so sein.

– Wer sollen diese dubiosen Leute sein?

– Keine Ahnung. Ich habe das nur am Rande gehört. Hat Ihre Freundin Ihnen nichts erzählt?

– Ich war ein paar Tage offline.

– Ich habe eine andere Geschichte für Sie. Maßgeschneidert, redet das Männchen weiter.

– Ja?

– Titel: „Die Super-Frauen. Wie sie nach oben kommen. Wie sie privat ihr Glück finden". Klingt doch gut, oder?

– Und wer oder was soll das sein?

– Top-Unternehmerinnen, Schauspielerinnen, diese neue Polizei-Chefin, das brauche ich Ihnen doch nicht zu sagen. Sie erzählen ihre Erfolgsgeheimnisse. Und was sie privat so treiben … was sie eben glücklich macht. Vorzeigefrauen. Das passt Ihnen doch, oder?

– Und Susi aus dem Büro und Gabi an der Supermarktkassa denken dann, sie sind eben selbst dran schuld, dass sie nicht so großartig sind. Bloß weil sie keinen reichen Papa haben, kein Schauspieltalent, keinen Superbusen … das braucht sie doch nicht daran zu hindern, eine tolle Powerfrau zu werden, erfolgreich und glücklich. Sie müssten sich einfach mehr anstrengen und schon würde es gelingen.

– Genau. Und Männer lesen solche Storys über Superweiber … Superfrauen, sorry, natürlich auch gern.

– Ich hatte es ironisch gemeint.

– Ich verstehe nicht …

– Genau das ist das Problem.

Trotzdem. Ich sollte vorläufig beim „Magazin“ und in der Nähe von Zillinger bleiben. Wenn der Kern der Cyberlegion direkt kommuniziert, dann hat das Vor- und Nachteile. Menschen sind sichtbar. Und Auftraggeber auch. Wobei: Zillinger trifft sich andauernd mit Politikern, Wirtschaftsbossen, Lobbyisten, Leuten, die bei uns Inserate schalten. Wie sollte ich da herausfinden, wer der Legion einen Auftrag gibt? Ich setze ein breites Lächeln auf. – Ich überlege es mir.

Mein Mobiltelefon läutet. Ich bin wieder online. Wie bequem. Zwingt einen ja keiner, dauernd am Handybildschirm herumzuwischen. Aber allein das Gefühl, verbunden zu sein ... Wir haben uns eben daran gewöhnt. – Bis später.

Er versucht zurückzulächeln und verlässt freiwillig meinen Bürodschungel. Vorsichtig, ohne irgendein Blatt zu zerfetzen. Was eine Aufmacher-Story so alles bewirkt. Oder hat er einen ganz anderen Grund, mich beinahe höflich zu behandeln?

Rosa Prager. Sie will nicht am Telefon reden. Sie möchte, dass ich zu ihr komme. Worum es gehe? Na, das werde ich dann schon erfahren. Ich mag ihren schnoddrigen Ton. In ihrem Alter kann man sich viel erlauben. Es gibt auch gute Zukunftsperspektiven, Mira. Allerdings ist sie eine seit Jahrzehnten gefeierte Schauspielerin und ich ... immerhin Journalistin. Eine, die es gerade wieder geschafft hat, die Öffentlichkeit zu interessieren. Es gibt sie, die Wahrheit. Oder die Annäherung daran. Ein kleines Stückchen davon habe ich gefunden. Mithilfe von Fran und anderen.

– Na kommen's jetzt oder nicht?, fragt Rosa Prager mit ihrer unnachahmlichen Mischung aus Theaterdeutsch und Wiener Dialekt.

Wenig später sitze ich in ihrer Wohnung. Gepflegter Parkettboden, hohe Doppeltüren, weiche Teppiche, moderne Möbel. – Alt bin ich selbst, hat sie bei unserem letzten Interview gesagt. – Ich mag Kontraste.

Sie trägt ein großes Pflaster auf der Stirn. Meine Frage danach hat sie ungeduldig weggewischt. – Zuerst einmal gibt es einen Kaffee. Und dann reden wir.

Ich warte und überlege. Wahrscheinlich geht es ihr nicht so gut, wie sie vorgibt. Sie wird gestürzt sein. Hoffentlich ist nichts zurückgeblieben. Sie wirkt etwas fahrig. Ein leichter Schlaganfall? Was sind die Anzeichen dafür? Hängender Mundwinkel. Habe ich nicht bemerkt. Hinken. Auch nicht. Sprachstörungen. Bisher keine.

Rosa Prager kommt mit dem Kaffee und lässt sich ohne irgendwelche Gleichgewichtsprobleme auf das Sofa nieder.

– Sie sind gestürzt?, frage ich.

– Wie kommen Sie darauf?

– Das Pflaster.

– Ich dachte schon, jetzt fangen auch noch Sie mit meinem Alter an.

– Was ist passiert? Oder hat Ihnen jemand ein Cut geschlagen?

Rosa Prager lächelt. Jede ihrer Falten strebt nach oben. Fröhliches Mädchengesicht mit etwas zu viel Haut. – Das trifft es schon eher.

– Sie waren unhöflich.

– Bin ich doch nie.

– Und wie würden Sie es nennen, wenn jemand den Kanzler einen „faden Buben" nennt?

– Ah, das haben Sie mitbekommen? Na bitte: Der raucht nicht, der trinkt nicht, ich glaub, nicht einmal Kaffee, seine Freundin hat sicher auch nicht viel Spaß mit ihm. Und politisch täten mir zu diesem Buben noch viel unhöflichere Adjektive einfallen.

– Aber er hat Ihnen keins übergebraten.

– Nein. Der macht nichts selbst als reden und vor der Kamera stehen. Fürs Überbraten hat er sicher einen Freund, der jetzt endlich einen gut bezahlten Job hat, grinst sie. Das nächste Faltenmädchenlächeln. – Aber nah dran sind Sie doch. Es hat diese große Demo gegeben. Ich hoffe, Sie waren dabei.

– Ich war im Ausland.

– Na gut. Ich war ganz vorne. Weil man diese Nazibuben, die er deckt, nicht einfach hinnehmen kann.

– Sie meinen unsere Regierung?

– Na ja. Vor allem die eine Partei. Jedenfalls hab ich laut gerufen. Ich hab noch immer eine sehr laute Stimme. Und dann ist einer von den Wachleuten her und wollte mich zur Seite drängen. Ich gebe zu, ich hab ein bissl übertrieben. Outriert eben, auf der Bühne mag ich das nicht, aber bei einer Demo reizt es mich. Ich hab also noch lauter geschrien. Die rund um mich waren ganz empört, dass der mich wegdrängen will, und dann war einfach nur mehr ein allgemeines Gedränge und ich bin zu Boden gegangen und auf den Randstein geköpfelt. Aber ich hab einen harten Schädel. Hab ich immer schon gehabt. Meine Leute haben etwas von Mord geschrien, was schon ein bissl hysterisch war. Und dann haben sie das natürlich gepostet, auf Teufel komm raus, wie man so sagt. Und die Teufel haben zurückgepostet und all das. Ich halte nichts von der Verklärung der Vergangenheit, aber eines muss ich schon sagen: Es hatte Vorteile, als noch ein Briefträger die Post gebracht hat. Da ging nicht so schnell so viel hin und her, ohne dass man zum Denken kommt.

– Ich war offline. Wenn Sie verstehen, ich war also nicht …

– Natürlich versteh ich. Ich bin ja nicht dumm.

– In den Medien habe ich über den Vorfall nichts gelesen.

– Ist auch kaum wo gestanden. Sie wissen ja, viele Zeitungen wollen die Regierung und ihre Freunde nicht anpatzen. Weil deren Eigentümer sind teilweise ihre Freunde. Es gibt eine Stelle bei Nestroy, da steht etwas ganz Ähnliches. Über Freunderlwirtschaft. Also nix Neues.

– Und ich soll jetzt darüber schreiben?

– Wie kommen Sie darauf? Unsinn. Ich sage ja, ich hab ein wenig übertrieben und mir dafür ein Cut eingefangen. Wenn jeder, der outriert, eins auf den Kopf bekommen würde, stünde es besser ums Theater. Und um die Welt insgesamt. Nein. Ich will meine Biografie schreiben. Das heißt, ich will, dass Sie sie schreiben.

Ich sehe Rosa Prager verwundert an. – Warum ich?

– Sie haben einen ähnlichen Humor.

– Ich finde in letzter Zeit wenig zu lachen.

– Genau. Aber trotzdem sind Sie bereit, das Leben mit Witz zu nehmen.

– Ich hätte gerne mehr davon.

– Reicht schon. Also, was sagen Sie?

– Das kann ich nicht so schnell …

– Müssen Sie auch nicht. Alle anderen alten Schachteln haben längst ihre Biografie veröffentlicht. Selbst ganz gute Schauspieler schreiben jetzt autobiografische Geschichten über ihr Liebesleben und verkaufen massig Bücher. Mir ist das immer zu eitel vorgekommen, was hab ich schon groß zu erzählen? Aber vielleicht wird man mit zunehmenden Jahren eher noch eitler.

– Sie wollten doch nicht übers Alter definiert werden.

– Das ist richtig. Das heißt aber nicht, dass ich mein Alter nicht kenne. Ich hab glücklicherweise schon einen Weltkrieg hinter mir, ihr habt ihn vielleicht noch vor euch.

– Nicht sehr positiv.

– Aber ein guter Spruch, oder? Man braucht gute Sprüche für so ein Buch. Außerdem, wer kann es wirklich sagen? Deswegen gehe ich auch auf die Straße. Wissen Sie übrigens, was ich geschrien habe, bevor der Wachmann versucht hat, mich wegzudrängen?

Ich schüttle den Kopf.

– Solidarität! Nieder mit dem Neoliberalismus! Ist doch gut, nicht? Ich wollte das seit dem Achtundsechzigerjahr machen. Damals hab ich gerade „Fräulein Julie“ geprobt und hatte keine Zeit. Außerdem war in Wien ja eh wenig los. Ein fades Stück übrigens. Und Strindberg war ziemlich psychopatisch. Durch den Wind, wie mein Enkelsohn sagen würde. Es gibt übrigens ein Rumpsteak, das nach ihm benannt ist. Nach Strindberg natürlich.

– Hab ich noch nie gehört.

– Ist etwas aus der Mode. Zum Glück. Salz, Pfeffer, Senf auf beiden Seiten und dann in fein geschnittenen Zwiebeln wälzen und braten. Wenn man es vorsichtig brät, damit die Zwiebeln nicht schwarz werden, ist es zäh wie die Strindberg-Stücke. Wenn man es zu rasch brät, sind die Zwiebeln eben schwarz. Auch nicht essbar.

– Sie müssen es ziehen lassen. Schnell anbraten und dann zehn Minuten ins Rohr, achtzig Grad reichen.

Rosa Prager sieht mich überrascht an. – Sie können kochen?

– Ich koche sehr gern.

– Ich nicht. Ich kenn dieses Rumpsteak nur, weil es so gut zu den Strindberg-Texten passt. Aber das macht nichts. Es wird ohnehin eine Biografie und kein Kochbuch. Mein Lieblingsenkel hat mich auf die Idee gebracht. Er wollte, dass ich alles niederschreibe, was ich ihm erzählt habe. Bevor ich abkratze. Das hat er natürlich nicht gesagt.

– Ihr Enkel ist auch Schauspieler?

– Woher denn. Er hat was gelernt. Er ist Umweltökonom in den USA. Lehrt an der Columbia University. Obwohl er noch so jung ist. Aber er mag das mit dem jung genauso wenig wie ich das mit dem alt. Weil es Wichtigeres gibt. Klimawandel. Damit beschäftigt er sich. Das große Thema. Vielleicht noch schlimmer als ein Weltkrieg. Nur dass es halt nicht so schnell geht mit dem Sterben. Aber da wie dort kann man etwas tun dagegen. Nun gut, darum wird es in meiner Biografie nicht gehen. Oder nur am Rande. Weil schon auch hineinsoll, was ich mir denke.

– Wie stellen Sie sich das vor? Sie erzählen mir und ich mache ein Buch daraus? Oder Sie diktieren mir?

– Sind Sie Sekretärin?

– War nie mein Traumberuf.

– Eben. Ich erzähle, Sie schreiben. Und dann lese ich es und sage, ob es passt.

– Also doch eher eine Sekretärin.

– Blödsinn werde ich wohl verhindern dürfen, wenn es um mich geht. Martin hat eh gemeint, so wie ich bin, werde ich keine finden, die das übernimmt.

– Und warum glauben Sie dann, dass ich es tun werde?

– Weil Sie anders sind. Und … soviel ich mitbekommen habe, tut sich in Ihrer Zeitschrift einiges.

– Wie meinen Sie das?

– Ich war bei dieser Spendengala für arme Kinder. Das muss übrigens auch ins Buch, wie sehr mir dieses Getue auf die Nerven geht. Es wär doch viel besser, wenn jeder von denen einen Tausender spendet, als da herumzustehen und Champagner zu trinken und so zu tun, als wäre man der große Gönner. Ich war wenigstens auf der Bühne. Na ja. Danach ist man zusammengestanden. Und so ein junger – wissen Sie, wie man früher gesagt hat? „Schmalpickter" – so ein Dünner im zu kleinen Anzug hat zu mir gesagt, dass er unser Gespräch im „Magazin" sehr nett gefunden hat. Und wie Sie denn so gewesen wären und ob wir uns schon länger kennen. Ich hatte fast den Eindruck, er wollte mich über Sie ausfragen. Und dann stellt sich heraus, das ist Ihr Chefredakteur. Da zählt man doch eins und eins zusammen.

– Was wollte er denn wissen?

– Nichts Besonderes. Wo wir das Gespräch gemacht haben, ob ich mich wohlgefühlt habe – als ob Sie Masseuse wären – und ob Sie allein zum Termin gekommen sind. Irgendwie hat er gewirkt, als wären Sie ihm nicht geheuer.

– Wie meinen Sie das?

– Kann ich nicht sagen … Da kann einer noch so eine Funktion haben und wichtig tun. Er hat seine Schwächen. Ich hab den Eindruck gehabt, er fühlt sich Ihnen unterlegen. Eigentlich. Aber das ist vielleicht zu viel Psycho.

– Er hat mich oft genug angeschrien. Momentan macht er auf freundlich, ich habe eine verkaufsträchtige Titelgeschichte gebracht. Es kann allerdings auch einen anderen Grund haben. Jedenfalls bläst er sich auf. Meine Freundin nennt ihn Männchen.

– Sehr gut! Das passt! Und genau das meine ich. Der ist zu knacken. Weil er unsicher ist. Die Schwachstelle Mensch. Schreien passt genau dazu. Napoleon. Der hat sich auch nur so aufgeführt, weil er das Gefühl hatte, zu klein zu sein. Apropos Weltpolitik: Das hat er mich auch noch gefragt: ob wir über OneEarth geredet haben.

– Über OneEarth? Haben wir nicht.

– Nein. Habe ich ihm auch gesagt. Er hat vielleicht bloß gefragt, weil ich bei dieser Unterstützerplattform bin.

– Vielleicht.

Warum sollte mein Chefredakteur Rosa Prager fragen, ob wir über OneEarth geredet haben? Warum spioniert er mir nach? Oder war es doch bloß Smalltalk? – Hat man Sie in letzter Zeit irgendwie bedroht? Hat man Ihnen irgendwelchen Unsinn unterstellt?

Rosa Prager sieht mich erstaunt an. – Wie kommen Sie darauf?

– Es hat mit einer anderen Geschichte zu tun. Gegen einige Prominente, die sich für OneEarth eingesetzt haben, hat man regelrechte Kampagnen im Internet gestartet. Shitstorms, Fake News, Vorwürfe, die nicht stimmen, die dann aber doch geglaubt werden.

– Ich weiß, was Fake News sind. Nicht erst seit dem Blödmann in Washington. Am schlimmsten gehen sie mit OneEarth selbst um. Drogen- und Waffenmafia. So ein Unsinn. Die retten Menschen aus dem Mittelmeer, und das passt vielen nicht. So wie sie auch dem Neuhaus viel vorgeworfen haben. Jetzt verstehe ich. Sie sehen da einen Zusammenhang. Das könnte stimmen. Er hat mich gefragt, ob ich Neuhaus gekannt habe, der Schmalpickte.

– Haben Sie?

– Ja klar. Von den Treffen für OneEarth Österreich. Wo es nicht um die Seerettung gegangen ist, weil Meer haben wir ja leider keines mehr. Sondern um Sprachkurse und Jobmöglichkeiten für Flüchtlinge. Vor allem für Frauen. Die werden schon wieder vergessen, hab ich den Verdacht. Ich kenne Neuhaus auch von anderen Veranstaltungen. Er war bei sogenannten Events aber genauso ungern wie ich. Fürchterlich, dass er sich umgebracht hat. Wir haben doch nur das eine Leben. Glaube ich zumindest.

– Was hat der Chefredakteur genau über Neuhaus gesagt?

– Nichts Besonderes. Das allgemeine Gelabere. Wie traurig es ist, dass es so weit gekommen ist. Dass niemand gedacht hätte, der könnte etwas anderes machen als italienische Delikatessen verkaufen.

– Ihnen hat niemand Böses unterstellt?

– Nein. Weder Mafiaboss noch Terrorpatin zu sein, eigentlich schade. Gedroht haben sie mir. Das schon. Wenn zu viele Ausländer im Land sind, dann werden mich die Schwarzen in der Nacht verfolgen und zusammenschlagen. So ein Quatsch. Trottel gibt es überall. Aber im Internet ist die Dichte besonders hoch. Und zusammengeschlagen, wenn man das so nennen will, hat mich ein Wachmann des Vizekanzlers. Nix schwarz. Rosa Prager kichert. – Jetzt kommt mir, warum die anderen als Parteifarbe nicht mehr Schwarz haben wollen. Ist ihnen eben zu schwarz, wo sie alle Angst haben vor den schwarzen Männern.

– Sie nicht?

– Wirklich nicht. Mir ist sogar ein paar Abende einer nachgegangen, als ich vom Studio heim bin. Wir drehen gerade einen Mehrteiler. Ich darf noch nicht darüber reden. Vielleicht hat er denselben Weg gehabt. Aber Angst hatte ich keine. Wie gesagt, ich hab eine sehr laute Stimme. Und zu Tode gefürchtet ist auch gestorben. Das wär übrigens ein netter Titel für die Biografie, meinen Sie nicht? „Zu Tode gefürchtet ist auch gestorben“. Irgendwie positiv und trotzdem nicht so kitschig und verlogen wie die meisten Titel von Biografien. Weil man muss sich ja nicht fürchten.

Die Schwachstelle Mensch. Noch jemand hat davon gesprochen. Fran. In der Villa Liberazione. Er hat es anders gemeint. Im Internet. Die Schwachstelle ist der Mensch. Dort, wo etwas physisch greifbar wird. Wo es nicht mehr bloß um Logik geht. Das System der Cyberlegion. Kann sein, einer ist eigentlich unsicher. Fühlt sich unterlegen. Auch wenn er den großen Mann spielt. Kann sein, ein anderer ist gierig. Oder eine andere. Kann sein, ein Dritter fühlt sich zu sicher. Zillinger. Welche Rolle spielt er? Warum hat er Rosa Prager über mich ausgefragt? Unterschätze ich ihn? Oder ist er doch bloß neugierig? Wusste er keinen anderen Anknüpfungspunkt, um mit der beliebten Schauspielerin zu reden? Er wollte sich als Chefredakteur aufspielen. Ist er doch ohnehin. Was ist er noch? Wie kann man ihn bei seiner Eitelkeit packen?

Vielleicht wäre es besser, ich würde das alles Kompetenteren überlassen. Ich habe eine neue Perspektive. Ich kann die Biografie von Rosa Prager schreiben. Nicht ganz einfach, da bin ich mir sicher. Sie hat nicht nur einen harten Schädel, wenn es um Randsteine geht. Sie weiß sehr genau, was sie möchte. Und ich liebe meine Unabhängigkeit. Ich will schreiben und tun, was ich will. Ist das meine Schwachstelle? Seit gestern ist Fran wieder zurück. Simon ist noch im Haus in Torre delle Stelle. Was für ein schöner Name für ein Dorf. Mit so viel Himmel. Und Meer.

[16.]

Wir werden maximales Chaos stiften, sagt Fran.

Vesna, Fran, Oskar und ich. Wir sitzen rund um unseren Esstisch. Barbara ist noch in Paris. Vesna hat gemeint, das sei ohnehin besser so. Immerhin habe sie doch eigene Interessen im Fall Neuhaus. Fran wäre fast gegangen, so wütend war er. Oskar ist von unseren Theorien noch immer nicht überzeugt. Dafür hat er Hinweise, dass sein Kollege Bruno Pauli in finanziellen Schwierigkeiten steckt. Da ist nicht bloß die kostspielige Scheidung, sondern eine mindestens so kostspielige neue Freundin. Es ist noch nicht so lange her, da hat Pauli an diesem Tisch mit Oskar über Bestechung und ihren Preis gewitzelt. Was, wenn er den Fall von Hakan Bilgin übernommen hat, weil ihn jemand dafür bezahlt?

Fran hat gemeinsam mit Simon einen Plan entwickelt. Vesna besteht darauf, dass er bis auf weiteres von zwei ihrer Leute beschützt wird. Auch wenn Fran gemeint hat, es gehöre quasi zum Spiel, dass er wieder sichtbar sei und mit Leuten aus der IT-Branche, vor allem aber mit Leuten aus der Hacker-Community rede und viele, viele Fragen stelle. Ich hatte keine Zeit, Essen vorzubereiten. Deswegen gibt es heute nach Pane Carasau mit gewürfelten Paradeisern, Olivenöl und gehobeltem Pecorino bloß Nudeln. So wie Lella sie zubereitet hat. Olivenpaste mit zerdrücktem Knoblauch und einem Peperoncino verrühren, kurz erhitzen. Spaghetti al dente kochen und vor dem Abseihen zwei, drei Esslöffel vom Kochwasser unter die Olivenpaste rühren. Wie mich Kochen beruhigt. Hier am Herd kann ich unsere Ideen mit mehr Abstand betrachten. Frans Plan ist gut, wenn auch ziemlich irrwitzig. Aber es fehlt etwas. Die Schwachstelle Mensch. Das ist es. Es muss beides ineinandergreifen. Es gibt keinen Unterschied zwischen der physischen und der virtuellen Welt. Beide sind real. Teil unseres Lebens. Ein Credo der Internet-Community. Auch wenn gewisse Computerfreaks schon so agieren, als würde sich alles nur mehr im Netz abspielen. Das Leben ist kein Computerspiel. Menschen sind komplexer als Avatare. Ich schütte die Spaghetti mit Schwung in den Topf und rühre sie durch. Das bisschen Kochwasser macht die Sauce wunderbar cremig. Und für alle, die es wollen, habe ich Bottarga zum Darüberstreuen.

– Der Faktor Mensch, sage ich, als ich den Topf auf den Tisch stelle.

– Haben wir doch, erwidert Fran. – Unsere Cyberattacke wird sie verunsichern. Wir greifen gleichzeitig und großflächig die Server des „Magazin" und von ToPost an. Wir machen es genau wie sie. Wir stiften Verwirrung, Chaos, wir lenken sie von unserem eigentlichen Ziel ab. Und während sie sich damit beschäftigen, wer sie da warum lahmgelegt hat, suchen wir nach Backdoors und dringen ein. Und können uns umsehen. Und weiter stören.

– Schon gut, aber was ist mit denen, die hinter dem System stehen? Oder die mitgespielt haben? Wir müssen sie aus der Reserve locken. Wir brauchen die Bosse. Und die Auftraggeber der Bosse. Ich deute auf die kleine Schüssel mit Bottarga. – Zum Würzen. Der Geschmack Sardiniens.

– Wie stellst du dir das vor?

– Wir packen sie bei ihren individuellen Schwächen. Wir haben den Fall Neuhaus. Und wir haben Vermutungen, wer damit zu tun hat. Wissen wir, wer hinter dem Rufmord steckt, wissen wir auch, wer hinter der Cyberlegion steht – und ob es eine gibt.

– Die gibt es. Das wird immer deutlicher. Ein Netzwerk, das von Wien aus agiert.

Vesna nickt. – Ich verstehe. Zum Beispiel Carina Neuhaus. Was will sie? Bequem und reich leben. Deswegen will sie erben. Wie viel sie dafür getan hat, wissen wir noch nicht. Aber wenn wir ihr einreden, dass sie nicht erbt, weil es Verdacht gibt, dass sie mit dem Tod von ihrem Mann zu tun hat, dann wird sie nervös.

– Ihre fehlenden Fingerabdrücke, ergänze ich. – Wir sollten aber trotzdem essen, bevor die Nudeln kalt werden.

– Was ist mit Fingerabdrücken?, fragt Vesna.

Ich verteile die Pasta und genieße es, dass meine Freundin ungeduldig auf Antwort wartet. Üblicherweise ist es umgekehrt.

– Köstlich, sagt Oskar. – Vielleicht sollten wir zuerst wirklich …

– Gut essen und nachdenken geht beides, drängt Vesna.

Vui streicht von Sessel zu Sessel. Zur Not würde er auch Nudeln fressen, vorausgesetzt, es ist zumindest etwas vom geräucherten Fischrogen drauf. Er schnurrt und wirft uns auffordernde Blicke zu. Fran stupst er mit seinem Kopf liebevoll ans Knie.

– Ein Prachtexemplar, sagt Fran. – Wächst er immer noch? Irgendwie sieht er total gescheit aus. Als ob er nur nichts sagt, weil es klüger ist, zu schweigen.

– Er schreibt Botschaften auf meinem Laptop.

– Blödsinn!

Oskar lächelt. – Er schläft auf der Tastatur, weil es dort schön warm ist. Ansonsten sitzt er am liebsten in unserem Zeitungskorb. Wir glauben, er ist ein verwunschener Journalist. Oder die Reinkarnation eines großen Reporters. Er hört auch auf Kisch.

– Wenn er gerade zu hören beliebt.

– Was ist mit Fingerabdrücken?, mischt sich Vesna ein.

– In der Küche der Villa gibt es keine Fingerabdrücke von Carina. In den anderen Räumen aber schon.

– Und das erzählst du erst jetzt?

– Ich habe es vergessen. Zuckerbrot hat es erwähnt. Als er und Droch gegangen sind, bist du gekommen und hast gesagt, dass Fran verschwunden ist. Zuckerbrot meint, es könne alles Mögliche bedeuten. Unter anderem, dass sie einfach ungern in der Küche war. Und nicht gekocht hat.

– Es kann aber auch bedeuten, jemand hat alle Fingerabdrücke entfernt und geachtet, dass nur Carlo Neuhaus welche macht. Wenn wir Carina Neuhaus sagen, gegen sie wird ermittelt wegen der fehlenden Fingerabdrücke, sie wird sicher nervös.

Ich lächle Oskar an. – Ob du mit ihr reden könntest? Als besorgter Anwalt, der gehört hat, dass es Schwierigkeiten bei der Erbschaft gibt. Solange nicht geklärt ist, wie er wirklich gestorben ist. Und wer damit zu tun hat.

Oskar seufzt. – Und wie soll ich das machen?

– Du triffst sie rein zufällig bei einem der vielen Society-Events. Ihr kommt ins Plaudern. Du bist empört über die Justiz und darüber, dass es Menschen gibt, die einer trauernden Witwe mit Misstrauen begegnen. Außerdem: Womöglich hat es doch ein Testament gegeben und sie hat es verschwinden lassen.

– Das kannst du ihr doch alles sagen. Als Journalistin.

– Sie ist mit Zillinger befreundet.

– Wenn die beiden auch nur irgendwie mit der Sache zu tun haben, dann weiß sie, dass du meine Frau bist.

– Vielleicht. Vielleicht aber auch nicht. Und wenn: dann ist das auch interessant. Wie viel weiß Zillinger? Wie eng arbeitet er mit Carina zusammen?

– Betrachte es einfach als Versuchsballon, ergänzt Fran. – Wir lassen einige Versuchsballons steigen und schauen, was passiert. Eine hervorragende Idee. Es stiftet gemeinsam mit unserem virtuellen Angriff noch mehr Verwirrung. Und wer verwirrt ist …

– … macht Fehler, ergänzt Vesna. – Übrigens Zillinger. Für den brauchen wir auch einen Ballon.

– Wir dürfen ihn nicht unterschätzen, murmle ich. – Vielleicht war das bisher unser Fehler. Wir haben ihn bloß für ein aufgeblasenes Männchen gehalten.

– So oder so. Er ist eitel. Und er hat ein großes Ego. Wovon wird ein großes Ego bedroht? Von noch größerem Ego. Konkurrenz.

Ich nicke. – Lukic. Er war früher sein Chef. Ob sie wirklich befreundet sind und wie weit das reicht, weiß ich nicht … Wenn ich Zillinger erzähle, dass Lukic über ihn spottet und sagt, er wäre immer noch der diensteifrige Vasall, der er auch in seinem Zeitschriftenverlag war, gefällt ihm das sicher nicht. Vielleicht erzählt er einiges über Lukic. Oder unternimmt etwas gegen ihn.

– Ob das viel bringt?, überlegt Oskar. – Wenn, dann solltet ihr euch eine wirkliche Schwachstelle vornehmen. So wie Fran gesagt hat, dass er durch Schwachstellen in ihre Computer eindringen will. Hakan Bilgin. Wenn es stimmt, was ihr euch zusammenreimt, dann hat er von jemandem Geld bekommen, damit er die Schlepperfahrt inszeniert. Er ist sogar bereit, dafür ins Gefängnis zu gehen. Oder er glaubt, dass es nicht so weit kommt, weil sein Auftraggeber ihm hilft. Wenn wir ihn damit konfrontieren, dass sein Auftraggeber unter Verdacht steht und dass wir eine Aussage haben, die beweist, wie alles wirklich abgelaufen ist: Vielleicht ist er bereit, zu reden. Es ist ja nicht nur bei den großen Verbrechern so, dass sie sich zuallererst am eigenen Vorteil orientieren. Er redet und bekommt weniger Strafe.

– Wunderbar, wenn du das machst. Ich strahle meinen Mann an.

– Ich? Sicher nicht. Es müsste jemand aus der Justiz sein. Richter. Staatsanwalt … oder jemand aus der Exekutive.

– Zuckerbrot?, überlege ich.

Oskar nickt. – Ich glaube, die Staatsanwältin kennt ihn von früher. Sie hat erzählt, dass er sie als junge Beamtin vor einem Riesenblödsinn bewahrt hat.

– Großartig. Unser Netz greift.

– Gibt eben auch reales Netz, sagt Vesna zu ihrem Sohn.

– Und Lukic? Wo ist die Schwachstelle von Lukic?, fragt Fran.

– Wenn er tatsächlich der Boss der Cyberlegion ist, dann muss er handeln. Er wird durch die anderen in die Enge getrieben, überlege ich.

Vesna nickt. – Er sucht Simon. Oder Zillinger sucht Simon. Oder sonst jemand. Simon ist ihnen nahe gekommen. Er spürt der Cyberlegion nach. Er weiß zu viel. Wenn das stimmt, was wir denken.

– Deswegen ist Simon untergetaucht, erwidere ich.

– Wenn wir sagen, er taucht auf, dann muss der große Boss aus seinem Netz.

– Das ist zu gefährlich.

– Wir brauchen nur so tun als ob, setzt Vesna nach.

– Er wird kommen, sagt Fran.

– Mein lieber Sohn, woher willst du das wissen?

– Weil es Teil zwei des Plans ist. In all dem Chaos taucht Simon plötzlich auf und wir schauen, was passiert. Mam schützt ihn natürlich. Und Leute aus unserer Community auch. Er kennt welche, auf die er sich hundertprozentig verlassen kann.

– Und was, wenn er und seine Hundertprozentfreunde hinter der Legion stecken?, frage ich.

Fran schüttelt den Kopf. – Nie im Leben. Ich dachte, du hättest dich mit Simon in Sardinien gut verstanden.

– Das habe ich auch. Aber ich sage nur, man kann sich in Menschen täuschen.

– Warum sollte er dann untergetaucht sein?

– Schon vergessen? Wegen des Haftbefehls.

– Der erst kam, als er bereits auf der Flucht war und im Netz die Verdächtigungen aufgetaucht sind. Soll er die selbst gegen sich inszeniert haben?

– Wer weiß, sagt Vesna seelenruhig und nimmt noch eine Gabel Nudeln. – Damit er das dann anderen in die Schuhe schiebt. Er nützt das Riesenchaos, das ihr inszeniert, um dem „Magazin“ oder ToPost Belastendes unterzujubeln. Du hast selbst gesagt, so etwas geht.

– Nicht nur er kann sich gut im Netz bewegen, Mam. Ich kann es auch. Und ich war mit ihm unterwegs. Wir haben gemeinsam nach Hinweisen gesucht. Er kann mich nicht täuschen.

– Kann er nicht? Du bist vor allem IT-Experte. Er ist vor allem Hacker. Seit er ein Kind war, oder so.

– Gleich kommst du damit, dass auch Barbara …

– Wollte ich ohnehin schon sagen. Zumindest du sollst ihr nichts erzählen über den Plan. Oder vielleicht nur, dass es Unklarheiten mit Erbe gibt.

Fran springt auf.

– Du bist verliebt. Das macht blind.

– Du hast einen krankhaften Beschützerdrang. Das macht blind. Als Nächstes wirst du noch Mira verdächtigen.

Vesna lächelt. – Nein. Die kenne ich zu gut. Ich weiß noch, was Freundschaft ist. Und auf wen man sich verlassen kann. Nur ihr glaubt, Freundschaft ist was, das Facebook erfunden hat.

– Wer ist heute noch auf Facebook? Ich nicht. Und die Jüngeren auch immer weniger. Das ist was fürs Mittelalter. Samt dem hysterischen Getue rundherum.

– Wir werden eben versuchen, nach allen Seiten hin offen zu sein, versucht Oskar zu beruhigen. – Vorausgesetzt, ihr wollt euren Plan wirklich durchziehen.

– Es gibt keine andere Möglichkeit, sagt Fran und setzt sich wieder. – Handfeste Beweise werden wir im Netz schwer finden. Zumindest nicht, bis wir eine Sicherheitslücke haben. Was übrigens schon am Laufen ist, apropos Schwachstelle Mensch: Wir checken, ob es in der Umgebung der Villa von Neuhaus Videokameras gibt. Und wir checken, ob jemand aus der Hackerszene die Seiten gewechselt hat. Nirgendwo gibt es nur Gute. Sollte einer aus der Szene im Umfeld von Lukic, von Zillinger oder bei einem anderen Unternehmen auftauchen, das passen könnte, dann haben wir einen weiteren Anhaltspunkt. Beim Hacken ist es wie mit dem Sport: Wenn du ein Ausnahmetalent bist, kannst du auch später einsteigen, aber besser ist, du hast früh damit angefangen. Die können sich nicht nur mit Newcomern umgeben.

– Ich will dich nicht ärgern, mein Sohn. Aber du siehst auch bei Loco nach?

– Bei Loco gibt's nur Simon. Und einen, den er gerade anlernt.

– Sagt er.

[17.]

Wien ist die Drehscheibe für Spionage und Propaganda im Netz! Wie eng arbeitet unsere Regierung mit den Russen zusammen? Die Angriffe auf die Server im Europaparlament und die gefakten E-Mails des französischen Präsidenten sind von hier aus gelenkt worden.

Ist das fett? Die Cyberkrieger sitzen mitten in Wien und die Polizei weiß wieder einmal NICHTS! Cybereinheit heißt nicht C4, sondern CNull!!!

Wir werden überwacht die wissen ALLES von uns aber die Verbrecher im Netz sind ihnen egal. Stekcen sie unter einer Decke?

Auftakt des Plans von Fran und Simon. Solche und ähnliche Meldungen tauchen in den sozialen Medien auf. Sie werden geteilt und besprochen, abenteuerliche Theorien werden entwickelt. ToPost ist die erste Agentur, die das Thema aufgreift.

„Der dritte Mann" lässt grüßen – Wien und seine Netze.

Eine hübsche Schlagzeile. Von einer Cyber-Fremdenlegion ist die Rede und von Millionenbeträgen, die laut Cyber-Doppelagenten allein Russland gezahlt haben soll. Von Maßnahmen für mehr Cybersicherheit und Cyberkontrolle. Mögliche österreichische Auftraggeber werden nicht erwähnt. Trotzdem. Wirkt nicht, als würde Lukic da etwas schönschreiben wollen. Eher, als hielte er das Thema für eine gute Story. Ganz nach dem Geschmack seiner Kunden.

Ich stehe in dem wie immer penibel aufgeräumten Büro von Zillinger. Allein das macht ihn verdächtig. Er will keine Spuren hinterlassen.

– Jetzt scheint Cyberkriminalität doch zum großen Thema zu werden, sage ich.

– Sie haben es leider nicht rechtzeitig auf den Punkt gebracht. Spionage neu, das ist es. Das zieht. Man denkt an James Bond. Und Schurkenstaaten.

– Cyberwar. Ich habe mit Ihnen darüber gesprochen.

– Das klingt lange nicht so gut. Aber wenn Sie wollen, dann machen Sie etwas darüber. Woher wussten Sie übrigens, dass es Kriminelle im Internet geben soll, die auf Auftrag alles Mögliche erledigen?

Ich schlucke. Ich hätte mich besser vorbereiten sollen. – Aus dem Netz. Das Gerücht ist nicht neu. Es soll übrigens auch österreichische Auftraggeber geben. Gut vernetzt mit der Politik.

– Etwas zu viel Möglichkeitsform für eine Reportage, meinen Sie nicht auch? Gerade Sie haben es ja sonst immer so mit den Fakten. Lassen Sie die Regierung aus dem Spiel. Nur weil Sie ihren Kurs nicht mögen, sind die noch lange keine Verbrecher.

– Hab ich etwas von Regierung gesagt? Aber wenn Sie schon davon reden: Es geht ums Umfeld derer, die an der Macht sind. Können Sie sich noch an den Hypo-Alpe-Adria-Skandal erinnern? Da wurden Milliarden an Steuergeld versenkt. Von guten Freunden der damaligen Landesregierung.

– Schnee von vorgestern. Sie haben diese Sache vom Sohn Ihrer Freundin, nicht wahr? Haben Sie ihm ausgerichtet, dass er vorsichtig sein soll? Es schadet seiner Firma, wenn er sich mit den falschen Leuten einlässt.

Fran. Wenn Zillinger wüsste, wie direkt wir verbunden sind. Vorausgesetzt, die Aufzeichnung funktioniert. – Wovon reden Sie?

– Es kommt auch aus dem großen Netz, in dem alle fischen.
– Von Lukic werden Sie es nicht haben.
– Warum von Lukic?
– Er war immerhin Ihr Freund, nicht wahr?
– Wie meinen Sie das?
– Früher. Dann haben Sie mir ja erzählt, dass es in der Medienszene keine Freunde gibt, sondern bloß Interessen. Und Interessengemeinschaften. Kann es sein, dass Ihre Interessen im Moment zu gegensätzlich sind?
– Liebe Frau Valensky, überschätzen Sie sich nicht. Ob Sie bei mir oder bei ihm arbeiten, spielt keine große Rolle.
– Seltsam.
– Warum?
– Dann hat er wohl aus einem anderen Grund so mies über Sie geredet.
– Was hat er gesagt?
– Es war nicht sehr freundlich.
– Das stört mich nicht. Es interessiert mich. Um meine Interessen besser einschätzen zu können. Und da Sie beim „Magazin“ bleiben wollen …
Ich tue, als müsste ich überlegen. – Aber werden Sie bitte nicht auf mich wütend. Er hat das gesagt. Lukic. Er hat gesagt, man dürfe Sie nicht zu wichtig nehmen, auch wenn Sie manchmal laut werden. Das sei bloß Ihre Unsicherheit. Ihr Unterlegenheitsgefühl. In Wirklichkeit seien Sie noch derselbe Vasall, der Sie bei Summa waren. Die Wirtschaft brauche eben nicht nur Herren, sondern auch Diener. Ganz schön fies.
Ich merke, wie Zillinger versucht, sich unter Kontrolle zu halten. Ich setze noch eins drauf. – Einen Teil hab ich sogar als Soundfile. Ich hab eben doch von Ihnen gelernt.
– Danke. Sie kümmern sich um diese Cybergeschichte. Die Verbrecher. Die Erpresser. Die Hacker. Und die neuen Spione. Nicht um Ihre regierungsfeindlichen Fantasien, wohlgemerkt. Und Sie sind diesmal hoffentlich schneller als ToPost.
– Soll ich Ihnen die Sounddatei vorspielen?

– Schicken Sie es mir. Es ist immer gut zu wissen, wer wo steht. Und halten Sie mich auf dem Laufenden, ich will tägliche Updates, was Sie recherchieren. Und auch darüber, was der Sohn Ihrer Freundin weiß. Sagen Sie ihm, es könnte ein gutes Beraterhonorar herausspringen.

Ich sitze an meinem Schreibtisch. Danke, liebe Rosa Prager. Das mit dem Unterlegenheitsgefühl hat perfekt gepasst. Fran hat aus einigen Interviews von Lukic ein wunderbares Soundfile gebastelt, nicht ganz klar, aber das kann es ohnehin nicht sein, wenn ich das Telefon beim angeblichen Mitschnitt in der Tasche hatte. Sehr glaubwürdig. Bild glaubt man mehr als Ton. Ton glaubt man mehr als Schrift. Was kann man überhaupt noch glauben? Und: Ist es gut, bei diesem Spiel mitzutun? Uns geht es darum, der Wahrheit näher zu kommen. Fakten statt Fake. Oder reden wir uns das bloß ein? Ich habe jetzt also die Lizenz, mich um Kriminalität im Netz zu kümmern. Minus Politik. Und soll immer schön brav melden, was ich weiß. Hätte er gerne.

– Du darfst mich küssen, sagt Zuckerbrot und grinst über das ganze Gesicht. Er sieht immer mehr aus wie einer der gewieften alten Ermittler aus Fernsehserien. Er macht sich. Wir sitzen ausnahmsweise nicht beim Türken ums Eck vom „Magazin". Zillinger soll keine Chance haben, zufällig auf gute Ideen zu kommen. Das Café Sluka in der Herrengasse. Gelungene Mischung aus altem Wien und touristischer Sehnsucht. – Ich habe mit Hakan Bilgin geredet. Besser gesagt, ich hab ihm in sein nur rudimentär vorhandenes Gewissen geredet. Und vor allem an seinen Eigennutz appelliert. Ich hab gesagt, sein Auftraggeber kann ihm nicht mehr helfen, der sitzt bald selbst. Und wenn er nicht redet, dann wird er wegen Mitgliedschaft in einer kriminellen Organisation angeklagt und nicht bloß wegen angeblicher Schlepperei.

– Als wer bist du aufgetreten?

– Du glaubst doch nicht, ich beteilige mich an den internationalen Lügenspielen? Ich bin ein pensionierter Kriminalbeamter, der sich als Vermittler zwischen Häftlingen und Justiz versteht. Ehrenamtlich. Und vertraulich.

– Er hat dir das abgenommen?

– Das mit dem vertraulich wahrscheinlich nicht wirklich. Andererseits zählt unser Gespräch tatsächlich nicht als Beweismittel. Ich hab ihm gezeigt, worauf er sich eingelassen hat. Dass die einen Rufmord an Neuhaus geplant haben. Die Folgen kennt er ja. Und was heute über diese Cyberlegion geschrieben wurde. Außerdem habe ich ihm dein Interview mit dem Somali gezeigt. Es ging schneller als gedacht. Da will ich nicht dabei sein, hat er gesagt.

– Wen kennt er? Was weiß er?

– Er kennt niemand Relevanten. Ich glaube ihm. Er hat inzwischen auch schon offiziell ausgesagt, was er weiß. Er ist über WhatsApp angewiesen worden. Er hat den Vorschuss am Naschmarkt bekommen. Immerhin fünftausend Euro. Plus das Geld für die Somalis und den italienischen Mittelsmann, den er auf dem Parkplatz vom Weingut Antinori getroffen hat. Das Geld war ganz klassisch in einem Müllbeutel für Gemüseabfälle deponiert. Was wir immer sagen: Schon erstaunlich, was die Leute wegwerfen. Auf dem Rückweg sollte er dann mit seiner Ladung einen Umweg zum Lager machen und die drei Somalis mitnehmen. Er hat alles erledigt. Als der Transport an der Grenze aufgeflogen ist, hat er, wie vereinbart, erzählt, dass Neuhaus sein Auftraggeber sei.

– Wer hat ihn eingestellt?

– Neuhaus. Bilgin sagt, er hat einen Tipp bekommen, sich bei ihm zu bewerben.

– Von wem? Von Simon Wiedner? Auf ihn hat Neuhaus gehört.

– Der Tipp kam von Freunden, die es von Freunden hatten. Sagt er. Und dass er die ersten zwei Monate ganz normal gearbeitet habe.

– Und sein Anwalt? Doktor Pauli?

– Hakan Bilgin hat ihm gegenüber kein gutes Gefühl. Pauli hat sich ihm angeboten. Weil es bei Loco eine Rechtsschutzversicherung gebe. Er müsse nichts zahlen.

– Stimmt das?

– Das mit der Rechtsschutzversicherung stimmt, das wissen wir ja schon länger. Pauli arbeitet allerdings zum allerersten Mal für sie. Pauli weiß übrigens von meinem Gespräch mit Bilgin. Das konnte ich nicht verhindern.

Ich nicke. – Es muss jetzt ohnehin schnell gehen. Wenn Pauli damit zu tun hat, wird er seinen Auftraggeber warnen. Aber viel wichtiger ist, wir haben die Bestätigung, dass der Fahrer gelogen hat. Es sollte aussehen, als wäre Neuhaus ein Schlepper. Um seine Recherchen im Netz zu stoppen. Und zur Unterstützung der Gerüchte in den sozialen Medien.

– Was daran sozial sein soll …

– Weiß Pauli auch, dass Bilgin seine Aussage geändert hat?

– Ja.

– Wie hat er reagiert?

– Keine Ahnung, ich habe es von der Staatsanwältin.

– Warum liebt sie dich eigentlich so?

– Weil ich immer schon ein toller Hecht war.

– Du konntest dich gut tarnen.

Zuckerbrot lacht. – Ich habe verhindert, dass sie jemandem geglaubt hat, der ihr sehr sympathisch war.

Ich suche bereits im Lift nach meinem Wohnungsschlüssel. Ich habe das Gefühl, keine Zeit verlieren zu dürfen. Die Sache mit der Schlepperei war also tatsächlich Fake. Und ich habe Zillinger in Unruhe versetzt. Carina Neuhaus ist Patin bei der Versteigerung edler Weine zugunsten einer Tagesklinik für Leute ohne Krankenversicherung. Sie macht es in Vertretung ihres verstorbenen Mannes. Oskar hat eine Einladung. Fundraising auf höchstem Niveau. Für eine gute Sache. Besser wäre freilich, jeder hätte eine Krankenversicherung. Ich wollte mitgehen, aber das wäre zu auffällig gewesen. Ich steige aus dem Lift und stutze. Vor der Eingangstür wartet jemand. Er dreht mir den Rücken zu. Hohe schmale Gestalt in übergroßem Kapuzenshirt. Trotz der Sommertemperaturen. Simon?

Die Gestalt dreht sich um. Barbara. Ich dränge sie in die Wohnung.

– Was ist mit Fran? Wenn er mir sagen will, dass das nichts wird mit uns, dann soll er es tun. Aber ich habe das Gefühl, er und sein ganzer Clan halten mich bloß hin. Als könnte ich noch für irgendwas nützlich sein, aber das ist es dann auch.

Vui kommt ins Vorzimmer. Den Kopf hocherhoben, neugierig. Und hoffnungsvoll.

– Eine weiße Maine-Coon!

– Ein Kater. Vui. Das bedeutet Glück. Und Vorsicht: In Wirklichkeit war er Reporter.

Barbara sieht mich verwirrt an.

– Er schreibt. Auf meinem Laptop. Er hat das mit den modernen Medien noch nicht ganz drauf, aber er übt.

Ich gehe ins Wohnzimmer und die beiden folgen mir.

– Du … meinst das nicht ernst.

Ich lächle und kraule Vui. – Natürlich nicht.

– Deine Reportage über den Justizskandal und den Tod der Fitnesstrainerin war übrigens großartig. Ich war richtig stolz, dich zu kennen.

– Du warst doch in Paris.

– Wir lesen auf Tournee immer wieder österreichische Zeitungen. Du hast keine Ahnung, wie viel Zeit man bei den Proben mit Warten verbringt. Ich hab richtig angegeben mit dir. – Wo ist Fran?

– Etwas zu trinken?

Ohne eine Antwort abzuwarten gehe ich in die Küchenzeile und nehme roten Traubensaft aus dem Kühlschrank. Ich muss nachdenken und Zeit gewinnen.

– Von unserer Freundin aus Treberndorf im Weinviertel. Eine hervorragende Winzerin. Nur aus Zweigelt-Trauben gemacht. Nicht zu süß. Traubensaft, Soda, Eis und ein Schuss Campari. Schmeckt hervorragend und hat bloß ganz wenig Alkohol.

– Ich will nichts trinken, ich will etwas über Fran wissen.

Vui reibt sich an ihrem Bein. Gut, mein weißer Tiger. Lenke sie ab. Du kriegst eine Sonderportion Futter, wenn du mich verstehst. Vui lässt sich wie auf Befehl fallen und dreht sich genüsslich auf den Rücken.

– Kratzt er?

Dazu ist er zu faul, will ich schon sagen. Aber das hat er sich nicht verdient. – Er ist die Sanftmut in Person.

Ich mixe uns zwei Drinks. Wie viel kann ich Barbara erzählen? Offenbar hat Fran es vermieden, sich mit ihr zu treffen. Weil er ihr doch nicht restlos vertraut? Oder weil er sie schützen will? Andererseits: Wenn wir schon Fallen auslegen und Informationen streuen, warum nicht auch bei Barbara? Ist sie so unschuldig, wie ich glaube, erfährt sie einfach etwas mehr. Hat sie mit der Sache zu tun, wird sie nervös und macht vielleicht einen Fehler.

– Fran hat Simon gefunden. Die beiden sind hinter etwas her, das sie Cyberlegion nennen. Du musst dir das so vorstellen: eine als legales Unternehmen getarnte Organisation, die ähnlich wie die Fremdenlegion agiert. Falschmeldungen, Wahlmanipulationen, Staatskrisen. Hauptsache, es wird ordentlich bezahlt.

– Was hat das mit Carlo zu tun?

– Rufmordkampagne. Gehört auch zu ihrem Portfolio, wie es aussieht. Fran meldet sich nicht, weil er dich schützen möchte.

– Und warum hat er dann nicht dich gebeten, mit mir zu reden?

– Es bleibt wenig Zeit. Wir wissen jetzt, dass die Sache mit der Schlepperei gefakt war. Der Fahrer hat seine Aussage geändert. Er hat von jemandem Geld dafür bekommen, dass er die Somalis mitnimmt und dann behauptet, Carlo habe ihm den Auftrag gegeben. Den Anwalt dürften sie ihm auch gestellt haben. Wohl um aufzupassen, dass er schön bei der vereinbarten Version bleibt.

– Ich habe immer gewusst, dass Carlo nichts mit Schlepperei zu tun hat.

– Ja, aber jetzt haben wir den Beweis.

Ich stutze. Hakan Bilgin könnte in Gefahr sein. Andererseits. Er hat schon ausgesagt. Und wie ein Rachemörder sieht Doktor Pauli nun wirklich nicht aus. Ich habe ihn am Anfang sogar … Wen finde ich noch sympathisch, obwohl er oder sie es vielleicht gar nicht ist? Reicht es, dass man mir schmeichelt? Lella am Strand von Torre delle Stelle. Zu viel Misstrauen lässt einen die Sonne nicht mehr sehen. Barbara sorgt sich in erster Linie um Fran. Und sie will wissen, wo er ist, was er tut und ob er ab und zu von ihr spricht.

– Es ist lächerlich, sagt sie, schon im Gehen. – So jung bin ich nicht mehr. Vier Jahre älter als Fran, um genau zu sein. Aber ich habe das Gefühl, als wäre ich zum ersten Mal verliebt. Und das so kurz nach dem Tod von Carlo.

Ich habe ausnahmsweise keinen Appetit. Ich schaue in den Kühlschrank und mache ihn wieder zu. Vui starrt mich an.

– Oh, sorry. Ich hab dir eine Extraportion versprochen, wenn du Barbara hinhältst.

Vui legt den Kopf schief. Jetzt sehe ich nur sein braunes Auge.

– Barbara: Was hältst du von ihr? Sie ist wirklich verliebt, oder?

Vui beginnt zu schnurren. Aber das ist wohl, weil er die Hühnerherzen im Kühlschrank gerochen hat. Gismo war ganz wild auf Oliven. Vui hat höflichkeitshalber versucht, mit ihnen zu spielen. Das war es dann aber auch. Ob er sich mit Gismo verstanden hätte? Sie sind sehr verschieden. Ich sollte wieder einmal ihr Grab besuchen. Und bei Eva im Weingut Berthold vorbeischauen. Unterschiede können einander tatsächlich anziehen. Evas Tochter Martina ist seit geraumer Zeit mit einem Veganer zusammen. Sie isst weiter Fleisch. Gemeinsam haben sie letztes Jahr ein Buch herausgebracht. Über das gute Leben. Es geht auch um Toleranz. Und es gibt unzählige lustige Geschichten über ihren Alltag am Weingut. Der Wein der Bertholds ist inzwischen vegan. War allerdings nur eine winzige Umstellung. Und ist ein neuer Markt.

– Magst du mit zu Gismo?, frage ich meinen Kater.

Er frisst ungerührt weiter. Warum sollte er ins Weinviertel wollen? Aber ich kann ihm von Gismo erzählen, der wunderbaren, klugen, sturen, mutigen Schildpattkatze. Die Vui wohl das Leben gerettet hat. Der Vietnamesin, nach der unser Kater benannt ist.

Als es läutet, zucke ich zusammen. Unmittelbar darauf dreht sich der Schlüssel im Schloss. Also ist es Oskar. Ich gehe ins Vorzimmer und umarme ihn. Er schiebt mich ein kleines Stück weg.

– Alles in Ordnung?

– Ja. Sozusagen. Da schon. Warum?

– Weil du mich schon lang nicht mehr umarmt hast, wenn ich heimgekommen bin.

– Ich werde es wieder öfter tun. Das verspreche ich. Wenn das alles vorbei ist. Glaubst du, dass es bald vorbei sein wird?

– Ja. Wenn auch nicht die Fakes. Und die Hetze.

Wir sitzen auf der Couch, Vui hat sich in den Zeitungskorb verzogen. Weißes Riesenplüschtier zwischen bedrucktem Papier.

– Ich habe mit Carina geplaudert, du hättest mich richtig gut gefunden. Wie traurig das mit ihrem Mann ist. Und wie schlimm, dass jetzt wieder ermittelt wird. Sie ist sofort hellhörig geworden und hat gefragt, was denn das für Ermittlungen seien. Ich habe richtig gut gespielt, ganz erstaunt getan, gefragt, ob sie denn von den Behörden noch nicht kontaktiert worden sei. Nein, keine Ahnung. Oh. Verzeihung. Dann dürfe ich leider auch nichts darüber sagen. Ich hab versucht abzulenken und über einen der versteigerten Weine zu reden.

– Richtig raffiniert. Wenn du so weitermachst, dann stellt dich Vesna ein.

– Als getarnte Putzfrau.

– Schlecht? Also: Wie weiter?

– Sie hat wunderbar mit den Wimpern geklimpert und mich ganz verrückt gemacht …

– Vergiss es. Das mit den Wimpern glaube ich, das andere nicht.

Oskar lacht. – Du hast mich durchschaut. Die ist nicht mein Fall. Wer hat gesagt, die kann alles in High Heels? Ich glaube es. Jedenfalls habe ich ihr erzählt, dass jemand offenbar ganz gezielt Lügen über ihren Mann verbreitet hat.

– Was hat sie darauf gesagt?

– Das hat sie schon immer vermutet.

– So ein falsches Luder. Ich zeige dir, was sie in den Interviews mit ToPost gesagt hat!

– Das Schlimmste, auch wenn ich ihr das eigentlich nicht erzählen dürfte, sei, dass auch gegen sie ermittelt werde. Weil es in der Küche nur seine Fingerabdrücke gegeben habe, aber in den anderen Räumen auch ihre. Sie sei ja nicht da gewesen, da sei klar, dass es keine Fingerabdrücke gebe, hat sie geantwortet. Immerhin gäbe es eine Putzfrau. Wahrscheinlich putze die in der Küche eben besonders viel. Ja, das werde sich sicher alles aufklären, hab ich gesagt. Nur das mit der Erbschaft, das werde sich wohl verzögern. Ermittlungen können bei uns sehr lange dauern und erst danach … Aber sie sei doch auf Ibiza gewesen, hat sie gesagt. Und ich habe ihr ganz unter uns erzählt, dass es leider gewisse Hinweise gegen Freunde von ihr gäbe. Zusätzlich sei da noch die Halbschwester, die Druck mache. Sie soll behauptet haben, es hätte sehr wohl ein Testament existiert. Man frage sich, wer es verschwinden lassen habe. Hätte sie gerne!, hat Carina gerufen. So laut, dass sich schon ein paar umgedreht haben. Dann wollte sie wissen, was das für Hinweise gegen ihre Freunde seien und gegen wen. Keine Ahnung. Ich würde es ihr erzählen, wenn ich es wüsste, auch wenn ich ihr ohnehin schon zu viel gesagt hätte. Sie hat mich gefragt, ob wir nach der Weinversteigerung nicht gemeinsam essen gehen. Und wenn ich nicht wolle, müssten wir auch gar nicht mehr über die ganze Sache reden. Sie sei einfach allein. Und verwirrt. Und sie suche auch nicht meinen Beistand als Anwalt, obwohl das zu überlegen sei, sondern als Mann. Einfach reden, hat sie gesagt.

– Und du?

Oskar lächelt und schenkt mir etwas Veltliner nach.

– Sag schon?

– Ich hab sie in ein Separee verschleppt und nachdem sie meinen Reizen erlegen ist, hab ich sie um die Wahrheit ersucht.

– Idiot!

– Ich hab gesagt, dass es mir unendlich leidtut, aber dass ich heute noch einen Termin habe, wenn ich sie in den nächsten Tagen anrufen dürfe … Sie hat mir ihre Handynummer gegeben. Und ich hab sie dann, so ganz im neuen Vertrauen, gefragt, was sie denn von Zillinger und von Lukic hält. Sie hat die Augen ganz groß aufgerissen und wollte wissen, ob das die Freunde sind, gegen die es Hinweise gibt. Ich weiß das leider nicht, hab ich geantwortet. Und sie darauf: Das sind aber ohnehin keine besonders guten Freunde.

– Mit der möchte ich auch befreundet sein.

– Wer weiß, vielleicht stimmt es ja. Sie hat gesagt, dass sie die Leute aus der alten Clique in den Jahren nach der Hochzeit mit Carlo eigentlich nur mehr zufällig gesehen habe. Erst in der schlimmen Zeit der letzten Monate habe man sich wieder getroffen. Es war Zillinger, der sie gefragt hat, ob sie nicht mit ihnen nach Ibiza fahren möchte. Um auf andere Gedanken zu kommen.

– Zillinger …

– Warte. Das Beste kommt noch. Sie hat mich gelöchert, wie lange sich die Erbschaftssache hinziehen könnte. Nicht das Geld, sondern die Firma sei ihr wichtig. Es sei eine Katastrophe, wenn die Nachfolge so lange ungeklärt bleibe. Ich hab richtig dick aufgetragen, aber sie hat es geglaubt. Jahre könne das dauern, wenn die Ermittlungen nicht abgeschlossen werden. Da hat sie mich angesehen und gesagt: Was mir übrigens gerade eingefallen ist: Thomas Lukic hat den Schlüssel für das Haus gehabt. Sie waren alle so lieb zu mir. Sie haben sich Sorgen gemacht, dass Carlo Wertgegenstände verschwinden lässt vor der Scheidung. Das passiert häufig. An so etwas denke ich ja gar nicht. Lukic hat gesagt, während ich nicht da bin, schickt er jemand, der sich mit so etwas auskennt und nachsieht. Carina wollte, dass die

Ermittler davon so rasch wie möglich erfahren. Weil sie um Himmels willen nichts, aber auch gar nichts mit dem schrecklichen Tod ihres Mannes zu tun habe. Auch wenn sich das diese Halbschwester sicher wünsche.

– Lukic war nicht mit auf Ibiza. Er kann aber auch nicht im Haus gewesen sein. Er hat zu dieser Zeit einen Vortrag gehalten. Das hat Vesna überprüft.

– Hatte Neuhaus eigentlich eine Alarmanlage?

– Nein. Er hat gesagt, nie wolle er zu einem dieser Spießer werden, die sich nur mehr Gedanken darüber machen, wie sie ihr Eigentum vor den anderen schützen.

– Auch keine Kamera?

– Nein, da sind wir uns sicher. Jeder mit Schlüssel hätte einfach reingehen können. Alles vorbereiten. Die Fingerabdrücke abwischen.

Oskar schüttelt den Kopf. – Aber Neuhaus hat gekocht. Dazu konnte er ihn schlecht zwingen.

– Fran klärt, ob es in der Umgebung der Villa Videokameras gibt.

– Wenn Lukic jemanden geschickt hat, um in der Villa nach dem Rechten zu sehen, dann ist es plausibel, dass er auf möglichen Videos ist.

– Ja. Aber der Typ könnte eine weitere Schwachstelle sein. Man könnte ihn zum Reden bringen. Wenn es etwas gibt, das er zu erzählen hat.

– Die Frage ist, wann er gekommen ist. Und woher der Täter, wenn es denn einen gegeben hat, gewusst hat, wann Neuhaus kochen will.

– Carina Neuhaus hat es in einem Interview erwähnt. Sie hat gesagt, dass er seit ihrer Trennung oft gekocht hat, meist an einem Samstag. Er habe sie gebeten, zu kommen und zu essen und zu reden.

– Du glaubst das?

– Eigentlich nicht. Es dürfte inzwischen klar sein, dass er sich von ihr getrennt hat und nicht umgekehrt. Aber vielleicht stimmt ein Teil. Der mit dem Samstag. Zillinger wird davon gewusst haben. Und möglicherweise Lukic.

– Was ist mit diesem Simon Wiedner?

– Er wohl auch.

– Und seine Halbschwester?

Ich seufze. – Kann sein. Was glaubst du: Erzählt Carina dem Männchen von eurem Gespräch?

– Ich bin mir ziemlich sicher. Sie ist durcheinander. Und sie ist daran gewöhnt, Beistand zu haben.

– Und wenn sie die hübsche hilflose Witwe bloß spielt?

– Hübsch spielt sie nicht. Witwe ist sie auch. Oskar schmunzelt.

– Du weißt, was ich meine.

– Hilflos? Nein, hilflos wirkt sie auf mich eigentlich nicht. Nur: Carina als Boss der Cyberlegion? Kann ich mir schlecht vorstellen.

– Wie wäre es mit der hübschen Carina als eine, die sich dabei helfen lässt, ihren Mann rechtzeitig vor der Scheidung loszuwerden?

– Auch nicht wirklich. Aber schon eher.

– Sie hat dich also doch umgarnt.

– Ich halte die wenigsten Menschen für Mörder, egal, ob sie blond sind oder nicht.

Es läutet. Oskar und ich sehen einander an. Es ist halb elf am Abend.

– Ich will meine Ruhe, sage ich. – Irgendwann reicht es.

Oskar geht zur Gegensprechanlage.

– Woher weiß ich, dass das stimmt?, sagt er mit seiner Anwaltsstimme.

Pause. Ich lausche. Auch Vui hat den Kopf gehoben. Ich stehe auf und stelle mich neben Oskar.

– Nein, passt schon. Kommen Sie rauf. Dachgeschoß.

– Wer ist das?

– Ein Chefinspektor Haller. Von dieser Cybereinheit der Polizei. Will kurz mit dir reden. Er hat angeboten, mir den Dienstausweis zu schicken. Via WhatsApp. Wäre doch sinnlos. Kann auch gefälscht sein.

– Wir müssen die Tür nicht aufmachen.

– Er hat gesagt, er arbeitet mit Fran zusammen.

Ich hetze zu meinem Telefon und versuche Fran zu erreichen. Er geht nicht dran. Ich soll ihm keine Nachrichten schicken. Aber das ist jetzt auch schon egal. Ich tippe: Kennst du Chefinspektor Haller, Cyber...

Es läutet. Ich drücke auf senden. Oskar am Türspion.

Ich dränge ihn zur Seite. – Der ist zu alt für die Cyberpolizei. Warte. Ich will eine Antwort von Fran.

Oskar dreht sich zu mir und schüttelt den Kopf. – Das ist doch alles Unsinn. Warum sollte das nicht Chefinspektor Haller sein? Ich habe keine Lust, mich von eurem Verfolgungswahn anstecken zu lassen.

Signalton. Simons Antwort. JA.

– Mach auf!

– Ermittler, Techniker, Forensiker, wir haben beim C4 viele verschiedene Qualifikationen gebündelt. Cyber Crime Competence Center. Ich war immer Ermittler. Inzwischen mit einigen Zusatzausbildungen.

Der Mann hat kurz geschnittene graue Haare, er trägt ein legeres Leinensakko und Jeans. Einen Schluck Wein hat er gerne angenommen. Und um Wasser dazu gebeten.

– Fran hat uns leider sehr spät informiert. Die Sache ist aber ohnehin die: Wir können nicht einfach auf Verdacht herumsuchen. Weder im Netz noch sonst wo. Auch wenn sich das viele so vorstellen. Dazu braucht es Aufträge und Beschlüsse.

– Gibt's nicht dieses neue Sicherheitspaket?

– Ja. Es macht Überwachung einfacher. Teilweise, unter uns gesagt, auch bloß legal. Was nicht heißt, dass es alle im C4 für gut halten. Die Frage ist immer: Was ist wichtiger? Datenschutz und Sicherheit vor Eingriffen, woher immer sie kommen, oder Kontrolle?

Ich lächle. – Sie könnten wirklich ein Freund von Fran sein.

– Freund ist vielleicht zu viel gesagt. Aber wir mögen einander. Und ich schätze seine Kontakte. Wir sind angewiesen auf die Zusammenarbeit mit Leuten aus der Community und aus dem IT-Bereich. Natürlich schauen wir genau, wem wir vertrauen können. Und denen tun dann wir wieder ab und zu einen Gefallen. Fran wollte, dass ich Ihnen etwas ausrichte.

– Ist alles okay mit ihm und … Ich schlucke das Wort „Simon" in letzter Sekunde hinunter. Gegen Simon Wiedner gibt es immerhin einen internationalen Haftbefehl.

– Und mit wem?

– Mit Barbara. Eine Freundin von ihm.

– Barbara Sima, nehme ich an. Deswegen bin ich unter anderem hier. Wir haben sie in Gewahrsam genommen.

Ich starre den Cyberpolizisten an. – Barbara? Weswegen?

– Zu ihrem eigenen Schutz. Weil Fran darum gebeten hat. Ich soll Ihnen ausrichten, dass Sie nicht nach ihr suchen müssen. Es geht ihr gut.

– Und die offizielle Begründung?, mischt sich Oskar ein.

– Ermittlungen im Zusammenhang mit Simon Wiedner.

– Wie hat sie es aufgenommen?, will ich wissen.

Der Cyberpolizist lächelt. – Sie hat gesagt, endlich kümmert er sich um mich. Sie hat Fran gemeint. Ich habe ihr ganz inoffiziell ein wenig über die Hintergründe erzählt.

– Sie muss die Nacht im Gefängnis …

– Wir haben ganz gemütliche Räume für solche Fälle. Können Sie mir übrigens sagen, was wirklich geplant ist? Da ist doch etwas im Busch.

– Hat Fran Ihnen nichts verraten?

– Er hat gesagt, dass ich es lieber nicht wissen will.

– Morgen sollte einiges gelaufen sein.

– Das hat er auch gesagt. Übrigens: Ich soll Ihnen ausrichten, dass zumindest einer aus der Community jetzt bei ToPost arbeitet, allerdings in der offiziellen IT-Abteilung. Und zwei andere haben hin und wieder Simon Wiedner bei Loco unterstützt. Wir überprüfen da noch so einiges. Und es gab ein Videoüberwachungssystem bei einem Nachbarn von Neuhaus. Die Auswertung liegt noch nicht vor.

Der Polizeibeamte macht noch einen Schluck Wein und steht dann auf.

– Danke. Der Wein ist übrigens großartig.

– Weinviertel DAC.

– Habe ich mir gedacht, da komme ich her. Bezirk Mistelbach. Wissen Sie, dass man früher die Wiener Polizisten „Mistelbacher" genannt hat? Weil so viele von uns in die Stadt gegangen sind, um im Polizeidienst zu arbeiten. Sichere Jobs am Land waren selten.

Ich lächle. – Das war freilich lang vor den Cybertruppen. Weiß ich. Habe ich übrigens vom Bezirkspolizeikommandanten. Fritz Nemecek. Ein sehr netter Typ. Und ein ziemlich guter Beamter, glaube ich.

– Sie kennen Fritz Nemecek? Ich habe bei ihm angefangen. Wir sind noch immer in Kontakt. Er hat mich damals ermutigt, die Matura nachzumachen.

– Wir sind miteinander schon auf der Lauer gelegen.

– Das muss er mir einmal genauer erzählen.

– Auf der Lauer nach Veganern.

– So schlimm sind die? Ich hab eine Tochter, die kein Fleisch …

Oskar lacht. – Ganz so war es nicht.

– Auf alle Fälle haben wir dann unter anderem seine eigene Nichte gefangen.

– Autsch.

– Lassen Sie ihn ganz herzlich grüßen.

Wir begleiten den Cyberpolizisten zur Tür. – Ich schreibe nicht alles, was ich weiß, sage ich, als er schon den Liftknopf gedrückt hat. – Nur für den Fall, dass Sie mir noch etwas erzählen möchten. Um Fran zu schützen.

Chefinspektor Haller sieht mich forschend an. – Wie gesagt, wir können ohne Antrag der Staatsanwaltschaft nicht so viel tun, wie alle glauben. Aber da ist jedenfalls meine Telefonnummer. Ihre hab ich.

– Wird ja nicht weiter schwierig sein für Sie.

– Nein. War es nicht. Fran hat sie mir gegeben.

[18.]

Ich sehe auf die Uhr. Zeit, um meinem Chefredakteur über die Recherche-Fortschritte zu berichten. Bisher läuft alles nach Plan. Ich durchquere das Großraumbüro. Mein neuer Kollege Christof Denk. Kann es sein, dass er in Wirklichkeit Cyberlegionär ist? Als Wirtschaftsjournalist ist er denkbar untalentiert. Angeblich war er mehrere Jahre bei einem Thinktank in den USA. Wir hätten es prüfen sollen. Oder macht das Haller von der C4 ohnehin? Daniela Forsthuber. Ehemalige Mitarbeiterin der Presseabteilung des Verkehrsministers. Mit Computern kann sie sehr gut umgehen. Ich kenne beide zu schlecht, um zu sagen, wie sie ticken. Ich habe mir allerdings auch keine besondere Mühe gegeben, die Neuen kennenzulernen. Außerdem müssen die Legionäre ja nicht in der Redaktion sitzen. In der Geschäftsführung gibt es eine Stabsstelle für trimediale Kommunikation. Üblicherweise belästigen sie mich nur mit Aufforderungen, vernetzt zu denken und zu kommunizieren. Und mit unsäglichen Leitsprüchen für meine Arbeit. *„Was jedermanns Angelegenheit ist, geht keinen etwas an – ausgenommen die Journalisten." – Joseph Pulitzer.* Das habe ich heute in der elektronischen Post gefunden. Zum Glück weiß Joseph Pulitzer nicht, wo er da gelandet ist.

Ich winke der Redaktionssekretärin, bekomme ein Lächeln und bin im cleansten Büro der Weltgeschichte. Vielleicht ist Zillinger immer auf Flucht vorbereitet? Kann sein, dass ich heue Abend mehr darüber weiß.

– Ich bekomme ein Interview mit Simon Wiedner, verkünde ich.

– Wie? Der ist doch verschwunden.

– War er. Man bringt mich zu ihm.

– Wo ist er?

– Das weiß ich nicht.

– Es gibt einen internationalen Haftbefehl gegen ihn.

– Soll ich das Interview machen oder die Polizei verständigen?

– Das fragen Sie nicht im Ernst. Aber ich glaube es erst, wenn ich es sehe. Dass Sie ein Interview bekommen. Ist das irgendein … Trick?

– Ein Trick? Sie haben mir gesagt, ich soll meine Kontakte nutzen. Das habe ich gemacht.

– Ist Ihnen klar, dass das gefährlich sein kann?

– Geht so.

– Ich finde, es wäre besser, wenn ich Sie begleite.

– Sie könnten Schwierigkeiten mit der Polizei bekommen. Wegen des Haftbefehls.

– Bekommen Sie auch.

– Ich habe vorgesorgt.

– Wie?

– Kein Kommentar. Soll ich das Interview machen oder nicht?

– Haben Sie die Polizei eingeschaltet? Gibt es einen Deal?

– Gibt es nicht.

– Wann soll das Interview stattfinden?

– Die genaue Uhrzeit erfahre ich noch. Ich glaube, Simon Wiedner will sich danach der Polizei stellen und mit ihr zusammenarbeiten. Es sieht so aus, als hätte er die Zeit genutzt, um brisante Fakten zu sammeln.

– Welche Fakten?

– Das wird er mir erzählen.

– Sie sind allein dort?

– Darauf hat er bestanden.

– Was ist mit seinem Freund? Dem Sohn Ihrer Freundin?

– Der ist bei einer Konferenz in Madrid. Cybersecurity.

– Na gut. Dann wünsche ich Ihnen viel Glück. Und nehmen Sie das Ganze auf.

– Natürlich. Bild geht leider nicht. Haben Sie übrigens das Soundfile von Lukic bekommen?

– Ja. Es überrascht mich nicht wirklich. Lukic geht über Leichen, wenn er das Gefühl hat, man arbeitet gegen seine Interessen. Ein Egomane der Extraklasse. „Generation Me" heißt das in den USA. So war er immer schon. Extrem entspannt, wenn er kriegt, was er möchte. Wenn nicht … es ist besser, ihm nicht in die Quere zu kommen.

– Netter Freund.

– Ich wollte Sie bloß gewarnt haben.

– Danke. Ich lächle und verlasse den Raum. Wie hat Zillinger gewirkt? Wie hat er reagiert? Neugierig. Kein Wunder. Ungläubig. Auch kein Wunder. Er wollte wissen, ob sonst noch jemand bei dem Interview dabei ist. Ob die Behörden informiert sind. Interessant. Aber ich kann ihn auch diesmal nicht einschätzen. Seine Lebenswelt ist Lichtjahre von meiner entfernt. Spielt noch immer eine Rolle, auch im vernetzten Zeitalter.

Es ist Ende September und es ist nach wie vor warm. Wie schön müsste es jetzt in Sardinien sein. Die schönste Jahreszeit, hat Lella gesagt. Sonne und menschenleere Strände. Ich sehe mich um. Keiner, der mir zu folgen scheint. Eilige Passanten und schlendernde Touristen. Zwei Mädchen mit Eistüten. Ein Fahrradkurier. Ich soll Lukic in einer der Strandbars am Donaukanal treffen. Ich sehe auf meine Smartwatch. So ein Teil, das aufzeichnet, wie viele Schritte man geht, wie man schläft und wie viel Wasser man trinkt. Die Zeit anzeigen kann sie auch. Fran hat sie mir gegeben. Und er hat sie präpariert. Er kann mithören. Falls alles funktioniert.

Lukic hat einen bunten Drink vor sich und winkt mir entspannt zu. – Großartige Auszeit. Danke für die reizende Idee. Viel schöner als Büro. Ich hoffe, Sie haben eine gute Nachricht für mich.

Ich lächle zurück. – Ich bekomme ein brisantes Interview. Ich überlege, wo es veröffentlicht werden soll. Zillinger ... Kann sogar sein, er ist in die Sache verstrickt, um die es dabei geht.

– Auch einen Vienna-Beach-Shake? Ohne Alkohol. Dopt nur mit Vitaminen.

Ich nicke. Lukic schnippt mit dem Finger und deutet dem Kellner. Der nickt und wenige Sekunden später steht das Getränk vor mir. – War vorbereitet. Ich dachte, dass Sie so etwas mögen. Zillinger ist verstrickt? Worin?

– Das wird sich herausstellen. Er war mit Carina Neuhaus und anderen Freunden auf Ibiza, als ihr Mann ums Leben gekommen ist.

– Klingt eher nach einem handfesten Alibi.

– Es deutet das eine oder andere trotzdem auf ... eine Verwicklung hin. Wichtiger ist: Ich bekomme ein Interview mit Simon Wiedner.

– Na bitte. Das nenne ich wirklich gute Neuigkeiten. Und ich soll es kriegen?

– Möglicherweise.

– Seit wann ist er wieder aufgetaucht? Warum hat die Polizei ihn nicht festgenommen?

– Er ist nicht offiziell da. Niemand weiß von der Sache.

– Und warum dann Sie?

– Ich habe im Fall Neuhaus recherchiert. Das muss er mitbekommen haben.

– Hat er Andeutungen gemacht? Was will er erzählen?

– Er wollte so wenig wie möglich sagen. Er scheint einer großen Sache auf der Spur zu sein. Cyberlegion. Die erledigen alles. Gegen Geld. Ich hoffe, ich weiß heute Abend mehr.

– Wer begleitet Sie?

– Niemand. Das war seine Bedingung.

– Ist das nicht zu gefährlich?

– Warum sollte er mir etwas antun? Er will reden.

– Ich zahle gut. Das verspreche ich Ihnen. So viel, wie Sie sonst in einem Monat beim „Magazin“ verdienen, nur für diese Story.

– Zwei Monate. Das Interview bringt ToPost internationale Publicity.

– Ich lese das Interview und entscheide dann, wie viel.

– Zwei.

Lukic trinkt seinen Shake aus. – Was habe ich mir da bloß angelacht. Eine Journalistin, die auch noch verhandeln kann. Sie wissen doch selbst noch nicht, was er sagen wird. Und ob es brisant ist.

– Richtig. Aber ich habe Hinweise darauf. Sie sollten meiner Einschätzung trauen. Und meinen Recherchen.

– Erzählen Sie davon. Dann kann ich mir ein Bild machen.

– Heute Abend. Nach dem Interview. Das Wesentliche hab ich ja schon gesagt: Es geht um eine international tätige illegale Cyberorganisation mit Sitz in Wien. Mit besten Kontakten nach Russland und zu anderen politischen Machthabern. Über Gerüchte in diesem Zusammenhang hat ToPost ja schon berichtet.

– Eben. Was liefern Sie Neues?

– Dafür muss ich eben mit Simon Wiedner reden. Er ist der Organisation zu nahe gekommen. Sie darf nicht zulassen, dass er sie und ihre Auftraggeber enttarnt.

– Sie haben mich überzeugt. Zwei Monatseinkommen. Ich riskiere es. Und für Übersetzungen gibt es zusätzlichen Bonus. Wo war er in der letzten Zeit?

– Keine Ahnung.

– Wer hat den Kontakt hergestellt?

– Er selbst.

– Und der Sohn Ihrer Freundin? Fran Krajner?

– Der ist auf einer Konferenz. In Madrid. Cybersecurity.

– Wann soll das Treffen denn stattfinden?

– Ich bekomme Nachricht. Heute Nachmittag, wenn alles gutgeht.

– Und wenn die Polizei die Nachricht abfängt?

– Warum sollte sie? Simon Wiedner ist gut. Niemand weiß, dass wir uns treffen. Er und ich und jetzt Sie – aber Sie haben wohl kein Interesse daran, das Treffen vorzeitig auffliegen zu lassen.

– Worauf Sie wetten können. Zillinger: Kann es sein, dass er etwas mitbekommen hat?

– Nein.

– Schauen Sie, dass es so bleibt. Der Blödmann hat mir gestern übrigens einen angeblichen O-Ton von mir geschickt. Warten Sie, ich habe ihn hier.

Er holt sein Smartphone heraus, wischt und drückt auf Wiedergabe.

– Das ist seine Unsicherheit. Sein Unterlegenheitsgefühl. In Wirklichkeit ist er noch derselbe Vasall, der er bei Summa war. Die Wirtschaft braucht eben nicht nur Herren, sondern auch Diener.

Ich schüttle den Kopf. – Woher hat er ihn?

– Das frage ich mich auch. Und ich frage mich, wer meine Gedanken so fein zusammengeschnitten hat.

– Wie meinen Sie das?

– Ich könnte es gesagt haben, aber ich habe es nicht gesagt. Der Satz mit der Wirtschaft stammt ziemlich sicher aus einem meiner letzten Vorträge. Egal.

– Er hat es Ihnen kommentarlos geschickt?

– Er hat mir die Freundschaft aufgekündigt.

– Zu mir hat er einmal gesagt, in unserer Branche gäbe es keine Freunde, sondern bloß Interessen. Und Interessengemeinschaften.

– Wir waren ohnehin nie wirklich Freunde. Wobei ich von Freundschaft sehr viel halte. Kennen Sie Simon Wiedner eigentlich von früher?

– Nein. Soviel ich weiß, sind wir einander nie begegnet.

– Da. Meine private Visitenkarte. Stecken Sie sie ein. Für alle Fälle. Sie können mich Tag und Nacht anrufen.

Ich nehme die Karte. Ein aufwendiges Teil aus dickem Plastik. Offenbar steige ich auf. Die letzte, die er mir gegeben hat, war aus Papier. Und mit einer Nummer, die offenbar nicht so privat war.

Er hat meinen Blick gesehen, zuckt mit den Schultern und lächelt. – Ich hab sie mir nicht ausgesucht. Ich hab sie geschenkt bekommen. Und jetzt verwende ich sie eben. Viel Glück!

Es wird immer jemand in meiner Nähe sein. Ich kann mich auf Vesna verlassen. Wir haben vereinbart, dass ich shoppen gehen soll. Abgelegene Gassen meiden. Dann eine Kleinigkeit mit Oskar essen. Danach wird man mich verständigen. Ich taste nach dem Wertkartentelefon. Man wird sich auch melden, wenn etwas schiefgeht. Keine Chance, zwischendurch nachzusehen, ob die Server des „Magazin" und von ToPost schon zusammengebrochen sind. Und welche Gerüchte es im Netz gibt. Dieses Telefon hat kein Internet. Und kein GPS. Steinzeit. Die eigentlich noch gar nicht so lange her ist. Ich bin in ihr aufgewachsen.

Ich stehe in einer Boutique, die viel zu teuer für mich ist. Ich tue so, als würde ich einen unendlich langweiligen klassischen dunkelblauen Blazer betrachten. Solange ich unter sechzig bin, kaufe ich mir so ein Ding sicher nicht. Rosa Prager. Die ist über neunzig und würde so etwas trotzdem nicht anziehen. Ich kann mich auf nichts konzentrieren. Verfolgt mich jemand? Der Fahrradkurier. Ich habe ihn heute schon einmal gesehen. Aber schauen die nicht alle gleich aus? Dünn, mit nackten Waden und dem orangen Outfit ihres Zustelldienstes. Ich hätte genauer hinsehen müssen. Er trägt ein oranges Piratentuch. So eines hatte der andere auch. Ist wahrscheinlich Teil der Uniform. Mundschutz ist inzwischen verboten. Vermummungsverbot. Zum ersten Mal, dass ich das nicht bloß lächerlich finde. Eingeführt, um Burkas zu verhindern. Man hat vorher in Wien keine Frauen mit Burka gesehen und sieht jetzt auch keine. Dafür hat die Polizei Clowns und als Hasen verkleidete Werbeträger bestraft. Der Fahrradkurier ist glattrasiert. Ovales Durchschnittsgesicht, wahrscheinlich Student. Er telefoniert und fährt dann davon. Oder hat er bemerkt, dass ich ihn bemerkt habe?

– Ein wunderbares Stück!

Ich zucke zusammen. Hinter mir steht eine Verkäuferin. Schlichte Kleidung, kaum geschminkt. Damit sie die Kundinnen nicht überstrahlt. Geschäftsmodell traditioneller teurer Läden.

– Mir ... ist gerade etwas eingefallen. Tut mir leid, stammle ich und verlasse das Geschäft. Wenn das so weitergeht, schnappe ich über, bevor ich noch mit Simon geredet habe.

Mit Oskar habe ich mich im LeMar verabredet. Sollte ich Hilfe brauchen, der junge Barbetreiber wäre zur Stelle, da bin ich mir ganz sicher. Er stammt aus Afghanistan. Um dort zu überleben, muss man wissen, wie man sich wehrt. Unsinn. Lemar ist schon als kleiner Junge gekommen. Und seine Mutter wollte vielleicht gerade nicht, dass er in erster Linie lernt, zu kämpfen. Mein Mann wartet an einem kleinen Tisch im Inneren des Lokals. Schanigarten wäre zu gefährlich, hat Vesna bestimmt. Vorbeifahrende Autos ... Ich will gar nicht daran denken. Sie werden mich weder kidnappen noch erschießen. Wenn unsere Vermutungen stimmen, dann folgen sie mir, um Simon zu finden. Lemar ist enttäuscht, dass ich keine Pink Mira nehme. Ich muss einen klaren Kopf bewahren. Nur Wasser mit Zitrone. Und eines seiner köstlichen überbackenen Brote. Essen geht aus irgendeinem Grund fast immer.

Die Tische neben uns sind unbesetzt. Trotzdem flüstert Oskar. – Die Computersysteme sind zusammengebrochen. Beim „Magazin" und bei ToPost. Genau, wie sie es geplant haben. Es gibt große Aufregung über den „Anschlag auf die Pressefreiheit". Das hat der Minister für Zukunft und Heimatschutz gesagt. Dafür, dass die Attacken über russische Server gelaufen seien, gäbe es keine Anhaltspunkte. Du weißt, seine Partei ist ziemlich gut mit den Russen. Man spekuliert, welches Medium als nächstes lahmgelegt wird. Der ORF hat seine Notfallpläne aktiviert. Die deutschen öffentlich-rechtlichen Fernsehsender ebenso. Im Internet überschlagen sich die Gerüchte. Allein, dass der Minister dementiert hat, es gäbe Hinweise auf Russland, führt dazu, dass viele über russische Hacker spekulieren. Es gibt auch welche, die machen die USA verantwortlich. Andere vermuten eine Retourkutsche linker Kreise, die gegen das neueste Sicherheitspaket der Regierung protestieren.

– Gibt es schon das Gerücht, dass es jemanden gibt, der die Hintergründe der Attacken kennt? Frans Freunde vom Computerclub sollten sich da reinhängen.

Oskar sieht mich an. – Wenn, dann hab ich es nicht mitbekommen. Ich hab nichts dagegen, wenn Frans Hackerfreunde mitmischen. Aber warum du? Du kannst das noch immer abblasen. Auch wenn ich weiß, dass es sinnlos ist, dich darum zu bitten.

– Wir müssen da durch. Schon wegen Carlo Neuhaus. Und Barbara. Und Simon.

Oskar zieht sein Telefon aus der Tasche. – Google Alerts. Sieh an. Thomas Lukic. Er behauptet, dass ToPost demnächst äußerst brisante Informationen zum Cyberangriff veröffentlichen wird. Und da. Spiegel online: *Wien als eine Zentrale des Cybercrime. Was da abgeht, deutet auf eine neue Dimension des Cyberwar hin. Es gibt Hinweise, dass die Angriffe auch im Zusammenhang mit der Attacke auf OneEarth stehen könnten. Cyberexperten haben eine Reihe identer IP-Adressen und Server gefunden.*

Ein kurzer Pfeifton. Ich hole das Wertkartentelefon heraus.

Alles okay. Treffpunkt wie ausgemacht.

Ich sehe Oskar an. – Ich muss los.

– Soll ich dich nicht begleiten? Es ist ganz normal, wenn dich dein Mann begleitet.

– Nein. Vesna hat jemand von ihren Leuten hier. Irgendwo.

– Ich bringe dich bis zur U-Bahn.

– Okay.

Wir gehen schweigend nebeneinander her. Zum Abschied umarmt mich Oskar, als wäre es das letzte Mal.

– Hoffentlich machen wir nicht einen Riesenblödsinn, sagt er. Und dann, als ich mich schon halb umgedreht habe: Ich liebe dich.

– Ich dich auch, murmle ich. Ich hoffe, er hat es gehört.

Ich versuche meine Spuren zu verwischen. Bei der Station Schottenring wechsle ich die U-Bahn. Die U4 hält am Bahnsteig gegenüber. – Zug fährt ab! Im letzten Moment springe ich in den Waggon. Atemlos klammere ich mich an eine Haltestange und sehe mich vorsichtig um. Der Wagen hat mehrere Türen. Ich habe nicht darauf geachtet, ob noch jemand knapp vor der Abfahrt eingestiegen ist. Ich war zu sehr mit mir beschäftigt. Und dann gibt es natürlich auch noch andere Waggons. Als ich Vesna um ein paar Tipps gebeten habe, hat sie allerdings ohnehin gemeint, es reiche, wenn ich so tue, als wolle ich nicht verfolgt werden. Ansonsten würde ich den oder die Verfolger womöglich tatsächlich abhängen. Und das wollen wir ja nicht. Ursprünglich war geplant, dass das Interview in der Wohnung neben Vesnas Büro stattfindet. Sie lässt sich gut sichern. Aber man muss kein Profi sein, um von Fran auf seine Mutter und „Sauber – Reinigungsarbeiten aller Art" zu kommen. Also hat Vesna die leere Wohnung eines Kunden vorbereitet. Wenig später schlendere ich eine Straße mit hohen Gründerzeitbauten entlang. Nette Wohngegend. Ich trete in einen Hauseingang und blicke mich um.

Niemand von Vesnas Personenschützern zu sehen. Und auch keine Verfolger. Was, wenn mich ohnehin niemand verfolgt? Soll mir recht sein. Oder sollte mir das gar nicht recht sein, weil es bedeuten könnte, dass Simon uns doch hineingelegt hat? Was hat Zuckerbrot gesagt? Er hat die Staatsanwältin vor dem Fehler bewahrt, jemandem zu vertrauen, den sie sehr sympathisch gefunden hat.

Ich verlasse den Hauseingang wieder. Gehe um die Ecke. Ein blauer Kleinwagen. Er fährt langsam. Hält. Mira, geh einfach weiter. Und sei bereit, loszurennen. Was immer das bringen soll. Ich hätte nicht aufhören dürfen zu joggen. Der Wagen parkt ein. Die Frau in der geblümten Bluse sieht nicht gerade wie eine Cyberkriegerin aus. Wie sehen die aus? Wie die dunkle Seite der Macht? Jedi-Ritter? Fantasy und Science-Fiction haben mich nie besonders interessiert. Jetzt bin ich mittendrin. Gewissermaßen. Wenigstens wirken die Wohnhäuser beruhigend beständig und real. Ein Fahrradkurier. Beinahe wäre ich über den Randstein gestolpert. Er rast vorbei. Kein orangefarbenes, sondern ein gelbes Outfit. Man kann sich umziehen. Ich will jetzt nur mehr zu Simon. Sofort. Ich will das Interview machen und nicht daran denken, wer wo warum lauern könnte. Danach kann ich zu Vesna, die in der Nebenwohnung sitzt und sicher alles unter Kontrolle hat. Ihr Kunde ist gestorben. Schon vor einem halben Jahr. Eines völlig natürlichen Todes. Sofern man den Tod als natürlich ansehen kann. Die kleine Wohnung daneben hat seine Pflegerin bewohnt. Ich hole tief Luft und läute bei Gottfried Willi. Im nächsten Moment höre ich den Summer. Ich stoße die hohe gedrechselte Holztür auf und denke gerade noch rechtzeitig daran, zu Boden zu schauen. Da ist ein Steinchen. Gerade groß genug, damit die Tür nicht ins Schloss fällt.

Die Wohnung liegt im Hochparterre. Die Wohnungstür ist nur angelehnt. In meinem Kopf brummt es. Mein gesamtes Blut scheint nach oben geschossen zu sein. Dafür sind meine Hände und meine Füße eiskalt. Das ist nicht der Moment für eine Krise. Das Vorzimmer. Goldverzierter Spiegel, Garderobe. Die Erben streiten darum, was mit der Wohnung passieren soll. Die Flügeltür gegenüber ist halb geöffnet.

– Simon?, rufe ich halblaut.

– Ich bin hier.

Simon sitzt an einem runden Tischchen aus längst vergangener Zeit.

– Alles okay?

– Sie sind Mira Valensky.

Ich sehe ihn groß an. Ich darf nicht fragen, ob er annimmt, dass sie schon da sind. Dass sie mithören.

– Ja. Ich darf doch Simon zu Ihnen sagen, oder?

– Selbstverständlich.

– Darf ich das Gespräch aufzeichnen?

– Natürlich.

Ich hole ein altes Aufnahmegerät heraus. Fran hat mir verboten, mein Smartphone auch bloß mitzunehmen.

– Sie wollten sich mit mir treffen, um über eine kriminelle Internet-Organisation zu reden.

– Ja. Und wenn Sie alles gehört haben, dann ist auch klar, warum ich mit dem Tod von Carlo Neuhaus nichts zu tun habe. Das Einzige, was ich mir vorwerfe, ist: Ich habe nicht alles kommen gesehen. Ich habe seinen Tod nicht verhindern können. Es hat mit einer Rufmordkampagne begonnen. Als ich recherchiert habe, wer sie gestartet hat, ging es los. Ich bin ihnen zu nahe gekommen. Aber jetzt kenne ich die Organisation, die dahintersteht. Und hinter vielen großen Cyberangriffen der letzten Monate. Es ist eine Organisation, die wie die Fremdenlegion organisiert ist. Die keine politischen Ziele verfolgt. Die nur ein Interesse hat: dem zu dienen, der sie zahlt.

Ich versuche, konzentriert zu bleiben. Ich schreibe in Stichworten mit, ich stelle Fragen. So, wie ich es schon viele Male getan habe. Trotzdem lausche ich auf jedes verdächtige Geräusch. Wenn alles nach Plan läuft, dann fangen sie die Cyberlegionäre auf dem Weg zu uns ab. Ist es schon geschehen? Kann ich hören, was sich im Stiegenhaus oder gar vor der Haustür abspielt? Ich versuche, in Simons Gesicht zu erkunden, was er denkt, was er vorhat. Das Interview ist eine Sensation. Vieles wusste ich schon, aber jetzt passt alles zusammen. Es ergibt ein Bild. Oder ist das Bild falsch? Gefälscht? Fake? Hat man mir meine Wahrheit bloß eingeredet? Gibt es eine andere?

Simon redet weiter. – Die heutigen Attacken. Sie haben ihr Ziel erreicht. Sie sind unvorsichtig geworden. Sie bewegen sich im Netz wie eine Herde durchgedrehter Pferde. Sie haben deutliche Spuren hinterlassen. Wir machen momentan einen Abgleich verschiedener Datenprofile.

– Wann wird man wissen, wer hinter der sogenannten Cyberlegion steckt?

– Ich rechne damit, dass das noch heute Abend der Fall sein kann. Ich halte Sie auf dem Laufenden.

– Geben Sie mir einen Hinweis.

– Es ist ein Medienunternehmen.

– Eines, das heute gehackt wurde?

– Es sieht ganz danach aus.

– Und der Auftraggeber der Cyberlegion?

– Ab dem Moment, in dem ich der Organisation zu nahe gekommen bin, hat sie wohl auf eigene Rechnung agiert. Um zu verhindern, dass sie auffliegt. Aber mit Rückendeckung. Wir wissen inzwischen, dass sich im Freundeskreis der Cyberlegion hochrangige Politiker befinden. Und Unternehmer. Kann sein, dass hinter der Kampagne gegen OneEarth und ihre Unterstützer handfeste wirtschaftliche Interessen stehen. Einer aus dem Freundeskreis ist Chef einer Sicherheitsfirma. Sie hat sich um den Betrieb von Flüchtlingszentren beworben. Sie wissen, man plant staatlich überwachte Zentren. Die NGOs fordern weiter individuelle Unterbringung. Und sie sind quasi Konkurrenten, wenn es um die Betreuung von Flüchtlingen geht. Dieser Mann ist übrigens der Taufpate der jüngsten Tochter des Ministers für Zukunft und Heimatschutz.

– Gibt es Beweise?

– Wir sind dran. Simon nickt mir zu. Was will er damit ausdrücken? Dass das Gespräch vorbei ist, dass die gekommen sind, die wir erwarten? Aber wie hätte er das mitbekommen können? Ich habe nichts wahrgenommen. Implantierter Chip? Kamera, eingebaut in einer Kontaktlinse? Fang nicht an zu spinnen, Mira. Dein Part ist fast vorbei. Wenn es notwendig wird, sollte sich Chefinspektor Haller einschalten.

– Wie kann ich Sie wieder erreichen?, frage ich strikt nach Drehbuch.

– Ich melde mich.

Ich stehe auf. Der schmale Biedermeiersessel knarzt. – Danke, sage ich. Und will noch etwas dazusagen. Pass auf. Wenn etwas verdächtig ist, renn lieber weg. Es geht auch so. Wir wissen ohnehin sehr viel. Und die Cybercops werden helfen, den Rest herauszufinden. Meine Story ist schon jetzt gut. Extraklasse. Samt Hinweis auf einen Freund des Ministers für Zukunft und Heimatschutz, der aus der Unterbringung von Geflüchteten offenbar ein großes Geschäft machen will. Simon schüttelt beinahe unmerklich den Kopf. Ich sehe ihn an und drücke ihm fest die Hand. Nicht nur meine ist schweißnass.

Ich nehme den Weg zurück, den ich gekommen bin. Wir haben die Sache falsch eingeschätzt. Wir haben geglaubt, jemand folgt mir. Zillinger, Lukic, einer ihrer Cyberkrieger, wer auch immer. Weil sie verhindern müssen, dass die Cyberlegion auffliegt. Aber es scheint niemand gekommen zu sein. Vesna wollte mir eine Nachricht schicken. Drei Rufzeichen. Aber da ist keine. Weder auf der Uhr noch auf dem Telefon. Haben wir etwas übersehen? Ich fühle mich ausgesetzt. Allein. Es ist kurz nach sechs. Es wird bereits dämmrig. Es passt nicht zum warmen Wetter, dass es so früh dunkel wird. Wie ich die langen Sommertage liebe. Ich werde heimfahren. Oskar wartet auf mich. Ich muss nur ... Eine Autotür geht auf. Ich werde mit Oskar ... Ich bekomme einen Stoß, strauchle, kann mich gerade noch an der Hausfassade abstützen. Meine Handtasche! Die Tür knallt zu, der Motor röhrt auf. Schwarzer Wagen. Keine erkennbare Nummerntafel. Ich habe nicht gekämpft. Ich habe nicht einmal geschrien. Ich habe nichts getan, es hat keine Minute gedauert. Sie haben die Tasche. Mein Telefon. Und wichtiger noch: Sie haben das Interview. Blut tropft von meiner linken Hand. Ich merke es erst jetzt. Ich muss sie mir an der Mauer aufgerissen haben. Darum geht es jetzt nicht. Wo sind meine Beschützer? Hatte ich die ganze Zeit über keine? Was ist passiert? Haben die Cyberkrieger längst alles durchschaut? Sind Vesna und Fran in ihrer Hand? Aber warum haben sie dann das Interview zugelassen? Sie haben das Band. Allerdings ... Fran konnte mithören. Mitschneiden. Die Uhr ... Ich habe keine Wahl. Ich muss zurück ins Haus. Ich kann Simon nicht alleinlassen. Ich muss wissen, was mit Vesna und Fran geschehen ist. Sie sollen sehen, dass auch ich mutig sein kann. Ich habe zwar meine Handtasche nicht verteidigt, aber ich verteidige meine Freunde. Ich bleibe stehen. Und wenn es ein Zufall war? Handtaschenräuber? Vergiss es. Zu viel Zufall. Bevor ich es mir anders überlegen kann, bevor ich überhaupt noch viel überlegen kann, haste ich die Straße zurück. Das Auto scheint weg zu sein. Auch wenn es natürlich viele schwarze Autos gibt. Heckklappe. Es hatte eine Heckklappe. Wie der Wagen da vorne. Aber der ist größer. Oder hat der andere nur kleiner gewirkt? Vesna hat gesagt, es gibt einen Hintereingang. Ich muss durch das Nachbarhaus und dann in den Hof und dann die Stiegen hinauf. In die kleine Nebenwohnung. Der Schlüssel. Vesna hat mir für die Nebenwohnung einen Schlüssel gegeben. Und mich gebeten, ihn in die Jeans zu stecken. Nicht in die Tasche. Hat sie gewusst … Unsinn. Ihr vertraue ich tausendprozentig. Danke, liebe Vesna, dass du so vorsichtig bist. Sie hat auch gesagt, dass ich das Telefon in die Jeans stecken soll. Habe ich nicht gemacht. Sie ist in letzter Zeit ein wenig eng geworden. Das viele gute Essen in Sardinien. Die Uhr. Ich kann mit ihr zwar nicht telefonieren, aber Fran hört mit. Hoffentlich.

– Fran, sage ich. – Ich komme zurück ins Haus. Sie haben mich überfallen. Die Tasche ist weg.

Ich läute bei der erstbesten Türglocke. Der Summer. Ohne dass jemand eine Frage gestellt hat. – Danke!, rufe ich. Dass es das noch gibt. Menschen, die nicht misstrauisch sind. Ich bin im Innenhof. Mülltonnen, ein magerer Baum, eine Katze. Sie erinnert mich an Gismo. Ein Zeichen? Seit wann glaube ich an so etwas? Gismo hätte mich verwundert angesehen und mir telepathiert, dass ich mich an das Reale halten soll. Bloß: Was ist heute real? Es ist tatsächlich eine Schildpattkatze. Sie ist kleiner, als meine Gismo es war. Es geht jetzt nicht um Katzen. Gismo war mutig. Sie hat Vui gerettet. Unsere vietnamesische Freundin. Was immer das für ein Zufall ist, er gibt mir Kraft. Ich öffne die Hintertür. Lausche. Nichts zu hören. Ich habe den Schlüssel in der Hand. Ich gehe so lautlos wie möglich die Stufen nach oben. Lausche. Die Wohnungstür ist jetzt geschlossen. Ich habe sie bloß angelehnt. Die Nummer des Cyberpolizisten. Haller. Sie ist in der Tasche. Und im Telefon gespeichert. Das auch in der Tasche ist. Ich drehe den Schlüssel im Schloss der Nebentür. Leises Knarren, als sie aufgeht. Ich verharre. Lausche wieder. Ich schließe die Tür und stehe in einem Vorzimmer, das deutlich kleiner ist als in der Wohnung nebenan. Inzwischen ist es endgültig dämmrig geworden. Durch das Fenster zum Hof dringt nur wenig Licht. Zwei Türen. Beide sind geschlossen. Ich überlege. Die rechte muss zu dem Zimmer gehören, das an die Nachbarwohnung grenzt. Ich öffne sie vorsichtig. Vesna starrt mich erschrocken an und deutet mir, ja nichts zu sagen. Fran sitzt vor einem Laptop. Beide sind wohlauf. Ich bin so erleichtert, dass ich das Gefühl habe, zu schweben.

– Was machst du hier?, flüstert Vesna. Es klingt nicht im Geringsten, als würde sie sich freuen.

– Sie haben mir die Handtasche gestohlen. Mit allem drin. Deine Leute waren nicht da. Wo waren die? Ich hab es auf die Uhr geredet.

Fran deutet, dass ich näher kommen soll. Jetzt erst merke ich, dass beide Kopfhörer eingestöpselt haben. Ich sehe auf den Bildschirm. Simon. Er ist an den Stuhl gefesselt. Gerade noch bin ich ihm gegenübergesessen. Er hat einen Knebel im Mund. Das Bild ist verschwommen. Zwei Männer. Sie befestigen etwas an seinem Körper. Vesna zieht hörbar die Luft ein. – Sprengstoff.

– Wir müssen rein, flüstere ich.

– Dann ist er tot, antwortet meine Freundin. – Sie sind gekommen, kurz nachdem du gegangen bist.

– Ihr wolltet verhindern, dass sie es bis zu ihm schaffen. Ihr wolltet sie im Stiegenhaus … Wo sind die von der Polizei?

– Es ist etwas schiefgegangen. Wir haben sie nicht kommen sehen. Sie müssen gewusst haben, wo Simon ist. Sie haben dich nicht verfolgt. Als Simon nach dem Gespräch mit dir allein war, wollten wir alles abblasen. Wir waren unaufmerksam. Sie müssen durch das Nachbarhaus gekommen sein.

– Polizei, habt ihr die Polizei …

– Bombe hat Zeitzünder oder Fernsteuerung. Die beiden wollen nicht selbst in die Luft gehen.

– Wie lange werden sie warten?

– Bis sie weit genug weg sind.

– Du bist dir da sicher?

– Hoffentlich. Ist logisch. Das sind nicht Selbstmordattentäter.

Und jetzt erkenne ich einen der Männer. Lukic. Dem es beinahe gelungen wäre, mich mit schönen Worten und bunten Drinks zu umgarnen.

– Es soll aussehen wie Mafiamord, flüstert Vesna.

– Günther. Sie sind da, sagt Fran leise.

– Wer …

– Haller, von der C4, der gestern bei euch war. Und Vesnas beide Männer.

– Sind für so etwas nicht ausgebildet, murmelt Vesna.

– Auch nicht, um vor Handtaschenräubern zu schützen, ergänze ich.

– Um Kleinigkeiten geht es jetzt nicht. Sie müssen uns Zeit geben, Bombe zu entschärfen, sagt Vesna.

– Du kannst das?

– Weg vom Körper und davonlaufen.

– Und die Nachbarn?

Fran schreibt wie besessen in den Laptop. – Haller kommt durch die Hintertür. Er hat einen Spezialisten mit.

Vesna überlegt. – Dann wir machen so: Wenn Lukic und der andere gehen, müssen Spezialisten sofort hinüber. Meine Leute sollen die beiden verfolgen, aber nicht zugreifen. Zu gefährlich. Wir wissen nicht, ob Bombe mit Zeitzünder oder Fernsteuerung funktioniert.

– Haller schreibt, er hat Verstärkung angefordert. Da! Sie gehen!

Ich starre auf den Bildschirm. Nur mehr eine verschwommene Gestalt. Lukic. Er dreht sich noch einmal zu Simon um.

– Du warst ein bisschen zu schlau. Und jetzt holt dich die russische Mafia. Irgendein Drogenkrieg. Oder Cyberspionage. Egal. Wir werden es hinbekommen.

Simon kann nichts sagen, er bewegt sich nicht. Ein Sprengstoffgürtel um seine Mitte, der Verschluss ist hinter der Sessellehne.

– Haller sieht es in Echtzeit. Das Bild ist am Handy aber noch schlechter. Minikamera, mehr war nicht drin, erklärt Fran.

Beinahe hätte ich aufgeschrien. Der Cyberpolizist. Hinter uns. Und ein zweiter Mann.

– Das Bild da. Auf anderer Seite ist Kasten. Unversperrt. Ihr geht ins Bild und kommt drüben raus, flüstert Vesna.

Ich glaube schon alles, auch dass die beiden ins Bild und durch Wände gehen können. Vielleicht ist Glauben unsere letzte Hoffnung.

Wir hören, wie die Tür der Nachbarwohnung ins Schloss fällt.

Vesna telefoniert leise. – Nur verfolgen. Vorsichtig. Sonst nichts. Ganz strikter Befehl.

Die beiden Polizeibeamten sehen einander an. Hallers Begleiter ist nicht groß, aber massig. Sie gehen auf das Bild mit dem barocken Reiter zu. Haller zieht ein Messer heraus, schlitzt es auf, sie steigen hinein. Ganz wie Vesna gesagt hat.

Drüben kommen sie aus dem Kasten. Das sehe ich am Monitor. Wir sollten in Deckung gehen. Aber ich bin wahrscheinlich längst in einem anderen Universum. Vesna zieht mich und Fran hinter den Tisch. Fran packt im letzten Moment seinen Laptop. Wir sehen wieder verschwommene Gestalten. Die massige macht sich am Sprengstoffgürtel zu schaffen.

– Es ist ein einfacher Zeitschaltmechanismus, kracht es aus dem Laptop. – Halten Sie ruhig. Es ist gleich vorbei.

Haller nimmt Simon den Knebel aus dem Mund. – So oder so, krächzt Simon.

– Ich nehme den Gürtel jetzt vorsichtig ab.

Wir schlucken.

– Okay. Ich habe ihn. Sie gehen jetzt alle nach draußen. Günther, du bindest ihn los und bringst mir die Tasche.

Wir sehen, wie er den Sprengstoffgürtel vorsichtig auf den Boden legt. Hallers Messer. Für einen Moment denke ich … Aber er schneidet Simon los. Der taumelt, als er aufsteht. Dann sind die beiden nicht mehr zu sehen.

– Wir müssen auch weg, sagt Vesna mit lauter Stimme.

Fran klappt seinen Laptop zu.

Ich rapple mich auf, wir gehen auf Zehenspitzen, so als ob die geringste Erschütterung die Explosion auslösen könnte.

Im Stiegenhaus kommt uns Haller entgegen. Er keucht. Er trägt eine große Tasche. – Mein Kollege. Er ist einer der Besten. Wir wissen nicht, auf wie viele Minuten der Zünder eingestellt ist. Ich bringe ihm Werkzeug, dann gehe ich in den ersten Stock. Du kommst mit mir, Fran. Wenn du dich traust. Wir müssen die Leute im Haus evakuieren. Für alle Fälle.

– Ich gehe auch mit, sagt Vesna.

Weg, weg hier, will ich schreien. Simon. Er lehnt am Fenster im Halbstock.

– Sie kümmern sich um ihn, sagt Haller zu mir. – Sie verlassen beide sofort das Haus.

Ich taumle mit Simon nach unten. Ich weiß nicht, wer wen stützt. Wir öffnen die Eingangstür. Inzwischen ist es Nacht geworden. Eine laue Herbstnacht. Wir sollen auf die andere Straßenseite, hat Vesna gesagt. Was haben wir angezettelt? Können wir es uns jemals verzeihen, wenn das Haus in die Luft fliegt? Nur weil wir klüger sein wollten als die Cyberkrieger?

– Auf die andere Straßenseite, sage ich zu Simon.

– Lukic. Es war wirklich Lukic.

Ein Fenster wird aufgestoßen. – Alles in Ordnung. Entschärft!

Ich spüre die Wand hinter mir. Warm und rau. Ich will nie wieder weg von hier. Alles in Ordnung. Wir fliegen nicht in die Luft. Auch Vesna nicht und Fran nicht und …

Die Eingangstür geht auf.

– Nein, es war nicht falscher Alarm. Aber alles gut, Sie können zurück, höre ich Vesna rufen. Menschen, die auf sie einreden. Sie quellen aus dem Haus. Aufgeregt. Einer im Pyjama. Eine andere im Bademantel.

Haller drängt sich durch und stellt sich vor die Hausbewohner. Er zückt seine Dienstmarke. – Danke für Ihre Mitarbeit. Bitte gehen Sie wieder in Ihre Wohnungen. Es ist alles in Ordnung.

Er setzt sich ebenso wenig durch wie Vesna. Ein Mann in kurzen Hosen filmt.

– Wer weiß, ob der von der Polizei ist, höre ich eine Frau sagen.

– Ich dokumentiere das Ganze, ruft der Mann mit dem Handy.

Vesna ist zu uns gekommen. – Und die wolltet ihr retten?, frage ich sie.

Sie grinst.

[19.]

Warum haben sie dich gehenlassen?, überlegt Vesna.

Ich sehe meine Freundin erschrocken an. Natürlich. Sie hätten auch mich fesseln können. Aber sie haben gewartet, bis ich weg war.

– Das ist einfach, sagt Haller und nimmt einen Schluck Veltliner. – Sie mussten improvisieren, genau wie wir. Sie wussten nicht, ob Simon allein in der Wohnung ist. So haben sie das Interview abgewartet. Und danach die Tasche geklaut. Während Lukic und sein zweiter Mann bereits in einem oberen Stockwerk gewartet haben.

Vesna hat mir noch nicht verziehen, dass ich die beiden anders hergeführt habe, als geplant. Die Visitenkarte, die mir Lukic gegeben hat. Dieses dicke Plastikding. Sie gehen davon aus, dass ein GPS-Sender eingebaut war. So mussten sie mich gar nicht verfolgen. Sondern bloß orten. Wir sitzen in einem Wiener Stadtheurigen. Umgeben von fröhlichen Japanern, singenden Italienerinnen und einigen Einheimischen. Alte Holzbänke, niedrige Decke.

Fran muss meinen Blick bemerkt haben. – Fehlt nur, dass Orson Welles zur Tür hereinkommt und das Harry-Lime-Thema gespielt wird. Natürlich auf der Zither.

– Total analog, ergänze ich.

– Eine Welt. Wo siehst du den Film? Im Internet. Übrigens. Wir haben die Auswertung der Videokameras des Nachbarn. Da ist ein Mitarbeiter von Lukic drauf.

Ich gähne. Ich kann nicht anders. Es ist gegen Mitternacht. Langsam lässt die Anspannung nach. – Er wird sagen, Lukic hat ihn geschickt, um sicherzustellen, dass Neuhaus vor der Scheidung keine Wertgegenstände verschwinden lässt. So wie er es Carina Neuhaus versprochen hat.

– Er ist zwei Mal zu sehen. Einmal am Nachmittag, als Neuhaus noch nicht da war, und einmal, als er schon im Haus war.

– Jedenfalls bei Lukic ist alles wasserdicht, mischt sich Vesna ein. – Und bei seinem Begleiter auch. Was für ein Glück, er wollte selbst dabei sein.

– Der Sprengstoffgürtel war nicht gerade auf dem neuesten Stand, sagt Haller. – Mein Kollege meint, der Sprengstoff könnte aus ukrainischen Militärbeständen stammen. Zum Glück hatten sie keine Zeit, einen Fernzünder zu montieren.

– Sie waren nicht vorbereitet, was passiert. Sie waren zu sicher, dass alles geht, sagt Vesna.

– Wir haben sie verunsichert, sagt Fran.

– Sie sind zurück zu ToPost. Sehr verunsichert waren sie nicht, widerspricht Vesna.

– Was hätten sie sonst tun sollen?

– Verschwinden. Aber Lukic hat sogar noch kontrolliert, was seine Leute über die Cyberattacke schreiben. Ein Angriff der Drogenmafia. Angeblich ist OneEarth verwickelt. Mit Server irgendwo, nur nicht in Wien. Und im Netz die passenden Fake-Meldungen dazu. Zusammenhänge mit untergetauchtem IT-Experten von Neuhaus. Drogen und Schlepperorganisation. Hinweis, dass Simon Wiedner die Mafia im Darknet übers Ohr gehauen hat.

– Denken die, dass jeder Müll geglaubt wird? Ich fahre über die Schürfwunde an der rechten Hand. Sie brennt. Es ist beinahe angenehm. Viel mehr hätte brennen können.

– Nur dass sie dann nervös geworden sind, weil keine Meldung gekommen ist über eine Explosion, ergänzt Vesna.

– Wir konnten sie am Flughafen in die Arme schließen, lächelt Haller. – Beamen geht zum Glück noch nicht. Lukic spinnt den haarsträubenden Unsinn allerdings weiter. Er sei von dieser neuen Mafia gezwungen worden, mitzumachen. Er habe einige Experten beschäftigt, um die Machenschaften von Simon Wiedner und dem Drogenkartell von OneEarth aufzudecken. Deswegen hätten die ihn angegriffen. Alle Hinweise auf ToPost seien Fake und eingeschleust. Er werde die Wahrheit ans Licht bringen. Aber einige seiner Mitarbeiter reden so viel, dass wir kaum mit dem Aufzeichnen nachkommen. Besondere Helden sind die virtuellen Krieger nicht.

– Reden eigentlich alle so schnell in eurer Community?, frage ich Fran. – Die zwei von Don't Panic haben gewirkt, als wäre ihnen menschliche Sprache viel zu langsam.

Fran sieht konzentriert auf sein Smartphone.

– Fran!

– Sorry. Nicht alle, aber viele. Hängt wohl davon ab, mit wem sie sonst kommunizieren. Verrückt, was momentan abgeht. Der Minister für Zukunft und Heimatschutz fordert ein noch schärferes Sicherheitspaket. Im Netz wird heftig darüber gestritten. *Wollt ihr die totale Überwachung?* So wie Hitler, *Wollt ihr den totalen Krieg?* Jetzt werfen sie dem Poster vor, ein Nazi zu sein. Andere verbitten sich, dass man den Minister für Zukunft und Heimatschutz beleidigt. Und wieder andere haben eine Petition gestartet: *Für ein freies Österreich.* Was auch immer das sein soll. *Der Cyberwar hat längst begonnen.* Das steht auch noch da.

– Vielleicht du solltest Trottelding endlich einmal weglegen, sagt Vesna.

– Mam, ignorieren ist keine Lösung.

– Wir haben nicht ignoriert, wir haben Lösung gefunden.

– Der Präsident des Europaparlaments fordert *von und für Europa eine einheitliche Vorgangsweise in Sachen Cybersicherheit.* Und unser Verteidigungsminister spricht von *einem notwendigen Angriffskrieg unserer Cybereinheiten gegen alle staatsfeindlichen Kräfte im In- und Ausland.*

– Das hast du erfunden, sage ich und nehme noch einen Bissen vom Liptauerbrot. Das Essen schmeckt mir schon wieder.

– Habe ich nicht. Der ist so. Der war in seiner Jugend bei rechtsradikalen Wehrsportübungen dabei. Jetzt sitzt er in der Regierung. Und ein Wehrsportfreund im Aufsichtsrat der Industrieholding. Von den schlagenden Burschenschaftern, die jetzt überall auftauchen, gar nicht zu reden.

– Die Hintermänner, sage ich. – Wer hat den Auftrag für die Rufmordkampagne gegen OneEarth und seine Unterstützer gegeben?

– Es gibt noch unendlich viele Daten, die ausgewertet werden müssen, seufzt Simon. – Aber sie sind unvorsichtig geworden. Fran war ja die letzten zwei Tage virtuell in Madrid, bei diesem Cybersecurity-Kongress. Wir haben seine Kommunikation über einen passenden spanischen Server geschickt. Und wir haben nachgesehen, wer nach ihm gesucht hat. Und wer wann auf der Seite des Cyber-Kongresses recherchiert hat.

– Auch nicht viel anders als Detektivarbeit sonst, mischt sich Vesna ein.

Fran nickt. – Nur dass wir keine Personen, sondern Adressen finden. Die man allerdings Personen oder Einrichtungen zuordnen kann. Kurz nachdem Mira erzählt hat, dass Fran in Madrid ist, hat Lukic zu suchen begonnen. Sehr unvorsichtig. Über sein Smartphone. Die Fachleute in seiner Organisation waren andere.

– Und wir scheinen einen zu haben, der mit den Geldflüssen zu tun gehabt hat, ergänzt Simon.

– Schwachstelle Mensch. Geldübergabe, meint Vesna.

– Schon mal etwas von Bitcoin gehört? Aber wer Bitcoins kreiert, braucht Strom. Und ihre Transaktion schleppt die ganze Geschichte mit. Da werden File und Rechenleistung größer und größer. Das kann man auslesen. Wenn man weiß, wie. Vom virtuellen Geldübergeber gibt es eine Spur zu der Sicherheitsfirma, von der ich dir erzählt habe. Die hinter einem Großauftrag für Flüchtlingszentren her ist.

Fran nickt. – Passenderweise ist der Eigentümer ein Freund des zuständigen Ministers. Und der hat vor kurzem öffentlich verlangt, dass sowohl Asylwerber als auch anerkannte Flüchtlinge ohne Arbeit nur mehr in vom Staat verwalteten Zentren untergebracht werden sollen.

– Zum Kotzen, sage ich.

– Und ein Megageschäft, wenn das gelingt. Um die öffentliche Meinung günstig zu stimmen, ist es gut, wenn man zuerst die NGOs und alle, die sie unterstützen, in Verruf bringt.

Ich sehe Chefinspektor Haller an. Er ist Teil der Staatsmacht. Weisungsgebunden.

– Wir sind Beamte, wir sind nicht die Regierung, sagt er mit einem halben Lächeln. – Es wird nicht einfacher. Aber es gibt genug, die nichts von Repression halten. Die einfach ihre Arbeit machen. Wie es so schön heißt: ohne Ansehen der Person.

– Die erste Frau von Neuhaus. Lella Giampiero. Wir haben darüber geredet. Über Justizia, der die Augen verbunden sind, damit sie ohne Ansehen der Person richtet. Ma sicuro, hat sie gelacht. Wie bei Berlusconi. Wie oft der schon davongekommen ist. Die richtigen Freunde helfen. Nicht nur bei uns.

– Lukic steckt sehr tief drin. Und sein Sprengstoff-Mann auch. Er dürfte übrigens mehrere Identitäten haben, erwidert Haller.

Fran sieht auf. – Apropos Freunde. Da ist eine neue Meldung. Von der Pressestelle des Zukunfts- und Heimatschutzministeriums. Man verlangt die Aufklärung der Cyberattacken. *Gerüchten, dass eine neue radikal-islamistische Mafia die Gutgläubigkeit von Menschen in humanitären Organisationen und in Medien unterwandert hat, wird penibel nachgegangen.*

Ich sollte dranbleiben. Sieht aus, als gäbe es noch jede Menge Arbeit, um Fakten von Fake zu trennen.

– Die Beweislage ist zu dicht. Sie werden Lukic opfern, meint Haller.

Vesna hält mir ihr Smartphone hin. Oskar. Er weiß, dass ich mein Telefon nicht dabeihabe. Er fragt, ob er mich abholen soll. Ich lächle und schreibe. *Da ist Mira. Ich komme sehr bald. Mit dem Taxi. Ich freue mich auf dich.* Ich stocke. Dann schreibe ich weiter. *Ich liebe dich.* Sollen es alle lesen. Kein Problem.

– Was ist?, fragt Fran.

– Oskar. Ich muss heim. Nein. Ich möchte heim. Endlich.

– Was ist eigentlich mit deiner Barbara?, fragt Simon Fran.

– Wir fahren in die Villa Liberazione. Ganz bald. Das hab ich ihr versprochen.

– Meine Güte, ist das kitschig.

– Bits und Bytes, was anderes kennst du nicht, armer Irrer.

Simon lächelt. – Ich hab Barbara übrigens ein paar freundliche Informations-Updates geschickt. Damit sie nicht wieder glaubt, du kümmerst dich nicht um sie.

– Avatar, so gefällst du mir.

Vesna verdreht die Augen. – Kann es sein, ich bin im falschen Film?

– Manchmal ist er ganz vernünftig, lächle ich.

– Das glaubst nur du, aber du glaubst viel, sagt Vesna.

– Und das soll was heißen?

– Wer nimmt Visitenkarte mit Chip?

– Das ist noch nicht erwiesen.

– Was sonst?

Vesnas Telefon läutet.

– Ja .... Nein ... Sicher ... Ich richte aus ... Sie hat kein Telefon ... Sie haben was?

Vesna sieht mich an. – Das Männchen. Er hat gepostet, das „Magazin“ hat Exklusivinterview mit Simon Wiedner. Er sagt, sie feiern ihn als Helden und Aufdecker. Im Netz und überall. Zumindest die meisten. Warum ihn und nicht Fran? Wo er für seine Firma gut jede Werbung brauchen kann ...

– Mam!

– Er hat das so eingefädelt, oder? Mit diesen Roboter-Kobolden im Internet, die Meldungen verschicken und teilen und liken und Meinung manipulieren.

– Mam! Wir haben das eingefädelt. Bots können auch für etwas gut sein. Es geht darum, dass sie den Haftbefehl aufheben. Helden mag man eben. Dagegen kann nicht einmal der Minister für Zukunft und Heimatschutz an.

Vesna hält ihr Telefon wieder ans Ohr. – Ja. Ich sage es ihr. Wir sind in einer Besprechung. Ja.

– Er will, dass du sofort kommst. Mit dem Interview.

– Ich will heim zu Oskar.

– Du möchtest, dass andere deine Geschichte schreiben?, fragt Vesna.

– Du willst, dass sich das Männchen mit dieser Story brüsten kann?

– Es ist deine Sache.

– Sei nicht immer so bestimmend.

– Was ist daran bestimmend, wenn ich sage, es ist deine Sache?

– Die Art, wie du es sagst.

– Wir machen es, mischt sich Simon ein. – Bitte, Mira. Bei Zillinger ist Lukic unten durch. Wenn auch aus anderen Gründen. Es ist die Chance zu erzählen, was wirklich war. Die hat man nicht so oft.

– Heutzutage, setzt Vesna hinzu.

– Immer schon, sagt Fran.

Ich stehe auf. – Komm, Simon.

DANKE!

an **Mariann Unterluggauer**, eine DER Netzexpertinnen in Österreich und darüber hinaus. Sie beschäftigt sich mit den neuesten Entwicklungen im World Wide Web, insbesondere auch mit den Schnittstellen zwischen Robotic, Netzsicherheit (das ist etwas anderes als permanente staatliche Überwachung), Ethik und Politik. Sie hat mir geholfen, vieles besser zu verstehen und einzuordnen. Und sie hat mir gezeigt, dass wir selbst viel dazu beitragen können, uns im Netz eigenverantwortlich, sicher und frei zu bewegen. Einiges davon habe ich versucht, im Buch zu vermitteln. Ich freue mich sehr, dass sich unsere Wege durch diesen Roman endlich wieder einmal gekreuzt haben. Wie schön wäre es, wenn es mehr Expert*innen gäbe, die so cool, unaufgeregt und uneitel agieren. Das täte in Zeiten der permanenten Aufgeregtheit in allen möglichen Sparten gut.

www.netaffair.org

an den **Chaos Computer Club Wien**, kurz: **C3W**. Mein Kontakt mit der Wiener Hackerszene ist spannend, informativ und bereichernd. Wieder einmal wurden (Überraschung!) viele Klischees überhaupt nicht erfüllt. Nur ganz kurz: „Hack" heißt nichts anderes, als einen kreativen Umweg zu wählen, um ein Ziel zu erreichen. Mehr darüber im Buch. Und „Hacker" sind keine, die im Internet betrügen, erpressen und Sabotageakte begehen. Sie kümmern sich um Kommunikation im Netz und ihre Entwicklung, um die Vermittlung dieser neuen Kulturtechniken an Kids und sie arbeiten mit den Behörden zusammen, wenn es um Sicherheitslücken und Manipulation geht. Freiheit und Respekt sind ihnen wichtig. Und: Sie würden sich wünschen, dass man die anderen, die „Bösen", endlich als Internetkriminelle, in militärisch-staatlichem Zusammenhang auch als Cyberkriminelle (wobei die meisten von ihnen „Cyber" schon nicht mehr hören können …) bezeichnet. Mehr über den C3W unter:

www.c3w.at

an Informant*innen aus dem **C4** (Cyber Crime Competence Center, einer Stabsstelle im Bundeskriminalamt), die nicht mit Namen genannt werden möchten. Ich habe hohen Respekt vor ihrer Arbeit. Kriminalität im Netz stellt unsere Gesellschaft vor neue Herausforderungen. Wichtig wird es sein, ihr mit demokratischen Mitteln zu begegnen und Sicherheit nicht mit staatlicher Überwachung zu verwechseln. Das liegt freilich nicht in der Kompetenz der Polizeidienststellen, sondern ist Sache der Politik und ihrer Kontrolle, auch durch die Zivilgesellschaft.

an eine mutige Frau, die für die Wiederaufnahme eines Mordprozesses kämpft, weil es im Verfahren unglaubliche Schlampereien gegeben hat. Der Fall in meinem Roman und die damit verknüpften Personen sind selbstverständlich fiktiv. Aber es gibt Parallelen. Oft scheint es am bequemsten, sich die Wahrheit passend hinzubiegen. Vor Menschen, die sich dem selbstlos und trotz Anfeindungen entgegenstellen, habe ich große Hochachtung.

an **Lemar** vom LeMar – ja, die Bar gibt es wirklich und sie ist wunderbar! Das hat auch mit **Wolfgang Krenn** zu tun. In seinem so besonderen Jugendstil-Hotel Kärntnerhof ist Lemar nicht nur bestens ausgebildet worden, Wolfgang hat ihn auch tatkräftigst unterstützt, damit er den Sprung in die Selbstständigkeit schafft. Den Herrn Hoteldirektor gemeinsam mit seinem Mann **Aurel** zu treffen, mit ihnen über Bücher und die Vielfalt des Lebens zu plaudern, ist mir immer ein großes Vergnügen und Inspiration.

www.karntnerhof.com, www.lemar.at

an meine Freundinnen und Freunde in Südsardinien und speziell in Torre delle Stelle: **Donatella, Luisa, Alberto, Giuliano, Attilio, Danilo** … So viel Gastfreundschaft und Offenheit! Was für ein wunderbarer Ort, um zu schreiben, über die verschiedenen Geschwindigkeiten des Lebens nachzudenken und einen der wohl schönsten Ränder Europas zu genießen. Fakt ist: Hier findet tatsächlich nicht einmal Google Maps jede Adresse ☺. Man kann verbunden bleiben, aber man kann sich auch für eine gewisse Zeit genussvoll zurückziehen … eine Agentur, die Häuser und Apartments vermietet und mit der ich ausschließlich gute Erfahrungen gemacht habe: Sardinian Holidays, unter der lokalen Leitung von **Valeria Macis**. Und wer den Kriminalroman ganz genau liest, findet sogar die Namen von einigen meiner Lieblingslokale.

www.sardinianholidays.com

an die Brüder **Thomas und Michael Carli** mit ihrem kleinen, aber dafür so persönlichen und feinen Sardinienversand. Hier findet man die meisten der sardischen Produkte, die im Kriminalroman vorkommen, und auch Miras (und meinen) Lieblingskaffee von Tazza d'Oro. Sie vermitteln darüber hinaus auch jede Menge sardisches Lebensgefühl – und sie sind aus der engagierten grün-politischen Szene Innsbrucks nicht wegzudenken.

www.sardinienprodukte.at

an das **Team des Folio Verlags**, allen voran meinen direkten Ansprechpartner*innen **Marialuise Thurner** (Öffentlichkeitsarbeit), **Ludwig Paulmichl** (Verlagsleitung), **Joe Rabl** (Lektorat), **Uli Deurer** (Vertrieb). Sie alle begleiten mich jetzt schon so lange freundschaftlich, professionell und vertrauensvoll durch literarische Abenteuer und die Herausforderungen des Buchmarktes. Manchmal ist schwer zu sagen, was davon mörderischer ist. Sie geben mir die Freiheit und den Rückhalt, das zu schreiben, was ich möchte.

www.folioverlag.com

an „meinen" Taschenbuchverlag Lübbe. Dieses Verlagshaus ist noch in Privatbesitz. Menschliche Dimensionen sind hier einfach spürbar und kein Werbekonzept. Das hat auch viel mit **Birgit Lübbe** zu tun, die überraschend, aus traurigem Anlass (wir werden Stefan Lübbe nie vergessen) und lebensmutig den Verlag übernommen hat und ihn gemeinsam mit dem engagierten Leitungsteam im besten Sinn des Wortes weiterführt. **Claudia Müller**, Lektorin meiner Bücher und inzwischen Programmleiterin Belletristik, ist über die Jahre zu einer lieben Freundin geworden, die ich leider viel zu selten sehe. Aber wer weiß? Vielleicht einmal im Weinviertel …

www.luebbe.de

an die vielen wunderbaren und so unterschiedlichen Bücher-Menschen, die dafür sorgen, dass meine Romane weiterverbreitet werden und ich so häufig auf Lesetour bin. Ich kann einfach nicht alle aufzählen, man findet viele von ihnen auf der Veranstaltungsseite oder den Links auf meiner Homepage. Herausgreifen möchte ich **Eva Hosemann** vom mörderisch sympathischen Trio der **Stuttgarter Kriminächte**. Sie hat mir von Robert Bosch, seinem erstaunlichen Werdegang und seiner Bedeutung für Stuttgart so viel Interessantes erzählt, dass ich darüber IM NETZ einfach erzählen musste. Und, weil sie schon von ganz am Anfang an mit dabei war, und weil sie mir mit ihrem Wissen und ihrem freundschaftlichen Zuspruch sehr viel geholfen hat (und hilft), nenne ich **Rotraut Schöberl** von der **Buchhandlung Leporello** – es gibt natürlich auch noch viele andere feine Buchhandlungen, große und kleine, in der Stadt und am Land, in Österreich und anderen europäischen Ländern. Sie alle sollte ihre gemeinsame Liebe zu Büchern mehr denn je einigen – die große Herausforderung der Buchbranche wird es sein, dem branchenfremden Online-Handel Kompetenz, persönliche Beratung und (zumindest) ebenso rasches Service entgegenzusetzen.

www.stuttgarter-kriminaechte.de, www.leporello.at

an **„die gastgeber“**: **Horst Sonntagbauer**, Kontrabass, **Gerd Rahstorfer**, Trompete und Flügelhorn, **Volkhard Iglseder**, Klavier – „meine“ coolen Jazzer. Gemeinsam mit ihnen unterwegs zu sein, ist mir eine besondere Freude. Musik und Lesestücke ergänzen einander, dank ihrer sensiblen Choreografie. Und: Für Gismo und für Vui hat Volkhard eigene Musiknummern komponiert – welche Literatur-Katzen können das schon von sich sagen? Ihr Dank wird ihm ewig nachschleichen. Und dann gibt's unter anderem noch den Song „Wein-Vierterl“ … hoffentlich bald auch auf Tonträger, er könnte rasch zur neuen Weinviertelhymne werden …

www.diegastgeber.at

an meinen leider schon verstorbenen **Vater**, einen großherzigen und weltoffenen Menschen, dessen Wurzeln im kleinen oststeirischen Großsteinbach liegen. Er hat mir viel vorgelebt, an dem ich mich zu messen habe. Leider ist er viel zu wenig gereist – und doch ist er es, der mir unter anderem Sardinien nähergebracht hat. Danke auch meiner **Mama**, mit wachem Geist noch immer gut unterwegs und offen für alle, die ihr begegnen. Sie gehört zu den Frauen, bei denen Komplimente über ihr Aussehen logisch sind. Niemand würde annehmen, dass sie die achtzig doch schon deutlich überschritten hat. Danke auch an meine wundervolle Schwester **Elisabeth Fandler** und meine Neffen **Martin Fandler** und **Simon Fandler** (beide sind sie inzwischen Ärzte, und was für welche!!!) – was für ein Glück, in dieser kleinen, aber feinen Familien*bande* zu sein!

an **Gerda und Joschi Döllinger**, nicht nur für die großartigen Weinviertler Weine und ihre Sonderedition zu meinem Kriminalroman. Sondern auch für unsere langjährige Freundschaft und die Chance, mit ihnen mitzuleben. Vier Enkelkinder gibt es inzwischen und das jüngste, **Leon**, lebt jetzt gemeinsam mit ihrem Sohn **Matthias** und dessen Frau **Katharina** (meine Güte, gerade erst waren sie noch Kinder!!!) am Winzerhof. Es geht weiter … Weiter geht es auch mit Buchingers Gasthaus „Zur Alten Schule“. Seit 2002 koche ich jetzt dort mit, wann immer es meine Zeit erlaubt. Ein ewiges Abenteuer, auch dank **Manfred Buchinger**, des Einzigartigen. Und eines der besten Freunde, den man sich wünschen kann. Eigentlich habe ich ja längst das Gefühl, er ist der Bruder, den ich nie hatte. Und wenn wir uns in der Küche (ganz selten!) einmal fetzen, dann sag ich mir: Verwandte kann man sich eben nicht aussuchen. Aber er kann auf mich zählen. Und ich weiß, dass das umgekehrt auch so ist.

www.doellinger.at, www.buchingers.at

und ganz am Schluss, aber er ist ja auch sonst zum Glück noch da, wenn alle schon gegangen sind: DANKE an meinen Mann **Ernest Hauer**. Wer immer es schafft, ihn zu motivieren, selbst etwas zu schreiben, egal ob im Blog oder in gedruckter Form, der bekommt von mir eine fette (oder magere) Belohnung (ich denke an Essen). Ernest ist ein hervorragender Schreiber, das hat er nicht nur in seinen langen Jahren beim ORF-Ö1-Radio bewiesen. Er ist bescheiden und meint, die Rolle als mein Chauffeur und Erstleser sei ihm Herausforderung genug. Für mich wunderbar, aber: Auch ich stünde gegebenenfalls als Chauffeurin und Erstleserin zur Verfügung. Jedenfalls, liebster Ernest: Es ist schön, mit dir zu reisen, zu diskutieren, zu essen, zu lachen … durchs Leben zu gehen.

Fleisch essen kann gefährlich sein, vegan leben auch ...

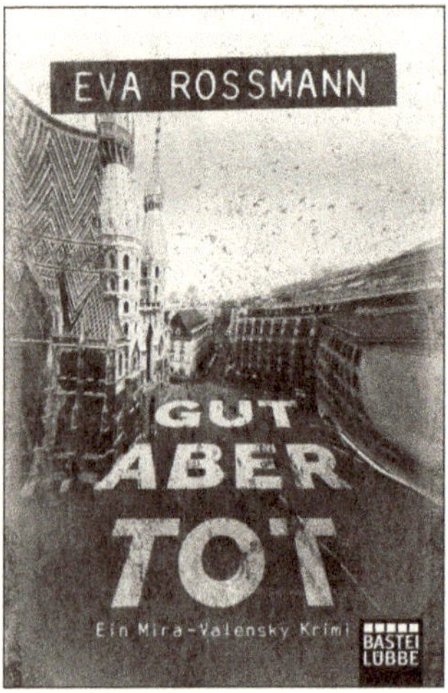

Eva Rossmann
GUT ABER TOT
Ein Mira-Valensky-Krimi
272 Seiten
ISBN 978-3-404-17790-5

Mörderin! Rot wie Blut prangt das Wort auf dem Tor des Weinguts einer jungen Frau, die sich für die Rechte der Bauern einsetzt. Dahinter steckt die »Vegane Anarchie«, eine radikale Gruppierung, die mit drastischen Aktionen gegen Landwirte und Fleischkonsumenten vorgeht. Menschen verschwinden, und ein junger Bauer wird erschossen aufgefunden. Alles nur, weil Veganer nicht mit Menschen leben können, die Tiere essen? Mira Valensky glaubt nicht daran und geht der Sache auf die Spur.

»Ein wahrer Leckerbissen für eingefleischte Krimi-Gourmets« BRIGITTE

Bastei Lübbe

In der Textilindustrie zählt das gute Image.
Das kann Leben kosten.

Eva Rossmann
FADENKREUZ
Ein Mira-Valensky-Krimi
320 Seiten
ISBN 978-3-404-17628-1

Mira Valensky liebt ihr vietnamesisches Stammlokal. Doch plötzlich wird die Besitzerin Hanh ermordet. Die Presse vermutet fremdenfeindliche Hintergründe. Nur Mira glaubt, dass auch ein anderes Motiv dahinterstecken könnte: Hanhs Schwester Vui ist vor Kurzem angereist. Sie hat in Vietnam in einer Textilfabrik gearbeitet und möchte nun Beweismaterial zu den menschenverachtenden Bedingungen dort veröffentlichen. Aber jemand weiß von ihrem Plan und ist hinter ihr her. Jemand, der über Leichen geht ...

»Spannung pur bis zur letzten Seite« ORF

Bastei Lübbe